그림자 신부 1

그림자 신부 1

ⓒ 류다현 2013

초판1쇄	2013년 5월 2일
초판3쇄	2014년 12월 20일

지은이	류다현

펴낸이	박대일
편집	이문영 · 임유리 · 신지연
교정	박준용
마케팅	송재진
표지디자인	김은희

펴낸곳	파란미디어
출판등록	2004년 9월 14일 제313-2004-00214호

주소	121-897 서울시 마포구 성지1길 32-36 (합정동)
전화	02. 3141. 5589(영업부) 070. 4616. 2012(편집부)
팩스	02. 3141. 5590
전자우편	paranbook@gmail.com
카페	cafe.naver.com/paranmedia
트위터	@paranmedia

ISBN   978-89-6371-074-7(04810)
      978-89-6371-073-0(전2권)

그
림자
신부

1

류다현

장편소설

파란

단의 효성황제가 붕어했다는 소식이 여국 왕 진수의 빈청에 도착했다. 마침 빈청에 있었던 태원세자는 아비의 무거운 마음을 읽고 자리를 피해 주었다. 빈청을 나선 태원세자는 어디로 가야 할지 몰라 잠시 발걸음을 멈췄다. 하석공주에게 가야 할지, 아니면 어머니 동비를 뵈러 가야 할지 망설였다.

황제의 서거는 새로운 황제가 즉위함을 의미했고, 새로운 황제가 즉위함은……

'하석이 그림자 신부로 단으로 가야 한다는 뜻이지.'

마음이 무거웠다.

수심 가득한 얼굴로 빈청 앞 소나무를 응시하던 태원세자는 경쾌한 발걸음 소리에 정신을 차렸다. 둘째 여동생인 경요공주가 씩씩한 발걸음으로 태원세자에게 다가왔다.

"오라버니를 여기서 뵙네요."

경요의 뒤에는 그녀를 그림자처럼 따라다니는 서화가 있었다. 태원세자에게 예를 갖추기 위해 땅바닥에 엎드리려는 서화를 본 세자가 재빨리 손을 저어 만류했다. 경요는 말을 탔는지 승마복 차림에 두 볼이 빨갰고, 머리카락이 헝클어져 있었다.

"아바마마는 안에 계신가요?"

"계시긴 한데……."

태원세자가 말을 다 끝맺지 못하고 한숨을 쉬었다.

"단의 효성황제가 어제 붕어했다는 소식을 들었습니다."

"외조부님에게 소식이 왔느냐?"

경요는 고개를 끄덕였다. 일국의 왕보다 정보력이 더 막강한 외조부 위보형은 화경족 상단의 단주였고, 경요는 그의 후계자였다. 세 살 때 화경족의 근거지이자 외가가 있는 병주로 보내진 경요는 하가하기 전에 단 1년이라도 함께 지내고 싶다는 부왕의 강력한 요구로 여국 궁으로 돌아온 터였다.

"들어가지 않는 편이 낫겠네요."

역시 눈치가 빨랐다.

"참 외로운 자리입니다, 저 자리는. 슬픔도 홀로 감내하셔야 하니까요."

태원은 경요의 말에 고개를 끄덕였다. 분명 아비는 위엄 있는 왕의 얼굴로 하석을 단으로 보낼 것이다. 눈시울을 붉힐 수 있는 건 저렇게 홀로 계신 순간이나 어마마마 곁에서 뿐이겠지. 진수의 오직 하나뿐인 비인 동비는 여의 지존인 진수가 기댈 수 있는 유일한 이였다.

태원은 몇십 년 뒤 자신의 모습을 보는 것 같았다. 별일이 없는 한 그는 아버지의 뒤를 이어 여의 왕이 될 것이고, 단의 다음다음 황제를 위한 그림자 신부로 자신의 딸을 보내야 할 것이다. 여동생을 보내는 것도 이렇게 마음이 아픈데 딸을 보내는 심정은 어떠할까? 태원은 아버지 진수의 마음을 감히 상상하려고도 하지 않으려 했다.

'왕가에서 태어난 자의 운명은 비단옷을 입고, 화려한 궁에서 기름진 음식을 먹고 살면서도 참으로 팍팍한 삶이구나. 단 한순간도 마음 편히 쉴 수 없고, 마음대로 할 수 있는 일도 없으며, 제 자식에게도 그 운명을 고스란히 물려줘야 하지 않는가.'

태원은 자신이 한참 동안 경요를 그대로 세워 두었다는 것을 깨달았다.

경요는 맑은 눈으로 오라버니를 보며 말했다.

"누군들 자기 삶이 버겁지 않겠냐만서도, 왕가의 사람으로 태어난 이는 전생에 지은 죄가 많은가 봅니다. 바둑판의 바둑 알이나 장기판의 말처럼 자기 의지와 상관없이 이리저리 움직여질 팔자니까요."

태원은 쓴 미소로 경요의 말에 동의했다. 남동생 설린보다 오랫동안 떨어져 산 여동생 경요와 말이 통할 때가 많았다.

태원은 경요가 빈청까지 온 이유를 물었다.

"무슨 일이냐? 효성황제의 붕어를 알리기 위해 온 것 같지는 않고."

"일전에 아바마마께서 연국 사정에 대해 염탐해 달라 부탁하셨습니다. 얼마 전 상단이 연국에서 돌아왔는데, 서화를 통해 연통을 보내왔습니다."

"연국이라."

여와 국경을 맞대고 있는 연국의 성장이 심상치 않았다. 단만 해도 골치가 아픈데 무섭게 영토를 넓히고 세력을 키워 가는 연도 신경이 쓰였다. 국경을 맞대고 있으니 조만간 어떤 식으로든 부딪치게 될 것이라 생각했다.

"연국 왕 제선이라는 자의 수완이 대단하다지. 뛰어난 무장이라는 소문은 들었다. 직접 만난 적이 있느냐?"

경요는 고개를 가로저었다.

"파곤초원 쪽으로 상행을 떠난 적이 없어서 아는 것이 별로 없습니다. 오라버니도 아시다시피 청랑족들은 굉장히 배타적이지 않습니까."

태원세자는 생각에 잠겼다. 연국 왕 제선은 서른을 넘지 않은 젊은 군주였다. 이제 곧 단의 황제가 될 황태자 준도 해가 바뀌면 스물이 된다. 태원세자는 본능적으로 그 두 사람이 자신과 경쟁할 상대임을 알아보았다. 천천히 시대가 바뀌고 있었다. 중원이 젊어지고 있었다. 태원세자는 거대한 무엇이 천천히 기지개를 켜고 있음을 느꼈다.

"단의 황태자는 평판이 어떠냐?"

"하석 언니의 신랑감으로 물어보시는 겁니까?"

"신랑감이라니, 얼토당토않은 소리구나."

"알려진 것이 별로 없습니다만 황귀비 엽씨의 치맛자락에 싸여 자라 문약하다는 평입니다. 황태후가 될 황귀비를 더 걱정해야 할 것 같습니다. 한동안은 황귀비 엽씨가 국정을 좌지우지할 것 같으니까요."

"황귀비 엽씨라. 별명이 불여우라지?"

"마음이 많이 무겁습니다. 하석 언니가 상단으로 먼저 보내졌다면 그림자 신부로 가야 할 것은 저였겠죠."

태원세자는 말을 돌렸다.

"너도 곧 병주로 떠나겠구나."

"예. 외조부님께서 빨리 오라고 성화십니다."

"이리 헤어지면 또 한참 동안 얼굴 보기가 힘들겠구나. 혼사 상대는 정해졌느냐?"

"외조부님께서 알아보고 계십니다."

누구라도 상관없다는 투였다. 하긴 경요는 연정이니 혼인이니 하는 것에 휘둘리지 않을 것 같았다. 그처럼 통과의례 중 하나로 여기는 게 분명했다. 태원도 하석이 떠나고 나면 곧 비를 맞이할 예정이었으나, 그것은 연심과는 관계없는 일이었다.

하석이 떠나고 경요도 떠나면 북적했던 궁이 고요해지겠구나. 하지만 지금은 감상에 젖어 있을 때가 아니었다.

태원은 한숨을 내쉬며 말했다.

"나는 이 소식을 어마마마에게 알리러 가야겠다."

"언니에겐 제가 알리겠습니다."

태원세자는 경요의 어깨를 가볍게 두드렸다.

경요는 태원이 동비의 정침인 원형전으로 가는 것을 보고는 언니 하석이 있는 천수전으로 발걸음을 옮겼다. 하석은 천수전에 없었다.

"언니는?"

경요가 내인에게 물었다.

"아침을 드시고 바로 지월암에 가셨습니다."

효성황제가 위독하다는 소식이 도착한 건 보름 전이었다. 그때부터 매일같이 하석은 궁 안에 있는 작은 암자인 지월암에 갔다.

침전을 돌아보던 경요의 시선이 옷걸이에 펼쳐서 걸어 둔 화려한 혼례복에서 멈췄다. 자기도 모르게 한숨이 나왔다. 여자가 입는 의미 있는 단 한 벌의 옷. 여국의 여아들은 태어나 바늘을 쥘 나이가 되면 수놓기를 배워 자신의 혼례복에 직접 수를 놓았다. 만드는 데 최소한 10년 이상이 걸렸다. 백년해로 하겠다는 마음을 담아 한 땀 한 땀 수를 놓아 만든 혼례복을 입고 한 사내의 지어미가 되었다. 혼례복은 수의이기도 했다.

'언니는 무슨 생각으로 이 옷을 만든 걸까?'

그림자 신부. 말이 좋아 단의 황후지 아무도 여에서 시집간 공주를 단의 황후라 부르지 않았다. 화친이라는 미명 아래 인질로 보내지는 공주였다. 평생 처녀로 수절하듯 살다 죽어서야 다시 여국의 품에 돌아올 수 있었다.

'입지도 못할 혼례복인데.'

경요는 옷을 어루만지다가 혼례복 옆에 있는 수틀을 팔꿈치로 쳤다. 그 서슬에 수틀 옆 탁자에 놓인 자개 상자가 요란한 소리를 내며 떨어졌다. 침전 바닥에 자개 상자에 들어 있던 고운 색지들이 꽃잎이 바람에 흩날리듯 흩어지며 떨어져 내렸다.

보려 하지 않았지만 경요는 색지에 쓰인 짧은 편지를 읽고 말았다. 무엇에 홀린 듯 경요는 색지를 한 장씩 읽어 내려갔다. 무심한 듯 날씨와 안부를 담백하게 묻고 있었지만 연심을 숨기진 못했다. 그 편지를 이렇게 소중히 보관하고 있다는 것은 하석의 마음 역시 편지를 보낸 이와 같다는 뜻이었다.

자개 상자에 든 색지는 수백 장이었다. 편지를 묶은 끈조차 버리지 못하고 함께 보관하고 있었다. 수백 장의 색지는 두 사람이 서로를 생각하는 깊은 마음처럼 보였다.

언니에게 연인이 있으리라고는 상상도 하지 못했다. 단 한 번도 마음껏 연심을 표현하지 못했을 것이다. 자신의 의무가 무엇인지 잘 아는 언니였다. 언니는 분명 그 마음을 접고 단으로 시집을 갈 게 분명했다. 하석은 그런 사람이었다.

경요는 하석 때문에 마음이 아프면서도 화가 났다. 어떻게 이런 말도 안 되는 일이 3백 년이나 계속되는 걸까? 자기도 모르게 이를 악물며 경요는 색지를 가지런히 정리해 자개 상자에 넣었다. 언니에게 효성황제의 붕어를 전할 수 없을 것 같았다. 경요는 침전을 나서다가 언니가 수놓은 혼례복을 바라보았다.

'제가 저 고운 혼례복을 입게 해 드릴게요.'

정월치고는 따스한 날씨였다. 효성황제의 국상이 끝난 후 단의 황실은 어수선한 분위기를 일신하고 새로운 황제를 맞을 단장을 마쳤다.

후궁들에게 휘둘린 무능하고 나약한 효성황제의 시절은 끝이 났다. 단의 신료들과 황궁의 사람들은 삼베로 만든 상복을 입고 선황의 혼전에 엎드려 있는 그들의 새로운 황제를 바라보았다. 사황자로 태어나 황태자가 되어 혼전을 지키고 있는 준에게서는 젊음과 지성이 느껴졌다. 이제 어두운 시대가 가고 빛의 시대가 오리라. 늙은 태양은 졌고 새로운 태양이 뜰 것이다. 신료들과 황궁 사람들은 기대를 담은 시선으로 새로운 황제가 어서 옷을 갈아입길 기다렸다.

신료들을 대표해 민규진 승상이 황태자 준에게 단의 신민을 위해 황제의 지위에 올라 달라고 청을 올렸다. 황태자 준은 예법대로 아홉 번을 사양한 끝에 억지로 상복이 벗겨졌다. 내관들이 황제가 처음 입을 면복冕服을 들고 혼전으로 올라갔다. 내관들은 지극히 공손한 손길로 황태자를 황제로 만들기 시작했다.

면복을 다 입은 준은 천천히 혼전을 내려왔다. 열두 줄의 면류관을 장식한 일곱 빛깔 색옥과 열두 가지 장문章紋이 시리도록 푸른 정월 하늘 아래 빛났다. 일, 월, 성진, 산, 용, 화, 화충華蟲, 종이宗彝, 조藻, 분미盆米, 보黼, 불黻. 면복을 장식한 열두 가지의 성스러운 것들. 이제 황태자 준은 세상 가장 높은 곳에, 인간 중에 가장 높은 곳에 서 있었다.

드디어 황제가 되었다. 준은 흥분하지도 또 억지로 엄숙을 가장하지도 않았다. 태어나면서부터 그 자리에 있었던 이처럼 자연스럽게 발걸음을 뗐다. 준은 그렇게 걸어서 즉위식이 치러질 종묘로 갔다.

태어나서 지금까지 오직 황제가 되기 위해 살아왔던 준이었다. 이제 황제가 되기 위한 마지막 의례만 남겨 둔 그는 기분이 묘했다. 홀가분한 것도 기쁜 것도 아니었다. 그저 해야 할 일을 하는 의무감만 느껴졌다. 아비와는 달리 성군이 되는 것. 그것 외에는 아무것도 허락받지 못한 인생이었다.

준은 굳게 입을 다물고 황제로의 첫 이름을 받기 위해 무릎을 꿇었다.

경사스러운 날이라 평소에 입는 검은 예복 대신 금실로 수놓은 흰색 예복을 입은 신관장 삭공 뒤로, 은사로 수놓은 흰색 예복을 입은 아홉 명의 신관이 옻칠한 나무 상자를 들고 천천히 종묘 안으로 들어왔다. 종묘의 모든 문은 활짝 열려 있었고, 종묘 앞뜰에는 관리와 내관과 내인들이 그 품계에 맞추어 열을 지어 서 있었다.

사람들이 구름처럼 모여 있었으나 새의 깃털이 떨어지는 소리가 들릴 만큼 사방은 고요했다. 모두들 준이 진짜 황제로 인정받기 위한 마지막 예식에 주목하고 있었다. 준의 생모인 황귀비 엽씨 역시 신관들의 움직임을 주시하고 있었다.

신관들이 준 앞에 늘어섰다. 아직 준은 황제가 아니기에 그들은 허리를 굽히지 않았다. 흰옷을 입은 아홉 신녀가 신관에게 다가갔다. 신녀는 진주로 장식한 붉은 향낭에서 열쇠를 꺼내 상자의 열쇠구멍에 밀어 넣었다. 아홉 개의 상자가 동시에 열렸다. 상자들은 선대 황제가 다음 황제의 이름을 써서 단의 아홉 성의 신전 제단에 모셔 둔 것으로, 선대 황제의 사후 삼엄한 경비 끝에 수도 민예에 어젯밤 도착했다.

신녀는 상자 안에 든 붉은 비단 두루마리를 펼쳤다. 황태자 준의 이름이 힘찬 필적으로 씌어 있었다. 두루마리를 하나씩 확인할 때마다 신관들과 신녀들의 허리가 굽혀졌다. 마지막 아홉 번째 두루마리까지 확인하고 난 후, 신관장 삭공이 준 앞에 무릎을 꿇었다.

"새로운 황제시여, 신들이 바친 이름을 받아 주소서."

그들은 준에게 예석이라는 존호를 바쳤다. 오늘부터 준은 예석황제로 불리게 되었다.

즉위식이 끝난 후 연회는 다음 날 새벽까지 길게 이어졌다. 새 황제의 넉넉한 인심을 보여 주듯 술과 음식이 넘쳐 났다. 연회가 벌어지는 희원루뿐만 아니라 오늘 하루는 남녀노소 빈부귀천을 떠나 단의 모든 이들이 새로운 황제의 이름으로 내린 술에 취하고 기름진 음식으로 배를 채웠다.

연회의 흥을 돋우는 음악은 점점 빨라졌다. 밤새도록 음악을 연주하는 악공들에게도 술상이 아낌없이 베풀어졌다. 술에 취한 이들이 건네던 덕담들은 농담이 되고 끝내는 남녀상열지사에 대한 음란한 이야기로 이어졌다. 술잔을 부딪치면서 웃음소리도 폭죽처럼 터졌다. 술잔들이 어지럽게 오갔고 시중을 드는 기녀들의 교태는 꽃이 피듯 화사했다.

그러나 새 황제의 몸가짐은 조금도 흐트러지지 않았다. 신료들이 바치는 술들을 모두가 보는 앞에서 다 마셨음에도 얼굴이 다소 상기된 듯 붉어진 것 빼고는 평소 모습과 다를 바 없었다. 스물. 어린 나이지만 틈을 보이지 않는 처신 덕에 환갑을 넘은 노대신들도 그 앞에서는 몸가짐을 조심했다.

연회가 파한 뒤 예석황제는 이제 태후가 된 어머니를 뵙기 위해 존호궁으로 갔다. 황태자 준이 예석황제가 된 것처럼 황귀비 엽씨도 황태후가 되어 단사라는 존호를 받았다.

단사황태후는 열여섯 살 때 귀인으로 입궁했다. 그녀는 효성황제가 가장 총애한 후궁이었다. 효성황제는 정식으로 간택한 황귀비가 죽은 후 그녀를 황귀비로 삼았고, 그녀의 소생인 사황자 준을 황태자로 삼아 황위를 넘겨주었다.

효성황제가 단의 황제였다면 황귀비 엽씨는 후궁의 여왕이었다. 곱고 여린 여인다운 모습은 오직 효성황제의 몫이었을 뿐이다. 단의 황궁에서는 지위 고하를 막론하고 겨울 서리보다 차디차고 무자비한 황귀비를 두려워했다.

단사황태후는 여전히 의례복 차림으로 꼿꼿하게 허리를 펴고 앉아 있었다. 아들 예석황제를 기다리고 있었음이 분명했다. 단사황태후와 준의 시선이 부딪쳤다. 어머니의 입가에 가벼운 미소가 어렸다 사라졌다. 아들 앞에서 보이는 드문 미소였다.

그녀는 승리를 만끽하고 있었다.

20년 전 준을 임신한 몸으로 다시 궁에 돌아올 때 그녀는 오직 뱃속에 있는 황자만을 위해 살겠다고 결심했다. 황제를 사랑했으나 그에게 버림받았다. 그는 사랑할 대상이 아니었다. 궁에서 오직 사랑하고 집착할 대상은 자신이 낳은 자식밖에 없다는 것을 단사황태후는 혹독한 경험 끝에 깨달았다.

우스운 것은 단사황태후가 거짓으로 선황을 대했을 때 선황이 그녀를 더 의지하고 총애했다는 것이다. 지긋지긋하리만큼 가식과 거짓밖에 없는 이곳에서 잘도 버텼다고 황태후는 스스로를 칭찬했다. 보고 또 보아도 흐뭇할 만큼 잘생긴 아들 준을 바라보았다. 그 못난 남자의 아들이라고는 믿을 수 없을 만큼 잘 자라 준 준이었다.

'너는 그 못난 사내와는 비교할 수 없을 성군이 될 것이다. 내가 너를 위해 어둠이 되어 주마. 손에 피를 묻혀 주마.'

"여국과의 국혼을 준비해야 하는군요."

준이 황태자가 된 후, 단사황태후는 사람이 있든 없든 절대 말을 낮추지 않았다.

3백 년 동안 이어 온 여국과의 국혼이 황제와 황태후를 기다리고 있었다.

"국혼이 끝난 후에는 황귀비를 들여야 하는데, 모후께서 너무 힘드시지 않겠습니까? 몇 년 더 늦춰도 괜찮을 듯합니다만······."

"태후로서 의당 해야 할 일입니다. 황제의 후사는 나라의 안정과 직결되는 중요한 문제. 황귀비를 황후보다 일찍 황궁에 들이는 것은 예법에 어긋나니 국혼부터 해야 합니다. 게다가 환주가 걸려 있지 않습니까. 괜히 국혼을 늦춰 봤자 남 말하기 좋아하는 사람들에게 빌미를 줄 뿐입니다."

어머니의 고집을 누가 꺾을 수 있겠는가. 준은 그리하자고 했다.

"여의 하석공주는 황상보다 나이가 위더군요."

그림자 신부로 올 이의 이름이 하석인가?

"스물둘이라 하더이다. 어미인 동비를 닮아 그림자 신부로 보내기엔 아까운 미색이라고 하더군요. 그러고 보니 선황의 그림자 신부도 눈을 의심할 만큼 미색이었지요. 이 세상 것이 아닌 것 같은 아름다움이어서 섬뜩할 정도였다고 내인들이 말하는 것을 들었습니다. 미인박명이라 그리 일찍 세상을 떠난 것인지도 모르지요."

그림자 신부에게 미색이 무슨 소용이랴. 평생 유선궁에 유폐되어 말라 죽을 운명인 것을.

미색이라는 말에도 준의 표정에는 아무 변화가 없었다. 그녀는 그저 그가 황제가 되기 위한, 중원의 가장 기름진 땅인 환주를 얻기 위한 수단에 불과했다. 환주의 신부를 가진 자가 환주의 주인이 된다. 그것뿐이었다.

"아무도 사랑하지 마십시오. 아무에게도 마음을 주지 마십시오."

단사황태후의 목소리는 단호했다.

"황제의 마음은 오직 이 나라, 단을 위한 것입니다. 그 누구에게도 사사로운 정을 주어선 안 됩니다. 후궁에게 기쁨을 얻으시는 건 남자로서 당연한 욕구이지만, 그 누구에게도 정을 주어선 안 됩니다. 선황께서 그러지 못해 지난 세월 지겨우리

만큼 피바람을 맞은 것을 잊으셔선 안 됩니다."

단사황태후의 목소리에 분노가 가득 찼다.

"황제의 마음은 바람이라, 그 마음이 가는 쪽으로 권력이 흘러갑니다. 황제가 가진 권력 외의 다른 권력은 죄다 썩어 백성을 고통스럽게 하고 나라의 기강을 무너뜨릴 뿐입니다. 역사를 돌아볼 것 없이 선대의 일만 보아도 그렇지 않습니까. 황제가 총애한 후궁들의 집안이 권력을 잡고, 그들이 나라와 백성을 얼마나 병들게 하였는지요. 나는 절대로 그러한 것을 황제께서 용납하지 않으실 거라 믿습니다."

이 작은 후궁이 단의 모든 권력이 시작되는 곳이었다.

단사황태후는 총애를 받았다가 냉궁에 버려졌고, 친정 식구들은 후궁의 암투에 휘말려 풍비박산이 났다. 기적적으로 준을 임신한 덕에 그녀는 다시 황궁으로 돌아올 수 있었다.

돌아온 그녀는 살아남기 위해 비열해졌다. 음모도 저주도 독살도 서슴지 않았다. 아들 준을 황제로 만들기 위해서였다. 그것이 효성황제에 대한 복수라고 생각했다. 아들 준을 못난 지아비와 달리 가장 완벽한 성군으로 만드는 것이. 그것을 위해선 어떤 대가도 치를 수 있었다.

"내가 어둠이 되겠습니다. 황제는 빛이 되세요. 황제께선 오직 단을, 단의 백성만을 사랑하셔야 합니다. 성군이 되셔야 합니다. 선황 같은 그런 못난 황제가 되어선 절대 안 됩니다."

단의 새로운 황제가 즉위했다는 소식이 도착한 지 얼마 되지 않아 곧 국혼을 청하는 국서가 여의 궁에 도착했다. 하석은 담담한 얼굴로 아버지가 읽어 주는 예석황제의 국서를 들었다. 이 순간이 오면 어떤 기분일까 오래전부터 궁금했었다.

막막했다. 어찌 살아야 할까? 자기도 모르게 온몸이 바르르 떨렸다. 여국 왕 진수는 동요를 감추지 못하는 딸을 보자 마음이 심란했다.

경요도 단국의 예석황제로부터 국혼을 청하는 국서가 왔다는 소식을 들었다. 마음이 놀랄 만큼 차분히 가라앉았다. 서화에게 말을 준비하라 명했다.

경요는 애마 화문을 타고 달렸다. 화문은 주인의 마음을 아는지 있는 힘껏 속도를 냈다.

'단에 가면 승마 같은 건 할 수 없겠지.'

초원에서 유목 생활을 하던 화경족의 피가 흐르는 경요에게 말을 타는 것은 호흡을 하는 것과 같았다. 다리로 걷는 것보다 말을 타고 이동하는 게 더 자연스러웠다. 경요는 세 살 때 병주로 보내지자마자 말타기를 배웠다. 말 등에 엉덩이를 얹고 바라본 세상은 낯설면서도 매혹적이었다. 말을 타고 달리면서 경요는 방랑을 원하는 본능이 자신의 피에 흐르고 있음을 깨달았다. 흐릿하게 보이는 저 먼 곳은 경요의 심장을 가장 빠르게 뛰게 했다.

그러나 경요는 그것을 포기하려고 마음먹었다. 이렇게 자유로운 마음으로 내키는 대로 말을 달리는 것은 마지막일지도 모른다고 여겼다.

서화는 묵묵히 경요의 뒤를 따라갔다. 경요가 무슨 생각을 하는지 아는 서화는 그 생각을 말리고 싶었다. 그러나 한번 결정을 내리면 그 누구도 그녀의 마음을 돌릴 수 없었다. 부왕인 여국 왕 진수는 물론이고 경요가 제일 무서워하는 외조부 위보 형조차 말이다. 그녀는 칼날처럼 단호했고 한번 결정하면 결코 뒤를 돌아보지 않았다.

경요를 보며 서화는 우두머리를 감당할 만한 그릇은 따로 있다고 생각했다. 저 가녀린 몸 어디에 그런 강인한 의지가 숨어 있는지 서화는 알 수 없었다. 그런 경요가 상단을 떠나기로 결정을 내렸다. 서화는 깊은 한숨을 내쉬었다. 경요가 없는 상단도, 경요가 없는 병주도, 경요가 없는 자신도 상상해 본 적이 없었다.

'공주님, 정말 그곳에 가실 생각인 겁니까? 그럼 저는, 저희들은 어찌하라고요!'

한참 말을 달린 경요는 말에게 물을 마시게 해 주려고 우물 근처에서 말을 멈췄다.

서화가 어렵사리 입을 뗐다.

"공주님."

무슨 생각을 하는지 다 안다는 듯 경요가 미소 지었다. 서화는 자신이 경요에게 얼마나 의지하고 있었는지를 새삼 깨달았다.

"상단을, 단주님을 부탁한다."

"공주님."

경요가 정색하며 말했다.

"오해하지 마. 상단이 중요하지 않아서 떠나는 것이 아니야. 더 중요한 일이 있어서 그러는 것뿐이야."

더 중요한 일. 그것이 무엇인지 서화는 묻지 않았다.

승마를 끝낸 경요는 개운한 얼굴로 언니 하석공주의 처소인 천수전으로 갔다. 천수전 앞에는 똥 마려운 강아지처럼 끙끙거리고 있는 글월비자 아이가 있었다.

"무슨 일이냐?"

아이는 냉큼 무릎을 꿇고 예를 갖춘 후 입을 열었다.

"저는 수진대군저의 사람입니다."

수진대군은 여국 왕 진수의 동생이었다.

"수진대군저 사람이 천수전에는 무슨 일이냐?"

아이는 한숨을 푹 쉬고 이야기했다.

"무슨 일이 있어도 오늘은 꼭 답신을 받아오라 닦달하시는데, 공주마마는 꿈쩍도 하지 않으시고…… 빈손으로 가면 또다시 천수전으로 보내시니 죽을 노릇입니다. 쳇바퀴를 도는 다람쥐도 아니고요."

경요는 빙그레 미소 지었다.

'그분이셨구나. 언니의 정인이.'

"성안군께는 곧 좋은 소식이 있을 터이니 기다리시라 해라."

아이는 경요가 자신을 보낸 이가 수진대군의 장남인 석채인 것을 알자 움찔 놀랐다. 아무에게도 말하지 말라 했는데 어찌 아시는 걸까? 아이는 고개를 갸웃거렸다.

경요는 아이를 재촉했다.

"어서 가 보거라."

경요의 말에 글월비자 아이는 몸을 일으켜 재빠르게 사라졌다. 지겨운 심부름을 안 해도 된다는 생각에 발걸음이 절로 가벼웠다.

천수전은 주인인 하석공주의 마음을 대변하듯 어수선한 분위기였다. 내인들 중엔 눈이 충혈된 이도 있었고 남몰래 옷고름으로 눈물을 찍어 내는 이도 있었다. 천수전의 주인인 하석공주가 의연하게 버티지 않았다면 다들 머리를 풀어 헤치고 호곡이라도 할 것 같았다.

경요를 하석공주가 있는 내전으로 안내한 내인의 목소리도 갈라져 있었다. 안 보이는 곳에 가서 실컷 소리 내어 울고 온 것 같았다. 세 살 때 궁을 떠나 열여덟 살에 궁으로 돌아온 경요와 달리 태어나 지금껏 궁에서 산 하석에 대한 내인들의 마음은 친딸이나 친동기를 떠나보내는 마음일 것이다.

마음은 천 갈래 만 갈래였으나 하석공주의 얼굴은 호수처럼 고요했다. 호들갑 떨고 싶지 않았다. 태어나면서부터 이날만을 기다리며 살았다. 그날이 왔을 뿐이다.

승마복 차림으로 들어온 경요를 하석은 반갑게 맞이했다.

"어서 오너라. 네게 줄 게 있었는데 마침 잘 왔다."

하석공주는 내인에게 홍옥 목걸이를 가지고 오라고 명했다.

"어디 보자. 역시 내 생각대로구나. 넌 정말 붉은색이 잘 어울려. 네가 하렴."

"고마워요, 언니. 언니라고 생각하면서 단국에서 늘 몸에 지니고 있을게요.”

뜻밖의 말에 하석공주는 놀라서 눈을 둥그렇게 떴다. 경요의 말이 잘 이해가 되지 않았다.

국혼이 코앞인데 지금 무슨 말을 하고 있는 걸까?

“단국에서라니?”

경요가 담담하게 말했다.

“단국에는 제가 갑니다.”

여국의 첫째 공주 하석은 태어나면서부터 자신이 ‘환주의 신부’로 단국으로 시집가야 함을 알았다. 그것은 공주로서 피할 수 없는 의무였다. 그런데 자신이 연정에 빠질 줄은 꿈에도 몰랐다. 또 그 사람이 자신의 연정에 반응할 줄도 전혀 몰랐다. 한없이 진지한 그가 가벼운 마음으로 그녀에게 마음을 주진 않았을 것이다.

서로가 남자이고 여자임을 깨닫고 같은 마음으로 바라본 지 벌써 5년이었다. 단둘이 만나는 것은 상상도 하지 못했다. 왕궁에서 행사가 있을 때 말없이 짧게 눈을 마주치는 게 전부였다. 가끔 안부 인사, 계절 인사를 빙자한 편지를 보내며 행간에 말없이 서로에 대한 애틋한 마음을 털어놓았다.

효성황제가 붕어한 후 하석은 더 이상 석채가 보낸 서신에 답신을 쓰지 않았다. 매일매일 정성스럽게 써 보내는 그의 서신이 자개 상자에 차곡차곡 쌓였다.

‘고집스러우시다. 처음부터 끝을 알고 시작한 마음이거늘.’

끊어 내지 못하는 것은 하석 역시 매한가지였다.

"성안군이시지요?"

하석은 움찔 놀랐다.

"무슨 말을 하는 거야?"

'그런 얼굴로 거짓말을 한들 누구를 속일 수 있겠습니까.'

"언니 마음에 계신 분 말입니다. 석채 오라버니시지요?"

경요의 인상에 남은 성안군은 바위처럼 단단한 사내였다.

그 누구에게도 들키지 않았다고 자부했던 하석이었다. 그런데 어찌 경요가 그것을 알고 있을까?

"언니는 석채 오라버니에게 하가하세요. 단에는 제가 가겠습니다."

하석은 단호한 눈빛으로 경요를 바라보았다.

"네가 화경족 상단의 후계자로 컸듯 난 그림자 신부가 내 의무라 여기며 컸어. 너는 너의 길을 가거라. 난 내 길을 갈 테니. 나는 여의 공주로서 해야 할 의무가 있고 너는 화경족 상단 후계자로서 해야 할 의무가 있지 않니. 마음만 고맙게 받을게."

하석을 설득하긴 힘들어 보였다.

"그러니까 그 의무를 제가 대신하겠다는 거예요."

"상단은 어찌하고?"

"설린이 있지 않습니까."

위보형은 왕실에 외동딸 유정을 시집보내면서 외손녀 중 하나를 자신의 후계자로 삼게 해 달라는 조건을 걸었다. 딸이 가문을 잇는 화경족의 풍습에 따라 왕실의 세 번째 자식이자 둘째 공주인 경요는 세 살 때 외가로 보내져 외할아버지와 외할머니 밑에서 자랐다.

"설린이 사내아이라고는 해도 가문을 잇는 데는 큰 문제가 없을 겁니다. 딸이 없을 때는 아들이 가문을 잇기도 했으니까요."

"설린은 상단 일에 대해 아무것도 모르는데 어찌 외조부님의 뒤를 이을 수 있겠느냐?"

"외할아버님이 잘 키우신 행수들이 여럿 있습니다. 제가 없어도 상단은 잘 움직일 수 있어요. 하지만 그림자 신부는 여국 공주가 아니면 안 되는 거죠. 저 역시 여국의 공주입니다. 공주 중 누군가가 가야 한다면 은애하는 사람이 없는 이가 가는 게 맞아요."

하석이 경요의 손을 잡았다.

"이건 내 몫이야. 난 태어나면서부터 단국으로 시집갈 운명이었고, 한 번도 그 사실을 잊어 본 적이 없어. 네 마음만 고맙게 받을게."

"꼭 언니가 가야 하는 건 아니었어요. 어른들의 선택에 우리의 운명이 갈린 거죠. 언니가 그림자 신부여야 할, 제가 상단의 후계자가 되어야 할 필연적인 이유 같은 건 애초부터 없었다고요."

끈질긴 설득에도 하석은 끝내 거절했다. 경요 역시 언니가 자신의 제안을 덥석 받아들일 거라고는 생각하지 않았다.

"성안군을, 석채 오라버니를 깊이 은애하십니까?"

하석이 낮은 목소리로 대답했다.

"그래. 너에게 어떻게 거짓말을 하겠니. 깊이 은애한단다."

"언니의 목숨보다 더 은애하십니까?"

"그래. 내 목숨보다 더."

알았다는 듯 경요는 미소를 지었다.

천수전을 나선 경요의 발걸음은 여국 왕 진수가 있는 빈청으로 향했다. 아버지를 움직일 생각이었다.

진수는 뜬금없이 독대를 청한 후 자신이 그림자 신부로 가겠다는 경요를 물끄러미 바라보았다. 진수는 경요의 속내를 파악하기 힘들었다. 하석과는 비교가 되지 않을 만큼 영민한 아이였다. 타고난 그릇이나 재주가 남달랐는데, 거기에 위보형의 엄격한 가르침과 거친 상단 생활이 경요를 더욱 성장시켰다.

진수는 한숨을 내쉬었다.

"거기가 어디라고 제 발로 가겠다는 거냐! 게다가 너는 곧 상단을 이을 예정 아니냐. 네 외조부는 그리 생각하고 계시던데, 상단은 어찌하고 단국으로 가겠다는 것이냐?"

"상단 일을 가벼이 여긴 것이 절대 아닙니다. 제가 그림자 신부로 단에 가게 되면 외할아버지께서 크게 실망하시고 낙담하실 것도 알고 있습니다."

"그런데 어찌 가겠다는 것이냐? 일시적인 동정으로 그런 결단을 내리다니 너답지 않구나. 너에게는 너의 길이, 하석에게는 하석의 길이 있는 것이다. 내 못 들은 것으로 할 테니 그만 물러가거라."

하지만 경요는 물러날 모양새가 아니었다.

일국의 왕이면서도 진수는 경요를 대하는 게 어려웠다. 하긴 이 아이를 키운 것이 능구렁이와 너구리가 빙의한 위보형이 아니던가.

"저와 언니의 아비로 결정을 내리지 마시고 여국의 왕으로 결단을 내려 주십시오."

경요는 당돌하게 말했다.

"아비의 마음으로는 두 딸 중 누구를 보낼지 결코 정하실 수 없을 것입니다. 하지만 아바마마는 저와 언니의 아비일 뿐 아니라 모든 여국 백성의 아버지이지 않습니까."

둘 중 하나는 단으로 가야 했다. 둘 다 가지 않겠노라고 울고 불었다면 마음이 덜 아플 것 같았다.

"왜 네가 단으로 가야 한다고 고집하느냐?"

"아바마마는 지금 중원의 판세를 어찌 보고 계십니까?"

"……."

"단이 언제까지 단일까요?"

태원세자도 결코 할 수 없는 말이었다.

"호랑이가 늙고 병들면 여우가 설치는 법입니다. 단의 새로운 황제가 어떤 인물인지 알 수 없으나 한동안 중원은 시끄러울 것이며, 단의 힘이 약해지는 낌새를 채자마자 환주 역시 들끓을 것입니다. 여와 단이 대치하는 일 또한 분명 생길 것입니다. 과연 언니가 그런 혼란을 견뎌 낼 수 있을까요?"

환주를 사이에 둔 여와 단의 관계는 앞으로 더 복잡해질 것이다. 게다가 그동안 무시했던 연국이 무서운 기세로 세력을 키우고 있었다. 중원의 패권을 두고 지난한 전쟁이 벌어질 것임을 진수는 예감하고 있었다. 그런 상황에서 인질의 처지는 더욱 위태로웠다. 하석은 분명 견디지 못할 것이다.

"제 뒤에는 여국뿐만 아니라 화경족 상단이 있으니 설사 단이라도 함부로 무시하지 못할 것입니다."

경요는 진수의 눈빛으로 이미 결론이 났음을 깨달았다. 왕으로 하석과 경요 중 한 명을 단으로 보내야 한다면 경요여야 했다. 그쪽이 여에 이익이었다.

"아바마마, 그 길을 가게 해 주세요."

경요는 당당한 눈빛으로 쐐기를 박듯 말했다.

진수는 이해할 수 없는 것이 하나 있었다. 경요는 그의 자식이었으나 스스로를 화경족이라 여겼다. 그런 아이가 왜 여국을 위해 이렇게까지 자신을 희생하는지 이해할 수 없었다. 게다가 상단을 잇기 위해 경요가 얼마나 노력했는지 진수는 알고 있었다. 위보형은 손녀라고 봐주는 법이 없었다. 경요는 일곱 살 때 허드렛일부터 시작해 겨우 지금의 위치까지 올라갔다.

"무슨 연유인데 상단을 포기하면서까지 그림자 신부로 가려는 것이냐?"

"언니를 위해서입니다. 언니가 제 입장이었어도 그리했을 겁니다."

경요는 망설이다 입을 열었다.

"언니에게는 정인이 있습니다."

예상하지 못한 일이었다. 늘 어리다고만 여겼는데, 생각해 보니 하석이 스물을 넘긴 지 한참이었다. 깜짝 놀란 진수는 그

정인이 누구인지도 묻지 못했다.

"공주로 태어난 이상 일신의 행복보다는 나라를 위해 살아야 하는 게 당연하다는 것을 저도 압니다. 언니가 태어나자마자 단의 그림자 신부로 가야 하는 운명이 기다리고 있었던 것처럼 저 역시 제 의지와 상관없이 화경족 상단을 이어야 했지요."

경요는 서둘러 말을 덧붙였다.

"그것이 불만이라는 것은 아닙니다. 사람은 누구나 제 몫의 의무가 있는 법이니까요. 다만 단 한 사람이라도 평범한 행복을 누릴 수 있다면 그리해 주고 싶었습니다."

평범한 행복이 왕궁에서는 가장 희귀한 행복이기도 했다.

"언니는 분명 그리 살 수 있을 것입니다."

"너도 그리 살 수 있다. 상단을 이끌면서 너를 좋아해 줄 사내를 만나 자식을 낳고 살 수 있다."

"아바마마, 전 어마마마와는 다릅니다."

경요는 자신이 상단을 포기하고 한 사내의 지어미로 산 어마마마와는 다르다고 여겼다.

"어마마마는 아바마마를 위해 모든 것을 포기할 수 있었지만 전 그러지 못합니다. 전 제가 납득할 수 있는 대의가 아니면 상단의 단주 자리를 포기할 수 없습니다."

진수는 경요의 말뜻을 이해했다. 여아로 태어난 것이 안타까울 만큼 그릇이 큰 아이였다. 한 사내의 지어미로는 만족할 수 없는 아이였다.

"그 대의가 언니를 위해서라는 것이냐?"

"그것만은 아닙니다, 아바마마."

진수가 물었다.

"후회하지 않겠느냐? 지금껏 상단의 단주가 되기 위해 쌓아 온 모든 것을 버려두고, 네 편이라곤 없는 낯선 궁에서 유폐된 것과 다름없는 삶을 죽을 때까지 살아야 한다."

경요가 대답했다.

"상단의 일이 바로 그것입니다. 자기편 하나 없는 낯선 곳에 가서 신뢰를 쌓고 거래를 하는 것 말입니다."

위보형은 경요를 강하게 키웠다.

경요가 스스로에게 다짐이라도 하듯 말했다.

"그 누구도 절 그림자로 만들 순 없습니다. 전 마지막 그림 자 신부가 될 것입니다. 그러기 위해 제 발로 단국에 가는 것입 니다."

그제야 진수는 경요의 대의를 깨달았다. 지금 경요는 3백 년 동안 계속된 그림자 신부를 없애겠다고 말하고 있는 것이다.

"아비가 무능해서 미안하다."

경요는 맑은 눈빛으로 진수의 눈을 똑바로 바라보았다.

"그리 생각하지 마십시오."

"어찌할 생각이냐? 네 무슨 수로 그림자 신부를 없애겠다는 거냐?"

"어찌 수가 있어 가는 것이겠습니까. 외조부께서 그리 가르 치셨습니다. 문제를 해결하는 가장 좋은 방법은 직접 가서 부 딪쳐 보는 것이라고요. 지금의 그림자 신부는 옳은 방법도, 양국에 이익이 되는 방법도 아니지 않습니까. 불합리하다고 불평만 하는 건 제 성격에 영 맞지 않아서요. 그 누가 나서지 않는다면 결코 없어지지 않을 것 아닙니까."

경요는 인질로 가면서 큰 거래라도 하는 것처럼 말했다. 진수는 20여 년 전, 한 여인이 당당한 눈빛으로 자신에게 또박또박 할 이야기를 다 했던 그때를 떠올렸다. 경요는 그 여인을 가장 많이 닮아 있었다.

"알겠다."

드디어 진수의 입에서 허락이 떨어졌다.

경요는 진수에게 예를 표하고 물러났다.

'네 앞에 무엇이 기다리고 있을지 이 아비는 겁이 나는구나. 가만히 있어도 위험한 자리이거늘, 너는 어찌 그곳에 가려는 것이냐. 그러나 너를 믿는다. 너를 믿는 것 말고 이 아비가 할 수 있는 일이 없구나.'

하지만 한숨이 터져 나오는 것은 어쩔 수 없었다. 현 상황을 냉철하게 판단하면 새 황제 즉위 후 여와 단의 관계는 더욱 미묘해질 것이다. 살얼음판에서 홀로 걸어야 할 딸 경요를 생각하자 억장이 무너졌다.

다음 날 진수는 국혼의 상대가 하석공주에서 경요공주로 바뀌었다는 국서를 단국에 보냈다. 단은 그림자 신부로 올 공주가 누구든 상관없었다. 얼마 후 여의 경요공주를 단의 황후로 책봉하겠다는 예석황제의 국서가 도착했다.

2

예석황제의 국서가 도착한 후 혼례 준비가 시작되었다.
단국과 여국에 국혼도감이 설치되었고, 육례에 따라 국혼은 착
착 진행되었다. 예석황제가 경요공주에게 혼인의 징표인 교명
문을 보내는 납채가 있었고, 열흘 뒤 입이 쩍 벌어질 정도로 어
마어마한 혼수가 단국으로부터 여국에 도착했다.

　궁궐 살림과 내명부를 책임지는 여국의 왕비 동비는 그 화
려함에 눈살을 찌푸렸다. 대례복 외의 옷은 모두 무명으로 짓
도록 명하면서, 백성들의 검약은 미덕이요 윗사람의 검약은 의
무라고 일갈한 동비였다. 상인 출신인 동비는 검약이 몸에 배
있었다.

　'쓰지도 않을 혼수에 이리 많은 재물을 쓰다니, 이것 하나만
봐도 단사황태후의 사람됨이 보이는구나. 이것은 그저 우리 쪽

의 기를 죽이기 위한 수단일 뿐이다. 재물로 마음을 사고 제 힘을 뽐내는 것은 가장 하수의 것이거늘. 흥, 어마어마한 혼수에 입이라도 벌릴 줄 알았더냐? 고개라도 조아리며 화친을 위한 공주를 기꺼이 바칠 줄 알았더냐? 단사황태후가 아무리 지략이 뛰어나다 해도 역시 궁 안의 여인일 뿐이구나. 오직 후궁만이 세상의 전부라고 믿는 여인이지.'

동비는 매사에 정확하고 공정하기가 가을하늘 같았다. 여국에 그녀 같은 왕비는 이전에도 이후에도 없을 것이었다.

혼수가 도착한 날 혼인 날짜가 적힌 단자도 함께 왔다.

고기(告期:혼인 날짜를 잡음) 의식이 있던 밤, 동비는 잠을 이루지 못했다. 옷을 갈아입고 내인에게 차를 준비하라 이른 후 지아비를 찾아 왕의 정침인 서경전으로 향했다. 서경전의 불은 꺼져 있었다.

동비는 정침 앞을 지키는 내관에게 물었다.

"전하는 어디에 계시느냐?"

"한월전에 납시었습니다."

동비는 등불을 든 내인을 재촉해 단국에 시집간 공주들을 위해 지은 사당인 한월전으로 향했다. 왕은 염린공주의 위패 앞에 있었다. 공주들의 위패에는 단국에서 받은 봉호를 쓰지 않았다. 단에 대한 여의 반감을 표현한 것이기도 했다.

3백 년 전에 있었던 치욕적인 패배로 여는 비옥한 곡창지대인 환주를 빼앗기고 단국의 신하가 되었다. 단의 황제가 바뀔 때마다 환주의 허울 좋은 주인으로 봉해진 공주를 황후로 바쳤다.

염린공주의 시신이 여국으로 돌아온 건 선왕이 아직 살아 있었을 때였다. 차디찬 시신을 어루만지며 뜨거운 눈물을 쏟던 아비의 모습이 어제 일처럼 생생하게 떠올랐다. 진수는 그때 아비를 비난했었다. 전쟁을 해서라도 누이를 단국에 보내지 말았어야 했다고 생각했다. 앞뒤 분간하지 못하고 피만 뜨거웠던 시절의 이야기였다.

지금 자신도 딸을 알량한 평화를 위해 단국으로 보내려 하고 있었다. 염린공주가 그의 아버지에게 그러했듯, 경요는 영원히 그의 아픈 손가락이 될 것이다.

그는 왕이었다. 골치 아픈 환주 문제를 해결하고 단국과의 화친을 이어 가 여국 백성 수만의 목숨을 구할 수 있다면 공주가 아니라 왕비 역시 망설이지 않고 보내야 하는 것이 왕의 자리였다. 그는 그렇게 배웠고 배운 대로 살았다. 하석을 보내든 경요를 보내든 쓰라린 마음은 매한가지일 것이나 품에 안고 키운 하석과 달리 경요는 무릎 위에 올려놓고 어르지도 못한 딸이었다.

진수는 여동생 염린공주의 위패를 어루만졌다. 염린의 옆자리는 아마 경요가 되겠지.

동비는 왕 옆에 나란히 서 그의 손을 잡았다. 진수는 동비가 다가오는 기척도 느끼지 못했다.

"얼마나 이러고 계셨습니까. 손이 얼음처럼 찹니다."

동비는 손을 놓고 왕의 두 뺨을 자신의 따스한 손바닥으로 감쌌다.

문득 왕은 아내의 마음은 더욱 쓰라릴 거라는 데 생각이 미쳤다. 진수는 아내에게 미안했다. 아내는 자신에게 모든 것을 주었으나 자신은 아내에게 일생에 여자는 동비 하나라는 약속을 지킨 것밖에 없었다. 비를 하나만 둔 그 때문에 아내는 궁 안에서 무수한 고통을 감내해야 했다.

동비는 왕을 위로했다.

"사가의 부친께오서 제가 전하께 시집오던 날 말씀하시길 하늘은 인간의 오만을 경계하기 위해 전혀 생각지도 못한 미래를 준비해 놓는다고 하셨습니다. 경요가 단으로 가게 될지 누가 알았겠습니까. 전하, 경요의 미래를 지레짐작해 눈물을 쏟지 마세요. 사가의 부모님은 그 아이를 강하게 키우셨습니다. 삭막한 사막을 횡단하고 바다를 건너 이국의 땅을 밟은 아이입니다. 그 아이는 절대로 궁의 허례허식과 위선에 굴복하지 않고 곧은 마음을 지킬 것입니다."

"그대처럼 말이지."

동비가 여국의 궁에서 벌인 소동들을 떠올리자 자기도 모르게 미소가 떠올랐다.

"그대를 이곳에 시집보낼 때 장인어른도 이리 마음이 불안하셨을까? 상단의 후계자로 잘 큰 무남독녀 외딸을 '고작' 일국의 왕비로 보내야 했으니 말이야."

"분해하셨을 따름입니다."

그랬을 법한 일이라 진수는 웃고 말았다. 딸을 청하기 위해 그는 왕의 지위를 잊고 그저 필부가 되어 고개를 숙였었다. 그리고 그제야 혼인을 허락받을 수 있었다.

"분명 단국의 궁도 그 아이로 인해 조용하진 않을 겁니다. 단사황태후가 붙여두라고 해도 경요를 다루는 건 결코 쉽지 않을 겁니다. 그 아이는 궁의 법칙과 상관없이 움직이는 아이니까요."

"그대처럼 그 아이는 절대 갇혀 있지 않을 아이니까. 가끔 경요 그 아이가 사내였다면 얼마나 좋았을까 생각한 적도 있었다오."

"폐하는 세상을 움직이는 게 사내라고 생각하시지요. 그러나 그 사내를 낳고 키우는 건 여자입니다. 그것처럼 세상엔 여자밖에 할 수 없는 일이 있습니다."

"그래, 그대의 말이 언제나 그렇듯 옳소. 어쩌면 그 아이는 무언가를 바꿀지도 몰라."

"어쩌면 이곳에 돌아오지 않을 첫 그림자 신부가 될지도 모르지요."

"그럴지도. 나는 그렇게 믿는 마음으로 그 아이를 시집보낼 것이오."

동비와 왕은 염린공주 옆의 비어 있는 자리를 바라보았다.

혼례는 책비 의식과 겸해 여국에서 신랑 없이 치러졌다. 경요는 텅 비어 있는 신랑의 자리를 보며 앞으로 펼쳐질 자신의 운명을 실감했다.

악공들이 시경 관저關雎를 연주하자 가동歌童들이 변성기가 오지 않은 맑은 목소리로 노래를 불렀다.

관관저구關關雎鳩는 재하지주在河之洲요, 요조숙녀窈窕淑女는 군자호구君子好逑라…….

신랑 없는 썰렁한 혼례식이 끝난 뒤 경요는 책비례를 위해 단국 시녀들의 손에 이끌려 단국 황후의 혼례복을 입었다.

우승상을 대표로 하는 단국 사절단이 예석황제의 교지를 읽고 경요를 단국의 황후로 봉했다. 봉호는 여儷. 부부 중 한쪽을 의미하는 봉호를 받고 경요는 쓰게 웃었다. 자신에게 이만큼 안 어울리는 봉호도 드물 것이라는 생각 때문이었다.

경요는 자신의 혼례를 타인의 혼례를 구경하듯 했다. 그것은 한 여인과 한 사내가 맺는 인륜의 근본이라는 혼례가 아닌 영토와 화친을 교환하는 요식행위였다. 경요와 예석황제의 혼례는 환주를 단의 것으로 하기 위한, 단과 여의 위태로운 화친을 위한 도구임을 경요는 알았다. 혼례 당사자인 두 사람을 비롯해 단과 여, 환주 사람들이 이 혼인에 기대하는 것은 그것뿐이었다. 경요는 이름뿐인 지아비에게 그 무엇도 기대하지 않을 생각이었다.

지금까지 눈물을 흘리지 않은 그림자 신부는 경요가 처음이었다. 담담하게 예법대로 의식을 치르는 경요를 단과 여의 사람들이 바라보고 있었다.

단국의 대례복으로 다시 갈아입은 경요는 여국 궁인들을 뒤로하고는 단국 시종의 손을 잡고 궁문 밖에 있는 마차로 천천히 걸어갔다.

마차 문이 열렸다. 그런데 경요가 오르기를 망설였다. 갑자기 경요는 시종의 손을 뿌리치고 뒤로 돌아 빠른 걸음으로 아버지에게 다가갔다. 단국에서 온 경요의 시종들은 당황해서 우왕좌왕했다.

단국 쪽 사람들뿐만 아니라 여국 궁의 사람들도 당황했다. 여국 왕은 경요가 막판에 마음을 바꾼 것인가 생각했다.

'네가 정녕 가지 못하겠다고 말한다면, 무슨 대가를 치르더라도 너를 단국에 보내지 않으리라.'

여국 왕 진수는 그리 마음먹었다. 그러나 경요의 얼굴은 평온했다.

"아바마마, 저는 마지막 그림자 신부가 되기 위해 갑니다. 이 선택은 제가 한 것입니다. 그러니 저 때문에 울지 마세요."

왕은 경요를 일으켜 혼례복이 구겨지는 것도 상관없이 꼭 안았다. 그러고는 딸의 귀에다 대고 속삭였다.

"부디, 부디 건강하거라."

다시 만날 수 없다는 것은 부녀가 모두 알았다. 서로의 건강을 비는 것 말고는 할 이야기가 없었다. 이제 왕의 기억 속에 경요는 영원히 스물로 남을 것이다.

그의 딸은 이제 소녀가 아니었다. 여국의 국운을 어깨에 짊어진 그림자 신부였다. 야무지게 다문 입술에 제 소임을 다하겠다는 결의와 각오가 느껴졌다.

하석은 석채와 나란히 서서 멀어져 가는 경요의 혼례 행렬을 바라보았다. 하석은 하염없이 눈물을 흘렸다.

'동생아, 너는 내 가슴에 큰 가시 하나를 박았다. 내가 행복할 때마다 그 가시는 내 심장을 찌르며 내가 누구의 희생을 대가로 행복한 것인지를 일깨우겠지. 네가 행복하기 전까진 나 역시 행복할 수 없다.'

"우는 것이오?"

석채의 물음에 하석은 황급히 눈물을 닦았다.

"이제 와서 나와 혼인하기가 싫어진 것이오?"

석채는 짐짓 농을 던졌다. 짓궂은 석채의 말에 하석은 살짝 삐친 듯 입술을 오므리고 고개를 돌렸다. 하지만 다시 굵은 눈물이 주체할 수 없이 흘렀다. 석채는 소매로 하석의 눈물을 닦아 주었다.

"누가 보면 그림자 신부로 떠나는 이가 경요공주가 아니라 그대인 줄 알겠소. 그림자 신부로 떠나는 경요공주는 눈물 한 방울 흘리지 않고 씩씩하게 혼례를 마쳤거늘, 그대는 내내 울고 있구려."

석채는 지금 떠나가는 이가 하석이 아니라는 것이 믿기지 않았다. 이 사람과 혼인할 수 있다는 것도 믿을 수 없었다. 모든 것이 꿈같기만 했다. 그러면서도 마음껏 좋아할 수 없었다.

"나는 어젯밤에 한숨도 자지 못했소."

왜냐고 묻는 눈빛으로 하석이 석채를 바라보았다.

"혹 경요공주가 아니라 그대가 갈까 봐. 그대는 충분히 그러고도 남을 사람이니까."

"지금도 무를 수만 있다면 무르고 싶습니다. 그 영리한 아이는 아바마마를 움직였습니다. 단에서 경요를 황후로 책봉하겠다는 국서가 온 후에야 제게 알리더군요. 모든 일이 다 끝난 후에야 말입니다."

"나를 은애한 것을 후회하오?"

하석은 고개를 가로저었다.

"내 약속하리다. 경요공주가 아니었으면 우린 절대 함께할 수 없었을 것이오. 당신에겐 미안하지만 하나뿐인 내 목숨을 그대의 동생을 위해 쓸 것이오. 경요공주가 단국에서 위험한 처지에 빠져 목숨을 위협받거나, 죽어도 단국의 궁에서 살 수 없겠다 하면 내 목숨을 걸고 당신의 여동생을 여국에 데려오겠소. 약속하오."

하석은 말없이 자신의 약혼자 얼굴을 바라보았다.

"서운하오? 그대가 아니라 그대 여동생을 위해 목숨을 건다는 맹세가?"

하석이 고개를 저었다.

"그것 또한 저를 위해 그리하심을 알고 있습니다."

"그렇소. 난 그대가 우는 게 싫소. 그대를 울게 하는 것은 무엇이라도 가만두지 않을 것이오. 그것이 단국의 황실이라도 말이오."

경요의 혼례 행렬은 느릿느릿 여국을 통과해 도도한 강물처럼 국경을 향해 흘러갔다.

여국 사람들은 말없이 그림자 신부의 혼례 행렬을 바라보았다. 그들 중에는 30년 전 단국으로 시집간 염린공주가 3년 만에 차디찬 시신으로 돌아왔던 것을 기억하는 이가 있었다. 여국 사람으로선 3백 년 전의 치욕적인 패배를 곱씹는 쓰라린 행렬이었다. 이렇게 슬픈 신부의 행렬이 있을까. 자기도 모르게 눈에 고인 눈물을 남모르게 닦아 내는 사람도 있었다.

배웅하는 이들의 물기 어린 분위기와 달리 경요는 이전과 다름없이 씩씩했다. 여덟 살 때부터 다닌 원행은 그녀에게 사람 사는 세상은 어딜 가나 똑같다는 진리를 가르쳐 주었다. 괜히 기죽을 이유가 뭐가 있을까? 자신은 여와 단의 화친을 위한 최고로 비싼 인질이었다.

경요는 어쩌면 마지막일지 모르는 여국의 풍경을 응시했다. 문득 경요는 자신의 지아비가 될 예석황제가 어떤 사람인지 궁금해졌다. 그쪽에서도 갑작스럽게 신부가 바뀌어 자신에 대해 아무것도 모르는 것처럼 경요 역시 예석황제에 대해선 아는 게 없었다. 지피지기면 백전백승. 경요는 예석황제가 어떤 사람인지 알아봐야겠다고 마음먹었다.

경요는 자신이 단국으로 인도되는 것을 보기 위해 따라온 사촌 여동생 모린에게 귀엣말을 했다. 천녀처럼 고운 얼굴과 달리 경요 못지않은 말괄량이인 모린은 쿡쿡 웃으며 고개를 끄덕거렸다. 두 여인이 귀엣말을 하며 웃는 모습을 서화가 바라보았다. 인질로 끌려가면서 무에 웃을 일이 있으신 건지. 서화는 나지막하게 한숨을 쉬었다.

경요가 눈물 바람이라도 했다면 서화는 국혼이고 뭐고 당장 때려치운 뒤 경요를 데리고 병주로 도망쳤을 것이다. 서화는 경요를 위해서는 죽을 수도 있었다. 애초에 죽은 목숨이었던 자신에게 살아야 할 이유를 준 것이 경요였다.

"서화, 잠시 눈을 감아."

"예?"

"눈을 감으라니까!"

서화는 영문도 모르고 눈을 감았다.

한참 후 서화가 다시 눈을 떴을 때 경요는 바지와 갑옷을 입고 있었다. 무인복武人服 차림이었다. 화려한 대례복을 입고 있는 건 모린이었다. 서화는 어안이 벙벙했다.

"마마, 또 무슨 일을 꾸미고 계십니까. 그 무인복은 어디서 구하신 겁니까?"

"모린에게 잠시 내 역할을 맡기고 난 좀 돌아다닐 생각이야. 지피지기면 백전백승. 호랑이 굴에 들어가기 전에 그 호랑이 식성이라도 알아 둬야 좋을 것 같아서."

경요는 태연하게 말했다.

"공주마마는 그렇다 치고 모린님까지 그 장단을 맞춰 주면 어떡합니까. 자칫 들키기라도 하면, 이건 외교 문제로 비화될 수도 있다고요."

하지만 경요는 아랑곳하지 않고 잽싸게 마차 밖으로 나가 버렸다.

'하긴 언제 공주님이 내 말을 들었던가.'

서화는 한숨을 쉬다가 마차 안에 모린과 단둘이라는 사실을 깨닫고 얼굴이 발갛게 달아올랐다. 마냥 어린 줄 알았던 모린은 성숙한 여인의 향기를 풍기고 있었다. 자신의 매력을 아는지 모르는지 모린은 서화를 똑바로 바라보며 입도 가리지 않고 쿡쿡 웃었다. 붉은 입술 사이로 언뜻 보이는 흰 이에 자기도 모르게 눈이 간 서화는 황급히 눈을 내리깔았다. 무엄한 짓이었다. 지금은 면천되었지만 서화는 이국의 피가 섞인 노예 출신이고 모린은 왕의 조카다. 감히 한자리에 나란히 앉을 수도 없었다.

"오라버니의 평생소원을 들어준 경요공주님의 부탁을 내가 어떻게 거절할 수 있겠어?"

석채 핑계를 대긴 했지만 그녀는 서화와 함께 있고 싶어 온 것이었다. 관례를 치른 후 서화는 모린과 거리를 두었다. 그것이 모린은 못내 서운했다.

모린이 서화의 눈을 뚫어져라 바라보았다.

서화가 모린을 처음 보았을 때 그녀는 겨우 여섯 살짜리 꼬맹이였다. 안아 달라 하여 안아 주었더니 대뜸 그의 눈을 손가락으로 찔렀다.

"네 눈, 유리구슬 같아. 햇빛을 받으면 색깔이 변해. 녹색인 것 같기도 하고 파란색인 것 같기도 하고 보라색 같기도 해. 참 예뻐. 갖고 싶어."

얼굴도 보지 못한 아비가 준 특이한 눈빛을 다들 요괴의 눈이라고 하며 기피하였다. 태어나서 처음으로 그의 눈을 예쁘다고 말해 준 소녀는 자신이 그보다 백 배, 아니, 천 배는 더 예쁘다는 것을 모르는 것 같았다. 그 이후에도 모린은 매번 서화의 눈을 뚫어져라 바라보았다. 그리고 만족스러운 듯 미소를 지었다.

수진대군의 고명딸인 모린은 어렸을 적에는 서화가 가져오는 이국의 이야기를 목마르게 기다렸다. 그리고 언제부터인가 모린은 이야기가 아닌 서화를 기다렸다. 모린에게 서화는 세상에서 가장 아름다운 보석 같은 사람이었다. 다른 사람은 징그럽다고 하는 서화의 눈빛도, 머리카락도 모린에겐 희귀한 아름다움으로 느껴졌다.

하지만 서화는 참 무정하리만큼 그녀를 돌아봐 주지 않았다. 서화의 눈은 늘 사촌 언니인 경요공주의 등에 고정되어 있었다. 그래서 접어야 하는 마음인 줄 알았다. 하지만 그녀는 깨달았다. 그 눈빛은 여인을 보는 눈빛이 아니었다. 태어나 처음 본 대상을 어미라 믿고 맹목적으로 따르는 아기 오리의 눈빛이었다. 서화에게 경요는 여자가 아니었다. 가장 소중한 사람이기에 경요를 연심의 대상으로 삼을 수 없었다. 그 사실을 알게 된 이후 모린은 느긋한 마음으로 기다렸다.

잠시 보지 않았던 사이에 모린의 눈빛이 깊어졌다. 서화는 가슴이 두근거렸다. 그저 어린 소녀인 줄만 알았는데 저런 눈빛으로 사내를 보기도 하시는구나.

그 눈빛을 감히 마주할 수 없는 서화는 얼굴을 붉히며 마차 밖으로 나갔다.

　여국과 단국의 국경이기도 한 화경강에 임시로 화려한 다리가 놓였다. 경요는 단국의 깃발이 나부끼는 강 저편을 보면서 단국 땅에 시집가는 것을 실감했다.

　곧 여국의 혼례 행렬이 당도할 것이라는 소식이 예석황제의 천막에 도달했다. 준은 지난밤 단사황태후와 함께 화경강 근처에 있는 행궁에서 머물렀다. 예석황제는 신부를 맞이하기 위해 자리에서 일어났다. 강에서 불어온 바람이 허리띠에 걸린 옥패를 흔들어 맑은 소리를 냈다.

　준은 지금 자기 앞에 나타날 여인이 어떤 여인인지는 전혀 관심이 없었다. 준에게 그림자 신부는 황제가 되기 위해 거치는 과정의 하나였다. 그녀는 그가 지금 입고 있는 황제의 예복에 딸린 장식품에 불과했다.

　저 멀리 행렬이 보였다. 금으로 장식한 저 마차에 그림자 신부가 타고 있을 터였다. 고약한 관습이라고는 생각했다. 그러나 여자 하나로 전쟁을 막을 수 있다면 여국도 단국도 손해 보는 장사는 아니었다. 준은 선황의 그림자 신부를 떠올렸다.

　'이름이 뭐였더라?'

　준은 기억을 더듬었다. 그가 황제가 된 후 그녀도 황태후로 추서되었다.

　'염린. 그래, 염린이라는 이름이었지.'

　추서를 청하는 문서에 작은 글씨로 쓰여 있던 그 이름, 염린.

단에서 그 이름을 불러 준 이가 있었을까? 그녀는 형요황태후로 추서되었다. 빛날 형炯과 빛날 요耀. 지하에 있는 그녀는 아마도 자신의 새로운 봉호를 마음에 들어 하지 않을 것이다.

준은 자신의 그림자 신부가 무슨 이름이었는지 기억해 내려 했지만 떠오르지 않았다. 그가 직접 낙점한 봉호조차 기억나지 않았다. 예부에서 다섯 가지를 올렸고 그중 하나를 골랐는데, 다른 업무를 처리하면서 대충 결정해서인지 아무리 애를 써도 떠오르지 않았다.

'기억한들 부를 리 없는 이름이다.'

신부의 도착을 알리는 상서로운 음악이 울려 퍼졌다. 준은 친영의 예로 맞이하기 위해 시종과 관리들을 이끌고 마차 쪽으로 걸어갔다. 황제의 행차를 알리는 황금색 깃발이 바람에 펄럭였다.

단국 황실에서 두 번째로 품계가 높은 여성인 혜란공주가 단국 황실을 대표하여 경요를 맞이하기 위해 마차 문 앞에 섰다. 시종이 조심스러운 손길로 마차 문을 열었다.

마차 안은 텅 비어 있었다. 공주가 없었다.

"이게 어찌 된 일이냐? 무슨 변고냐?"

당황한 혜란공주는 주위를 돌아보며 작은 목소리로 중얼거렸다.

준도 당황하긴 마찬가지였다. 신부가 사라지다니! 전대미문의 일이었다. 여국 쪽 사람들도 당황한 것은 마찬가지였다. 가능성은 두 가지. 신부가 도망을 갔거나, 아니면 사고를 당했거나. 도망이라면 여국의 책임이었고 사고라면 단국의 책임이었다.

사람들은 모두 예석황제의 눈치만 살폈다. 그때였다. 갑주와 투구로 몸을 감싸고 활과 칼로 무장한 이가 성큼성큼 예석황제 앞으로 다가왔다. 씩씩하고 발랄한 발걸음이었다. 다들 뜻밖의 상황에 할 말을 잃었다. 모두 그자의 당당함에 압도당한 듯 칼을 찬 이가 황제 쪽으로 가는데도 멍하니 바라보고만 있었다.

황제와 그자의 거리가 다섯 걸음 정도로 좁혀졌을 때 호위 무사의 일부는 왕을 감쌌고 다른 일부는 칼을 뽑아 들었다. 반짝이는 칼날 앞에서도 그자는 조금도 위축되지 않았다. 칼날에 발걸음이 막히자 천천히 투구를 벗었다. 긴 검은 머리카락이 폭포수처럼 쏟아졌다. 한낮의 햇빛에 머리카락은 흑요석처럼 반짝였다. 준은 그 머리카락이 눈부셔 잠시 눈을 감았다 떴다. 사내가 아니라 여인이었다.

"공주님! 경요공주님!"

여국 쪽에서 비명 같은 소리가 울려 퍼졌고, 동시에 여국과 단국 사람들 모두 무릎을 꿇었다. 경요와 준, 단사황태후만이 서 있었다. 경요는 흔들림 없는 눈으로 준을 바라보았다. 곧고 맑은 눈빛이었다.

감히 그와 눈을 마주칠 수 있는 자는 이제 단국 땅에 없었다. 그런데 이 여인은 그를 똑바로 바라보고 있었다. 그가 자신의 지아비로 적당한지 평가하는 눈빛이었다. 준은 그 눈빛을 피하지 않았다.

경요는 황제 앞에서 몸을 감싸고 있는 무거운 갑옷을 벗었다. 갑옷 안에는 외할머니가 혼례 때 입은 화경족의 혼례복을 입고 있었다. 붉게 물들인 가죽에 화려하게 수를 놓은 화경족의 혼례복이 경요에게 썩 잘 어울렸다.

그 모습을 본 예석황제의 눈이 휘둥그레졌다. 붉은 태양이 여인으로 변신해 그의 앞에 나타난 것 같았다.

경요는 무릎을 꿇고 예석황제가 보낸 책봉책을 들어 올리며 큰 목소리로 말했다.

"여국의 경요공주, 단국의 예석황제께 인사드립니다."

여인의 목소리라고는 믿을 수 없을 만큼 크고 또렷했다.

시종이 책봉책을 받아 들자 경요는 자리에서 일어났다. 감정을 표현하는 게 익숙하지 않은 준은 시종일관 무표정한 얼굴로 경요를 바라보고 있었지만 사실 속으로는 크게 놀라고 당황한 상태였다.

두어 걸음 떨어진 곳에서 단사황태후는 경요를 차가운 눈으로 관찰하고 있었다. 저런 망아지 같은 공주라니 기가 찰 노릇이었다.

'적어도 저 얼굴이면 미색으로 황상의 마음을 흔들진 못하겠군.'

흰 피부와 아담한 체구, 부드러운 인상의 얼굴을 미인으로 치는 단국 기준으로 볼 때 마르긴 했으나 근육이 붙어 단단해 보이는 몸, 여자치고는 큰 키, 윤곽이 뚜렷한 검은 얼굴을 가진 경요는 추녀에 가까웠다. 하석공주가 미색이라는 말에 여동생인 경요공주 역시 미인일 거라 예상했던 단사황태후의 예상이 빗나간 것이다.

단사황태후의 생각과는 달리 이국적이고 활달한 경요의 모습에 준은 신선한 충격을 받았다. 중원의 부를 독점한 단의 황궁에서 자란 준이었기에 아름다움은 공기같이 당연한 것이었다. 미美는 그의 마음에 별다른 감흥을 주지 않았다.

경요의 활력과 당당함, 기품과 단정함이 그에겐 색다른 매력으로 다가왔다. 그가 보아 온 미인들이 달콤한 향기를 풍기는 꽃과 같았다면, 경요는 하늘을 향해 힘차게 가지를 뻗은 나무 같았다. 보는 것만으로도 마음이 싱그러움으로 물들었다. 여러모로 경요는 그의 마음을 흔들었다. 스무 해를 살아오면서 오늘처럼 다양한 감정들을 느낀 것은 처음이었다.

친영례를 주관해야 하는 예부의 수장 한녹섬은 황제와 경요가 아무 말 없이 계속 서로를 빤히 바라보고만 있자 어찌해야 할지 몰라 당황했다. 그런 녹섬을 단사황태후가 구해 주었다.

"그럼 친영례를 시작하도록."

황태후의 말에 단국 사람들도, 또 여국 사람들도 일사불란하게 움직였다.

경요가 적의로 갈아입기 위해 물러난 뒤에도 준은 무언가에 홀린 듯, 자신의 그림자 신부가 사라진 곳을 계속 바라보았다.

3

기나긴 친영례는 해가 질 즈음에야 막바지에 이르렀다.

경요와 준은 단국 신하들과 궁인들의 하례를 받았다. 나란히 앉은 경요와 준 앞에 수많은 사람들이 다가와 절을 올렸다. 경요는 허울뿐인 황후답지 않은 위엄으로 하례를 올리는 이들을 대했다. 겨우 스물에 불과한 황후가 풍기는 강한 기운에 대다수 사람들은 저도 모르게 움찔했고 감히 눈도 마주치지 못했다. 첫인상부터 만만치 않았다.

하례가 끝난 후, 만세가 서른세 번 울려 퍼졌다.

강 건너편에서는 경요공주를 호위하기 위해 따라온 여국 사람들과 화경족 상단 사람들이 침통한 표정으로 경요와 단국 황제의 국혼을 보고 있었다. 여국 사람들과 화경족 사람들의 얼굴만 보면 경사인 혼인이 아니라 애사인 장례라고 생각할 정도였다.

예석황제의 안전을 이유로 경요의 혼례 행렬을 따라온 이들 중 일부만이 강을 건널 수 있었다. 모린과 서화는 도강을 허락받아 친영례를 치르는 경요의 모습을 가까이에서 바라보았다.

친영례가 끝나자 긴장되었던 공기가 풀렸다. 이제 단국 땅에 잠시 발을 디딘 여국 사람들은 다시 다리를 건너 여국 땅으로 돌아가야 했다. 모린과 서화는 마지막 의식을 위해 몇 명의 호위 무사와 함께 경요가 있는 천막으로 걸어갔다. 두 사람은 단국의 황후가 된 경요의 모습을 보는 것도 허락되지 않았다.

경요는 여국 사람들과 헤어져 단국 사람들에게 둘러싸이게 되자 갑자기 쓰라린 외로움이 밀려옴을 느꼈다. 여국의 물건은 실오라기 하나도 가지고 가는 것이 허락되지 않았다. 끝까지 쥐고 있던 하석의 홍옥 목걸이도 상자에 넣어야 했다. 모린과 서화는 경요가 지녔던 여국 물건들을 단국의 시종이 가지고 나오자 천막 쪽을 향해 큰절을 올리고 물러났다.

"마지막 인사는 얼굴을 뵙고 하고 싶었는데……."

모린이 투덜거렸다. 서화의 마음 역시 그러했다. 그에게 경요는 주인이었고 동료였다. 언제든 자신의 등을 맡길 수 있는 벗이었다. 경요 역시 위기의 순간 칼을 뽑아 들 때면 그에게 등을 맡겼다. 계획한 대로 미래가 흘러갔다면 경요는 상단의 우두머리가, 그는 으뜸행수가 되었을 것이다. 그러나 인간의 계획을 비웃기라도 하듯 경요의 미래는 엉클어져 버려 전혀 예상하지 못한 길을 걷게 되었다.

'공주님, 이제 제가 등을 지켜 드릴 수 없습니다. 스스로를 지키셔야 합니다. 그리고 이제 저도 공주님 없이 살아야 하는 군요.'

죽는 것보다 사는 게 좋다는 걸 그에게 가르쳐 준 경요였다.

여국 변방에 살던 서화의 어미는 노략질을 하러 온 이국의 해적에게 몸을 더럽혔다. 그리고 아홉 달 후 머리는 다 익은 보리처럼 누렇고 두 눈은 보랏빛으로 반짝이는 사내아이가 태어났다. 몸을 더럽혔다는 이유로 어미는 돌에 맞아 죽었고 서화는 노예로 팔렸다.

그는 갈 곳도 없으면서 몇 번이고 도망쳤고, 잡혀 올 때마다 매질은 더욱 매서워졌다. 그런 그를 산 것이 경요의 외할아버지 위보형이었다. 보형은 그를 화경족의 일원으로 받아 주었다. 태어나서 처음으로 서화는 자신을 보호해 주는 무리에 속하게 되었다.

화경족은 특이하게도 핏줄에 연연하지 않았다. 그들 공동체가 인정해 받아들이면 화경족의 일원이 되어 보호받을 정당한 권리를 가졌다. 그들의 우두머리이자 경요의 외할아버지는 외손녀이자 훗날 상단을 이끌 경요나 이국의 피가 섞인 노예 출신인 그에게 똑같이 장사를 가르쳤다. 배움의 기회는 동등했다. 아무도 그가 노예 출신이라고 무시하거나 학대하지 않았다. 재능과 실력이 있으면 누구나 앞자리에 설 수 있었다. 서화는 스물도 되기 전에 중간행수로 입지를 다졌다.

여국에서 단국으로 오는 열흘 동안 경요는 마치 서화와 긴

장삿길에 나서는 것처럼 굴었다. 그래서 서화는 슬플 겨를이 없었다.

'마지막까지 공주마마는 저를 위해 주시는군요. 저 같은 하찮은 자가 슬퍼한들 무슨 상관이라고 그리 애써 웃으십니까.'

모린이 서화에게 물었다.

"서화 너는 이제 어디로 갈 것이냐? 병주로 떠날 것이냐?"

병주는 화경족의 근거지였다.

"네, 내일쯤 함께 온 상단 사람들과 떠날 생각입니다."

"그럼 오늘은 어디에 묵을 것이냐?"

"화경족은 혼인한 날 큰 모닥불을 피우고는 밤새도록 노래를 부르고 춤을 추고 술을 마시면서 신부의 행복을 빈답니다. 모닥불이 클수록, 잔치판이 클수록, 노랫소리가 클수록 신랑과 신부가 잘산다고 합니다. 그래서 밤새도록 큰 잔치판을 벌이기로 했습니다. 가연佳緣을 시기하는 잡귀들을 쫓기 위해 가면 놀이와 불꽃놀이도 할 생각이구요."

화경족 상단에게 경요는 단지 우두머리의 외손녀딸이 아니었다. 생사를 함께한 동료였다. 긴 시간 험한 길을 같이 가면서 상단 사람들은 피를 나눈 친동기보다 더 깊고 뜨거운 우애를 나누게 되었다. 그들은 여동생을 시집보내는 심정으로 잔치와 놀이판을 준비했다. 그것은 경요의 뒤에 여국뿐만 아니라 화경족이 있다는 것을 보여 주겠다는 마음이기도 했다.

"그거 정말 볼 만하겠구나. 경요공주님을 위한 잔치일 텐데, 마마께서 보지 못하신다니 아쉽다. 정말 즐거워하셨을 텐데."

모린의 목소리에 아쉬움이 뚝뚝 묻어났다. 이렇게 서화와 이별하면 언제 다시 볼 수 있을까? 이젠 경요언니 핑계도 댈 수 없는데.

"보러……, 오시렵니까? 모린님이 봐 주신다면 경요공주님도 기뻐하실 겁니다."

뜻밖의 초대에 놀랐는지 모린은 갑자기 수줍음 많은 벙어리가 된 듯 그저 발갛게 달아오른 얼굴로 고개가 떨어져라 아래위로 끄덕였다.

"그럼 해가 지고 모닥불이 피워지면 모시러 오겠습니다. 밤바람이 찰 테니 옷을 단단히 입고 기다리세요."

시녀들은 익숙한 손길로 경요의 대례복을 벗겼다. 경요의 천막 안에는 매듭 풀리는 소리와 비단 옷자락이 스치는 소리 말고는 아무 소리도 나지 않았다. 머리와 몸을 장식했던 화려한 떨잠과 비녀, 목걸이와 귀걸이, 팔찌, 반지를 빼고 얇은 비단옷을 입혔다.

"황후마마, 드시지요."

내인 하나가 초록색 유리잔을 쟁반에 받쳐 경요에게 올렸다.

"이것이 무엇인가?"

"여독을 풀고 편히 잠들게 하는 약재를 넣고 달인 차입니다."

경요는 천천히 맛을 음미하며 차를 마셨다. 그녀의 미간에 주름이 잡혔다.

'이 맛은 분명……'

경요는 눈에 힘을 주고 차를 가져온 내인을 바라보았다. 위엄 있는 경요의 눈빛에 내인은 자기도 모르게 심장이 오그라드는 기분이었다.

그림자 신부라도 황후는 황후다. 무엄하게 구는 건 오직 단사황태후나 황제만이 가능한 일이지 자기 같은 일개 내인은 그 그림자도 밟을 수 없다.

"황태후마마께서 내리신 차인가?"

"그, 그러하옵니다."

경요가 보란 듯이 화사하게 미소 지었다. 내인은 그 미소가 서릿발처럼 차갑다고 느꼈다. 그 차가 무엇인지 아는 게 분명했다.

'예사로운 분이 아니시다.'

차라리 노기를 드러내는 게 덜 무서울 것 같았다. 내인은 경요와 단사황태후가 비슷하다고 느꼈다. 단사황태후도 노기가 크면 클수록 미소가 화사해지지 않던가.

"먼 곳에서 온 사람에게 이리 신경을 써 주시니 감사하다고 전해 다오."

"명 받잡겠사옵니다."

내인은 벌벌 떨면서 허둥지둥 경요의 천막을 나섰다. 하지만 다리가 후들거려 몇 걸음 못 가 고꾸라지고 말았다. 그 서슬에 유리잔이 바닥에 떨어져 박살이 났다.

경요는 옷을 갈아입은 후 시녀들을 모두 천막 밖으로 나가게 했다. 그러고는 손가락을 입안에 넣고 좀 전에 마신 것을 다

토했다. 노간주나무 열매와 회향 가루, 율무로 만든 차였다. 노간주나무 열매와 회향 가루는 성욕을 억제하고 임신을 막는 약효가 있었다. 율무 역시 여인의 성욕을 감퇴시킬 때 쓰는 민간요법이었다.

'환영 선물이 요란하군요, 황태후마마.'

갑자기 눈물이 쏟아졌다. 이젠 외조부도 서화도 없이 홀로 단국에서 살아가야 했다. 경요는 입술을 깨물었다. 눈물을 닦았다. 아무도 없는 곳에서 질질 짜는 건 그녀답지 않았다. 이렇게 울려고 언니 대신 그림자 신부로 오겠다고 한 건 아니었다. 그 누구도 그녀를 불행하게 만들 수 없었다. 경요는 뺨을 가볍게 톡톡 쳤다.

동뢰연을 위한 천막에 들어가니 준이 먼저 기다리고 있었다. 합궁은 하지 않는 기이한 초야였다. 경요가 도착하자 조촐한 술상이 차려졌고, 내인과 내관들은 모두 밖으로 물러났다. 황제를 상징하는 용과 황후를 상징하는 봉황으로 조각한 붉은 초가 은은한 난향을 뿜어내며 제 몸을 녹였다. 황동 화로에 담긴 숯이 이글거리며 타고 있었고 그 위에 올려 둔 놋쇠 주전자에서 쉭쉭 김이 올라왔다.

신방 벽은 사막에 있는 역국에서 가져온 귀한 융단들로 장식돼 있었고 바닥엔 대형 깔개가 깔려 있었다. 눈썰미가 좋은 경요는 그중에서 서화가 단국 황실에 팔았던 융단들을 찾아냈다. 어쩐지 서화가 꾸며 준 신방에 들어온 기분이었다. 멀리서 들리는 화경족들의 노랫소리에 경요의 마음은 한결 편해졌다.

경요와 준은 술상을 마주했다. 경요는 눈을 내리깔지도 부끄러워하지도 않았다. 그녀는 자기 앞에 있는 준을 호기심 어린 눈으로 바라보았다.

여국 군사 복장으로 단국 군사들 사이를 활보하며 경요는 귀동냥으로 예석황제에 대한 정보를 그러모았었다. 일황자를 제치고 황위에 오른 약관의 사황자. 일황자를 양자로 삼은 선황의 후궁 희귀비와 단사황태후의 암투는 아랫사람들도 소상히 알 정도였다. 승자가 모든 것을 가지는 황위 싸움인 만큼 사황자가 황태자로 책봉된 뒤 희귀비 쪽 사람들은 모두 목숨을 잃었다. 피에 젖은 황위였다.

경요는 자신이 단국 궁에서 싸워야 할 상대는 예석황제가 아닌 단사황태후임을 직감했다.

준은 자기 앞에 황후로 앉아 있는 경요를 보면서 생각했다.

'내게 혼인은 국가의 안정을 위한 도구일 뿐이다.'

준은 낮은 목소리로 경요에게 말을 걸었다.

"이런 곳에서 초야를 맞이하게 해 미안하군."

경요는 그의 목소리가 무표정한 얼굴과 달리 부드럽고 따스하다는 데 잠시 놀랐다. 보이는 것만큼 차가운 사람은 아닌 것 같았다. 천막에서 잠을 자야 하는 경요에 대한 진심 어린 걱정이 묻어난 그의 목소리 덕에 경요는 단국에 와서 처음으로 받은 황태후의 선물을 잠시 잊을 수 있었다.

문득 경요는 이렇게 얼굴이나마 볼 수 있는 건 초야 정도가 아닐까 싶었다. 단국 궁에 들어가면 거의 유폐나 다름없는 생활이 기다리고 있을 것이다. 그러니 이참에 할 말은 다 하자고 경요는 마음먹었다.

"괜찮습니다. 저는 상단에서 자랐기에 거친 음식과 험한 잠자리에 익숙합니다. 거래 기일이 촉박할 때는 걸어가는 낙타 위에서 잠을 잔 적도 있답니다."

준의 얼굴에 호기심이 가득했다. 상단 일을 하는 공주가 있을 거라고는 상상도 하지 못했다. 모르는 게 어디 그것뿐일까. 그는 허울뿐인 황후의 이름도 모르고 있었다.

"상단? 그대는 공주인데 어찌 상단에서 자란 것인가?"

"외조부께서 아바마마와 어마마마의 혼인을 허락하시면서 태어날 아이 중 하나는 상단의 후계자로 달라고 부탁하셨습니다. 어마마마는 외동딸로 다른 형제가 없으시거든요."

화경족은 화문초원에 사는 유목 민족으로 이들은 나라를 만들지 않은 채 어느 나라에도 속하지 않고 자유롭게 국경을 넘나들며 교역을 했다. 차와 소금, 비단과 도자기, 향료와 보석들이 이들 손을 거쳐야 했다.

"그럼 가까운 친척 아이를 양자로 들이면 되는 것 아닌가."

"화경족은 가문을 여자가 잇습니다. 제 외조부께서 상단을 지휘하시지만 가문의 주인은 외조모시지요. 제 외조모께서도 외딸이시라 가까이에서 취할 양딸도 없었습니다."

"그럼 내게 시집오지 않았다면 그대도 데릴사위를 들여 가문을 이었겠군."

"예, 그렇습니다. 그러니 제가 공주답지 않더라도 너무 놀라시지 않길 바랍니다. 전 공주의 몸가짐이나 예법 같은 건 애초부터 배우지 않았으니까요."

"그럼 무엇을 배웠나?"

"의술과 산학, 천문학을 배웠습니다. 또 칼을 쓰는 법, 산을 타는 법, 낙타를 모는 법, 낯선 사람의 마음을 얻는 법, 좋은 물건을 고르는 법, 이익 앞에서 흔들리지 않는 법을 배웠습니다."

"장사꾼이 이익 앞에서 흔들리지 않는다니 믿을 수 없군."

"장사꾼이 이익에 흔들리면 상도의 근본이 흔들리고, 임금이 권력에 흔들리면 나라의 근본이 흔들립니다. 외조부께선 이렇게 말씀하셨습니다. 이췌는 칼[刀]이라, 큰 이익에 눈이 멀어 덥석 잡았다간 칼날에 손을 크게 벨 수 있다고요. 이췌가 이리理가 되도록 하는 게 장사꾼의 역할이라 배웠습니다."

생김과 행동만큼 쏟아 내는 말도 예사롭지 않았다. 준은 자기도 모르게 살짝 미소 짓고 말았다. 어쩐지 편안하고 유쾌한 기분이었다. 그 앞에서 이리도 거침없이 자기 생각을 말하는 이를 만난 건 오랜만이었다. 갑자기 준은 경요에게 궁금한 점이 생겼다.

"원래 시집오기로 한 건 하석공주라 들었는데 왜 그대가 상단의 후계자 자리를 포기하고 짐에게 시집을 온 것인가?"

"언니에겐 정인情人이 있습니다. 그래서 제가 시집오게 된 것입니다."

준으로선 상상도 할 수 없는 우애였다.

'단지 그 이유 때문에 그림자 신부가 된 것이라고?'

그에게 형제는 언젠가 쓰러뜨려야 할 경쟁자였을 뿐이다.

경요가 웃으며 말했다.

"여국 제일의 미인으로 소문난 하석공주를 기대하셨는데, 선머슴 같은 제가 시집와서 기분이 상하셨는지요."

"아, 아니. 그렇지 않아."

준은 자기도 모르게 진심을 살짝 흘리고 말았다.

"짐은 그대도 충분히 아름답다고 생각하는데."

준의 말에 경요는 당황했다. 재치 있다거나 똑똑하다, 현명하다, 강인하다, 민첩하다, 발랄하다는 칭찬은 들은 적이 있지만 누군가에게 아름답다는 말을 들은 건 난생처음이었다. 농담인가 생각하여 준의 안색을 살폈으나 그는 이전과 다름없이 시종일관 진지한 얼굴이었다.

빈말이라도 예쁘다고 하기 힘들 만큼 경요는 미인과는 거리가 멀었다. 자신에게나 타인에게나 객관적인 그녀는 그 사실을 잘 알고 있었고, 자신이 예쁘지 않은 것에 별 불만이 없었다. 그러나 낯선 사내가 진지한 목소리로 '충분히 아름답다.'는 말을 하자 자기도 모르게 얼굴이 화끈 달아오르는 기분이었다.

경요는 예석황제가 사내이고 자신은 여자임을 깨달았다. 자신을 여인으로 보는 시선이 난생처음이라 부끄러웠던 것이다. 그런 그녀의 기분을 아는지 모르는지 준은 경요를 물끄러미 바라보고 있을 따름이었다. 자신의 말이 맞는지 확인이라도 하는 시선이었다.

어색한 침묵을 깨기 위해 경요는 작은 은 술잔에 술을 따랐다. 준은 자신의 술잔이 차자 경요에게 술병을 받아 그녀의 잔을 가득 채워 주었다. 경요는 술을 마시고 얼굴 표정이 이상해졌다.

"술이 아니네요."

"단술이군."

혹시라도 술 때문에 흐트러져 남녀 간의 교합이 생길까 봐 그림자 신부와의 동뢰에는 술 대신 단술을 쓰는 게 관례였다.

준과 경요는 서로의 잔을 다시 채웠다. 경요는 고개를 들어 준을 똑바로 바라보았다.

"제가 한 말씀 드려도 될까요?"

준은 고개를 끄덕였다.

"폐하와 저는 기이한 인연으로 몸을 나눌 수 없는 부부가 되었습니다. 그러나 몸은 나눌 수 없어도 마음은 나눌 수 있지 않을까요? 상냥하게 대해 주신다면 그 보답으로 절대 폐하를 배신하지 않는, 신의 있는 벗이 되어 드리겠습니다."

"벗이라."

참으로 당돌한 소녀였다. 황제의 벗이 되어 주겠다는 건가?

"적국의 황제인 나와 벗이 되겠다?"

황제에게 적국에서 볼모로 데려온 신부의 신의가 필요할 거라고 생각하는 걸까? 그러나 경요는 무언가 대단히 소중한 것을 주는 듯한 눈빛으로 말을 했다.

"그대는 나를 믿는 건가?"

경요는 망설이지 않고 대답했다.

"믿습니다."

"왜? 무슨 근거로? 그대는 짐을 전혀 모르지 않나. 짐은 그대 이름조차 모르네. 그런데 어찌 경솔하게 믿는다는 말을 하는 것인가?"

"사람을 사귀는 건 믿음에서 시작해야 한다고 배웠습니다."

"상대가 나쁜 마음을 먹고 그대를 배신한다면?"

"배신한 이후에 상대에 대한 믿음을 거둬 내도 늦은 게 아니라고 생각합니다. 그리고 폐하, 제 이름은 경요입니다. 기억해 주세요."

준은 자기도 모르게 미소를 지었다. 그러나 씁쓸한 미소였다.

"그대는 행복한 사람이군. 사람을 믿을 수 있다니 말이야."

"폐하는 사람을 믿지 않습니까?"

"아무도 믿지 않네."

"황태후마마는요? 모후이신 황태후마마도 믿지 않으십니까?"

"마찬가지네."

자신도 믿지 말라고 가르친 건 단사황태후였다. 어머니는 모든 인간적인 감정을 금지했다. 심지어 어미의 목을 베야 한다면 그리하는 것이 황제의 길이라 가르쳤다.

"그럼 저도 믿지 못하시겠군요."

당연한 것 아니냐는 눈으로 준은 경요를 바라보았다. 그녀의 눈에 얼핏 슬픔과 동정이 어리는 것 같아 당황했다.

누가 누굴 가엾게 여기는 건가? 너는 냉궁과 다를 바 없는 유선궁에서 평생 숨 한번 크게 쉬지 못하고 살아야 하는 그림자 신부다. 그런 네 눈에 내가 불쌍해 보이느냐?

"폐하가 절 믿지 못해도 전 폐하를 믿을 겁니다. 그건 제 마음이니까요."

"허락하지 않는다면?"

반장난으로 던진 말이었다. 이 소녀가 무어라 대답할지 궁금했다.

"그것은 단의 주인인 폐하께서도 마음대로 하실 수 없는 겁니다. 제게 폐하를 믿으라고 명하실 수도 없고, 제게 폐하를 믿지 말라고 명하실 수도 없습니다. 그래도 저는 폐하께서 허락해 주셨으면 좋겠습니다."

준은 생각에 잠겼다.

"왜? 마음대로 할 거면서 왜 짐의 허락을 구하는 것인가?"

"폐하는 제 지아비이시니까요. 비록 그림자이시지만."

"그림자?"

"제가 폐하께 그림자인 것처럼 폐하도 제겐 그림자일 수밖에 없습니다."

준은 마음 한구석이 서늘해졌다. 준은 한 번도 그림자 신부가 지아비인 황제를 어찌 여기는지 생각해 보지 않았다. 아니, 그림자 신부에게 마음이 있다는 것도 깨닫지 못했다. 그런데 경요의 말이 맞았다.

이건 그림자 혼례로군. 준은 천막에 비친 자신과 경요의 그림자를 바라보았다. 흐릿한 그림자 두 개가 서로 마주 보고 있었다. 그 그림자가 어떤 표정을 짓는지, 어떤 마음으로 서로 마주하고 있는지 알 수 없었다.

"참으로 이상한 관계군. 서로에게 우리는 허상에 불과하다니 말이야."

"부부로는 허상일 수밖에 없지만 벗은 될 수 있습니다."

"여전히 그 소린가?"

"신의가 있다면 쥐도 고양이와 벗이 될 수 있습니다."

"어떻게 쥐와 고양이가 벗이 될 수 있단 말인가?"

"일단 쥐를 잡아먹지 않으면 되지 않을까요?"

준은 자기도 모르게 소리 내어 웃었다. 경요와의 대화가 묘하게 즐거웠다. 어떤 말이 튀어나올지 몰라 긴장이 되면서도 좋았다.

"저를 조금만 믿어 주세요. 약속드립니다. 도망치지 않겠어요."

"도망치지 않겠다?"

준은 다시 웃고 말았다. 그녀는 자신의 처지를 알고는 있는 걸까? 인질로 끌려온 그림자 신부가 도망가지 않겠다는 약속을 한다? 그는 자신이 아주 별난 그림자 신부를 맞이한 것 같았다. 애초에 초야가 이렇게 즐거울 줄 꿈에도 몰랐다.

"황궁에서도, 제 의무에서도 도망치지 않겠습니다."

"그대는 내가 만난 여인 중에, 아니, 내가 만난 사람 중에 가장 이상한 사람이야."

준은 경요의 잔에 단술을 따라 주었다. 경요는 준에게서 술병을 받아 준의 잔에 단술을 따랐다.

"후회하나?"

"무엇을 말입니까?"

"언니 대신 그림자 신부로 온 것."

"아니요."

묘하게 확신에 찬 대답이었다.

"저는 제가 원해서 그림자 신부로 온 것입니다."

준은 경요를 한참 동안 바라보았다. 나의 그림자 신부는 당당하고 씩씩하면서도 스스로를 믿는 자이구나.

"아깝군. 그대가 사내였다면 좋은 벗이 되었을 텐데."

두 사람은 다시 단술을 마셨다. 준은 경요와 좀 더 이야기를 나누고 싶었지만 경요의 눈꺼풀이 무거워 보였기에 밖에 있는 내관을 불러 이부자리를 준비하게 했다. 두 사람은 나란히 침상에 누웠다.

베개에 머리가 닿자마자 잠이 든 경요와 달리 준은 잠을 이루지 못했다. 딱히 옆에 여자가 누워 있어 그런 건 아니었다. 여자라기보다는 소년 같은 경요였다. 얇은 비단옷이 몸매를 드러냈지만 사내인 준의 시선을 잡아끌 만한 굴곡 같은 건 전무했다. 그래서 동뢰가 편안한 분위기였다.

단사황태후는 저런 공주라면 한방에 있어도 전혀 건드리고 싶지 않을 거라고 내인들에게 말했다. 색기라곤 전혀 없는 공주였다. 그것 역시 황태후의 마음에 쏙 들었다. 그럼에도 단사황태후는 황제와 황후가 동뢰를 치르는 천막의 불이 꺼진 것을 확인하고 잠자리에 들었다.

준은 기나긴 친영례로 녹초가 되었지만 잠자리가 불편해 도무지 잠이 오질 않았다. 어떻게 누워도 편하지가 않았다. 준은 자리에서 일어나 침상 근처에 있는 초를 밝혔다. 주변이 환해졌다.

경요는 새근새근 아기처럼 잘 자고 있었다. 험한 잠자리에 익숙하다더니 정말 그런 것 같았다. 준은 찬찬히 자신의 그림자 신부를 뜯어보았다. 눈을 뜨고 있을 때와 눈을 감고 있을 때 분위기가 달랐다. 자고 있는 경요의 얼굴은 부드럽게 보였다. 자기도 모르게 준은 긴 속눈썹에 손을 대 보았다. 그래도 경요는 잠에서 깨지 않았다. 어지간히도 깊이 잠든 것 같았다.

준은 기분이 묘했다. 자신은 잠을 이루지 못하는데 경요는 잘 자고 있는 게 거슬렸다. 자신은 경요를 여인으로 느끼지 않으면서 경요가 자신을 남자로 느끼지 않는 것에 마음이 상했다. 자랑은 아니었지만 궁에는 그의 시선을 갈구하는 여인들이 수백이었다. 그런데 이 여자는 코까지 골면서 자고 있었다.

'이것 봐, 그림자 신부. 좀 더 부끄러워해도 좋았잖아. 당신은 매사에 뭐가 그렇게 당돌하리만큼 당당한 건데?'

준은 괜스레 심술이 나서 경요의 코를 살짝 비틀었다. 경요는 귀찮다는 듯 끄응, 소리를 내더니 옆으로 돌아누웠다. 찡그리는 얼굴이 귀여워서 준은 좀 더 장난을 치고 싶었다. 다시 경요의 코를 살짝 비틀었다. 그러자 경요는 끼잉, 소리를 내며 반대편으로 돌아누웠다.

'말썽꾸러기 강아지 같아.'

자기도 모르게 준은 또 웃었다. 경요가 귀여웠고 사랑스러웠다. 어쩌면 경요가 말한 대로 서로 잘 지낼 수 있을지도 모른다고 생각했다.

'이것 봐. 지금 남자와 단둘이 자고 있다는 자각은 하고 있는 거야?'

준은 장난삼아 경요의 이마에 입을 맞추었다. 경요는 가만히 있었다. 준은 좀 더 대담하게 코에다 입을 맞추었다. 그래도 경요는 여전히 고른 숨을 내쉬며 잠을 자고 있었다. 잠시 망설이던 준은 이번엔 작고 붉은 입술에 입을 맞췄다. 도톰하고 부드러운 촉감이 기분 좋았다. 자기도 모르게 준의 손이 경요의 뺨을 조심스럽게 쓰다듬고 있었다.

경요가 눈을 번쩍 떴다. 당황한 준은 그만 허둥대다 침상에서 떨어져 버렸다. 경요가 준을 바라보았다. 입 맞춘 걸 들켰다는 생각에 준의 심장이 미친 듯이 뛰었다.

'뭐라고 변명해야 하지?'

"폐하, 죄송해요. 제가 잠버릇이 고약해서……. 저 때문에 떨어지신 거죠?"

경요의 목소리엔 미안함이 가득했다.

"아니, 괜찮아."

"제가 바닥에서 자겠어요."

경요는 바닥에 누워서 겉옷을 이불 삼아 덮었다.

"아니, 그래도 초야에 신부를 어찌 바닥에……."

"아닙니다. 저는 이렇게 자 버릇해서 오히려 더 편합니다. 폐하, 편히 주무세요."

준은 촛불을 끄고 홀로 침상에 누웠다. 한 사람의 체온이 빠져나간 침상은 썰렁했다. 준은 경요가 누웠던 자리에 손바닥을 댔다. 여전히 미지근한 기운이 남아 있었다.

잠시 뒤 경요는 나지막하게 코를 골며 금방 다시 잠이 들었지만 준은 그날 한숨도 자지 못했다. 그는 태어나서 처음으로 그를 믿겠다고 말해 준 소녀를 바라보며 꼬박 밤을 새웠다. 이상한 기분이었다. 누군가가 자신을 믿는다. 아무 이유 없이 조건 없이. 그것도 적국에서 볼모로 데려온 그림자 신부가.

원하는 것은 뭐든지 가질 수 있고, 세상 모든 사람이 그에게 무언가를 주고 싶어 안달하는 황제였다. 그러나 그것엔 항상 대가가 따랐다. 그런데 신의라. 그런 것은 한 번도 받아 본 적이 없었다.

단사황태후는 세상 그 누구도 사심私心과 복심腹心 없이 황제를 대할 수 없다고 했다. 아무리 순수한 마음으로 황제를 대한다 한들 그가 가진 권력이 그 마음을 부패시킬 수밖에 없다고 했다. 어머니 단사황태후가 그랬던 것처럼. 그녀가 선황을 경멸하게 된 것처럼.

교언영색巧言令色으로 선황을 대하는 단사황태후가 한때는 그의 아비를 진심으로 사랑했다는 것을 준은 믿을 수 없었다. 난꽃처럼 희고 향기로웠던 어머니가 피를 빨아먹고 핀 가시 많은 붉은 장미가 된 곳. 그곳이 후궁이었다. 그리하지 않았다면 그도 어머니도 살아남지 못했을 것이다.

'어머니도 처음 아바마마에게 오셨을 때 그대와 같았을까? 아무 조건 없이 아바마마를 믿고 마음을 아낌없이 주었을까? 배반당한 후 그 순수한 마음이 사라진 어마마마처럼 그대도 변하겠지. 그대를 단국의 그림자 신부로 삼은, 궁에 가두어 버린 나를 원망하겠지. 그대의 날개를 꺾어야 하는 게 내 운명이니까. 그러니 나는 그대에게 어떤 기대도 하지 않게 할 것이다. 미안하지만 난 그대가 주겠다는 신의를 받지 않을 것이야. 황제에게 필요한 건 신의가 아니라 복종이니.'

그러나 준은 경요가 그의 마음에 인간다움의 씨앗을 하나둘씩 심고 있음을 깨닫지 못했다. 준은 아무 이유 없이 타인이 자신을 믿어 주는 것이 얼마나 따스하고 포근한 것임을 이제부터 서서히 깨달아 갈 것이다.

경요와 만난 첫날 준은 처음으로 자신이 외롭다는 것을 자각했다.

4

단의 수도 민예로 들어온 뒤 경요는 마차에서 내려 팔인
교를 탔다. 매번 가마 곁을 따라오는 시종의 잔소리를 들으면
서도 경요는 틈만 나면 작은 창을 열고 단국의 모습을 바라보
았다. 경요는 멍하니 단국의 풍경을 보면서 자신이 그림자 신
부로 끌려가는 것을 까맣게 잊고 서화와 원행을 떠나고 있다는
착각에 빠졌다.

하지만 경요는 다시 현실로 돌아왔다. 냉정하게 민예를 훑
어보았다. 이전까지의 민예는 그녀가 스쳐 지나간 도시였지만,
이제 경요에게 민예는 죽을 때까지 있어야 하는 곳이었다.

'이곳이 내게 의미 있는 곳이 되리라고는 한 번도 생각해 본
적 없었는데.'

경요는 뚫어져라 민예의 풍경을 바라보았다. 이 도시에 대

해, 단에 대해 알고 싶었다.

여가 무명옷을 입고 나무 비녀로 장식한 소박한 촌부 같다면, 단은 수가 놓인 비단옷을 입고 온갖 호화로운 보석으로 장식한 기녀 같았다. 위보형이나 동비는 소박하고 담백한 것을 좋아했기 때문에 경요는 단의 수도 민예의 화려함에 눈이 부셨다.

단의 수도 민예의 거리는 바둑판 모양으로 잘 정리돼 있었다. 4백 년간 수도로 있던 도시답게 최고 장인들의 솜씨가 나무의 나이테처럼 도시 전체에 켜켜이 쌓여 있었다. 일상생활에서 자연스럽게 정제된 아름다움이 배어 나왔다.

하지만 경요는 세련되고 화려한 풍경에서 희미한 썩은 내를 맡았다. 한껏 익은 과일이 물러져 막 썩기 시작할 때 나는 달큼한 냄새였다. 제아무리 화려하게 치장을 했다 해도 경요의 날카로운 눈을 피할 수 없었다. 민예는 주름진 얼굴을 분과 향수로 가리고, 흰 머리에 무거운 가체加髢를 얹은 여인 같은 도시였다. 경요는 쇠퇴와 황혼의 기운을 느꼈다.

'중원을 4백 년간 호령했던 단도 저물어 가고 있구나. 꽃은 지기 직전 가장 아름다운 법이며 열매는 썩기 직전 가장 달콤하기 마련이니까.'

예석황제와 경요의 행렬은 궁 앞에서 갈라졌다. 준은 정문으로 들어갔고, 경요는 황궁 담을 따라 한참을 가야 나오는 초라한 북현문으로 들어갔다. 경요는 유선궁遊仙宮으로 들어가면서 정신을 바짝 차렸다. 이제부터 고양이 앞의 쥐처럼 정신 바짝 차리고 살아야 했다.

유선궁은 황궁의 가장 외진 곳에 있었다. 황제의 침전인 대경전은 정남쪽에, 선대 황제들의 신주를 모신 종묘는 북쪽에, 황귀비의 침전인 태화전과 태후의 존호궁, 후궁들이 사는 전각은 서쪽에 위치하고 있었고, 동쪽은 출궁하지 않은 황자들과 공주들이 사는 전가과 공부를 배우는 학청이 위치하고 있었다.

황제와 그 가족들이 사는 궁과 전각들은 커다란 정원과 연못이 감싸고 있었다. 지상낙원이라고 해도 믿을 만큼 아름답고 화려하게 꾸며져 있었다. 세상의 중심은 단국이었고, 그 단국의 중심은 황궁임을 드러낸 궁궐이었다.

여후儷后라고 불리게 될 경요가 머물 유선궁은 그 지상낙원의 밖에 위치해 있었다. 궁궐의 담 안에 있긴 했지만 황제와 그 가족들이 머무르는 곳과는 멀리 떨어져 독립적으로 존재하는 궁이었다. 유선궁의 원래 이름은 유선관遊仙館으로, 여름 피서를 위해 지었던 별궁이었다. 그러다 그림자 신부의 거처가 되면서 유선궁으로 불리게 되었다.

가마에서 내린 경요는 유선궁의 앞마당과 전각들을 차분한 눈으로 살폈다. 소박하긴 하지만 우아한 아취가 풍겼다. 담백한 것을 좋아하는 경요의 취향에 꼭 맞는 궁이었다.

건물은 사람의 온기와 손길을 먹고 산다. 사람이 머물지 않는 건물은 목수가 온갖 솜씨를 부려 좋은 목재로 지었다 한들 금세 폐가로 바뀌어 버리는 것을 경요는 알고 있었다. 그런데 이 궁은 꽤 오랫동안 누군가가 정성을 다해 가꾼 티가 났다.

경요는 긴 여행 끝에 자신의 집으로 돌아온 것 같다는 착각마저 들었다. 정신 바짝 차리고 버텨 내야 한다는 생각에 있는 힘껏 가시를 곤두세웠던 경요는 긴장을 풀었다.

'그동안 이곳에 누가 살고 있었을까? 누가 이리 정성스럽게 이 궁을 관리한 걸까?'

감색 옷에 푸른 허리띠를 한 단정한 여인이 경요의 가마 행렬을 맞이했다. 머리가 희끗한 것을 보니 꽤 나이를 먹은 듯했다.

여인은 무릎을 꿇고 허리를 굽혀 예를 표했다.

"하례드리옵니다. 황후마마, 길이 평안하시고 세세토록 흥복을 누리소서. 소인 안규라 하옵니다."

여인의 안내에 따라 경요는 중정을 통과하다 발걸음을 멈췄다. 낯선 달콤한 향기가 경요의 코끝을 스쳤다.

"이게 무슨 냄새인가?"

"예?"

냄새라는 말에 당황한 것 같았다. 경요는 말을 바꾸었다.

"어디선가 달콤한 향내가 나는데."

안규는 무슨 말인지 감을 잡았다는 얼굴로 대답했다.

"천수화에서 나는 향입니다."

"천수화?"

들어 본 적 없는 꽃 이름이었다.

"유선궁 뒤쪽에 버려진 정원이 있는데, 그곳에서 제멋대로 자란 풀꽃입니다. 예전 이곳에 거하셨던 형요황태후께서도 가마에서 내리신 후 똑같은 것을 하문하셨는데, 아마 여국엔 없는 꽃인가 봅니다. 풀숲 사이에 숨어 작은 꽃을 피워서 향기는 나지만 모습은 볼 수 없다 하여 환영화幻影花라고도 불린답니다. 흔한 풀꽃인데 불길하다 하여 별로 좋아하진 않습니다."

"향이 이리도 달콤한데 어찌 좋아하지 않을까? 나는 무척이나 마음에 드는데."

"무덤가에 많이 피는 꽃이다 보니 그러합니다."

살짝 부끄러워하며 안규가 덧붙였다.

"저도 천수화를 좋아한답니다. 제 고향 마을에서는 처녀들이 천수화를 말려 향낭을 만들곤 했답니다."

말을 마친 안규는 경요에게 어서 안으로 드시라 재촉했다.

경요가 안으로 들어가 의자에 앉자 벽옥으로 머리를 장식하고 연두색 옷을 입은 내인 하나가 차를 내왔다. 유선궁의 내인들이 무릎을 꿇고 고개를 숙이며 인사를 올렸다.

경요는 안규에게 질문을 퍼부었다.

"올해 나이가 몇이지? 이곳에선 얼마나 일했고 여기서 일하는 내인들은 모두 몇 명인지 알고 싶네. 유선궁 안살림은 자네가 다 책임지고 있는 건가?"

형요황태후는 말이 거의 없으신 분이었다. 그래서 이번 그림자 신부도 조용한 분이시겠거니 예상했던 안규는 조금 놀랐다. 어떤 질문부터 대답해야 할지 몰라 안규는 잠시 당황했지만 곧 차분히 마음을 가라앉히고 경요의 질문에 성실히 대답했다.

"제 나이는 올해 마흔넷입니다. 입궁한 이후로 쭉 유선궁에 있었고, 형요황태후마마를 뫼셨습니다. 이곳에서 일하는 내인은 모두 여덟인데, 그중 정은과 민아가 후마마 지근거리에서 시중을 들 것입니다. 유선궁의 살림은 제가 책임지고 있습니다."

"혼자서 책임지기에 유선궁 일이 벅차지 않은가?"

"아닙니다."

"자네의 소임이 벅차지 않다니 다행이군. 앞으로도 일을 하면서 힘들면 언제든지 말하게."

안규는 경요의 마음 씀씀이에 또다시 놀랐다. 만만치 않은 공주가 시집을 왔구나. 안규는 그렇게 생각하며 조심스럽게 고개를 들어 경요의 얼굴을 살폈다. 경요는 무심한 눈빛으로 유선궁을 둘러보다 창에서 눈길을 멈췄다. 창밖에 있는 무언가가 경요의 시선을 잡았다.

"저건 유자나무인데."

"역시 여국 분이시라 금방 알아보시는군요."

경요는 의자에서 일어나 후원으로 향했다.

안규는 내인들에게 할 일을 하라 이르고 경요의 뒤를 따랐다. 경요는 그리운 얼굴로 유자나무를 만지작거리다 바닥에 주저앉아 흰 유자꽃을 주웠다. 안규는 경요 곁에 같이 주저앉아 줍는 것을 도왔다.

"단국에도 유자가 나는 줄 몰랐어. 단은 여에 비해 추운 나라라 유자가 나지 않는다고 들었는데."

"나지 않습니다. 저도 유선궁에서 처음으로 유자나무를 보았답니다. 이 나무는 형요황태후께서 시집올 때 가져와 심으신 것입니다. 겨울이 되면 곁에 모닥불을 피우고 눈이라도 오는 날은 이불로 감싸면서 노심초사하셨답니다. 열매는 작지만 6월 즈음에 피는 꽃은 볼 만하지요."

고작 3년 동안 모셨지만 그 3년이 안규 인생에서 가장 즐거웠던 순간이었다. 안규는 유자나무를 소중히 돌봤다. 매년 가을이 끝날 무렵 아기 주먹만 한 유자가 열리면 그것으로 남몰래 제사를 지냈다.

"단국의 내인들은 스물다섯 전에 출궁하여 시집을 간다던데 안규 그대는 어찌 이리 오래도록 이곳에 머문 것인가?"

"고아라 돌아갈 집도 없는데다 궁에서 이곳의 소임을 맡으려는 자가 없었습니다. 형요황태후께서 제게 참 잘해 주셨습니다. 그분이 머무시던 곳을 돌보자는 마음으로 있다 보니 어느새 나이를 이리 먹었습니다."

"그분은 어떤 분이셨지?"

안규의 얼굴에 따스한 미소가 어렸다 사라졌다. 경요는 그것만으로도 염린공주가 어떠한 주인이었는지를 알 것 같았다.

"대처럼 청량한 향기를 지니신 분이셨습니다. 고집이 보통은 넘는 분이셨지요. 싫은 건 그 어떤 것도 하지 않으셨습니다."

"고집? 그분이?"

의외였다. 경요가 수집한 정보로는 염린공주는 그야말로 그림자 신부의 모범 답안 같은 이였다. 죽는 날까지 한 번도 사람들 입에 오르내린 적이 없이 살았었다.

"유자나무를 지켜 낸 걸 보면 모르시겠습니까?"

아, 하는 소리가 경요의 입에서 나왔다. 실오라기 하나라도 여국의 것은 가져올 수 없었다. 그런데 염린공주는 여국에서 가져온 유자나무를 이곳에 심은 것이다.

'조용하다고 해서 얌전한 것은 아니지. 오히려 그렇게 조용히 자기 의지를 관철시키는 사람이 무서운 법이다. 고모님은 고모님의 방식대로 이곳에서의 삶을 견뎌 내신 것이다.'

"태후마마는 따스하신 분이셨습니다. 다른 처소에 있었다면 심신이 많이 고단했을 겁니다."

"고맙군, 고마워. 자네 덕에 그분도 행복하셨을 것이네."

"해야 할 일을 했을 뿐인데 칭찬이 과하십니다."

"물어볼 것이 있네."

"하문하십시오."

"이 궁에서 일하는 내인들은 믿을 만한 자들인가?"

"정은과 민아는 제 밑에 있은 지 10년이 넘어 믿을 수 있다 여기지만, 다른 이들은 솔직히 그다지 미덥지 않습니다. 국혼 이후 이 궁에 배속된 이들이어서요. 내심 불만들이 많을 것입니다."

"그렇겠지. 궁에서 내인의 지위는 웃전의 위세와 동일하니까."

솔직하고 시원시원한 공주의 말에 안규는 마음이 편했다. 이분은 속마음과 겉마음이 다르신 분이 아니다.

"일단 궁의 안살림은 자네가 맡아서 하고 정은과 민아, 그

두 내인만 두고 나머지는 다 돌려보내게. 내 시중을 들어줄 이
는 필요 없네. 난 혼자 하는 게 익숙하니까."

"예?"

안규가 놀라 두 눈을 크게 뜨자 경요가 물었다.

"그 내인들이 없으면 궁 살림 꾸려 가기가 힘이 드나?"

"아닙니다. 유선궁은 워낙에 단출한 살림이니까요. 하지만
바느질할 사람이 줄어들어 마마께서 불편하실 수 있습니다."

"나는 입성에 크게 신경 쓰지 않네. 게다가 공식 행사에 나
갈 일도, 문안을 돌거나 받을 일도 없는데 군이 철철이 옷을 지
을 이유가 없지 않은가. 혼수로 받은 비단들은 모두 팔 생각이
야. 나는 무명으로 만든 옷으로 족하네. 치렁치렁한 단국의 소
례복 따위 입을 생각 없어."

"네? 아, 알겠습니다."

"그리고 궁 살림은 가능한 한 간소하게 해 주게. 나는 공주
로 자라지 않아 사치스러움이 많이 불편하다네. 의복이든 음식
이든 군이 궁의 기준에 맞출 필요는 없네."

"예, 알겠습니다."

"믿을 수 있는 자들만 내 곁에 두고 싶어. 자네에게만 말해
두지만, 난 염린공주님과는 달라. 이 궁에서 그림자처럼 숨죽
이고 살 생각 없어."

안규의 놀란 기색을 보고 경요는 조용히 미소 지었다.

"황태후마마께서 가만두지 않으실 겁니다."

그 말을 뱉은 후, 안규는 자신이 이미 경요를 자신의 주인으

로 받아들였다는 사실을 깨달았다.

"궁에 평지풍파를 일으키겠다는 뜻이 아니야. 난 단국 궁에도, 폐하에게도 관심이 없고, 그 어떤 일에도 끼어들지 않을 거야. 하지만 저들이 바라는 대로 유선궁에서 시들어 시신으로 여국에 돌아갈 생각도 없어. 나는 이곳에 죽으려고 온 것이 아니라 살러 온 것이니까."

"마마는 정말 씩씩하시군요. 여국의 여인들은 다 그리 강단이 있습니까?"

안규는 자기도 모르게 웃고 말았다. 어쩐지 경요는 자신이 말한 대로 살 수 있는 힘과 재주가 있어 보였다. 궁에서 수없이 많은 황자들과 공주들을 보았지만 이 같은 소녀는 없었다.

'앞으로 유선궁이 퍽 시끄러워지겠구나. 아니, 태후궁이 시끄러워지려나?'

"태후마마는 어떤 분이신가? 최대한 솔직하게 말해 주게. 상스러운 말이라도 상관없네."

"혹 여국 땅까지 그 별명이 알려졌습니까?"

안규가 조심스럽게 물었다.

"불여우라는 별명 말인가?"

경요의 거침없는 대답에 안규는 자기도 모르게 얼굴이 붉어졌다. 차마 입 밖에 낼 수 없었으나 황궁 사람들뿐만 아니라 단국 사람이라면 모두 황태후를 불여우라고 생각했다.

안규는 최대한 공정하게 단사황태후에 대해 이야기했다.

"후궁들과 다른 황자들에게는 피도 눈물도 없는 분이셨으나 아랫것들에게는 공정하신 분이였습니다. 때론 아량도 베푸셨고요."

"그래……."

"내인 주제에 감히 조정의 일을 말씀드리는 게 불경하오나, 태후마마께오선 피붙이들을 요직에 올리지 않으셨습니다. 폐하의 외가 식구들이기도 하니 벼슬을 내리지 않을 수 없었지만, 품계는 높으나 명예직이라 조정의 일을 좌지우지할 수는 없는 그런 자리만 허락하셨습니다."

붙여우인 줄 알았던 단사황태후의 새로운 면모였다.

"또 이런 일은 마마께는 아무 의미 없는 일일 수도 있겠지만, 태후마마께서 황궁 살림을 맡으신 후에 내관과 내인들의 녹봉이 밀린 적이 단 한 번도 없었고, 그 양을 속인 적도 없었습니다. 황궁의 씀씀이를 줄여서라도 내관과 내인들의 녹봉만큼은 꼭 제날짜에 지급하셨습니다."

그건 꽤 놀라운 일이었다.

외할아버지 위보형은 경요에게 이렇게 말했었다.

"네가 어떤 상단이나 상점과 거래를 하려 할 때 꼭 살펴야 할 일이 있다. 첫째는 아랫사람들이 우두머리가 공정하다고 여기는가, 둘째는 자기 자신과 피붙이에게 엄격한 기준을 적용하는가, 마지막은 아랫사람에게 주어야 할 새경을 제날짜에 제대로 주고 있는가이다. 이중 가장 중요한 건 마지막이다."

"잘 이해가 되지 않습니다. 어찌 앞의 두 가지보다 마지막 것이 더 중요하다는 말입니까?"

"윗사람이 공정하지 않아도 상단은 돌아간다. 또 윗사람이 자신과 피붙이에게 엄격하지 않아도 상단은 돌아간다. 그러나 아랫사람에게 주어야 할 새경을 제날짜에 주지 않는다면 그 상단은 절대로 제대로 돌아가지 않는다. 그들이 무엇 때문에 그 힘든 일을 한다고 생각하느냐? 돈이다. 윗사람이야 그 돈이 없어도 호의호식하겠으나, 아랫사람에겐 자기의 목숨뿐만 아니라 가족의 목숨을 위해 꼭 필요한 돈이다. 주어야 할 새경을 제대로 주지 않으면서 어찌 공정함과 엄격함을 논할 수 있단 말이냐. 또한 앞의 두 가지는 판단하기 쉽지 않으나 마지막 것은 쉽게 알아볼 수 있지 않느냐."

눈에 보이는 것만 믿는 장사꾼다운 세상 판단이었다.

"녹봉을 밀린 적이 없단 말이지? 잘 알겠네. 그럼 부탁한 일들을 잘 처리해 주게. 그리고 앞으로도 황궁의 사정에 대해 내게 잘 일러 줬으면 좋겠어. 어떤 말이라도 좋아. 내 그대의 말에 항상 귀를 열어 둘 것이니."

황태후가 사욕 때문에 권력을 휘두르는 사람이 아니라 다행이었다. 그렇다면 그녀의 목숨은 비교적 안전했다.

예석황제의 마음을 흔든다거나 조정 일에 관여하는 게 아니라면 단사황태후의 칼날이 날아오는 일은 없을 것이다. 단사황태후는 대의명분에 따라 행동하는 이였고 스스로에게 엄격한 사람일 터였다. 그녀가 바라는 것은 재물도 권력도 아니었다.

그녀가 바라는 것, 그녀의 대의는 분명……

'당신의 대의는 분명 황제의 선정이겠지요. 그것에 방해가 되는 것이라면 어떤 수단과 방법을 써서라도 제거해 버리겠지요. 당신은 아들인 황제를 빛으로 만들기 위해 스스로 어둠이 길 자처하는 겁니까?'

자신에게 내린 피임차를 떠올리며 경요는 생각했다. 그림자 신부에게도 피임차를 내릴 정도면 황태후는 자신의 아들과 단국의 번영에 방해가 되는 어떤 작은 것도 결코 용납하지 않았을 것이다.

단국 사람들은 모두 황태후를 권력에 홀린 늙은 불여우라고 생각할 것이다. 그러나 묘하게도 경요는 그런 단사황태후가 이해가 되었다. 위선보다 더 힘든 건 위악이라고 생각하는 경요였다. 단사황태후는 아들을 위해, 그리고 단국을 위해 기꺼이 악역을 자처했을 뿐이다.

안규가 말했다.

"알겠습니다. 명 받잡겠사옵니다. 그런데 저들은 태후마마께서 보내신 자들인데 뭐라 핑계를 대고 돌려보내야 할까요?"

"국혼이 있었으니 곧 정식 간택을 거쳐 황귀비를 맞이할 테고, 그 후에는 후궁들이 줄줄이 입궁할 테니 곧 내인들이 부족해지겠지."

안규는 궁 사정을 꿰뚫어 본 경요에게 탄복했다. 경요의 말이 맞았다. 지금 단국 궁에 내인들이 넘쳐 나는 것처럼 보이는 건 황제 즉위식 후 선황의 후궁들이 궁에서 나갔기 때문이다.

경요의 말대로 다음 달에 황귀비 간택이 있을 예정이고, 삼간택에서 떨어진 규수들은 후궁으로 입궁할 것이다. 그 외에도 귀족 가문에서 너도나도 딸을 황궁으로 보낼 것이다. 그러면 그들을 모실 내인들 수가 부족할 수밖에 없다.

안규는 나무로 만든 소박한 수반을 가져왔다. 경요는 자기 마음을 읽는 듯한 차분한 안규가 마음에 들었다. 경요는 치맛자락에 담은 유자꽃을 수반에 띄웠다.

단국 궁에서 뿌리 내리기 위한 첫걸음을 뗀 경요는 심지가 굳고 사려 깊은 안규를 고모인 염린공주가 준 선물로 여겼다. 염린의 고운 마음이 뿌린 씨앗에서 자란 열매를 경요가 따고 있었다.

단사황태후는 국혼 이후 처음으로 준과 단둘이 마주 앉았다. 황태후는 손수 차를 타서 아들 앞에 놓았다.

"요즘 통 주무시지 못한다 하여 이 어미가 걱정입니다."

"이것저것 처리해야 할 일이 항상 많습니다."

단사황태후가 조용히 미소 지었다.

"단국은 복이 많습니다. 황상처럼 백성을 위해 온몸을 바치는 이를 천자로 모시고 있으니 말입니다. 하남 지방은 어떻습니까?"

"굶주린 백성들이 도적으로 변하는 건 시간문제라는 장계를 보내왔습니다."

"그래서 황상은 어찌하실 작정입니까?"

"딱히 좋은 생각이 나지 않아 여전히 고민 중입니다."

"법을 엄히 세우고 황상의 권위를 무겁게 하십시오. 도적으로 변한 백성들을 일벌백계하세요."

단사황태후는 단호하게 말했다.

"황제의 자비는 복종하는 자에게만 내리는 것입니다."

단사황태후를 모시는 내인 월영이 곤란한 얼굴로 들어왔다.

"마마, 큰일 났습니다. 유선궁마마께서 월담을 하여 궁 밖으로 나갔다 하옵니다."

단사황태후는 자신의 귀를 의심했다.

"월……담? 담을 넘었다는 것이냐?"

"그러하옵니다."

단사황태후는 여전히 그 말을 믿을 수 없어 다시 물었다.

"그러니까 유선궁이 담을 넘어 궁을 빠져나갔다는 것이냐?"

"금군들이 쫓아갔으나 잡을 수가 없었다고……."

황태후는 자기도 모르게 멍하니 입을 벌렸다. 만만치 않은 계집인 줄은 알았지만 월담이라니.

궁에 들어온 첫날 내인 셋만 남기고 모조리 돌려보낼 때부터 황태후는 경요를 경계했다. 낯선 곳에서 가장 먼저 해야 할 일은 자기 사람과 적을 구분하는 일이었고, 경요는 입궁 첫날 그것을 해치웠다. 고작 스무 살인 계집애가 한 일치곤 솜씨가 좋았다. 궁에서 내인들에게 둘러싸여 금지옥엽으로 큰 공주가 아니라 만만치 않으리라 생각했으나 경요는 예상보다 더 야무졌다.

지극히 타당한 명분이라 어쩔 수 없이 받아들이긴 했지만 이제 유선궁이 어떻게 돌아가고 있는지 알 길이 막막했다. 유폐나 다름없으니 굳이 속사정을 알 필요는 없었지만 작은 일 하나도 그대로 지나치지 못하는 것이 그녀의 성격이었고, 그 성격 덕에 궁에서 살아남았다.

내심 그림자 신부인 네가 뭘 할 수 있으랴, 그리 생각해 방심했다. 그런데 뭘 해? 월담? 이 훤한 대낮에 궁의 모든 눈이 보고 있는 가운데 금군을 따돌리고 담을 넘어 궁 밖으로 나가?

여간해선 감정을 드러내지 않는 단사황태후가 자기도 모르게 손바닥으로 다탁을 세게 쳤다. 준은 그런 어머니의 모습을 아무 표정 변화 없이 바라보았다.

단사황태후가 날 선 목소리로 소리를 질렀다.

"당장 금군을 풀어 잡아들이도록 해라!"

황급히 나가려는 내인을 준이 차분한 목소리로 불러 세웠다.

"일단 그냥 놔두거라."

"황상!"

"유선궁은 돌아올 것입니다. 생각 없이 궁에서 도망갈 사람으로 보이진 않았습니다. 제가 들으니 공주로 자란 게 아니라 상단을 운영하는 외가에서 자유분방하게 컸다 하옵니다. 궁 생활에 익숙지 않으니 갑갑해 잠시 나간 것이겠지요. 소동을 일으키면 이상한 소문만 날 뿐입니다. 금군이 황후를 잡아들였다는 사실이 알려진다면 여국에서도 가만있지 않을 겁니다. 국혼한 지 아직 한 달도 되지 않았습니다. 여국 쪽에 괜한 빌미를 주고 싶지 않습니다."

아들의 차분한 말에 단사황태후는 노기를 가까스로 가라앉혔다.

"도망친 거라면 어떡할 거요?"

"도망을 친다면 한밤중에 남몰래 담을 넘지, 이리도 요란하게 소동을 일으키며 월담을 했겠습니까."

여유 있게 말하는 준과 달리 황태후의 마음속에는 생전 처음 느끼는 무력감이 스멀스멀 피어올랐다. 준을 복중에 잉태하고 궁에 돌아온 후 한 번도 느껴 본 적 없는 기분이었다.

준의 말대로 여기서 소동을 크게 일으키면 불리한 것은 단국이었다. 국혼한 지 얼마 되지도 않았는데 신부가 도망쳤다? 얼마나 핍박했으면 그랬을까? 단숨에 여국 여론들이 가여운 공주에게 쏠릴 게 뻔했다. 모든 사람이 다 알도록 금군이 쫓아가 황후를 잡아오는 것을 사람들이 본다면? 눈앞이 아찔했다. 사정을 모르는 이는 여국에서 데려온 황후를 인질 취급도 모자라 죄인 취급했다며 입방아를 찧을 것이다.

황귀비로, 황태후로 권력을 휘두르며 후궁의 여인들을 자기 밑에 둔 단사황태후였으나 경요 같은 여자는 한 번도 다뤄 본 적이 없었다. 차라리 권력을 원하거나, 단국의 사정을 염탐하려 했거나, 준의 마음을 홀리려고 했다면 다루기가 쉬웠을 것이다.

'월담을 하는 황후라니! 도대체 왜 월담을 한 거지? 무엇을 원해서? 단지 소란을 일으키는 게 목적이었나? 그래도 월담이

라니!'

단사황태후는 무심코 아들의 얼굴을 보다 갑자기 표정이 확 굳었다.

'지금 이 아이가 웃고 있는 건가?'

생전 처음 보는 기묘한 미소를 아들이 짓고 있었다. 그 미소의 이유를 알 수 없었다. 너무 어이없어서 웃는 걸까? 사람이 기가 막히면 웃음이 나온다고 했다. 그런 걸까?

지금까지 아들의 마음은 마치 책을 읽는 것처럼 환히 보였던 단사황태후였다. 그러나 저 미소의 의미는 손에 잡히지 않았다. 아들의 마음에 자신이 모르는 방, 자신이 절대 들어갈 수 없는 방이 생긴 것 같아 단사황태후는 가슴이 철렁했다.

준은 기가 막혀서 미소 짓는 게 아니었다. 다른 이유로 웃고 있었다. 경요가 그에게 했던 약속의 의미를 이제야 알 것 같아서였다. 그녀는 도망치지 않겠다고 약속을 했다.

'과연 그대가 약속을 지킬까? 자유로운 바깥의 달콤한 공기를 마시고도 이 음침한 궁으로 다시 돌아올까?'

돌아올 것 같았다. 근거는 경요가 그에게 했던 약속밖에 없었지만 준은 자기도 모르게 경요를 믿고 있었다. 그리고 이 월담이 마지막이 아닐 것 같다는 강한 예감 역시 들었다.

'내 그대를 어찌해야 할까?'

첫 월담 후 무사히 궁으로 귀환한 경요를 단사황태후가 불렀다. 경요는 뻔뻔하리만큼 당당하게 단사황태후 앞에 섰다.

황태후는 분노를 애써 억누르고 나지막한 목소리로 말했다.

"내 여인의 몸으로 배움이 얕아 아는 것이 적긴 하나 황후가 월담한 일은 고금에 있지 아니하다 생각하네. 황후를 꾸짖으려 해도 너무 어이가 없어서 말이 나오지 않는군."

그러나 경요는 조금의 동요도 반성도 없었다. '그래서 뭐요?'라는 눈빛으로 그녀를 빤히 보고 있었다. 경요의 무모하리만큼 당당한 모습에 태후궁 내인들은 자기도 모르게 '어찌 수습하려 저러시나.' 하고 속으로 생각했다. 태후가 자신에게 거역한 이들을 어떻게 처리하는지 너무 잘 아는 내인들이었다. 그러면서도 입궁한 이후 이처럼 흥미진진한 구경거리는 처음이라 다들 마른침을 꼴깍 삼키며 그림자 신부와 황태후의 설전을 지켜보고 있었다.

자기도 모르게 울컥하는 마음을 황태후는 억눌렀다. 하지만 비꼬는 말이 튀어나왔다.

"여국에선 공주에게 월담을 가르치는 모양이지?"

경요는 한술 더 떴다.

"제 한 몸 지키는 데에는 부족함이 없게 이것저것 다 가르쳐서 시집보내셨습니다."

"하, 부족함 없게라. 시어미 앞에 제대로 된 인사 하나 못 올리면서 부족함이 없게라."

경요는 씨익 웃었다. 경요의 웃음에 단사황태후는 정말 자기도 모르게 뭔가를 집어던지고 싶었다. 이 계집애는 자꾸만 그녀의 이성을 잃게 만들었다. 단사황태후는 경요가 싫었다.

자신이 통제할 수 없는 대상은 딱 질색이었다.

"예를 행할 일이 없기에 따로 배우지 않았습니다만, 앞으로 예를 행할 일이 많다면 지금이라도 배우겠습니다."

어디까지나 공손한 말투였다. 그 표정만 빼곤.

'그림자 주제에 감히 황후 노릇을 하겠다는 건가? 뻔뻔한 지고.'

단사황태후는 마음을 가다듬고 목소리를 최대한 부드럽게 냈다.

"지금 황후는 자기가 무슨 잘못을 저질렀는지 모르는 건가, 아니면 모르는 척하는 건가? 나는 내명부를 이끄는 황태후로 이 문제를 좌시할 수 없네. 이런 기본도 안 되는 자가 황후의 자리에 있다는 것을 용납할 수 없어."

"그래서 다시 절 여국에 보내시렵니까?"

겁이라고는 조금도 먹지 않은 얼굴이었다.

단사황태후가 냉랭하게 되물었다.

"보낸다면?"

경요는 갑자기 무릎을 꿇고 이마를 바닥에 댔다. 그제야 황태후의 얼굴에 여유가 돌아왔다.

'그럼 그렇지. 돌려보낸다는데 겁을 안 낼 리가 없지.'

그러나 경요의 입에선 전혀 상상도 하지 못한 말이 튀어나왔다.

"역시 황태후마마께오선 자비심이 깊으십니다. 한평생 독수 공방하게 될 신첩의 처지를 가엽게 여기시고 이리도 다정한 말씀을 하시다니요."

'다정한 말씀?'

"여인의 마음은 여인이 안다고, 마마께오서 저를 이리도 가 없게 여기시니 신첩 고마움이 뼈에 사무칠 지경입니다. 곧 간택하오실 황귀비가 황후의 자리는 든든히 채울 테니 절 여국으로 보낸다 하여도 단국 황실에 큰 지장은 없을 터입니다. 부디 제가 못다 한 효와 지어미의 도리를 황귀비께서 다할 수 있길 바라옵나이다."

'뭐? 이 물건이 지금 뭐라고 지껄이는 거지?'

"여국에 돌아가서는 평생 단국의 번영과 황태후마마와 황제 폐하의 만수무강을 위해 기도하며 살겠습니다."

촉촉하게 젖은 눈으로 말하는 경요의 모습을 본 단사황태후는 당황했다. 경요는 당장이라도 짐을 싸서 여국으로 달려갈 기세였다.

'뭐지? 뭐 이렇게 말이 안 통하는 물건이 다 있어?'

황태후는 더 이상 이야기를 하지 않고 경요를 유선궁으로 돌려보냈다. 명백한 황태후의 완패였다. 태후궁의 내인들은 당돌한 황후와 얼이 빠진 황태후의 대결을 넋을 놓고 바라보았다.

얼마 후, 태후궁의 내관 상섭이 황태후의 명을 전하러 왔다. 열흘간 근신하며 마음을 닦으라는 명이었다. 황태후는 그 열흘 동안 유선궁에 어떤 먹을거리도 넣지 말라고 단단히 명했다.

'이런 물건은 애초부터 확실히 기를 죽여 놓아야 한다.'

단사황태후는 자기도 모르게 주먹을 꼭 쥐었다.

제법 그럴듯한 얼굴로 유선궁에 틀어박혀 책을 읽으며 근신 중인 경요 앞에서 안규는 안절부절못했다.

"무슨 일이지?"

"오늘 치 식량이 들어오지 않았습니다."

"식량이?"

"물어보았더니 근신하시는 동안 식량을 넣지 말라고 태후께서 명하셨다 하옵니다."

그 말에 경요는 자기도 모르게 소리 내어 웃었다. 안규는 경요가 웃는 이유를 알지 못해 어리둥절했다.

"그래, 그것뿐인가? 태후께서 따로 하신 말씀이나 내리신 명은 없고?"

"없는 걸로 압니다."

"알겠네."

'태후마마, 먹는 걸로 심술을 부리시는 겁니까? 그렇다면 이쪽에서도 심술을 부려 보지요. 저도 갑갑하고 심심했는데 잘되었습니다.'

"마마, 어찌 웃으신 것입니까. 태후께 다시 가셔서 비시든지 아니면 황상께 사정을 알리시는 게……."

"둘 다 필요 없다. 태후께서 근신을 명하셨으니 근신을 하는 게 당연하고, 내명부의 살림을 주관하시는 태후께서 식량을 보내지 말라고 하셨는데 아랫사람인 내가 어찌 토를 달겠나. 위를 비워 맑은 정신으로 잘못을 깨달으라는 깊으신 뜻이겠지. 그리고 입궁 후 단 한 번도 나를 찾지 않으신 분께 내가 감히 무슨 말씀을 올리겠나. 내가 그림자 신부임을 자네는 잊었는 가? 나는 이곳에 있으되 있지 않은 사람이지 않나."

경요는 입궁 이후 처음으로 준을 떠올렸다. 얼굴은 잘 기억 나지 않았지만 그 낮고 부드러운 목소리는 또렷하게 기억났다.

'다시 볼 수 없겠지요. 폐하에게 전 없는 사람일 테니까요. 난 폐하께 애정도 연민도 구하지 않을 것입니다. 저는 당신의 그림자니까요. 그러나 퍽 씩씩한 그림자랍니다.'

5

자신을 이미 잊었을 거라는 경요의 생각과 달리 예석황제 준은 문득문득 유선궁에 머무는 자신의 그림자 신부에 대해 생각했다. 어찌 지내고 있는지, 불편한 곳은 없는지 괜히 궁금하고 신경이 쓰였다. 경요에 대해 좀 더 알고 싶다는 마음이 생겨났다. 왜 알고 싶은지는 알 수 없었다. 생전 처음 느끼는 묘한 기분을 애써 잊기 위해 준은 업무에 몰두했다. 황제의 눈과 손을 필요로 하는 일은 태산처럼 쌓여 있었다.

밤이 깊었지만 준은 여전히 책상에 앉아 상소와 장계들을 읽고 있었다. 졸음과 두통이 번갈아 밀려왔다. 준을 모시는 내관 차비가 가져온 차는 차갑게 식어 있었다. 마시는 것을 잊어버렸다. 차비는 차가워진 차를 치우고 새로 차를 끓여 내왔다. 그러나 뭔가 골똘히 생각에 잠겨 있는 준의 모습을 보니 이 차도 앞의 차처럼 차갑게 식을 운명일 것 같았다.

'선황처럼 정사에 무심하신 것보다 정사에 열중하는 것이 단국을 위해선 백배 천배 나은 일이지만, 저분의 고단함은 누가 풀어 주실 겐지.'

차비는 단국의 태양인 예석황제가 가엾다는 생각을 감히 품었다. 하나부터 열까지 모든 것을 자기 혼자서 처리하는 황제였다. 그는 자신의 어깨에 짊어진 짐을 누구와도 나눠 질 생각을 하지 않았다. 황자로 태어나 황제가 된 자신이 당연히 지어야 할 의무라 여겼고, 그 의무를 소홀히 하는 것을 어머니 단사황태후가 용서하지 않았다.

'이제 곧 자균공자가 돌아올 테고, 황귀비도 맞이하실 테니 전하의 어깨가 한결 가벼워지겠지.'

진자균은 혜란공주의 손자로, 황실의 일원이면서 대대로 승상을 배출한 진씨 가문의 후계자였다. 자균은 예석황제의 사황자 시절 학동으로 황궁에서 같이 학문을 배웠다. 예석황제가 황자 시절 유일하게 마음을 터놓은 벗이었다. 자균이 황위를 둘러싼 진흙탕 싸움에서 몸을 피하기 위해 먼 길을 떠난 건 열여덟 살 때였다. 그때 자균은 준에게 약속했었다. '사황자마마가 황위에 오르시는 날 저는 단국을 향해 발걸음을 돌릴 것입니다.'라고.

준이 얼굴을 찡그리고 미간의 주름을 만지작거렸다. 지금 그의 오른쪽에 산더미처럼 쌓인 장계는 모두 하남 지방에서 올라온 것이었다. 진휼을 위한 곡식이 속속 하남으로 향하고 있었지만 그 효과는 미미했다. 무엇이 문제인지 준은 알 수가 없었다. 곡식들이 하남에 전해졌거늘 어찌 백성들의 분노는 더 뜨겁게 타오르고 있는 걸까? 내가 모르는 것이 무엇일까? 내가 놓치고 있는 것이 무엇일까? 수십 년간 조정에서 관리로 일해 온 이들도 황제의 의문에 답해 주지 못했다. 그들도 황태후처럼 일벌백계와 토벌을 권했다. 그들은 황제의 고뇌를 이해하지 못했다.

그의 스승인 곽숙은 언젠가 이렇게 말했다.

"백성이 손에 무기를 쥐고 관청을 습격하는 것은 그들의 뜻을 표현할 방법이 그런 폭력 말고는 없기 때문입니다. 굶주림에 시달려 막다른 골목에 몰린 백성이 저지른 죄와 불복종은 모두 위정자爲政者의 죄입니다. 황자마마, 치자治者의 무능은 죄입니다."

스승 곽숙이었다면 준이 납득할 만한 설명을 해 주었을지도 모른다. 그러나 준과 자균을 가르치기 시작할 때 그는 일흔을 넘긴 노인이었다. 그는 마지막 제자인 준이 황위에 오르는 것을 보기 전에 눈을 감았다. 준은 기댈 곳이 없었다.

장계의 내용은 점점 참혹해졌다. 백성들이 관청으로 죽창을 들고 쳐들어와 창고를 부수고 곡식을 다 가져갔다고 했다.

폭도가 된 백성은 땅을 버리고, 땅을 버린 백성은 도적이나 노비가 되며, 노비가 된 백성은 곧 사병私兵이 되어 황권을 위협한다. 백성이 노비가 되면 또한 나라가 거둬들이는 세금이 줄어들어 남아 있는 백성에게 더 무거운 세금을 지우게 된다.

그러면 이제 백성은 굶주림이 아니라 세금 때문에 땅을 버리고 도망치게 된다. 악순환이었다. 모든 백성에게 제 소임을 하게 하여 먹고살게 하는 것. 젊은 황제 준의 가장 풀기 어려운 숙제였다.

'스승님은 어버이의 마음으로 백성을 품으라 하셨다. 그들을 먹이고 입히고 가르치고, 잘못을 저지르면 타일러 옳은 길로 인도하고, 의지할 곳 없는 환과고독을 보살피고, 삶의 터전인 농토를 지켜 주라고 하셨다. 그런데 어떻게? 어떻게 그들을 지킬 수 있단 말인가! 나는 그들의 삶을 모른다. 그들이 무엇을 원하는지도 모르는 이런 무능한 내가 어찌 그들을 품을 수 있겠는가!'

준은 미지근하게 식은 차를 단숨에 들이켰다. 미간의 깊은 주름은 여전히 펴지지 않았다. 일을 하면 할수록 태산을 작은 삽 하나로 옮기는 것 같았다. 선황께서 왜 평생 여색과 술, 궁궐 공사와 점쟁이들의 예언에 미쳐 사셨는지 아주 조금은 이해가 되었다. 선황도 처음부터 그런 황제는 아니었을 것이다.

그러나 선황의 사치와 나태에 대가를 치르고 있는 건 예석 황제 자신이었고 그의 백성들이었다. 준은 아무리 보아도 답이 나오지 않는 상소를 한구석에 밀어 놓았다. 아직 읽어야 할 상소가 서른 개나 더 남아 있었다. 밤을 새워도 비답을 다 내리지 못할 것 같았다.

'모두들 내게 맡겨 놓은 듯 답을 달라고 아우성이지.'

차비는 황제의 마음을 좀 가볍게 해 주고 싶은 마음에 수다 보따리를 열었다. 어렸을 때 남성을 제거하고 내관이 된 이들은 나이 먹을수록 여성스러운 특징이 두드러져 수다쟁이가 되었다. 차비 역시 부쩍 수다 떨기를 좋아해 궁 안의 온갖 소문들과 단의 저잣거리에 돌고 있는 소문들을 준에게 전해 주었다. 준은 차비가 늘어놓는 잡담들을 은근히 귀담아 들었다. 차비의 이야기에는 그와 황태후에게 없는 인간다움이 넘실거렸다.

"황태후마마께서 유선궁마마께 열흘간 근신을 명하신 것을 아시옵니까?"

금시초문이었다. 근신? 월담했다 밤에 무사히 돌아왔다는 소식은 들었다. 열흘 근신이라면 어머니의 성격상 가벼운 처벌이었다.

"내명부의 일은 어마마마가 알아서 하실 일이니 내 알 바 아니다."

하지만 그것뿐이라면 이야기를 꺼내지 않았을 것이다. 차비는 속에 있는 이야기를 털어놓고 싶어 죽을 지경이었다.

차비를 비롯해 궁인들이 가장 좋아하는 이야기가 유선궁에 있는 그림자 신부에 대한 이야기였다. 친영례 때 일은 모르는 사람이 없었다. 금군의 추적을 피해 황궁을 가로질러 나비처럼 담을 뛰어넘은 일도 사람 서넛만 모이면 수군거렸다.

판에 박힌 하루하루가 흘러가는 궁이었다. 어제 같은 오늘이었고 오늘 같은 내일이리라. 일상에서 즐거움을 찾을 수 없는 황궁이었고, 내관과 내인들은 이야깃거리에 목말라 했다. 그런 황궁에 그림자 신부 경요는 온 지 한 달도 되지 않아 벌써 숱한 이야깃거리들을 만들어 냈다.

황궁의 가장 외진 곳에 있는 유선궁에 황궁 사람들의 이목이 쏠렸다. 다음엔 또 무슨 일을 벌일까 내심 기대를 하는 이도 있었다.

경요는 소례복도 입지 않고 예전 상단에서 입었던 복장 그대로 황궁 안을 활보했다. 거리낌 없이 황궁 안을 돌아다니는 경요를 내관과 내인들은 안 보는 척하면서 몰래 훔쳐보았다. 먼 곳에서 불어온 바람처럼 경요의 존재는 단국의 황궁 구석구석을 들썩거리게 했다.

준은 심드렁한 척, 관심 없는 척했지만 차비가 해 주는 경요의 이야기를 기다렸다.

"유선궁도 놀랐겠구나. 어마마마의 서릿발 같은 꾸중을 들었을 테니."

황제가 된 후에도 여전히 대하기가 어려운 어머니였다. 어머니의 높고도 높은 기준을 만족시키는 성군이 될 자신이 없었다.

차비가 불경하게도 소리 내어 웃고 말았다.

"놀라신 건 도리어 황태후마마였다고 하옵니다. 태후궁 내인들이 황태후마마께서 말로 밀리는 건 입궁하고 처음 보았다고 하더이다."

"무어라 했길래?"

차비는 신이 나서 단사황태후와 경요가 나눈 대화를 고스란히 준에게 전했다. 그러면서 경요의 표정이 얼마나 뻔뻔했는지, 황태후마마의 표정이 얼마나 황당했는지를 다소 과장해서

묘사했다. 준이 벌컥 화를 내지 않을까 저어했으나 준의 눈빛은 차비만 알 정도로 반짝거렸다. 흥미가 있다는, 그것도 재미있다는 뜻이었다.

어릴 때부터 준을 모신 차비는 준이 유선궁 이야기를 할 때 뭔가 미묘하게 달라진다는 것을 깨달았다. 일중독인 준이 유선궁 이야기를 할 때는 장계에서 눈을 떼고 잠시 휴식을 취했다.

차비는 오늘 들은 비장의 이야기를 풀어놓았다.

"유선궁마마께서 황궁 사냥터에서 노루를 두 마리나 활로 잡아가셨다 하옵니다."

차비는 황궁 사냥터지기가 본 유선궁의 활솜씨에 대한 칭찬도 아끼지 않았다.

"노루를 말이냐? 무엇하려고?"

준은 도무지 그 이유를 상상할 수가 없었다.

"그것이, 유선궁 앞마당에서 구워 드셨다고……."

자기도 모르게 웃음이 터져 나올 것 같아 준은 혀를 깨물었다.

"노루구이가 많이 남는다며 근처에 있는 내인들과 내관들까지 불러 아주 잔치를 벌이셨다고 하옵니다."

속으로 웃고 있던 준이 갑자기 웃음을 멈추고 차비에게 물었다.

"그런데 유선궁이 왜 노루를 잡았느냐? 혹 먹을 것이 부족하다더냐?"

"태후마마께서 근신을 명하시면서 유선궁에 식량을 끊으셨습니다."

"그럼 언제부터 유선궁에 식량이 없었던 게냐?"

준의 얼굴이 심각해졌다.

"오늘로 나흘째라 하옵니다."

준은 가볍게 한숨을 쉬었다. 식량을 끊다니 어머니답지 않
았다. 다분히 감정적인 처분이었다. 절대로 경요와 황태후 사
이에 끼어들지 않으려고 했던 준이었으나 이번 일은 어쩔 수
없었다. 자신의 중재와 정리가 필요한 상황인 것 같았다. 준이
자리에서 일어났다.

"폐하, 이 밤중에 어디로 납시려 하시옵니까?"

"어마마마에게 가자."

황제의 행렬이 존호궁에 도달했다. 황태후는 아직 침수에
들지 않았는지 내전의 불이 환했다.

"이리 늦은 밤에 무슨 일이오?"

"드릴 말씀이 있어 왔습니다. 침수 드실 시간에 예고도 없이
불쑥 찾아와 죄송합니다."

"황상께서 이리 늦은 시각에 어미를 찾은 것을 보면 화급한
문제일 터. 어서 말씀해 보세요."

"유선궁의 일입니다."

황태후의 얼굴이 일그러졌다.

"그 일이 황상의 귀에도 들어갔습니까?"

"예, 우연히 듣게 되었습니다. 노루를 구워 먹었다고요."

황태후의 눈이 크게 떠졌다. 그녀는 아들이 유선궁에 식량

을 끊은 것에 대해 이야기하러 온 줄 알았다. 거기에 대해 무어라 하면 내명부의 일은 자신의 소관이니 상관 말라고 따끔하게 말할 생각이었다. 그런데 뭘 구워 먹어?

"그게 무슨 말이오! 노루를 구워 먹었다니!"

"아직 모르셨나 봅니다. 유선궁이 황궁 사냥터에서 노루를 잡아다 구워 먹었답니다."

황태후에게 말을 하면서 준은 자기도 모르게 엉뚱한 생각을 했다.

'그대라면 아주 맛있게 먹었겠지.'

단사황태후는 자기도 모르게 뒷목을 잡았다. 피가 거꾸로 솟고 머리가 띵했다. 앞이 캄캄해졌다. 이 소문이 새어 나간다면 다들 뭐라 할 것인가. 볼모로 데려온 신부 하나 먹이지 못하여 제 스스로 먹을 것을 구하게 만들었다고, 사람을 굶겨 죽이려 했다고 과장하여 말할 것이다. 백성들은 자신들과 같은 약자의 편이었다.

식량을 끊으면 얌전히 굶고 있을 것이지 뭘 해? 노루를 사냥해서 구워 먹어? 이건 식량을 끊은 그녀에 대한 도발이자 반항이었다. 월담보다 더 충격적인 일이 있으리라 생각지 않았는데, 도무지 다루기가 힘든 물건이었다.

"내명부를 다스리는 건 어마마마의 일이니 제가 간섭할 생각은 없습니다만, 사안이 사안인지라 한 말씀 올려도 되겠습니까?"

말하라는 뜻으로 단사황태후는 고개를 까딱했다. 충격이 심해 말할 기운도 없었다. 그림자 신부 하나 제대로 휘어잡지 못하는 자신의 꼴이 궁에서 얼마나 좋은 수다거리가 될까 생각하니 얼굴이 다 화끈거렸다.

"제가 볼 때 유선궁은 한동안 가만히 내버려두는 게 좋을 듯합니다."

"황상, 내버려둘 만해야 내버려두지요. 월담에 사냥이라니, 다음엔 또 무슨 일을 저지를지 어찌 압니까. 화근은 일찌감치 제거해야 합니다."

"유선궁이 화근이라 하심은 사태를 너무 과장하시는 것입니다. 그저 성가신 말썽을 부릴 뿐입니다. 빈대를 잡자고 초가삼간을 태울 순 없지 않습니까. 엄밀히 말하면 유선궁이 법도에서 벗어나긴 했으나 어긋나진 않았습니다."

"월담을 하고 노루까지 구워 먹었는데 법도에 어긋나지 않았다는 말이 무엇입니까!"

"황제의 여자로 입궁한 자가 허락 없이 황궁을 벗어나는 것은 큰 잘못이옵니다. 소자 역시 그것을 잘 알고 있습니다. 그러나 유선궁은 엄밀히 말해 저의 여자는 아니지 않습니까. 국혼을 치르고 동뢰를 보냈으나 승은을 입지 못했습니다. 승은을 입지 못한 유선궁은 황제의 여자가 아닙니다."

뭔가 묘한 논리였지만 틀린 말은 아니었다.

"어찌 되었든 유선궁은 후后가 아니옵니까. 다른 사람이 황궁 사냥터에서 함부로 사냥을 해서 그것을 잡아먹었다면 엄히 벌해야 하나, 저와 황후, 황태후이신 어마마마는 거기서 제외

된다는 것을 아시지 않습니까. 어마마마가 월담을 하지 말라, 노루를 잡지 말라 금하시지도 않았고요."

"그걸 꼭 말로 금지해야 하는 것이오! 식량을 끊으면 얌전히 굶을 것이지, 어찌 일국의 공주였던 이가 근신 중에 그런 짓을 한단 말이오."

"어마마마께서 금식을 명하셨습니까?"

준의 말에 단사황태후는 기가 막혔다.

"제 말은 유선궁에겐 빠져나갈 구멍이 있다는 것입니다. 식량을 아무 말 없이 끊은 것에 대해 묻는다면 무어라 답하시겠습니까? 비상식에 상식으로 맞서게 되면 상식 쪽에 선 사람이 우스꽝스러울 뿐입니다."

그랬다. 자신의 꼴만 우스워졌다.

준은 가볍게 한숨을 쉬고 다시 말을 이어 갔다.

"유선궁은 여국에서 보낸 인질입니다. 얌전히 있어 주면 이쪽도 편하겠으나, 어쩐지 유선궁은 작정하고 말썽을 부리는 듯합니다. 그것을 이쪽에서 곧이곧대로 받아들여 일일이 제지하고 처벌하고 근신시키면 여국에 어찌 비치겠습니까? 괜한 빌미를 주는 셈입니다. 우리로서는 그 망아지 같은 공주를 여국에 보낼 수도 없으며 우리 뜻대로 길들일 수도 없습니다. 그러니 모른 척하는 게 최선입니다. 유선궁이 크고 작은 문제를 일으키긴 하지만 그것이 종묘와 사직에 영향을 끼치는 건 아니지 않습니까. 그러나 어마마마께서 유선궁의 행동에 이런 식으로 물리적으로 개입하는 순간 이것은 내명부의 문제가 아니라 외교 문제가 됩니다."

황제의 말이 맞았다.

"어마마마, 유선궁은 볼모입니다. 볼모가 무엇입니까? 그것
은 제사 때 바치는 희생犧牲 제물과 같은 겁니다. 딱 한 번의 쓸
모를 위해 수중에 잡아 두고 있는 것입니다. 희생으로 삼을 소
가 주인 말을 잘 듣지 않는다고 매질하는 이가 어디 있습니까?
그저 잘 먹이고 살을 찌워 털에 기름이 흐르도록 하지요. 유선
궁 역시 그러합니다. 유선궁이 한 짓은 당연히 근신감이고 어
머니가 내리신 처분은 마땅한 것입니다. 유선궁이 귀비나 비빈
이었다면 말입니다."

단사황태후는 길게 한숨을 쉬었다. 그녀답지 않게 유선궁에
게 발끈하여 앞뒤 생각하지 않고 대한 것 같았다.

"손뼉도 마주쳐야 소리가 나지요. 유선궁의 도가 넘치는 행
동에 일일이 대응한 내가 바보였습니다."

"앞으로 유선궁 문제는 어마마마께서 알아서 잘 처리하시리
라 소자 믿습니다."

"알겠소. 내 황상의 뜻, 깊이 새기겠소."

준은 손을 들어 가마를 세웠다. 차비가 준 곁으로 다가왔다.

"밤공기가 시원하여 머리가 가벼워지는 것 같다. 잠시 조용
히 산책을 하고 싶구나."

"어디로 모실까요?"

"요지연으로 가자."

황제의 행렬이 요지연으로 향했다. 준은 차비도 요지연 밖에 세워 두고 안으로 홀로 들어갔다. 희디흰 연꽃이 흐드러지게 피어 있었고, 호수 한가운데에 금박을 입힌 전각이 흐뭇한 달빛을 반사해 부드러운 빛을 호수에 뿌리고 있었다.

준은 황궁에 있는 정원과 인공 호수 중에 이곳 요지연을 가장 사랑했다. 그윽한 백련 향기가 심신을 맑게 해 주는 것 같았다. 복잡한 일이 있을 때 준은 홀로 요지연을 산책하며 마음을 다스리곤 했다. 평소처럼 달빛에 빛나고 있는 희디흰 연꽃을 바라보면서 호수 중앙을 가로지르는 다리를 천천히 거닐던 준은 만나리라 예상치 못했던 뜻밖의 인물을 발견했다. 경요였다. 차림은 괴상했으나 분명 경요가 맞았다.

'도대체 이 밤에 무엇을 하고 있는 거지?'

준은 인기척을 죽이고 그녀에게 가까이 다가갔다.

경요는 다리에 앉아 발을 대롱거리며 낚시에 열중하고 있었다. 한두 번 해 본 솜씨가 아닌 듯 찌를 노려보는 눈빛이 꽤 날카로웠다. 나무 물통에는 이미 경요에게 잡힌 잉어 서너 마리가 처량하게 맴을 돌고 있었다.

"정말 그대는 무슨 일을 벌일지 상상도 할 수 없군."

경요는 깜짝 놀라 낚싯대를 놓치고 말았다. 궁에서 가장 인적이 없는 호수라 방심했던 것이다.

"이런, 나 때문에 낚싯대를 놓쳤군."

경요는 준이 자신을 놀리는 건지 아닌지 헷갈렸다. 놀리는 것치곤 그 표정이 너무 진지했다.

"예. 그랬네요, 폐하."

경요는 뻔뻔함으로 밀고 나가기로 했다. 경요의 뻔뻔함에 준은 무심함으로 대처했다.

"노루 다음은 잉어인가? 이러다 황궁 안의 동물들이 모조리 거덜 나겠군. 내일 아침 일찍 식량을 예전처럼 유선궁에 보내기로 했으니 이 잉어는 놓아주도록 해. 그나저나 잉어를 먹을 수 있다는 건 처음 알았군. 여국에선 잉어를 먹는가?"

"예. 궁에선 거의 먹지 않지만 민간의 백성들에겐 초여름의 별미랍니다. 푸성귀는 무성하나 곡식이 채 여물지 않아 배를 곯은 백성들은 잉어가 살이 찌길 손꼽아 기다립니다. 이 잉어로 가장 배고픈 시기를 넘겨서 여국 백성들은 잉어를 활인어活人魚라 부른답니다. 맛도 좋으니 이처럼 이로운 물고기는 또 없을 것입니다."

"그렇게 맛있나?"

"예. 하지만 이 잉어는 아무래도 맛이 덜하죠."

경요는 나무 물통에 든 잉어를 가리키며 말했다.

"고인 물에서 주는 먹이를 먹고 자란 녀석들은 살이 무르고 기름기가 많은데다 흙냄새가 납니다. 회로 먹긴 힘들지요. 하지만 강에서 낚시로 잡은 제철 잉어의 살에선 달콤한 향기가 난답니다. 탕으로 끓여 먹어도 강에서 직접 잡은 것이 더 맛있습니다."

준은 갑자기 터져 나오는 웃음을 참을 수가 없었다. 달밤에 황궁의 연못에서 당당하게 잉어를 낚시하고, 들킨 후에도 안색 하나 붉히지 않고 태연한 얼굴로 뻔뻔하게 황궁 연못의 잉어 맛을, 그것도 지나치게 자세하게 논하는 이 여자가 너무 우스웠다. 태어나서 이렇게 큰 소리로 웃은 건 처음인 것 같았다. 그렇게 한참을 웃다 보니 두통이 사라졌다.

경요는 소리 내어 웃는 준을 눈을 동그랗게 뜨고 바라보았다. 그 시선을 느낀 준이 웃음을 그치고 한결 다정한 목소리로 말했다.

"국혼 이후 처음이군."

"예, 그러하옵니다. 그간 강녕하셨습니까?"

"그대 덕에 강녕하긴 힘들었지. 그동안 여러 번 소동을 일으켰더군."

"어쨌든 퍽 송구하게 되었습니다."

"어쨌든?"

다시 준은 웃고 말았다. 이 여인과 있으면 왜 자꾸 바보처럼 웃게 되는 걸까?

준은 경요에게 물었다.

"바쁜가?"

"바쁘긴요. 만기를 총람하는 폐하보다 바쁜 이가 단국에 어디 있겠습니까. 게다가 전 할 일이라곤 아무것도 없는 그림자 신부 아닙니까."

"물어보고 싶은 게 있는데 괜찮겠나?"

"편히 하문하시옵소서."

"어찌 대낮에 월담을 하여 궁 밖으로 나갔나?"

"단국이 어떤 나라인지 궁금했습니다. 원하진 않았지만 이 나라의 황후가 되었고, 죽을 때까지 이곳에서 황후라는 이름으로 살아야 하니, 적어도 제가 황후로 있는 나라가 어떤 나라인지 그 맨얼굴을 보고 싶었습니다."

경요는 담담하게 말했다.

"내가 그대에게 상냥하지 않았는기?"

"네?"

"내가 그대에게 상냥하다면 그대는 내게 신의 있는 벗이 되어 주기로 했지."

"그랬습니다."

"그런데 지금 그대는 교묘하게 진실의 절반만 말하고 있군. 말하지 않는 것은 거짓은 아니나 그 또한 기만의 일종 아닌가."

준의 말에 경요는 움찔했다. 차분하고 조용하게 핵심을 찔렀기 때문이다.

"정확히 무엇이 알고 싶으신 것입니까? 소첩이 둔하여 폐하께서 궁금하신 내용이 무엇인지 모르겠사옵니다."

"왜 보란 듯이 소동을 일으키며 궁 밖으로 나간 것인가?"

"그것이 궁금하십니까?"

"일부러 그랬다는 건 알겠지만, 그대가 어떤 마음으로 그랬는지는 알 수가 없군."

그랬었다. 경요는 일부러 소동을 일으키려고 대낮에 보란 듯이 궁의 담을 뛰어넘어 밖으로 나갔다.

"폐하, 상단 일 때문에 바다를 건너거나 산을 넘다 보면 해

적이나 화적들에게 납치될 때가 있습니다. 외조부께서는 만약 그런 일을 겪게 되면 그들이 제시하는 몸값을 열 배로 올리라고 말씀하셨습니다."

"어째서?"

"납치의 목적은 돈. 몸값이 비싸면 비쌀수록 함부로 인질을 죽이지 못하며 인질에 대한 처우 또한 좋아집니다. 납치범들도 사람입니다. 자신이 기르던 동물을 잡아먹을 때도 마음이 아프지 않습니까. 인질과 지내는 시간이 길어지면 정이 생기기 마련입니다. 죽이지 않고 무사히 돌려보낼 방법을 강구하기 마련입니다."

"비싼 인질일수록 살 확률이 높아진다 이 말인가? 재미있군."

"폐하, 소첩은 제가 얼마나 비싼 인질인지 알고 있습니다."

"얼마만큼 비싼 인질인가?"

"제가 월담을 해도 여국으로 돌려보낼 수 없을 만큼 비싸고 귀한 인질이지요. 소첩은 뼛속까지 장사꾼입니다. 장사꾼은 가치에 맞게 물건 값을 받아 내야 합니다. 가치는 가만히 있어도 매겨지는 것이 아니라 남들이 알아주어야 생겨나는 겁니다."

단국에서 가장 똑똑한 이들과 함께하는 준이었지만 경요 같은 이는 그 곁에 없었다. 경요는 다른 기준으로 생각하고 판단을 해 그를 당황하게 했지만 이치에 어긋난 적은 없었다. 무섭도록 정확하게 자기 자신의 처지를 파악하는 경요에게 준은 어쩐지 존경심마저 들었다.

"그대는 정말 대단하군. 지금까지 그대 같은 그림자 신부는 없었던 것 같아."

"저는 여국과 단국 두 나라를 위해 꼭 필요한 존재가 아닙니까. 제가 잘못되면 단국만 곤란해지는 것은 아니라는 겁니다. 여국 역시 곤란해지지요. 또다시 서로를 믿을 수 없게 된다면 국경에서의 긴장이 고조될 것이며, 결국 백성들은 의미 없는 전쟁에 휘말리겠지요. 폐하, 저는 제 역할을 분명히 알고 있고, 그림자 신부로 이곳에 온 이상 제게 주어진 의무를 충실히 이행할 생각입니다. 제가 이곳에 있어 양국의 백성들이 무의미한 피를 흘리지 않는다면 그것만으로도 저의 희생은 분명 의미가 있습니다. 지금까지 수없이 많은 그림자 신부들이 그리 생각하고 유선궁에서 고독한 삶을 감내하셨을 겁니다. 자기편 하나 없는 이 외로운 궁에서 숨을 거두셨겠지요. 하지만 폐하, 저는 이유 없이 주눅 들어 있을 생각도 없습니다. 제가 의당 누려야 할 자유는 누릴 것입니다."

"그래서 그리 요란한 소동을 벌인 건가?"

"예, 그러하옵니다. 그리고 황궁에서 제 운명을 쥐신 두 분 중 한 분인 황태후마마를 뵙고 싶기도 했고요. 어떤 분인지 알고 싶었습니다."

"그럼 문안 인사라도 여쭈면 되었을 것을. 아무리 인질 신세로 온 그대지만, 문안 인사도 받지 않을 어마마마가 아니네."

"제가 뵙고 싶다는 건 그저 얼굴을 맞대고 싶다는 뜻이 아닙니다. 그분의 속마음을 알고 싶다는 뜻이지요. 사람은 화가 날 때 인간성의 밑바닥을 드러냅니다. 그래서 일부러 황태후마마의 심기를 불편하게 해 드린 겁니다."

"그럼 노루는?"

"그 이야기가 폐하의 귀에까지 들어갔습니까?"

경요는 놀랐다.

"그대는 지금 이 황궁에서 가장 주목받는 사람이라는 걸 모르는가 보군. 아무튼 황궁이 생긴 이래로 최고로 시끄러운 황후가 들어왔다고 모두들 은근히 신나 하고 있어."

은근히 신난 사람들 중에는 준 자신도 있었다.

최고로 시끄러운 황후. 경요는 어쩐지 조금 부끄러워졌다.

준은 빙긋 웃었다. 그래도 그대가 여자는 여자인가 보군. 시끄러운 황후라는 말에 얼굴을 붉히니 말이야.

경요는 자신도 모르게 머리를 긁적거렸다.

"노루는 심술이었습니다. 황태후께서 제게 심술을 부리시는 것 같아 저 역시 그 보답으로 속을 긁어 드린 겁니다."

"아무리 생각해도 어마마마가 상대를 잘못 건드린 것 같아. 적어도 그런 심술은 그대가 한 수 위인 듯싶으니."

"저 혼자 굶으라고 명하셨다면 기꺼이 열흘 동안 굶었을 겁니다. 그 소동을 일으키고 월담하여 밖에 나갔으니 벌은 당연히 각오했습니다. 그러나 유선궁에 식량을 끊으신 건 저뿐만 아니라 제 아랫사람들에게까지 벌을 내리신 것 아닙니까. 아랫사람의 잘못으로 윗사람이 함께 근신하고 벌을 받는 건 당연한 일입니다. 윗사람에겐 아랫사람에 대한 책임이 있으니까요. 하지만 윗사람의 잘못으로 아랫사람들까지 근신하고 벌을 받아

선 안 됩니다. 윗사람은 무슨 일이 있어도 아랫사람을 책임져야 한다는 게 제 생각입니다. 그들은 저 하나만 믿고 모든 것을 의탁한 자이니 굶겨서도 안 되고 헐벗겨서도 안 됩니다. 설사 제가 굶고 헐벗더라도 말입니다."

"황궁 사냥터에서 노루를 잡고 연못에서 잉어를 잡는 한이 있다 하여도?"

"그러하옵니다. 윗사람의 무능은 죄악입니다."

순간 준은 뭔가 찌릿했다. 스승 곽숙도 그렇게 말했었다. 치자治者의 무능은 죄라고.

'어쩌면 그대가 내게 무슨 해답을 줄 수 있을지도……'

"저는 고작 세 명의 유선궁 내인들만 책임지면 되지만 폐하께선 단국의 모든 백성들을 책임지셔야 하니 무척 고단하시겠습니다."

"내가 또 뭔가를 물어도 되겠는가?"

황제는 무엇에 홀린 듯 하남 지방의 사태에 대해 이야기했다. 이상하게도 술술 이야기가 풀어져 나왔다. 절대로 신하들 앞에서 모르겠다는 말을 할 수 없는 준이었다. 그런데 경요에게 푸념이라도 하듯 진휼미를 내렸는데도 어찌 폭동이 가라앉지 않는 건지 알 수 없다고 말했다. 경요는 한참 동안 호수를 바라보며 생각에 잠겼다. 준은 생각에 잠겨 있는 경요의 옆모습을 조용히 훔쳐보았다.

달빛은 사람 얼굴에 묘한 기운을 흩뿌리는 것 같았다. 눈을 내리깔고 생각에 잠긴 경요가 마치 달에 살고 있다는 항아가 잠시 요지연으로 내려온 것처럼 아름답게 보였다.

준은 자기도 모르게 넋을 잃고 경요를 바라보았다. 바람이 불어와 경요의 긴 머리카락을 부드럽게 흩날렸다. 아랫사람을 먹여 살리기 위해서는 노루도 잡고 잉어도 낚는, 어딜 봐도 교태 같은 것은 약에 쓰려고 해도 좁쌀만큼도 찾을 수 없는 경요였지만, 달빛 아래서는 그녀 역시 여인이었다. 아니, 자신의 눈이 이상한 것인지도 몰랐다. 준은 자기도 모르게 얼굴이 상기되고 심장이 빨리 뛰었다.

"폐하."

"으응?"

대답 소리가 낯설도록 컸다. 부끄러워한 것도, 어색해한 것도 준 혼자만이었다.

"제가 폐하의 고민을 풀어 드릴 지혜나 학식이 있을 리 만무합니다. 그런데 어찌 제게 이런 것을 물으십니까?"

"그대는 상단을 따라 낯선 곳을 많이 다녔다고 했지. 어쩌면 책에 없는 이야기를 들을 수 있을지도 모른다는 생각으로 물었어."

"그러니까 소첩의 말은 지푸라기 같은 것이군요?"

"지푸라기?"

"물에 빠진 사람은 지푸라기라도 잡는다 하지 않습니까. 그냥 지푸라기로 여기실 거라 믿고 소첩 편히 이야기해도 되겠습니까?"

"그래, 편히 해 봐."

망설이다 준이 덧붙였다.

"벗이라 생각하고 말이야. 날 벗이라 여기고 기탄없이 이야기해 주면 좋겠어."

"이제는 소첩을 믿으십니까?"

"조금."

"어째서입니까?"

"그대가 돌아왔으니까. 돌아온다고 약속했고 그 약속을 지켰으니 아주 조금 그대를 믿어도 되지 않을까 생각해."

준이 자기를 믿는다는 말에 경요는 조금 기분이 좋아졌다.

"그냥 재미난 세상 이야기를 듣는다고 여기세요. 소녀가 열다섯 살 때 흑단을 구하기 위해 모여족이 사는 땅에 간 적이 있었습니다. 그들이 사는 땅은 희한하게도 1년 중 여덟 달은 비가 오지 않습니다."

"그럼 그들은 무얼 먹고 사는가?"

"더 놀라운 게 무엇인지 아십니까? 모여족 중 굶어 죽는 이가 단 한 명도 없다는 것입니다."

"어째서? 그리 극심한 가뭄이 매년 계속되는데 어찌 아무도 굶어 죽지 않는가?"

"건기 동안 그들은 함께 모아 둔 곡식과 말린 생선과 고기를 먹는데, 모두가 공평하게 나누어 먹습니다. 족장이라 더 먹지 않고 노예라 굶기지 않습니다. 이를 어긴 자는 마을 사람들이 모두 모여 돌로 쳐 죽인다 하더이다."

너무 쉬운 방법인 것 같아 준은 섣불리 믿을 수 없었다.

단지 그것뿐? 멍하니 생각에 잠겨 있던 준이 물었다.

"그게 끝인가?"

"제 이야기의 뜻을 잘 모르시는 것 같습니다, 폐하."

경요는 준에게 공평함을 이야기하고 싶었다. 수많은 곳을 다녀 봤지만 어디든 굶주림의 문제가 없는 곳은 없었다. 경요가 관찰한 바에 따르면 식량이 부족해 굶어 죽는 게 아니었다. 흉년이 아니어도 굶주림은 어디에나 있었다. 곳간에선 벼와 보리가 썩어 가고, 왕궁과 관리들의 식탁엔 기름진 음식이 떨어지지 않아도 백성들 중엔 굶어 죽는 이가 있었다.

하지만 오직 굶주림 때문에 백성들이 무기를 잡고 관가를 습격하는 것은 아니었다. 그들의 분노에 불을 붙인 것은 바로 불공평함이었다. 치자는 배가 부른데 왜 우리들은 배가 고픈 거지? 관청의 곳간엔 곡식이 쌓여 있고 관리들의 얼굴엔 기름기가 가득한데 왜 그들을 먹여 살리는 우리들은 배가 고픈 거지? 그 근원적인 질문에 황제는 대답을 해야 했다. 경요는 일개 그림자 신부인 자신이 거기까지 말할 수는 없다 여겼다.

"그럼 소첩은 이만 물러가옵니다."

경요는 나무 물통에 있는 잉어를 다시 연못에 넣었다.

문득 준은 자신이 황궁 연못에서 자란 잉어 같다고 생각했다. 이 연못과 연못에 비치는 하늘만이 전 세계라 여기는 우물 안 개구리 같은 이가 바로 자신이었다.

가볍게 예를 표하고 돌아서려는 경요를 준이 붙잡았다.

"좀 더 자세히 말해 다오. 그대는 무엇을 이야기하고 싶은 것인가?”

간절한 준의 눈빛에 마음이 흔들린 경요는 품에서 작은 붓통을 꺼냈다. 그리고 다리 바닥에 세 글자를 썼다.

공公 평平 화和

여인다운 부드러운 필적이었다.
‘공정함, 평등함, 인화……?’
준은 여전히 잘 모르겠다는 얼굴이었다. 다시 망설이다 경요는 『사기』의 한 구절을 썼다.

왕자이민위천王者以民爲天 민이식위천民以食爲天

왕은 백성을 하늘로 여기고, 백성은 먹을 것을 하늘로 여긴다.
준 역시 잘 아는 구절이었다. 그제야 준은 경요가 하려는 말을 어렴풋이 알 것 같았다.
‘백성이 하늘로 여기는 먹을 것이 공평하게 분배되지 않는다면 어찌 인화人和를 이룰 수 있겠는가. 진정 백성을 하늘로 여긴다면 그들이 굶주리는데 어찌 나는 매끼니 배불리 먹을 수 있었을까? 나뿐만 아니다. 관리들이라면 이런 극심한 가뭄에도 굶주리는 자는 아마 없을 것이다. 그것이 백성들의 눈에 어찌 비쳤을까?’

경요가 준에게 일깨워 주려 했던 것이 바로 그것이었다.

"굶주림만이 원인이 아니란 뜻인가?"

경요가 미소 지었다.

"그러하옵니다."

준은 자기도 모르게 경요의 손을 잡았다. 경요는 놀랐지만 황제가 무안할까 봐 가만히 잡혀 있었다. 예석황제의 손은 예상 밖으로 크고 단단했다. 곱상한 얼굴, 마른 몸과 달리 검술로 단련된 강한 손이었다. 예석황제의 새로운 모습이었다.

이분은 다양한 얼굴을 감추고 계시는구나. 경요는 새삼 준이 황제임을 깨닫고 어쩐지 거리감을 느꼈다.

'그러니까 오늘 이렇게 편하게 터놓고 이야기했다고 해서 착각해선 안 된다. 세상 모든 것이 잠든 달밤에 황제폐하와 같은 꿈을 꾸었을 뿐이다.'

강한 손과 달리 그 얼굴에 떠오른 미소는 비단처럼 부드러웠다. 그 미소가 그녀 마음에 파고들 것 같아 경요는 마음의 빗장을 단단히 걸었다.

예석황제가 나지막하게 말했다.

"고맙다. 그대 덕에 실마리를 잡은 듯하다."

6

준은 혼자 가겠다는 경요를 굳이 유선궁까지 데려다 주
겠다고 우겼다. 조금이라도 더 함께 있으며 이야기를 나누고
싶었다. 이상한 일이지만 경요와 이야기를 나누다 보면 두통이
사라졌고, 머리가 가벼워지는 기분이 들었다.

오랜 벗 자균을 빼고 그를 이렇게 편하게 해 준 이는 처음이
었다. 준은 깨닫지 못했지만 경요는 준과 같은 눈높이에서 세
상을 보고 있었다. 경요가 몸담았던 화경족의 상단은 상단원
들의 수나 상단이 움직이는 재화와 재물의 규모가 거의 일국의
왕에 못지않았다.

경요는 준이 숨 막힐 듯 느끼고 있는 거대한 부담감과 책임
감을 불과 몇 달 전까지 지고 있었다. 그래서 준은 경요와 이야
기를 나누다 보면 이상하게 이해받는 느낌이 들었다. 그를 모

시는 이들이나 신하들은 그를 우러르고 도울 수는 있었지만 이해할 수는 없었다. 섣불리 이해하려 드는 이들을 준은 경계했다. 그래서 언제나 그는 외로울 수밖에 없었다.

살얼음을 밟듯 조심조심 걸어갈 수밖에 없는 것이 우두머리의 숙명이었고, 그 고독은 누구와도 나눌 수 없었다. 자신과 동등한 위치에 선 자들은 모두 경쟁자였고 적이었다. 준은 황위에 오른 뒤 자기도 모르게 실소할 때가 많았다.

'이 자리가 뭐가 좋다고 그러는 건지.'

황자들과의 경쟁 끝에 황태자가 되었고, 황제가 되었다. 하지만 이런 게 황제라면 자신은 절대 황위에 오르지 않았을 거라고 생각했다. 황제가 된 후 단 한 번도 좋은 일이 없었다. 여전히 이 자리를 노리는 삼황자가 가여울 지경이었다. 네가 그토록 원하는 이 자리가 얼마나 쓰고 시고 텁텁한지 아느냐?

준은 황위에 오르기 전 권력은 성난 말이고 자신은 그 말을 조련해야 하는 기수라고 생각했다. 그러나 오산이었다. 길들여진 것은 그였다. 그가 말이었고 권력이 기수였다. 역설적으로 그는 권력을 휘두르는 황제였기에 아무것도 가질 수 없었다. 그 긴장감과 압박감을 이기기 위해 황제들은 흔히 여색이나 주색에 빠지곤 했다. 일종의 도피였다.

문득 준은 경요의 옆얼굴을 살며시 훔쳐보았다.

'황제가 되어 내게 주어진 것 중 좋은 것은 오직 그대 하나뿐인 것 같군.'

준은 차비와 호위 무사 몇 명만 뒤를 따르게 한 후 유선궁까지 경요와 걸어갔다. 황궁 가장 외진 곳에 있는 유선궁에 어느새 도착했다. 준은 너무 금방 온 것 같아 어쩐지 아쉬웠다. 좀 더 경요의 이야기를 듣고 싶었다. 아무 이야기라도 좋았다. 그녀가 하는 이야기라면.

"그럼 소첩 들어가겠습니다."

경요는 고개를 숙이고 유선궁 안으로 들어가려 했다.

"저기……."

준은 망설이다 경요를 불렀다.

"예?"

"오랜만에 꽤 오랫동안 걸었더니 갈증이 나는군. 차를 마시고 싶은데."

경요가 곤란하다는 듯 살짝 미간을 찌푸렸다.

'거절인가?'

"그것이……, 폐하께 대접할 만한 차가 없습니다."

준은 태후가 유선궁에 식량을 끊었던 것을 기억해 냈다. 그럼 이대로 돌아가야겠군. 준은 자기도 모르게 풀이 죽었다. 그런데 경요는 풀이 죽은 준을 피곤한 것으로 오해했다.

'늘 가마로 다니셨던 분인데 요지연에서 이곳까지 줄곧 걸으셨으니 곤하시겠다.'

경요는 마음을 고쳐먹었다. 유선궁이 외진 곳이라 다행이었다. 황궁에 들어와서 겁 없이 굴었던 경요였지만 본능적으로 넘지 않아야 할 선을 알았다. 준은 절대 건드려서는 안 되는 황태후의 역린이었다.

"그래도 목이 마르신 분을 그냥 보낼 수는 없지요. 들어오십시오."

경요는 준을 유선궁 안으로 안내했다. 중정에서 경요를 기다리고 있던 안규는 황제의 모습을 보고 자기 눈을 의심했다.

'설마, 저분은!'

안규는 황망함을 감추지 못하고 황제 앞에 엎드려 예를 표했다. 자고 있던 민아와 정은은 제대로 의관도 갖추지 못하고 침상에서 달려 나와 황제에게 예를 표했다. 소동도 이런 소동이 없었다.

"그대가 유선궁 살림을 책임지는 자군. 황후를 잘 부탁하네."

"황공하옵니다. 성심을 다해 그 명 받잡겠습니다."

'세상에 유선궁에서 황상을 뵙다니, 살다 살다 별일이 다 있구나.'

그런데 경요가 예석황제를 스스럼없이 대하는 기색을 보고 안규는 더 놀랐다.

'언제 저리 친밀해지신 걸까?'

경요가 일으킨 소동으로 황제가 노한 건 아닌가 걱정했던 안규였다. 그러나 이 밤에 함께 차를 마시러 유선궁까지 납신 걸 보면 둘 사이가 어쩌면 많이 가까운 게 아닌가 걱정이 되었다. 단국 황실에 대대로 내려온 금기는 절대 황실에 이국의 피, 그것도 오랑캐의 피가 섞여서는 안 된다는 것이었다.

안규는 내심 경요의 외모가 평범해서, 아니, 솔직히 말하면 평범보다 못한 정도라서 마음을 놓았다. 죽은 형요황태후는 여

자신 자신이 보아도 가슴이 두근거릴 정도로 꿈처럼 아름다운 미인이었다. 사람이 아니라 상아로 깎은 조각이나 도자기로 만든 인형처럼 보였다. 선황이 아름다운 그림자 신부에게 홀렸다는 사실은 몇몇 유선궁 내인들만 알고 함구했다.

'그러나 선황도 그 금기를 끝내 넘지 못했지.'

단국의 모든 여인은 황제의 것. 그러나 단 하나 가지지 못하는 여인이 바로 유선궁의 그림자 신부였다.

사람들이 자신이 가지고 있는 아흔아홉 마리의 양보다 가지지 못한 한 마리의 양을 더 원하는 것처럼 선황 역시 가질 수 없는 그림자 신부에게 집착했으나 결코 손가락 하나 대지 못했다. 방탕한 황제였으나 그림자 신부를 건드렸을 때 돌아올 어마어마한 역풍逆風을 감당할 수 없었다.

역풍은 단국 안에서뿐만 아니라 밖에서도 불어올 것이다. 혈통이라는 건 그래서 무서웠다. 하룻밤의 교합으로 태어날 아이가 사내라면 어엿한 황후가 낳은 황자였고, 황자의 몸에 여국의 피가 흐르는 순간 여국 왕실은 단국의 황위에 간섭할 근거를 갖게 된다. 황제의 잠자리는 단지 쾌락을 나누는 게 아니었다. 미래의 권력을 낳았다.

그래서 단사황태후는 왕의 잠자리를 자기편에 선 후궁들에게 공평하게 나누어 주었다. 그녀의 라이벌이었던 희귀비와 그녀의 다른 점은 거기에 있었다. 희귀비는 효성황제의 총애를 독차지하고자 했지만 단사황태후는 총애를 나누어 줄 권리를 자신이 쥐고자 했다.

경요는 안규에게 찻잔과 더운물을 부탁하고 준과 함께 내전으로 들어갔다.

안규는 수라간에서 물을 덥히며 이마에 맺힌 땀을 닦아 냈다. 자신을 도우러 서둘러 뒤따라온 민아와 정은에게 황제가 야밤에 유선궁에 왔다는 말을 어디에도 흘리지 말라고 입단속을 단단히 했다.

단사황태후의 귀에 들어간다면 날벼락이 떨어질 일이었다. 후궁 하나 두지 않은 예석황제가 그림자 신부의 처소를, 그것도 한밤중에 남몰래 찾은 것이 알려진다면 별의별 추측들이 난무할 것이고, 그러면 제일 힘들어지는 건 자신이 모시는 여후였다.

"이곳은 달라진 게 없군."

"유선궁에 오신 적이 있으십니까?"

"어렸을 때 왔었지. 일곱 살이었던가 여덟 살이었을 때. 그때 이곳에서 그림자 신부를 만났지. 형요황태후를 말이야."

경요의 얼굴에 의아함이 스쳤다.

"염린공주님 말씀인가요?"

"그래."

"하오나 폐하는 염린공주님이 돌아가신 후에 태어나시지 않았습니까. 그런데 어찌 염린공주님을 뵈었다 하십니까?"

"분명 보았어. 바로 그대가 앉아 있는 의자에 앉아 있었지. 형요황태후의 혼백이."

경요는 소름이 끼쳤다. 무서워서가 아니었다. 놀라워서였다.

그러니까 지금 귀신을 보았다고 하는 건가?

준은 경요의 놀란 얼굴을 보며 아주 오래전에 누군가가 저렇게 놀란 얼굴을 보여 주길 바랐던 것을 기억해 냈다.

준이 유선궁에서 그림자 신부의 귀신을 보았다고 말하자 어머니는 기뻐했었다. 오직 황제만이 그림자 신부를 거느릴 수 있다. 아들이 그림자 신부의 혼백을 보았다는 것은, 다음 황위를 그가 이을 것이라는 상서로운 징조라고 흥분했다. 하지만 준은 어머니가 놀라고 걱정해 주길 바랐었다.

경요의 놀람에도 아랑곳하지 않고 준은 조용히 이야기를 계속했다.

"그때 유선궁에 그림자 신부 귀신이 나온다는 소문이 자자했었어. 황자들이 유선궁에 들어가는 담력 시험을 했었는데, 유선궁 내전에 있는 여인의 모습을 보고 다들 혼비백산해서 도망을 쳤었지."

준은 빙긋 미소를 지었다.

그 여인의 몸은 곱게 짠 비단처럼 빛을 반쯤 통과시키고 있었고 그림자가 없었다. 바람이 분다면 구름처럼 흩어져 버릴 것같이 연약해 보였다. 달빛에서 사람이 태어났다면 저랬을까 싶을 정도로 부드러운 빛이 여인의 몸을 감싸고 있었다.

"폐하는 왜 도망치지 않으셨습니까?"

"눈에 보이지 않는 것보다 눈에 보이는 것이 더 두렵다는 걸 알았으니까. 그리고 모르는 건 두려운 것이 아니야."

경요 역시 그랬다. 눈에 보이지 않는 건 두려운 게 아니라 모르는 것이었고, 모르는 것은 배우고 알아야 할 존재지 무작정 무서워하며 덮어둬서는 안 된다고 경요는 배웠다.

"그런데 전 어쩐지 좀 이상한 기분입니다."

"무엇이?"

"염린공주님의 혼백이 왜 이곳에 머물러 있었던 걸까요? 무슨 미련이 있다고요. 이곳은……."

경요가 황제 앞이라 무례하지 않은 말을 고르려 했지만 잘 떠오르지 않았다.

"이곳은 그분의 감옥이었을 텐데요. 저라면 이곳에 어떤 미련도 남지 않았을 것 같습니다. 그리운 이들은 모두 여국에 있었을 텐데 왜 이곳을 떠나지 못하셨던 걸까요? 무언가 억울한 일이 있으셨던 걸까요?"

"아니, 그런 건 아니었어. 혼백은 평온했고, 슬프긴 했지만 분노는 느껴지지 않았지. 그분은 누군가를 기다리는 것 같았어."

인기척에 혼백이 고개를 돌려 그를 바라보았다. 기대감 어린 그 눈빛이 실망감으로 바뀌고 다시 호수처럼 잔잔해졌다. 그림자 신부는 천천히 고개를 돌렸다. 준은 그 혼백이 조금도 무섭지 않았다. 사악한 기운이라곤 하나도 없는 맑디맑은 혼백이었다. 그런 맑은 혼백이 살아 있는 사람을 홀리거나 나쁜 짓을 할 리가 없었다.

준은 발소리를 죽이고 유선궁을 빠져나왔다. 그녀의 조용한 기다림을 지켜 주고 싶었다. 그리고 지금껏 잊고 지냈다. 여전히 그녀는 이곳에 있을까? 이 시끄러울 만큼 활달한 공주의 기세에 눌려 어디론가 가 버렸을까? 기다리던 누군가를 만나 떠난 건 아닐까?

안규가 더운물이 담긴 도기 주전자와 하얀 찻잔을 가지고 내전으로 들어오다 발걸음을 멈췄다. 편안하면서도 다정한 분위기가 흘러 넘쳤다.

'사이좋은 부부 같아 보이시네.'

경요가 더운물과 찻잔을 받아 들며 말했다.

"고맙네. 늦은 밤 이리 귀찮게 하여 미안하군."

"마마, 어찌 그런 말씀을 하십니까."

"그만 처소로 들어가 쉬게. 시간이 너무 늦었어."

안규가 나가자 경요는 품에서 늘 지니고 다니는 꽃차 두 알을 꺼내 찻잔에 하나씩 넣고 더운물을 부었다.

"기미하지 않은 차를 폐하께 올리게 되어 죄송합니다."

"이건 무슨 차인가?"

준은 작은 환약처럼 생긴 차를 신기하게 바라보았다.

"꽃이 피는 차랍니다. 소첩 이 차를 어느 높은 산에 사는 마을에서 처음 마셨습니다."

소금과 차를 얻기 위해 넘어야 했던 높은 산. 서화가 동행하지 않아 더욱 힘들었다. 경요는 황량한 풍경에 깊은 외로움을 느꼈다. 왜 물 좋고 산 좋은 곳을 놔두고 이렇게 황량한 곳에서 사시느냐고 묻는 경요에게 촌장은 이 꽃차를 대접했다. 우문현답愚問賢答이었다.

초록색 잎에서 붉은 꽃이 피고, 붉은 꽃에서 자주색 꽃이, 자주색 꽃에서 연한 보랏빛 꽃이, 연한 보랏빛 꽃에서 노란 꽃이 피었다. 비단 치마를 여러 개 겹쳐 입은 여인 같았다. 준은 찻잔 속에 핀 꽃을 넋을 잃고 바라보았다. 경요 역시 처음 이 차를 마실 때 준처럼 넋을 잃고 바라보았었다.

"아름답지요?"

"아름다워. 이런 차는 난생처음이군."

"소첩 마음이 울적할 때마다 마시는 차이옵니다. 고운 빛깔과 마음을 안정시키는 차향을 맡다 보면 세상일이 모두 별일 아닌 것처럼 느껴지거든요."

"그대처럼 지나치게 씩씩하고 용감한 이도 울적할 때가 있는가?"

"당연하지요. 상단에서 일을 하다 보면 잘되는 일보다 안되는 일이 더 많고, 해야 하는 일은 항상 제가 가진 능력보다 더 많은 능력을 필요로 하니까요. 황새를 쫓아가는 뱁새의 심정이었답니다. 아무도 안 보는 곳에서 울기도 많이 울었습니다. 스스로가 못나 보일 때 이렇게 찻잔 속에서 꽃을 피우면서 마음을 가라앉히곤 했습니다."

준도 자주 느끼는 감정이었다.

"다들 그렇게 사는 걸까?"

"네?"

경요가 되물었다.

"다들 힘에 부치다 생각하며 사는 걸까?"

"그렇사옵니다. 다들 자기 삶이 제일 무겁다 여기며 산답니다. 가라앉지 않기 위해 발버둥 치면서 사는 게 인생이라고 배웠습니다."

다완 속의 꽃이 다 피었다. 경요는 준에게 차를 마시라고 권했다. 차마 아까워 마시기를 망설이던 준은 천천히 입안에 차를 머금었다. 눈에도 아름다웠고 향과 맛은 더 일품이었다. 진하면서도 청량했고 은은한 단맛이 온몸에 퍼졌다.

"그래도 말입니다, 폐하, 누군가가 자신을 위해 노력해 준다고 생각하면 힘이 난답니다."

경요는 망설이다가 덧붙였다. 어쩐지 준에게 위로가 필요한 것 같았다.

"저는 폐하가 단의 백성들을 위해 있는 힘을 다해 정사를 돌본다고 생각합니다. 폐하 덕분에 분명 행복해하는 이가 있을 겁니다."

그 말에 준은 어쩐지 큰 위안을 받은 기분이었다. 그간 아첨은 많으나 진심이 담긴 위로는 없었다.

"짐은 아직 많이 모자란 군주야. 어마마마가 생각하는 성군에 미치려면 아직 멀었어."

"폐하, 제가 감히 한 말씀 올려도 되겠습니까?"

"해 보게."

"폐하께 이런 말씀을 드리는 것만으로도 건방지다고 생각하시겠지만……."

"개의치 않고 말해 봐. 그대 말대로 그댄 비싼 인질 아닌가.

건방진 소릴 한다 해도 여국으로 쫓아 보낼 수도 없고, 벌을 내릴 수도 없으니. 뭐, 그래도 마음에 걸린다면 그대에게 짐 앞에서 건방진 말을 얼마든지 해도 된다는 허락을 내리지."

준의 농에 경요는 살짝 미소를 지었다. 어쩐지 예석황제가 이전보다 더 친근하고 편하게 느껴졌다. 이국에서 온, 자기보다 어린 여자의 말을 귀담아 듣는 준에게 경요는 호감을 느꼈다.

"전 폐하가 황태후마마가 원하는 성군이 되지 않으셨으면 좋겠습니다."

뜻밖의 소리에 준은 놀랐다.

"그대는 짐이 성군이 되는 게 싫은가?"

"아뇨, 성군이 되셨으면 좋겠습니다. 다만 폐하께서 원하시는 성군이 되었으면 좋겠습니다."

뜻밖의 말이었다. 정말 이 소녀는 예상하지 못한 말만 그에게 쏟아 놓는다. 어머니가 원하는 성군이 아니라 그 자신이 원하는 성군이 되어라. 경요는 그에게 자신의 인생을 살라고 말하고 있었다.

"왜, 짐의 어머니가 싫은가?"

부러 심술궂은 질문을 던졌다.

"좋진 않습니다. 그래도 황태후마마가 절 싫어하는 것보단 덜 싫어할 겁니다."

역시 솔직한 경요였다.

"그것 역시 기이한 소리군. 어마마마가 그대를 싫어하는 것보단 덜 싫어한다니."

"황태후마마는 제 속을 알지 못하시지만 전 황태후마마의 속마음을 아주 조금 알고 있으니까요. 황태후마마는 소문처럼 그리 악독한 분은 아닙니다. 제가 생각하기로 황태후마마는 스스로에게 엄격하시고 원칙을 지키는 분이십니다. 그분에게는 아들을 황제로 만든 황태후에게 있을 법한 사심이 없으십니다."

"그런데 왜 어마마마가 원하는 성군이 되지 말라는 것인가?"

"왜냐하면……."

경요는 잠시 말을 멈췄다. 생각을 정리하기 위해서였다.

"……사람은 누구나 자기답게 살아야 하니까요. 누군가가 원하는 삶을 살다 보면 어쩐지 길을 잃은 느낌이 들 것 같사옵니다. 전 폐하가 꼭 성군이 되시지 않아도 좋을 것 같습니다."

준은 웃고 말았다.

"어째서?"

"음, 이상하게 들릴지도 모르겠지만, 폐하께선 이미 성군이신 것 같으니까요."

경요는 자신이 보았던 단의 저자와 거리를 떠올렸다. 수많은 도시들에서 장사를 했던 경요였다. 그녀는 저자의 활기만으로도 그 나라를 다스리는 이의 역량을 느낄 수 있었다.

"폐하께서 다스리시는 단의 저자는 활기가 넘쳤습니다. 이는 치자가 유능하다는 뜻입니다."

"지금 감히 짐을 평가하고 칭찬하는 것인가?"

"마음이 불편하셨다면 송구합니다."

"아니다."

거침없이 할 말을 하는 경요가 준은 불편하지 않았다. 다들 황제라는 그의 위치만 보느라 허리를 굽히고 듣기 좋은 말만 했다. 그래서 그는 경요가 자신의 속마음을 숨김없이 털어놓는 게 기뻤다.

"그럼 그대는? 그대는 어떤 사람이 되고 싶은가?"

"몇 달 전만 해도 전 외할아버지처럼 유능하고 훌륭한 상단의 우두머리가 되는 게 목표였고, 그리되기 위해 있는 힘껏 노력했지요. 그런데 이리 급작스럽게 단국으로 시집을 오게 되었습니다. 그래서 제가 앞으로 어찌 살아야 할지, 무엇을 해야 할지 텅 빈 것 같은 기분입니다. 그림자 신부는 아무 일도 하지 않아야 하는 자리이지 않습니까. 무언가를 하면 할수록 문제가 생길 테니까요."

경요의 목소리가 쓸쓸하게 느껴졌다.

"그대가 한 말을 그대로 돌려주겠네."

경요가 준을 바라보았다.

"그대답게 살면 된다. 그 누구의 눈치도 보지 말고 지금껏 그래 왔듯 그대답게 살면 되지 않겠나. 그대답게 살다 보면 분명 길이 보이겠지."

그 말에 경요가 웃었다. 준은 자신이 경요에게 무언가 소중한 것을 준 것 같아 기분이 좋았다.

준은 살짝 미소를 지으며 말했다.

"가끔 차를 마시러 오고 싶은데."

경요는 잠시 망설이다가 대답했다.

"그럼요. 폐하께서 아까 말씀하시지 않았습니까. 저를 벗으로 생각하신다고요. 언제든 기쁜 마음으로 기다리겠습니다."

그리고 마음속으로 덧붙였다.

'가급적 황태후마마의 눈을 피해서 오신다면 좋겠지만요.'

두 사람은 조용히 미소 지으며 차를 마셨다. 준은 황제가 된 후 처음으로 제대로 된 휴식을 취하는 기분이었다.

'이상한 기분이군. 이곳을 떠나고 싶지 않으니 말이야.'

일부러 시간을 끌며 천천히 차를 마신 준은 유선궁을 나서면서 경요에게 말했다.

"아, 해 줄 말이 있었는데 잊을 뻔했군. 앞으로 월담은 몰래 하길 바라네."

"네?"

"그대가 월담을 한 번만 하고 말 사람이 아니지."

"하하하."

경요가 겸연쩍은 듯 웃었다.

"호위청 대장이 벌써 사직상소를 열 번이나 올리고 계속 청죄請罪를 하고 있어. 조정 신료들도 호위청 대장을 경질하라고 야단이고. 그대가 또 금군과 황궁에서 숨바꼭질을 하면 어쩔 수 없이 호위청 대장을 바꿀 수밖에 없어. 그대도 자기 일에 열심인 황궁 호위청 대장의 일자리를 빼앗고 싶진 않겠지?"

"다, 당연합니다."

"그뿐만 아니라 도총부 위장들까지 그대 때문에 못살겠다고 야단이네."

"궁궐 수비 업무를 맡은 도총부 위장이 왜 못살겠다고 야단입니까?"

준이 장난스럽게 한숨을 푹 쉬며 말했다.

"개미 한 마리도 빠져나가지 못하게 물 샐 틈 없이 지켜야 하는 황궁이거늘, 여인 하나도 막지 못했으니 얼굴 들 염치가 없다는 거지."

경요는 저도 모르게 한숨을 내쉬었다. 도총부의 이야기는 준이 지어낸 말이었다.

"게다가 그대의 월담 솜씨에 대한 소문이 워낙 파다해서 말이야. 본 사람들이 그러는데 그대가 나비처럼 날았다더군. 별의별 소문이 다 돌고 있어. 그대가 한 번만 노려봐도 사람이 픽픽 쓰러진다는데 진짜인가?"

"그럴 리가요."

"소문이 그리 나서 후임자 구하기도 쉽지 않아. 월담하는 황후를 금군이 도대체 어찌해야 하겠나? 죄인처럼 묶어 올 수도 없고, 그렇다고 그대가 그들 말을 순순히 듣지도 않을 테고. 황후 덕에 모든 무관들의 꿈이었던 호위청 대장이 이제 모두가 피하고 싶어 하는 자리가 되고 말았어. 이를 어찌할 건가?"

"앞으로는 눈에 띄지 않게 담을 넘겠습니다."

역시 안 넘겠다는 말은 하지 않는군. 준은 다시금 웃지 않기 위해 혀를 살짝 깨물었다.

"부탁하네. 해야 할 일이 산처럼 쌓여 있는데 일 잘하고 있는 황궁 호위청 대장을 경질하고 싶지 않아. 게다가 호위청 대장을 뽑는 일은 꽤 복잡한 일이고."

"송구하옵니다."

잠시 생각하다가 준이 덧붙였다.

"뭐, 그래도 아주 나쁘지만은 않아 다행이야. 그대가 어떤 사람인지 좀 더 알게 되었으니 말이야. 나비처럼 월담도 하고, 활을 쏘아 노루도 잡고, 황궁 호수의 잉어까지 잡아가는 황후임을 이런 소동이 아니었으면 어찌 알았겠나. 내가 처복이 많아 유능한 후를 얻었군."

농담인지 진담인지 아리송했다.

경요가 고개를 갸웃거리며 쭈뼛쭈뼛 말했다.

"저, 유선궁에 다시 식량을 보내 주시기로 한 것 감사합니다."

준이 엄숙한 목소리로 말했다.

"짐이 내명부 일에 간섭하는 건 이번이 처음이자 마지막이야. 어디까지나 내명부 일은 어마마마의 권한이니까. 이번엔 그대를 구하기 위해 비겁한 수를 썼어."

전무후무한 일이었다. 어머니를 기만하면서까지 경요를 구하려고 했다. 어머니가 유선궁에 식량을 끊었다는 소리를 듣는 순간 자기도 모르게 심장이 철렁하면서 이 소녀를 위해 뭔가 해야 할 것 같았다. 발걸음이 저절로 태후궁으로 향했다. 처음으로 어머니에게 반항 아닌 반항을 한 것 같아 준은 가벼운 가

책을 느꼈다.

그렇지만 경요에게 자신의 도움이 필요했을까 준은 의심스러웠다. 열흘이 아니라 백 일 동안 식량을 끊었던들 무슨 수를 써서든 먹을 것을 구해 살아남았을 것이다. 자신의 개입이 그다지 도움이 된 것 같지 않아 준은 조금 낙심했다.

황궁 사람들이 목숨같이 생각하는 체면이나 위신이 경요에겐 없었다. 그는 그렇게 할 수 있을까? 단의 백성들을 먹여 살리기 위해 체면이나 위신 같은 것을 경요처럼 벗어던질 수 있을까?

"저, 폐하."

"응?"

"다음에 같이 가시렵니까?"

"어디를 말인가?"

"폐하가 다스리시는 단국의 맨얼굴을 보러 말입니다."

"지금 황제에게 월담을 권하는 것인가?"

경요는 얼굴이 빨개졌다.

'어휴, 이 바보. 도대체 무슨 생각으로 황제폐하께 월담을 하자고 한 거야.'

하지만 경요는 용기를 냈다.

"폐하께서 다스리시는 단국이 어떤지, 폐하의 백성들이 어떤 얼굴로 살아가는지 궁금하지 않으십니까? 폐하는 늘 황궁 안에서 보고서로만 단국을 만나지 않습니까. 그러나 글로는 전할 수 없는 것이 더 많습니다. 제가 외조부께 장사를 배울 때

장부를 믿지 말고 직접 눈과 귀와 혀를 통해 얻는 것만 믿으라 하셨습니다. 문자와 숫자는 그 외형만으로도 그럴듯해 보이기 때문에 사람을 쉽게 기망한다고요."

경요의 말이 맞았다. 그는 늘 다른 사람의 눈과 귀를 통해서 그가 다스리는 단국을 접했다. 그와 단국은 물과 기름처럼 분리되어 있었다.

'내가 다스리는 나라의 맨얼굴이라. 나의 백성이라……'

하지만 마음과 다른 말이 튀어나왔다.

"짐은 신하들을 믿는다. 그 말은 신하들이 보고 들었다 하는 것을 믿는다는 뜻이지."

"믿을 수 없으니 직접 보시라는 게 아닙니다. 분위기나 공기나 민심은 직접 느끼지 못하면 알지 못하는 부분도 있다는 말씀을 드리고 싶었습니다."

"그대는 꼭 진짜 황후처럼 구는군."

"주제넘었다면 죄송합니다."

황제가 빙긋 웃으며 대답했다.

"뭐, 그것도 나쁘지 않지."

준은 경요의 눈을 보고 나지막한 목소리로 덧붙였다.

"그대와 함께라면 말이야. 그래, 언제 같이 나가 볼까? 그대가 날짜를 정해."

"폐하께서 정하셔야지요. 저야 사라져도 있는지 없는지 모르지만, 폐하께서 궁에서 사라진다면 난리가 날 겁니다."

하긴 준이 사라진 걸 황궁 사람들이 안다면 비상사태가 벌어질 것이다.

준과 경요는 중정으로 나갔다. 준은 계속 경요의 제안에 대해 생각하고 있었다. 중정에서 기다리고 있던 차비와 호위 무사가 준에게 허리를 굽혔다. 언제 어떻게 빠져나가야 할까? 자기가 없어진 뒤 골탕 먹을 차비 생각을 하니 장난꾸러기 소년 같은 미소가 떠올랐다 사라졌다. 그 미소를 본 경요는 처음으로 준에게서 스무 살 청년의 활기를 느꼈다.

준은 유선궁 밖으로 나가려다가 발길을 다시 경요 쪽으로 돌렸다. 그런데 준이 경요에게 너무 가까이 다가왔다. 경요는 흠칫 놀라 한 걸음 뒤로 물러섰다. 자기도 모르게 얼굴이 빨개졌다. 다시 황제의 얼굴이 경요의 바로 코앞에 다가왔다.

"왜 그러는가?"

"아, 아뇨. 그게……."

'너무 가까이 오셨잖아요.'라고 말할 수는 없었다. 사람의 눈빛을 가까이에서 느끼는 게 이리도 당황스러운 건지 경요는 몰랐다. 자기도 모르게 소리를 지를 뻔했다.

준은 차비와 호위 무사가 그들의 이야기를 들을까 저어해서 경요에게 가까이 다가갔는데 의외로 경요가 너무 놀라자 재미있었다. 동뢰 때 함께 침상에 나란히 누웠을 때도 전혀 부끄러워하지 않던 경요가 자신이 가까이 다가간 것만으로 얼굴을 붉히는 게 기분이 좋았다. 그러니까 자신이 경요에게 곁에 있어도 아무렇지 않은 상대는 아니라는 것이었다.

좀 더 장난을 치고 싶은 준은 경요의 허리를 한 팔로 감고 귀에 입술을 대고 소곤거렸다.

"아랫사람들이 월담에 대한 이야기를 들으면 곤란하지 않겠나."

경요는 준의 숨이 귀에 닿자 간지러우면서도 기분이 이상했다. 왜 갑자기 심장이 콩닥거리는지 이해할 수 없었다.

"그, 그렇습니다."

준은 빨갛게 달아오른 경요의 목덜미를 보면서 말했다.

"며칠 후면 능행이라 궁을 비울 것이다. 한낮에 월담은 힘들 테니 능행에서 돌아오는 길에 몰래 빠져나와 함께 돌아다니면 어떻겠나."

"예, 알겠습니다."

경요는 자기도 모르게 말을 빠르게 했다. 얼른 황제가 좀 멀어졌으면 싶었다.

준은 천천히 경요의 귀에서 얼굴을 뗐다.

"저, 폐하."

"응?"

"손을."

"아, 그래."

준은 이번엔 허리에서 손을 뗐다.

열 걸음 정도 떨어진 곳에서 차비가 의아하다는 얼굴로 황제와 황후를 바라보고 있었다.

경요에게서 떨어진 준이 말했다.

"내, 차에 대한 사례로 그대에게 작은 선물을 하나 하고 싶은데, 가지고 싶은 게 있나?"

"아, 아닙니다. 별것도 아니었는걸요."

"그래도 어찌 그냥 넘어갈 수 있겠나. 말해 봐."

"당장은 생각나는 게 없습니다."

"그래? 그럼 알아서 보내기로 하지."

그렇게 말하고 준은 유선궁에서 나갔다.

다음 날 아침, 안규는 예전처럼 들어온 식량들을 검수하면서 함께 온 황제의 하사품을 발견하고 고개를 갸웃거렸다. 민아와 정은도 황제의 하사품을 보면서 고개를 갸웃했다.

"이걸 왜 보내신 걸까요? 유선궁에는 연못도 수조도 없는데요."

"완상하기엔 너무 볼품이 없습니다. 시커멓고 그냥 크기만 한걸요."

식량을 가져온 내관을 안규가 바라보았다. 내관도 고개를 갸웃거리며 말했다.

"저도 폐하께서 유선궁에 내리신 하사품이라는 것밖에 모릅니다. 식량과 함께 가져다주라 명하셨습니다. 유선궁마마께서 좋아하시는 거라며 동이 트기도 전에 사람들을 궁 밖에 내보내 잡아오게 한 것입니다."

"마마께서 좋아하신다고? 잉어를?"

"예, 그리 들었습니다. 그것도 강에서 갓 잡아 올린 걸 좋아하신다고……."

별난 분인 건 알았지만 잉어만큼은 도무지 이해가 되지 않았다. 단국에서 잉어는 고운 빛깔과 아름다운 무늬를 즐기는 완상어玩賞魚였기 때문이다.

"설마 여국에서는 이렇게 못생긴 잉어를 완상하는 걸까요?"

민아가 고개를 갸웃거렸다. 안규는 잉어를 어찌해야 할지 골치가 아팠다.

"이걸 어찌하누. 하사품이니 함부로 할 수도 없고."

"그럼 전 명 받은 대로 전했으니 그만 가렵니다."

안규와 두 내인은 나무 물통 안에서 힘차게 맴돌고 있는 시커먼 잉어가 징그러워 진저리를 쳤다. 그러면서 폐하도 후마마만큼이나 이상하신 분이라고 생각했다. 여인에게 보석이나 비단이 아닌 잉어를, 그것도 이리 못생긴 잉어를 하사품으로 내리시다니.

그날 점심에 그 잉어를, 그것도 맛있게 먹을 줄 꿈에도 모르는 세 사람이었다.

7

예석황제가 황위에 오르고 첫 능행을 떠나는 길에 단사황
태후가 동반했다. 국혼 이후 황궁 밖에 나온 것은 처음이었다.

사방을 누런 비단으로 가로막은 흔들리는 가마 안에서 단사
황태후는 오랜만에 죽은 선황을 떠올렸다. 자신의 반생은 그를
사랑하는 데 썼고 나머지 반생은 그를 증오하는 데 썼다. 앞으
로 남은 인생은 무엇을 하며 살아야 할까? 그를 사랑하고 증오
한 것을 후회하며 살아야 할까? 단사황태후는 가벼운 한숨을
내쉬며 누런 비단 너머로 흐릿하게 보이는 풍경을 바라보았다.

꾹꾹 눌러놓았던 고독이 스멀스멀 그녀의 몸을 잠식했다.
혜비로 봉해져 다시 황궁에 돌아오던 그날, 순수했던 규완을
장례 지내고 왔다. 아들이 황제가 되고 성군이 된다면 지난 세
월을 보상받을 줄 알았는데 아니었다.

'이상한 일이군. 다시 환궁하고 싶은 마음뿐이라니.'

국혼 이후 처음으로 황궁을 벗어났다. 그런데 기분이 묘했다. 예전엔 아주 짧은 시간이라도 출궁을 허락받으면 출궁 날을 손꼽아 기다렸다. 내색하지 않았지만 황궁은 그녀의 감옥이었다. 그런데…….

'그 감옥이 내 집이 되어 버리다니. 모르는 사이에 난 그 궁의 일부가 되어 버린 걸까?'

단사황태후는 고개를 저었다. 절대 그리되지 않을 생각이었다. 이제 아주 조금만 더 이 지긋지긋한 곳에 머무르면 된다.

준이 황태자로 책봉되기 전 선황인 효성황제와 함께 이 길을 간 적이 있었다. 그때 그는 죽어서도 그녀와 함께이고 싶다며 합장묘를 만들게 했다. 웃기는 소리였다. 붕어 후 그녀는 아들에게 분명히 밝혔다. 절대 합장되고 싶지 않다고. 시신이라도 그가 그녀의 몸에 닿는 건 싫었다. 그래서 효성황제는 먼저 세상을 떠난 황귀비와 합장되었다.

임종의 순간 효성황제는 주위의 모든 사람을 물리고 오직 그녀만 남게 했다.

"규완, 여전히 날 용서하지 못하나?"

너무나도 오랜만에 듣는 자신의 이름이었다. 자신의 이름이 규완이었던 것도 잊고 살았던 세월이었다.

아무 말도 하지 않는 그녀를 보며 효성황제는 쓰게 웃었다.

"그대만 괴물이 되었다 여기지 마시게. 그대는 황궁에 사는 마물과 싸우기 위해 괴물이 되었고, 나는 그 마물에 잡아먹혔으니. 미안하오. 그대를 품을 수 있을 만큼, 그대의 기대를 만족시킬 수 있을 만큼 커다란 그릇이 되지 못하여. 나는 그저 약한 남자였을 뿐이었네. 사내로서도 황제로서도 형편없었지. 그대 같은 여인의 짝이 되기엔 너무 못난 남자였지."

그 말을 듣는 규완의 머릿속에 그녀가 당했던 일들이 주마등처럼 스쳐 지나갔다. 너무 늦은 사과였다. 그저 자기 마음이 편해지기 위해 한 사과일 뿐이다. 끝까지 이기적인 사람.

"뭐라 말을 해 주지 않겠나? 무슨 말이든 좋아. 그러라고 사람들을 물렸으니. 그대에겐 그럴 자격이 있어."

규완은 입술을 깨물었다.

'내 마음은 정녕 돌이 되고 말았나? 아무것도, 아무것도 느껴지지 않아. 나는 당신에게 내 마음을 주었고, 당신은 내 마음을 부숴 버렸지. 그러니 난 당신에게 어떤 죄책감도 느끼지 않을 거야. 난 마음이 없으니까.'

그런데도 눈물이 흘러나왔다. 이 못난 남자를 뼛속까지 미워했다 여겼는데 아니었다.

규완의 눈물이 효성황제의 누렇게 뜬 얼굴에 방울방울 떨어졌다. 눈물이 얼굴에 닿는 순간 효성황제의 표정이 기묘하게 변했다. 울고 있는 건지 웃고 있는 건지 알 수 없는 얼굴이었다.

규완은 소매에 넣어 두었던 비단 손수건으로 천천히 눈물을 닦았다. 자기도 모르게 심호흡을 가다듬었다.

이날을 기다리며 20년을 버틴 규완이었다. 귀에다 독을 붓 듯, 죽어 가는 황제에게 그동안의 자신이 한 모든 것은, 그가 믿고 있었던 자신의 마음은 거짓이고 가식이었음을 폭로할 생각이었다. 그러나 모진 말이 나오지 않았다.

"빌어먹을."

규완은 자기도 모르게 거친 말을 중얼거렸다. 이 남자를 미워하는 건 불가능했다.

그리고 맥이 빠졌다. 그는 알고 있었다. 자신이 그를 증오했다는 것을, 경멸했다는 것을. 그런데 왜? 왜 당신은 20년간 모른 척했지? 왜 나를 총애한 거야? 도대체 당신이란 사람의 진심은 뭐야!

차라리 20년 전에 당신이 나를 죽이든, 아니면 내가 당신을 죽이든 했어야 했어. 그랬다면 이 지긋지긋한 인연을 정리할 수 있었을 텐데.

"후회하는가? 다시 황궁에 돌아온 것을?"

규완은 차가운 눈으로 효성황제를 노려보았다. 그날의 아픔과 치욕이 생생하게 떠올랐다. 그토록 원할 때는 생기지 않던 용종이 왜 하필 그날 밤 생겼던 걸까? 그날 준이 생기지 않았다면 규완은 자진했을 것이다.

규완은 천천히 몸을 굽혀 효성황제의 귀에 대고 속삭였다.

"후회라고 하셨습니까? 당신을 사랑한 게 내 인생의 오점이었습니다. 사랑의 가치를 모르는 자에게 내 사랑을 준 것을 후회했을 뿐입니다. 왜 황궁에 돌아왔느냐고요? 설마 당신에 대한 미련이 남아 돌아온 줄 아셨습니까? 난 단을 위해 돌아왔습니다. 당신과 당신의 후궁들과 그들의 가문이 망쳐 놓은 단을 되살리려고 돌아왔습니다. 무능한 황제에게 다시는 단의 운명을 맡기지 않으려고 돌아왔습니다. 그것이 후궁들의 참소 때문에 목숨을 잃은 내 친정아버지와 오라버니들을 진혼하는 유일한 길이라 여겼기 때문입니다."

규완의 아버지 엽형재는 제대로 된 재판도 받지 못하고 죽었다. 그리고 규완 역시 아무런 변명도 못 하고 냉궁으로 내쳐졌다. 마치 손바닥을 뒤집듯, 황제는 너무나 쉽게 자신에 대한 총애를 거두어 갔다.

효성황제는 흐릿한 미소를 지었다.

"나는 두려웠네."

"무엇이 말입니까?"

그러나 이미 기력이 다한 효성황제는 하고자 하는 말을 소리로 만들지 못했다. 그가 규완에게 하려던 말은 혀끝에서 맴돌다 마지막 숨을 내쉬는 것과 함께 허공 속으로 사라져 버렸다. 하지만 규완은 그의 마지막이 전혀 궁금하지 않았다.

그가 사랑했던 규완이 냉궁에서 죽었듯, 그녀가 사랑했던 효성황제 역시 이미 오래전에 그녀의 마음속에선 죽은 사람이었다. 그저 미련만이 남아 있을 뿐이었다.

규완은 머리 장식을 바닥에 던지고 머리를 풀어 헤쳤다. 입고 있던 색깔 있는 비단옷을 거칠게 찢었다.

내전의 문을 열었다. 후궁, 황자, 공주, 내관, 내인, 문무백관들이 그녀의 모습을 바라보았다. 모든 이들이 그녀의 입을 주목하고 있었다. 규완은 천천히 내뱉었다. 그녀가 인생에서 유일하게 사랑했고 또 증오한 한 인간의 죽음을.

"황상께서 붕어하셨다."

마치 확인이라도 하듯 규완은 더 큰 소리로 외쳤다.

"황상께서 붕어하셨다!"

또다시 눈물이 흘러내렸다. 그러나 이것은 아까 흘렸던 눈물과 달랐다. 황제의 총애를 가장 많이 받은 후궁이자 황태자의 친모, 곧 황태후가 될 여인이 흘려야 하는 가식적인 눈물이었다.

그녀의 통곡을 시작으로 천둥 같은 호곡 소리가 황궁을 울렸다. 그러나 황제의 붕어를 진심으로 슬퍼하는 자는 아무도 없었다. 모두 드디어 무능한 황제의 치세가 끝났음을 후련하게 여기고 있었다.

능에서의 제사를 끝내고 준과 단사황태후는 간단히 수라를 들었다. 준은 감선(減膳:자책과 근신의 의미로 수라에 올리는 반찬 수를 줄이는 것) 중이라 상이 초라했다. 기름진 반찬은 모두 금하고 소박한 채소 반찬만 올리게 했다. 식욕이 왕성한 스무 살 준에겐 턱없이 부족한 양이었다.

준은 얼마 안 되는 식사를 금세 해치우고 차비가 올린 차를 마셨다. 난생처음 준은 허기를 느끼고 있었다. 음식이라는 것은 늘 공기처럼 준의 곁에 있었다. 그런데 고작 반찬 가짓수를 줄인 것으로도 이렇게 속이 헛헛하다니.

감선 후 준은 틈만 나면 음식에 대해 생각했다. 자신도 놀 랄 만큼 모든 생각이 자연스럽게 먹는 것으로 연결되었다. 이 전에 먹었던 음식들이 새록새록 떠올라 자기도 모르게 침이 고였다. 준은 먹을 것을 하늘로 삼는다는 것이 이런 것임을 깨 달았다.

자신은 없어서 못 먹는 것이 아니다. 그럼 없어서 먹지 못하 는 사람의 마음은 이것보다 천 배, 아니, 만 배 더 비참할 것이 다. 황제가 된 후 처음으로 준은 자신이 다스리는 백성이 느끼 는 마음을 자기 몸으로 느끼고 있었다.

"어미는 지석사에 잠시 다녀갈 생각입니다. 황상은 바로 환 궁하실 겁니까?"

"네, 그럴 생각입니다."

"오랜만에 바깥바람을 쐬서 그런지 황상의 얼굴이 더 좋아 보입니다. 정사에만 파묻혀 있지 마시고 가끔 밖으로 나와 사 냥도 하세요. 황상께서 강건해야 하십니다. 감선은 이제 그만 하세요. 그만하면 백성들도 황상의 마음을 이해했을 겁니다. 퍽 홀쭉해지셨습니다. 그래서야 몸이 배겨나겠습니까? 부디 수라는 제대로 드세요. 정 감선을 해야 한다면 이 어미가 대신 하겠습니다."

"마땅히 해야 할 감선입니다. 백성들이 가뭄으로 굶고 있는 데 그들의 아비 된 자가 어찌 입맛이 있어 기름진 반찬을 먹겠 습니까. 제 배가 고픈 것을 어마마마가 그리 마음 아파하시는 것처럼 저도 제 백성의 배고픔을 함께 아파하고 싶습니다."

"이 어미가 사사로운 정에 눈이 멀어 황상의 깊은 뜻을 헤아리지 못했음을 용서하세요. 황상께서 직접 감선하시어 백성을 아끼고 사랑하는 모습을 보이시니, 그 덕과 은애가 아래로 흘러내릴 것입니다."

"아직 멀었습니다. 제 덕과 은애가 백성들에게 미치려면 더욱더 노력해야 한다고 생각합니다. 겨우 감선 정도로 제 마음이 백성들에게 전해지리라 생각하진 않습니다. 다만 제 각오를 표현한 것입니다."

단사황태후는 흐뭇한 얼굴로 아들을 바라보았다.

"그래요. 그런 마음이 중요한 거지요."

"법화스님은 잘 계시겠지요. 제 안부도 전해 주세요."

"그러겠습니다. 오랜만에 황궁을 나온 김에 법화스님도 뵙고 불공도 올려 주십사 부탁할 생각입니다."

여승들만 있는 지석사의 주지 법화는 단사황태후의 언니였다. 가문이 풍비박산 날 때 황태후의 언니는 강제로 이혼을 당해서 시집에서 쫓겨났다. 의지할 곳 없던 그녀는 머리를 깎고 출가했다.

냉궁에 있던 단사황태후도 언니의 뒤를 따르려 했다. 모든 미련을 끊어 버리고 오직 억울하게 죽은 아버지와 오라버니, 충격으로 세상을 버린 어머니의 명복을 빌며 여생을 보내고 싶었다. 그러나 그 하룻밤, 겁간에 가까웠던 그날 밤에 준이 복중에 생겼다. 규완은 복중의 그 아이에게 자신의 운명과 단의 운명을 함께 걸었다.

"무슨 불공을 드릴 생각이십니까?"

"어서 빨리 황상에게 든든한 후사가 생겨야 하지 않겠습니까. 좋은 배필을 맞아 꼭 황자를 낳게 해 달라는 불공을 올려 달라 부탁할 생각입니다."

"간택 날짜는 정해졌습니까?"

단사황태후는 고개를 끄덕였다. 준에게 말하진 않았지만 황귀비에게 내명부의 일을 어느 정도 가르친 후 그녀는 지석사의 언니 곁에서 여생을 보낼 생각이었다. 준에게 제 짝만 찾아 주면 이제 자기 할 일은 다 했다고 생각했다. 이제 자신의 어둠은 준의 밝은 치세에 방해가 될 뿐이었다. 사악하고 권력에 미친 황태후는 이제 무대에서 내려와도 되었다.

단사황태후는 주변을 물리고 지석사에 홀로 들어갔다. 이곳에 들어가는 그녀는 황태후가 아니었다. 부처의 자비를 바라는 가련한 중생이었고, 혈육의 정이 그리워 언니를 찾은 막냇동생이었다. 산문을 들어서며 그녀는 자신을 치장하고 있던 것들을 모두 내려놓았다.

단사황태후는 백불白佛을 참배하러 갔다. 몇백 년 전 어느 황비가 황자 낳기를 소망했는데 이 백불이 그 소원을 들어줬다는 전설이 있었다. 불심을 다해 빌면 소망 중 하나는 꼭 이루어 준다고 했다.

흰색 돌에 부조로 새겨진 마애좌상은 고운 화관을 쓰고 가

느다란 눈으로 자비를 구하는 중생들을 바라보고 있었다. 입가엔 세상의 모든 아픔을 품을 것 같은 넉넉한 미소를 짓고 있었다. 그 미소에 단사황태후는 몇 번이나 구원을 받았다.

백불 앞에는 먼저 온 사람이 있었다. 스물쯤 되었을까? 눈매가 깊고 입매가 야무져 보이는 처녀가 백불 앞에서 초를 붙이고 있었다. 황태후는 그녀가 천천히 절을 올리는 것을 바라보았다. 절을 올리는 여인의 몸짓이 무척 간절했다.

'무슨 소망을 빌기에 저리도 간절하게 절을 올리는 것일까?'

처녀가 절을 마친 후 지척에 서 있는 단사황태후와 눈이 마주쳤다. 처녀는 황태후에게 가볍게 무릎을 굽혀 예를 표했다. 초겨울 서리처럼 반듯한 인상이 황태후에게 깊은 인상을 남겼다. 아직 혼인도 하지 않은 여인이 무슨 일로 참배를 온 건지 그 사연도 궁금해졌다. 아직 세상의 고뇌를 알기엔 어린 나이인데 무엇을 저리도 간절히 바라는 걸까? 꽃처럼 활짝 피어난 고운 얼굴에 담긴 고뇌가 깊고 짙어 보여 단사황태후는 호기심이 생겼다.

처녀의 발소리가 들리지 않자 단사황태후는 옷매무새를 바로하고 백불 앞에서 천천히 절을 올리기 시작했다. 소망을 빌러 왔지만 백불 앞에서 절을 하다 보면 그 소망들은 한낱 먼지가 되어 어디론가 쓸려 가 버렸다.

"헛되고 헛된 인간사, 수고로움은 끝이 없고 번뇌도 끝이 없구나. 태어나지 않은 자가 복이 많다. 부디 윤회의 수레바퀴가 다음 생에서는 멈추기를 비나이다."

황태후는 자기도 모르게 그렇게 중얼거리며 백불에게 절을 올리고 있었다.

참배를 마치고 내려오는 단사황태후를 법화가 기다리고 있었다. 회색 가사를 입은 단사황태후의 언니 법화가 염주를 쥔 두 손을 모아 인사를 했다. 단사황태후도 조용히 미소를 지으며 두 손을 모아 허리를 굽혔다.

"어서, 어서 안으로 들어가세요."

언니에게 손이 잡혀 단사황태후는 법화가 머무는 아담한 암자로 들어갔다.

"그간 별고 없으셨습니까?"

"세간과도 떨어져 수행하는 사람에게 무슨 별고가 있겠습니까. 이곳은 계절이 바뀌는 것 말고는 아무것도 달라질 게 없습니다. 황태후마마께서는 어떠십니까? 그간 강녕하셨습니까? 국혼은요?"

"네, 부처님의 가호로 국혼은 무사히 끝났습니다. 하아."

단사황태후는 말끝에 자기도 모르게 긴 한숨을 쉬었다. 유선궁에 있는 그림자 신부만 생각하면 마음이 심란했다. 노루 사건 이후로는 잠잠했지만 어쩐지 그 조용함이 단사황태후의 신경을 긁었다. 도대체 다음에 뭘 하려고 이리 뜸을 들이나, 그런 생각마저 들었다. 조용하면 조용해서, 소동을 부리면 소동을 부려서 싫었다.

"여국에서 온 황후는 어떤 분이십니까? 여국 왕비인 동비가 그리 미인이라면서요? 여국 왕이 한눈에 반해 비로 삼고는 후궁도 들이지 않았다던데요. 그 딸인 공주는 어떻습니까? 어머니를 닮아 미인입니까? 그러고 보니 돌아가신 황태후마마도 미인이라는 소문이 자자했지요. 여국 여인들은 다 그리 아름다운 걸까요?"

단사황태후가 심통 난 얼굴로 말했다.

"박색도 그런 박색이 없습니다. 키는 장대처럼 큰데다 피부는 시커멓고, 아무튼 여인다운 구석이라곤 약에 쓰려고 해도 찾을 수 없습니다. 마음에 들고 안 들고를 떠나 너무 기가 막혀 말하기도 창피합니다. 언니 앞에서니까 이야기하지. 세상에 아무리 오랑캐 나라에서 왔다고 해도 신분이 공주인데 어찌 그 모양인지. 구워 먹을 수도 없고 삶아 먹을 수도 없고, 세상에 어쩜 그렇게 어이없는 물건이 다 있답니까."

"황후께서 어쩌셨기에 마마께오서 그리 흥분하시는 겁니까?"

"궁이 답답하다며 대낮에 금군을 따돌리고 월담을 하질 않나, 근신을 명하고 식량을 보내지 않았더니 노루를 잡아 구워 먹었답니다. 들어 보니 내인과 내관들까지 불러서 아주 잔치를 벌였더군요. 그런 물건을 어찌한답니까?"

법화의 눈이 반짝거렸다. 황궁에 다시 들어간 후로 표정이 없어진 여동생이었다. 그런데 황후에 대해 말하는 단사황태후는 예전 그녀가 알고 있던 여동생 규완이었다.

갑자기 법화가 크게 웃음을 터뜨렸다. 황태후는 영문을 몰라 어리둥절했다.

"황태후마마, 제가 언짢아하실지도 모를 말씀을 올려도 되겠사옵니까?"

"언니도 참. 보는 눈도 없는데 어찌 이리 딱딱하게 말씀하십니까?"

"그럼 잠시 무례한 말씀을 올리겠습니다. 제가 보기엔 그 그림자 신부가 황태후마마를 쏙 닮은 듯하옵니다."

단사황태후는 벼락이라도 맞은 듯 화들짝 놀랐다.

"언니! 제가 언제 월담을 했습니까!"

"해야 했다면 마마도 월담을 하셨을 겁니다. 이제야 하는 말씀이오나 마마께서 입궁하시고, 혹여 갑갑하다 월담하여 집으로 도망쳐 오지 않을까 어머니께서 걱정하셨답니다. 어머니도 마마가 말썽을 부리면 그러셨답니다. '구워 먹을 수도, 삶아 먹을 수도 없는 저 아이를 어찌 해야 할꼬.'라고 말입니다. 하하하."

법화는 유쾌하게 웃었다. 언니들보다 오라버니들과 노는 것을 더 좋아했던 규완이었다. 치마를 입혀 놓으면 이틀도 못 가 치맛자락이 다 찢겨 어쩔 수 없이 사내아이 옷을 입혀 키웠다. 저 못난이를 누구에게 시집보내느냐며 오라버니들은 규완을 놀려 댔다. 그러나 초경이 시작되자 그녀는 허물이라도 벗듯 아름다워졌다.

잊고 있던 추억이었다. 떠올리는 것만으로도 가슴이 아파 오래전에 묻어 둔 이야기들이었다. 그래도 세월이 약이라고, 한참 시간이 흐른 후에 이렇게 추억을 다시 꺼내 볼 날이 왔다.

법화는 돌아가신 어머니 생각이 새록새록 났다. 단사황태후 역시 마찬가지였다.

"어머니는 마음 아파 하셨습니다."

"무엇을 말입니까?"

"마마께서 입궁하신 후 몰라보게 조신해지셨다고요. 황궁 생활이 얼마나 힘들면 저리 얌전해지셨을까 걱정하며 남몰래 우시기도 했습니다."

"아닙니다. 그렇지 않습니다."

정말 아니었다. 그녀가 변한 건 모두 효성황제 때문이었다. 그의 마음에 들고 싶어서 아름답게 화장했고, 몸가짐도 조신해졌다.

그 때문에 그녀답게 살지 못했다. 얌전하고 여성다운 규완도, 미소 짓는 얼굴로 상대에게 아무렇지 않게 독을 먹이는 규완도, 아들 대신 어둠을 자처하는 규완도 그녀가 아니었다.

"사내란 무엇일까요? 그리 당하고도 저는 여전히 사내를 위해 살고 있군요. 아무도 그리 살라 하지 않았는데 말이지요. 황상께오서도 이제 얼마 안 있어 제 슬하를 떠나시겠지요. 곧 황귀비를 맞이하시면 한 여인의 지아비가 되시고 또 누군가의 아비가 되실 테니까요. 결국 저는 또 홀로 남겨지겠지요."

"억울하십니까?"

입궁한 이후로 속의 이야기를 거의 털어놓지 않은 규완이었다. 법화는 갑자기 둑이라도 허물어진 듯 쌓아 두었던 속내를 이야기하는 단사황태후가 애잔하기만 했다.

'늙으면 입이 헐거워진다던데, 마냥 어리게만 보았던 마마도 이제 늙으셨군요. 하긴 내 머리카락이 이렇게 허옇게 되었는데요. 어찌 저 혼자 나이를 먹었겠습니까.'

"후후후, 나온 구멍은 모르고 들어갈 구멍만 챙기는 게 사내라 하지 않습니까. 그런 사내에게 마음을 준 내 잘못이지요."

법화는 단사황태후의 저속한 말에 그만 폭발하듯 웃고 말았다.

"마마께오서도 늙으셨습니다. 그런 말을 아무렇지 않게 하시다니요."

단사황태후도 소리 내어 웃었다.

"그래도 여인이 아니라 나라에 아들을 빼앗겼으니 그나마 참을 만합니다."

문득 백불 앞에 있던 처녀가 떠올랐다.

"언니, 백불 앞에서 참배를 온 처자를 보았습니다. 어느 집 여식입니까?"

"아, 주유 낭자를 보셨군요."

"어쩐지 낯이 익습니다. 어디서 꼭 본 적이 있는 듯합니다."

"누군가를 닮았지요? 연빈의 조카입니다."

"연빈이라면……."

잊을 수 없는 얼굴이었다. 단사황태후가 귀인으로 입궁했을 때 먼저 입궁해 빈의 첩지를 받은 연빈은 자기보다 다섯 살 아래인 규완을 친동생처럼 예뻐했다. 후궁의 여인답지 않게 순수하고 다정하며 겉과 속이 똑같은 여인이었다. 연빈의 아버지

신호조는 단사황태후의 부친과 같은 스승 밑에서 공부하여 과거 급제도 같이 하고 나란히 한림원에서 첫 관직 생활을 시작하여 막역한 사이였다.

"연빈의 피붙이 중에 살아남은 이가 있었군요."

그녀와 친하다는 이유로 연빈의 가족도 큰 화를 입었다. 하나뿐인 남동생도 감옥에서 괴질에 걸려 목숨을 잃었다. 그 충격으로 연빈은 아이를 사산하고 며칠 후 허망하게 세상을 떠났다.

"유복녀입니다. 어미가 저 아이를 품고 재혼을 해서 신씨 가문의 핏줄을 살렸지요."

"그랬군요. 그런데 아직 처녀인 듯한데 약혼은 했습니까?"

"아니요. 약혼은 고사하고 출가하겠다고 고집을 부려 속을 썩이고 있습니다."

"출가요?"

단사황태후는 놀랐다. 스무 살 처녀가 출가를 하는 건 드문 일이었다. 입 밖으로 낼 수 없는 사연이 있지 않고서야 구설수에 오르기 딱 좋을 일이었다.

"뱃속에 있을 때 아비를 잃고, 또 태어나자마자 어미를 잃은 자신의 박복한 운명이 한스러웠나 봅니다. 이번 생에서는 더 이상 인연을 만들고 싶지 않다며 출가하여 덕을 쌓아 다음 생에는 좀 더 나은 운명으로 태어나고 싶다고 고집을 부리고 있습니다."

단사황태후는 주유의 박복한 운명에 자신의 탓도 있는 듯하여 마음에 걸렸다. 연빈이 자신과 친하지 않았다면, 효성황제와 갈등하는 자신을 감싸다 황제의 눈 밖에 나지 않았다면 저 아이의 운명은 여느 귀족 가문의 딸처럼 평탄했을 것이다.

단사황태후는 주유가 어쩐지 연빈이 사산한 그 아이같이 느껴졌다.

"저 아이는 어디서 컸습니까? 친가는 풍비박산이 났을 테고, 재가한 어미도 태어나자마자 잃었다면서요. 외가에서 컸습니까?"

"아니요. 어미가 연신공의 막냇동생에게 재가를 하였는데 연신공의 어머니이신 혜란공주께서 양녀로 삼아 키우셨습니다. 마마도 아시다시피 공주께서 슬하에 딸이 없지 않습니까. 그래서 친딸처럼 금지옥엽으로 키우셨고, 멀리 시집보내기가 싫어서 손자들 가운데서 짝을 맺어 주고 싶어 하셨습니다. 그런데 스무 살이 되도록 곱게 키운 아이가 시집도 가지 않겠다, 공주마마께서 세상을 뜨면 바로 출가하겠다고 하여 진씨 가문에서 한바탕 난리가 났다고 합니다. 혜란공주께서 걱정이 크십니다. 주유 낭자는 매달 초하루와 보름이면 지석사로 참배를 온답니다. 열여섯 살 때부터 단 한 번도 빠지지 않고 왔지요. 불심이 깊은 낭자입니다. 그 깊은 불심을 원망하게 될 줄은 꿈에도 몰랐다고 혜란공주께오서 한탄을 하시고 계십니다."

나이 찬 처녀가 출가하는 건 주로 남자와 관련된 추문이 많았다. 원치 않게 몸을 버린 처녀가 자진 말고 선택할 수 있는 유일한 길이 출가였다.

"혜란공주께서도 걱정이 많으시겠습니다."

혜란공주는 진씨 가문으로 하가한 선황의 고모였기에, 단사황태후에게는 시고모였고, 준에게는 고모할머니였으며, 현재단국 황실에서 가장 웃어른이기도 했다.

"언니가 보기엔 어떻습니까? 그 아이가."

"차분하고 담백한 분입니다."

"그래요?"

단사황태후의 표정이 예사롭지 않았다. 규완은 황태후의 얼굴로 생각에 잠겨 있었다.

법화의 얼굴이 굳었다. 설마, 주유를 황귀비 후보로 생각하는 걸까? 사람됨으로는 부족하지 않았다. 그러나 자기 동생 규완만 봐도 알 수 있듯 황귀비 자리가 어디 사람됨으로만 채울수 있는 자리던가. 혜란공주가 있었지만 친가는 풍비박산이 났고 외가는 한미한 집안이었다. 피가 안 섞인 진씨 가문에서 주유의 뒷배를 봐줄지는 미지수였다. 아니, 그래서 주유에게 관심을 가지는 건가?

법화의 예감은 맞았다. 단사황태후는 의외의 장소에서 자신이 원하는 황귀비 후보를 만났다. 핏줄이나 가문으로 충분히황귀비가 되기에 모자람이 없다. 그 아이의 부족한 것은 자신과 혜란공주가 받쳐 주면 된다.

"주유라고 하셨지요, 그 아이의 이름이?"

"예, 그렇습니다."

"혜란공주의 안부를 묻고 싶은데, 잠시 만날 수 있을까요?"

"예, 알겠습니다."

주유는 백불 앞에서 참배를 마치고 대웅보전으로 발걸음을 옮겼다. 매달 초하루와 보름이면 늘 그의 무사를 빌며 이곳에서 기도를 드렸다. 그가 단국을 떠난 지 벌써 4년이 흘렀고, 살아 있는지 죽었는지도 몰랐다. 소식 한 장 보내지 않는 무심한 사람이었고, 집안에서는 벌써 그를 죽은 사람 취급을 했다. 제사상을 차려야 하는 게 아니냐고 입방정을 떠는 사람도 있었다.

스무 살, 특별한 문제가 없다면 이미 약혼을 하거나 시집을 가 한 집안의 며느리가 되어 있을 나이다. 함께 자란 진씨 가문의 딸들 중에 그녀보다 어린데 어머니가 된 이도 있었다. 주유는 자신의 어디에 이런 고집이 숨겨져 있었는지 스스로도 놀랐다. 양어머니인 혜란공주의 명을 한 번도 거역하지 않은 유순한 딸이었다.

피 한 방울 섞이지 않은 자신이 진씨 가문에서 살기 위해선 좋든 싫든 유순해져야 했고, 가능한 한 자기 목소리를 드러내지 않아야 해서 주유는 스스로를 감추고 감정을 억누르고 사는 게 익숙했다. 마음에 드는 것이 있어도 으레 다른 이에게 양보했다. 자신은 그것을 가질 정당한 자격이 없다고 생각했기 때문이었다. 그러나 그에 대한 마음은 억누를 수도 포기할 수도 없었다.

그가 그녀를 은애한다고 말로 표현한 적도 없었다. 그들 사이엔 어떠한 약조도 없었다. 손 한번 잡아 보지 못한 그녀의 고운님이었다.

그가 길을 떠나던 날, 주유는 황보송의 '채련자采蓮子'의 두 번째 수를 적어 그에게 건넸다. 대범한 고백이었다. 그 고백을 듣고도 그는 기다리라, 기다리지 말라 그 어느 쪽도 말하지 않았다. 마음을 접으리고도, 접지 말라고도 하지 않았다. 주유는 그 침묵에 기대 고집스럽게 그를 기다리고 있었다.

그 외의 어떤 사람도 낭군으로 맞이할 생각이 없었다. 처음부터 주유에겐 자균이 온 세상이었다. 꽃그늘 아래 울고 있는 그녀를 찾아서 안아 주었던 그때부터 주유는 자신의 마음을 자균에게 묶었다.

그녀에 대한 자균의 마음이 어떤지는 알 수 없었다. 자균은 지나치리만큼 활달한 사람이었으나 주유 앞에서는 꿀 먹은 벙어리처럼 굴었다. 언제부턴가 자균은 그녀에게 담을 쌓고 있었다. 그러나 주유는 상관없었다.

자균이 떠난 후 끈질기게 혼담이 들어왔다. 양어머니 혜란 공주는 진씨 가문의 남자 중 하나와 짝지어 주고 싶어 했지만 주유가 거절했다. 자신이 그만한 지체가 되지 못한다는 핑계를 댔다. 그래도 혜란공주는 끈질기게 혼담을 가져왔다. 그래서 생각 끝에 주유는 여승이 되겠다고 말했다. 양어머니의 마음을 괴롭히는 게 너무 싫었지만 자균 외의 남자에게 몸을 허락하고 싶지 않았다.

여승이 되겠다고 말한 뒤론 혼담도 끊어졌다. 양어머니는 안 좋은 소문이라도 나 혼삿길이 막힐까 전전긍긍했지만 주유의 마음은 오히려 편해졌다. 자균의 반려가 되지 못한다면, 여승이 되어 다음 생을 기약할 생각이었다.

'오라버니, 살아 계십니까? 제 생각은 가끔 하십니까? 저는 이제 눈물도 말라 버린 것 같습니다. 오라버니가 그토록 바라시던 사황자께서 단의 황제가 되셨습니다. 그러니 이제 돌아와서 황제폐하의 한쪽 팔 노릇을 하셔야지요. 그러려고 떠난 먼 길 아닙니까. 황제폐하는 즉위하셨는데 어찌 오라버니는 아직도 아무 소식도 보내지 않으시나요? 저는 아무것도 바라지 않습니다. 무사히 돌아오셔서 건강한 얼굴만 보여 주시면 됩니다.'

떠나지 말라고 붙잡았다면 떠나지 않았을까?

'그럴 리가 없다는 것을 잘 알지 않느냐. 그분께 가장 중요한 사람은 폐하시다. 폐하를 위해 떠나시는 길을 고작 피도 섞이지 않은 여동생이 붙잡는다고 떠나시지 않았겠느냐.'

그녀는 자균이 원하는 것을 막을 수 없었다.

'무엇을 괴로워하는가? 넌 괴로워할 자격이 없다. 오라버니는 네게 연정을 표현하신 적도 없고, 약혼을 한 사이도 아니다. 넌 그저 그분을 그리워할 자격밖에, 이렇게 그분의 무사를 기도드릴 자격밖에 없다.'

주유는 대웅보전의 서늘한 마룻바닥에 방석도 없이 앉아 스님의 염불 소리를 들었다. 여승 하나가 주유에게 다가와 목소리를 낮춰 말했다.

"주지 스님께서 차를 한 잔 대접하시겠다고 암자로 올라오시랍니다."

주유는 고개를 끄덕였다. 안 그래도 뵙고 갈 생각이었다. 주유는 겉옷을 챙겨 들고 법화의 암자로 갔다. 암자 안에는 아까 백불 앞에서 본 귀부인이 있었다. 차림으로 보아 꽤 높은 신분의 궁 여인이 분명했다. 그러나 주유의 시선을 끈 건 그녀의 분위기였다. 감히 범접할 수 없는 엄숙하고 단호한 분위기가 흘러넘쳤다. 자기도 모르게 발걸음을 멈추고 옷매무새를 가다듬고 싶다는 생각이 들었다.

'선황의 후궁이신가?'

지석사는 황실과 인연이 깊어 후궁들이 자주 찾았다. 혜란공주가 황실의 웃어른이긴 했지만 주유는 황궁에 가 본 적도 없고, 황실 사람들과의 교류도 없었다. 그래서 법화 옆에 앉은 이가 단사황태후라는 것은 꿈에도 생각하지 못했고, 이 만남으로 자신의 운명이 어떻게 요동칠지도 상상하지 못했다.

"저, 손님이 계신지 모르고……."

주유는 들어서려던 발걸음을 멈췄다.

"아닙니다, 들어오세요. 아가씨와 인연이 없는 분이 아니랍니다."

단사황태후는 법화에게 자신의 신분을 밝히지 말라고 부탁했다.

주유는 법화와 단사황태후에게 허리를 굽혀 인사를 올렸다. 고개를 들자 황태후와 눈이 마주쳤다. 눈빛이 칼날 같다고 느껐다. 일순간 자신의 몸이 벌거벗겨진 기분이었다. 그러나 주유는 담담하게 그 눈빛을 응시했다. 몇 초가 흘렀을까. 그 눈빛이 부드러워졌다.

법화가 주유에게 앉기를 권했다. 그리고 자리에서 일어나 다완에 차를 따라 주유 앞에 놓았다.

"예전에 황궁에서 선황을 모실 때 혜란공주님께 신세를 많이 졌답니다. 혜란공주님을 뵌 지도 오래라 안부를 묻고 싶어 실례가 되는 줄 알면서도 불렀습니다. 무례를 용서하세요."

거짓말은 아니었다. 혜란공주는 일찍부터 여러 황자들 중 준을 지지했고, 그녀가 냉궁으로 쫓겨날 때도 황제와 의가 깨질 것을 두려워하지 않고 그녀와 그녀의 친정 가문을 변호했다. 그녀가 하가한 진씨 가문과 황태후의 엽씨 가문은 여러 대의 혼인으로 맺어진 사이이기도 했다.

"아, 아닙니다. 어머님은 강녕하십니다."

"무릎은 좀 어떠신가요?"

"지난번 국혼 때 신경을 많이 쓰신 후 또 고장이 나 한동안 고생하셨습니다."

"저런, 걱정이군요."

황태후는 대화의 화제를 돌렸다.

"아직 혼인 전인 듯한데 어느 가문의 공자와 약혼을 하셨습니까?"

"약혼하지 않았습니다."

주유는 담담하게 말했다. 뒤이어 따라올 어색한 공기를 예상하자 기분이 가라앉았다. 그녀가 이렇게 대답하면 다들 그녀에게 뭔가 큰 흠이 있는 게 아닌가 탐색하는 눈초리로 변했다. 그러나 그녀 앞의 여인은 담담하기만 했다.

"그래요? 이리도 고운 아가씨에게 짝이 없다니 정말 서운한 일이군요. 내가 좋은 가문의 공자를 소개해도 될까요?"

"아, 아닙니다."

"이런, 혜란공주님의 딸이신데 어련히 좋은 혼담이 오갈까. 내가 주책맞게 굴었군요."

"아닙니다. 저는 혼인에 뜻이 없습니다."

"별난 아가씨군요. 혼인에 뜻이 없다니. 혼인은 인간이라면 다 거쳐야 할 것이지 뜻이 있고 없고 얘기할 문제가 아니지 않습니까."

자기 앞의 이 여인은 어쩐지 상대를 압도하는 구석이 있었다. 주유는 자기도 모르게 고분고분 대답했다.

"저는 인연이 지긋지긋한 사람입니다. 또 다른 인연을 맺어 누군가에게 매이고 싶지 않습니다. 천륜이 이리 박한데 다른 인연이라고 좋을 리 있겠습니까. 저는 여인의 운명도 지긋지긋합니다. 똑같이 사람으로 태어났거늘 단지 여자란 이유로 규방에 갇혀 하염없이 누군가를 기다리고, 그가 사랑해 주지 않는다고 원망하면서 생을 보내야 하니까요. 그것보다 차라리 출가하여 부처님의 가르침대로 살면서 전생과 현생의 업을 조금이나마 덜고 싶습니다."

주유는 속으로 덧붙였다. 오라버니와의 인연이라면 고통뿐이라도 감내하겠지만, 오라버니가 아니면 그 누구와도 인연을 맺고 싶지 않다고.

탈속한 듯 초연한 주유가 단사황태후는 어쩐지 마음에 들었다. 인연이 지긋지긋한 건 단사황태후도 마찬가지였다. 어쩐지 이 아가씨는 사내의 사랑이나 황제의 총애에 흔들리지 않고 자기 자신을 지킬 수 있을 것 같았다.

"이런, 나 때문에 차도 못 마셨군요."

단사황태후는 손수 주유의 다완에 담긴 차를 버리고 새 차를 따라 주었다.

기분 탓일까? 주유는 자신을 바라보는 여인의 눈빛이 어쩐지 따스한 것 같다는 생각이 들었다.

다음 날, 혜란공주는 황태후의 명을 받고 급히 황궁으로 입궁했다. 혜란공주의 치장을 돕던 주유는 자신이 그날 황귀비에 내정되리라는 걸 꿈에도 상상할 수 없었다.

ㅎ

차비는 준에게 미복을 입혀 주면서 작은 목소리로, 그
러나 준에게 분명히 들리도록 투덜거렸다. 호위 무사 하나 딸
리지 않고 혼자 미행을 가겠다는 준을 어찌해야 좋을지 몰랐
다. 이 사실을 태후마마가 아신다면, 날벼락이 하나도 아니고
한 백여 개 정도는 차비의 몸에 떨어질 것이다.

분명 유선궁마마가 바람을 넣은 것이리라. 차비는 황궁에서
풍파를 일으키는 그림자 신부가 조금 미워졌다. 그래도 이렇게
바람을 쏘이시며 어깨를 짓누르는 국사의 무거움을 조금이라
도 덜 수만 있다면 그것만으로도 태후마마를 속일 가치가 있었
다. 하지만 차비는 정말 무서웠다.

융복을 벗자 어깨가 가벼워진 기분이었다. 저릿저릿할 정도
의 전율과 흥분으로 심장이 두근거렸다. 이런 기분은 태어나서

처음 맛보았다. 황태자로 책봉될 때도, 황위에 오를 때도 심장이 두근거리진 않았다. 부담감이 어깨를 짓눌렀을 뿐이다.

준은 누군가가 자신을 황궁에서 구해 주길 기다려 왔음을 깨달았다. 이 지독한 곳에서 아주 잠시나마 자신을 건져 줄 누군가를 기다려 왔었다.

"폐하, 어찌 혼자서 가시려 합니까? 제발 이 늙은이가 지금 껏 모셔 온 노고를 생각하시어 제 말 좀 들으세요."

"호위 무사 한둘이 무슨 도움이 되겠느냐. 내 몸 하나는 지킬 수 있으니 크게 걱정하지 말거라."

차비는 준의 칼 솜씨를 아는 몇 안 되는 사람 중 하나였다. 예석황제는 황자 시절 사조원 대장군의 아들 무영에게 남몰래 검술을 배웠다. 수양을 위한 활쏘기보다 살상을 위한 검술이 적성에 더 맞았다. 그렇지만 준은 문약한 황태자 행세를 했다. 그 편이 적의 방심을 끌어내기에 좋았다. 마른 듯 보이는 황제의 몸은 탄탄한 근육이 감싸고 있었고, 팔과 다리는 강철처럼 단단했다.

차비가 한숨을 쉬었다. 황위를 노리는 사특한 무리는 어디든 있기 마련이다. 사황자인 준이 황제가 된 것에 불만을 품은 자들도 많았다. 삼황자가 그랬다. 삼황자는 일찌감치 선황의 명으로 성姓을 하사받아 황적에서 빠진 몸이었지만 외가가 든든했다. 삼황자는 몇 번이나 황제와 황태후 앞에서 술의 힘을 빌려 불경한 행동을 했음에도 무슨 의도인지 준은 모두 눈감아 주고 있었다.

역모는 언제 어디서 그 싹이 자랄지 알 수 없다. 호위 무사도 없이 저자를 활보하는 준을 그런 사특한 무리들이 본다면……. 차비는 오싹했다. 그러나 준은 태연자약했다.

"아, 태후전에서 아시지 않게 조심해 주게."

차비의 타는 속을 아는지 모르는지 준은 상큼하게 미소를 짓고는 사라져 버렸다.

그나마 태후마마가 지석사로 먼저 떠나 다행이었다. 황궁으로 돌아가는 길에 황태후마마가 황제를 찾을 일은 없으니 말이다.

차비는 황제의 예복을 개면서 작은 목소리로 중얼거렸다.

"오늘은 정말 시간이 더디 흐르겠구나."

"폐하?"

경요는 약속 장소에서 먼저 기다리고 있었다.

준은 저 멀리 경요가 보이자 있는 힘을 모조리 내어 그녀에게 달려갔다. 심장이 부서질 만큼 아프게 뛰었다. 이렇게 뛰어 본 게 언제였는지 기억조차 나지 않았다. 경요는 허리를 굽히고 거칠게 숨을 몰아쉬는 준을 놀란 눈으로 바라보았다.

경요는 주머니에서 상아로 만든 해시계를 꺼내 들었다.

"약속한 시각에 늦지 않으셨어요."

준은 빙긋 웃었다. 약속 시간에 늦을까 봐 뛴 게 아니었다. 경요를 좀 더 빨리 보고 싶어 뛴 것이었다. 경요가 기다리고 있다고 생각하니 발걸음이 점점 빨라져 나중엔 달음박질에 가까워졌다.

경요는 늘 길게 늘어뜨리던 머리를 양 갈래로 땋아서 둥글게 말아 붉은 댕기로 묶었다. 그래서 움직일 때마다 땋은 머리채가 귀엽게 흔들렸다. 본 적 없는 머리 모양이라 준은 흥미로운 눈으로 경요의 머리를 바라보았다.

"머리 모양이 특이하군."

경요가 얼굴이 빨개져서 자기도 모르게 댕기를 잡아당겼다. 자기에게 제일 잘 어울린다고 생각해서 하고 나온 머리였다.

"이, 이상한가요?"

"아니, 예뻐. 여국 여인들은 머리를 그렇게 하고 다니는가?"

"아, 아니요. 이건 제 외가인 화경족 여인들의 머리 모양입니다. 말을 탈 때 머리가 날리면 귀찮아서 이렇게 한답니다."

경요와 함께 준은 저자의 사람들 속으로 섞여 들었다. 기분이 이상했다. 황궁에서는 누구도 그 앞에 설 수 없는데 이곳에서는 사람들이 그와 몸을 부딪치며 스쳐 지나갔다.

발걸음이 가벼웠다. 황궁에서는 그가 한 발 움직이면 쉰 명도 넘는 사람들이 따라 움직였다. 그래서 발걸음은 천천히 무겁게 떼었다. 그는 뒤에 아무도 없다는 것이 익숙하지 않아 자기도 모르게 움찔하며 발걸음을 멈추고 뒤를 돌아보았다. 사람들이 그에게 아무 관심도 없다는 표정으로 저자를 바쁘게 오가고 있었다.

준은 숨을 크게 내쉬었다 다시 들이쉬었다. 다양한 냄새가 뒤섞여 있었다. 한 번도 맡아 보지 못한 비릿한 냄새, 누린내,

시큼한 냄새가 준의 코를 놀라게 했다.

저자는 활기에 넘쳤다. 여리꾼들은 준의 소매가 찢어질 정도로 잡아당겼다. 수많은 사람과 물건들이 쏟아졌다 흩어졌다. 준은 눈을 깜빡이며 어디론가 바삐 움직이는 사람들의 얼굴을 바라보았다.

'저들이 내 백성인가? 이것이 경요가 말한 단의 맨얼굴일까?'

준은 사람 구경에 정신이 팔렸지만 경요는 저자에서 파는 물건을 구경하느라 정신이 없었다. 경요는 안규와 다른 두 내인이 필요하다고 말한 바늘과 수실을 샀다. 선물로 향유와 얼굴에 바를 분, 잇꽃 연지도 샀다. 능숙하게 흥정을 하고 값을 치르는 경요를 준은 뭔가 대단한 일이라도 하는 사람처럼 바라보았다. 경요의 발걸음은 춤을 추는 것 같았고, 입가에는 미소가 떠나지 않았다. 저자에서의 경요는 궁에서보다 훨씬 더 활력이 넘쳤다.

"그대는 황궁에 있을 때보다 이곳에 있을 때 더 기분이 좋아 보이는군."

"저는 저들과 같은 무리니까요. 사람은 누구나 자기와 비슷한 사람들과 있을 때 편하고 행복한 거 아닌가요?"

"그대는 일국의 공주요, 상단의 후계자였고, 지금은 단국의 황후인데 어찌 이 저자를 오가는 사람들과 같은 무리라는 거지?"

인간을 다스리는 자와 다스림을 받는 자로 나누는 준에게 경요는 자기와 같은 다스리는 자에 속한다고 믿었다.

경요는 불쑥 준에게 자기 손을 보여 줬다. 의도를 알 수 없는 준은 어리둥절한 얼굴로 경요의 손을 바라보았다. 무엇을 보라는 건지 알 수 없었다.

"거칠지요?"

그제야 준은 경요가 무슨 말을 하려는지 이해했다. 그랬다. 여자 손답지 않게 큼직한 그녀의 손은 손가락 마디마디가 굵었고, 희미한 흉터가 여기저기 있었다. 경요의 손은 그를 모시는 차비의 손보다 더 거칠었다.

"상단 일을 배우기 시작할 때 외조부는 제일 밑바닥 일부터 시키셨습니다. 물을 긷고, 장작을 패고, 비질을 하고, 마구간의 말들과 낙타를 돌보고, 천막을 청소하고, 물건을 나르고, 또 밤새도록 창고에서 물건을 지키고……. 온갖 진일을 다 맡아서 했습니다."

경요의 손은 저자를 오가는 사람들의 손과 비슷했다. 일하는 사람의 손이었다. 준은 가슴이 뭉클했다.

'바로 이런 손이 사람을 먹여 살리는 손이구나.'

신선한 충격이었다.

그는 사士가 농공상農工商보다 위라고 생각했지만 짧은 시간 저자를 거닐면서 그 생각은 여지없이 깨졌다. 진짜 세상은 권력이 아니라 사람을 먹여 살리기 위해 손을 거칠게 하는 자들에 의해 움직였다. 그들은 진짜 세상에 필요한 사람이었다. 그런데 어째서 그들을 하찮게 생각했을까?

"여자의 몸으로 상단 일이 힘들지 않았나? 험한 길을 다녀야 하는 일 아닌가."

"아니요. 저는 무척 재미있었습니다."

"무엇이 그리도 재미있던가?"

"사람이 살아가는 모습을 보는 것이 재미있었습니다. 못나면 못난 대로 웃으며 살고, 잘나면 잘난 대로 으스대며 사는 그런 사람들의 삶이요. 서로 기대어 사는 사람들이 저는 참 좋습니다. 저마다 처한 상황에서 더 나은 삶을 살기 위해 발버둥 치며 짜내는 지혜를 배우는 게 무엇보다 좋았습니다."

"사람이 살아가는 모습이라."

분명 준이 살고 있는 황궁에는 없는 것이었다. 새삼 황궁은 이 자유로운 여인에게 감옥일 뿐이라는 사실을 깨달았다.

"인人은 인仁이라는 건가?"

"또한 인忍이며 인認이기도 하지요."

준은 경요의 재치에 살짝 미소를 지었다.

"그대는 그럼 지금 별로 행복하지 않겠군."

"각오했던 것보다는 잘 지내고 있습니다."

"그렇다면 다행이군."

뭔가 구수한 냄새가 준의 주의를 끌어당겼다. 배에서 꼬르륵 소리가 크게 났다. 경요도 그 소리를 들었는지 준의 얼굴을 빤하게 바라보았다. 준은 무안했다. 점심을 적게 먹고 몸을 많이 움직였더니 그새 배가 꺼진 것이다. 배가 고파 꼬르륵 소리가 난 것도 난생처음이었다.

"폐하, 소첩 아직 점심 전입니다. 간단히 요기를 하고 싶은데 같이 가시지요."

그 말을 남긴 경요는 성큼성큼 저자 한쪽에 있는 식당으로 들어갔다. 경요는 익숙하게 삶은 돼지고기를 얹은 국수와 기름에 지진 만두, 간장을 끼얹은 푸른 채소볶음, 달콤한 팥이 들어간 참깨과자를 주문했다.

준은 신기하다는 듯 주변을 두리번거렸다.

"저, 폐하."

준이 못마땅한 듯 미간을 찌푸렸다.

"폐하라 부르지 말게. 어렵게 미행을 나왔는데 금세 들키고 싶지 않아."

"그럼 뭐라고 불러야 할까요?"

"세상 모든 이에게 있는 이름이 나라고 없겠나. 이름을 부르면 되지 않는가."

경요는 자기도 모르게 입을 딱 벌렸다. 지금 휘諱를 부르라 하시는 건가?

"그래도 어찌."

"부른다고 닳을 것도 아닌데 뭘 그리 주저하는가."

순간 경요의 등줄기에 땀이 흘렀다. 예석황제의 휘를 몰랐기 때문이다.

준은 경요의 손을 잡아 손바닥을 펴게 했다. 경요가 당황하거나 말거나 준은 손바닥에 손가락으로 자기 이름을 썼다. 晙.

"밝을 준."

경요가 말했다.

"그래, 그게 내 이름이다. 앞으로 기억하라."

준은 경요의 손을 놓아주었다. 경요는 그 이름을 자기 손에 가두듯 주먹을 쥐었다.

"한번 불러 봐."

"네?"

"연습을 해야 실수가 없지. 무심결에 나를 폐하라 부르면 낭패니까, 어서 내 이름을 한번 불러 봐."

이름을 부르는 게 뭐라고. 그런데 막상 부르려니 차마 입이 떨어지지 않았다. 그때 하늘에서 동아줄이 내려오듯 점원이 쟁반 가득 음식을 가져와 식탁에 탁탁 놓기 시작했다.

허기졌던 준은 음식 냄새를 맡더니 홀린 듯 젓가락을 들고 국수부터 먹기 시작했다. 난처한 상황에서 벗어난 경요 또한 자기도 모르게 한숨을 내쉬고 국수를 먹었다. 국수와 만두, 채소볶음을 다 먹자 진한 차와 참깨과자가 나왔다.

"음식이 참 맛있군. 이 국수의 국물은 무엇으로 만드는 건가? 한 번도 먹어 본 적 없는 맛인데."

"돼지 뼈와 내장을 삶아서 만든 국물입니다. 입에 맞으셨다니 다행입니다."

"정말 맛있는데, 좀 화가 나기도 하는군."

"무엇이요?"

"이렇게 맛있는 것을 왜 황궁에서는 먹을 수 없었던 거지? 나는 지금껏 내가 단에서 제일 맛있는 것을 먹는 사람인 줄 알았어."

경요는 피식 웃고 말았다.

"폐하."

"이름을 부르라니까."

"그래도 어찌."

"지금 그대 앞에 앉아 있는 게 누군가?"

"예? 폐하가 아닙니까."

"그대는 건망증이 심한 것 같군. 어의에게 그대의 기억력을 좋게 만드는 탕제를 지어 올리라 명해야겠어."

준은 빙글빙글 웃으며 놀리듯 경요에게 말했다.

"벗이라 하지 않았나. 그런데 벗끼리 이름도 부르지 못하나? 혹시 벗이 되어 주겠다던 그대의 말은 허언이었나?"

경요는 벗이 되어 주겠다고 동뢰 때 약속한 자신이 원망스러웠다. 이렇게 준이 사사건건 벗 운운할 줄은 꿈에도 몰랐다.

"어서 불러 봐."

준은 눈을 반짝거리며 경요의 입만 뚫어져라 보고 있었다. 하지만 경요는 차마 입이 떨어지지 않았다. 황제의 휘를 부른다는 것이 여간 부담스러운 게 아니었다. 지금 자기 앞에 앉아 있는 저 남자의 이름을 부른다는 게 미치도록 부끄러웠다.

"그럼 내가 먼저 그대 이름을 불러 볼까?"

준도 막상 이름을 부르려니 부끄러운지 흠흠, 한두 번 헛기침을 하고 낮은 목소리로 그녀의 이름을 불렀다.

"경요."

그녀를 부르는 그의 목소리에 경요는 자기도 모르게 화답했다.

"준."

준이 웃었다.

"좋아. 앞으론 계속 그렇게 불러. 실수로라도 폐하라고 부르면 내가 벌을 내릴 거니까."

대범한 경요였지만 차마 '무슨 벌이요?'라고 되물을 수가 없었다. 지금의 준은 휘를 거리낌 없이 부르라고 했던 것처럼 터무니없는 벌을 내릴 것 같았다.

황궁에서의 준과 미행을 나온 준은 너무 달랐다. 황궁에서의 준이 잔잔한 호수같이 고요하나 그 깊이를 알 수 없는 사람이었다면, 지금 경요의 눈앞에 있는 준은 태양처럼 눈이 부시게 반짝반짝 빛나는 사람이었다. 어디로 튈지 모르는 청개구리 같기도 했다.

경요는 준의 변화에 현기증이 날 것 같았다. 그렇지만 이런 활기 넘치는 준이 황궁의 예석황제보다 더 좋았다.

경요는 원래 하려고 했던 이야기를 했다.

"폐, 아니, 황궁에선 왜 이것을 못 먹는지 아십니까?"

준은 고개를 저었다.

"황궁에서는 먹을 수 없다 여겨 버려지는 부위랍니다. 그런데 그 버려지는 돼지 뼈와 내장으로 이렇게 맛있는 음식을 만든 단의 백성들이 대단하다고 생각하지 않으십니까?"

"버리는 것으로 이렇게 맛있는 것을 만든다고?"

준은 믿을 수 없었다.

"귀하고 중한 것은 모두 황궁으로 가지요. 하지만 귀하지도 중하지도 않은 것을 이렇게 귀하고 중하게 만드는 지혜가 황궁 밖에는 있답니다."

경요가 차분하게 말했다.

"그래서 월담을 권한 건가? 이런 것을 직접 보라고?"

"폐, 아니, 준, 그대가 제게 말하지 않았습니까. 책에 없는 지식을 찾는다고요. 그렇다면 직접 경험해 보는 것 말고는 방법이 없지 않습니까."

하지만 준은 경요의 말이 잘 들리지 않았다. 경요가 그의 이름을, 그리고 그를 '그대'라고 불렀다. 그 말이 지금 입안에서 녹고 있는 팥소보다 더 달콤했다.

"오늘도 월담을 했나?"

준의 물음에 경요는 얼굴이 빨개졌다.

"전에 분부하신 대로 눈에 띄지 않게 넘었습니다."

"황궁을 월담하는 자도 잡지 못하는 금군에게 벌을 내려야겠군."

"폐, 아니, 준, 그러지 마세요."

준은 웃으면서 품에서 무언가를 꺼내 탁자 위에 올려놓았다.

"벗에게 주는 선물이다."

옥으로 만든 표신標信이었다. 앞면에는 '선전宣傳'이라는 글자가, 뒷면에는 어압御押이 새겨져 있었다.

"단의 어디든 자유롭게 다닐 수 있는 표신이야. 앞으론 담을 넘지 말고 문으로 다녀."

"이것은 선전표신宣傳標信 아닙니까. 어찌 이것을 제게 주시는 겁니까?"

선전표신은 궁궐이나 군영에 급한 일이 있거나 황제의 긴급한 지시가 있을 때 쓰는 표신으로, 언제 어느 때나 궐문을 열고 닫을 수 있었고, 자유롭게 궁성을 드나들 수 있는 통부通符 역할도 했다. 아무나 지닐 수 있는 표신이 아니었다.

"말하지 않았나. 벗에게 주는 선물이라고. 그림자라 하여도 그대는 단의 황후. 황후가 도둑고양이처럼 담을 넘는 것은 싫어."

담을 넘다 경요가 다칠까 봐 걱정이 되었다. 차라리 문으로 다니면 마음이 편할 것 같았다.

경요는 중요한 공무를 수행하는 이들에게만 내리는 선전표신은 그녀에게 과하다고 여겼으나 예석황제가 진짜 자신을 믿기 시작한 증거 같아서 받기로 마음먹었다.

"그럼 감사히 받겠습니다."

경요는 선전표신을 소매에 넣었다.

음식값 계산은 경요가 치렀다. 당연히 준은 돈에 대해선 생각도 못 했다. 경요와 준은 주인 여자가 거스름돈을 거슬러 주기를 기다리며 이야기를 나눴다.

"어쩌면 난 너무 무능한 건지도 모르겠어."

"뭐가 말입니까?"

"조금만 생각하면 밖에서 돈이 필요하다는 것을 알았을 텐데 말이야. 미행을 나오는 것에만 들떠 돈 한 푼 챙겨 오지 않앗으니 말이야."

경요는 자기도 모르게 쿡쿡 웃었다.

"그래서 다 자기 자리가 있다고 하지 않습니까. 아마 준 당신은 저희 상단에 몸담으셨으면 하루도 안 돼서 쫓겨나셨을 겁니다."

"왜?"

쫓겨난다는 말에 준은 살짝 기분이 나빴다.

"돈의 가치를 모르는 장사꾼을 어디에다 씁니까?"

경요의 말이 이치에 맞아 준은 그냥 웃고 말았다. 경요 말처럼 그는 돈의 가치를 잘 몰랐다. 정확히는 돈에 대한 감각이 없었다.

"저게 무언가?"

대나무 장대들이 저잣거리에 일정한 간격으로 박혀 있었고, 장대에는 긴 줄이 매어져 있었다.

"글쎄요. 저도 잘 모르겠습니다. 이보시오, 저건 뭘 하는 겁니까?"

경요가 주인 여인에게 물었다. 주인은 경요의 낯선 행색을 뜯어보고는 입을 열었다.

"어디 먼 곳에서 오신 분이구려. 오늘이 칠석인지도 모르니 말이오. 운이 좋소. 가는 날이 장날이라고, 오늘 해질 무렵이면 여기저기에서 큰 놀이판이 벌어질 것이오. 저 장대는 소원을 비는 연등을 거는 거요."

"우리가 날을 잘 잡았나 봅니다."

경요가 활짝 웃었다.

오랜만에 배가 부른 준은 어쩐지 기분이 좋았다. 배부르다는 게 이렇게 행복한 기분이구나. 생전 처음 콧노래라도 부르고 싶었다.

"저는 화경방華京坊에 잠시 들를 생각인데 준은 어떻게 하시렵니까?"

화경방은 상단 사람들이 단에 올 때 머무르는 곳으로 상점도 겸하고 있었다. 차와 소금, 비단과 약재, 보석을 주로 취급했는데 단의 귀족 가문들과 황실이 주요 고객이었다.

준은 크게 고민하지 않고 말했다.

"나도 그대를 따라가지. 어차피 아는 곳이 하나도 없으니. 화경방에는 무슨 일로 가려고?"

"저, 그게 말입니다."

경요는 망설였다. 자신이 하려는 행동이 준의 기분을 상하게 할 것 같았다.

"한 가지 여쭈어 보아도 되겠습니까?"

준이 고개를 끄덕였다.

"납폐로 주신 예물들, 그거 다 제 것이지요?"

"당연한 것 아닌가. 예물을 줬다 뺏는 사람이 어디 있는가?"

"제 것이니까 제 마음대로 써도 괜찮은 거겠지요?"

순간 뇌리를 스치는 생각이 바로 말이 되어 튀어나왔다.

"설마, 그걸 상단에 되팔려고 하는 건가?"

"예, 그럴 생각입니다."

준은 헛웃음이 나왔다.

"평생 쓰지도 않을 비단 더미에 깔려 사는 것보다 낫지 않습니까. 황귀비의 납폐로 쓸 비단을 급히 구한다고 들었습니다. 제가 싸게 넘길 생각이니 황실은 오히려 이익을 보는 겁니다. 그만큼 국고를 아낄 수 있으니까요."

"대단히 고맙군. 정말 사려 깊은 황후야. 국고까지 신경 써 주니 말이야."

기분이 상했는지 준의 말투가 뾰족했다.

"기분이 상하셨습니까?"

준은 걸음을 멈추고 경요를 빤히 바라보았다. 이 여자의 엉뚱한 짓은 늘 그를 웃게 했지만 이번만은 아니었다. 경요가 혼인의 증거인 예물을 아무렇지도 않게 팔아 버리는 게 기분이 나빴다. 그를 아무렇지도 않게 여기는 것 같아서였다. 하지만 그가 그녀에게, 또 그녀가 그에게 도대체 뭐란 말인가? 준은 생각에 잠겼다.

'우리는 서로에게 그림자다. 그러니 납폐를 팔든 말든 아무 상관도 없다. 그런데 왜 나는 이렇게 기분이 나쁜 거지?'

"그대에게 이 혼인은 그렇게 하찮은 것인가? 납폐로 받은 비단을 팔아넘길 만큼?"

준의 말에 경요는 고개를 세차게 저었다.

"아닙니다. 그럴 리가요. 어찌 양국의 평화를 위한 국혼이 하찮을 수 있겠습니까?"

"그렇다면 어찌 그 비단을 팔 수 있는가? 그 비단은 그대와 나의 혼인의 증표가 아닌가."

"제게 비단은 그저 물건일 뿐입니다. 어찌 비단 따위가 혼인의 증표가 될 수 있겠습니까?"

"그럼 그대에게 혼인의 증표는 무엇인가?"

준의 목소리가 여전히 뾰족했다.

"폐하께서 제게 주셨던 호의들이 제겐 혼인의 증표입니다. 소첩이 잘못을 저질러 근신할 때 황태후마마께 변명해 주지 않으셨습니까. 식량도 다시 보내 주셨구요. 또 차에 대한 답례로 잉어도 보내 주셨지요. 그 모든 것이 제게는 폐하께 받은 혼인의 증표라 생각합니다."

"어째서 그런 하찮은 것이 혼인의 예물이 될 수 있겠나."

"혼인 예물은 평생 그 사람을 아끼고 은애하겠다는 약속의 증표로 주는 것 아닙니까. 납폐로 받은 비단에는 저에 대한 폐하의 마음이 없습니다. 마음이 담기지 않은 물건이 어찌 혼인을 증거할 수 있겠습니까?"

경요는 당황해서 준을 계속 폐하라고 부르는 것도 몰랐다.

"그럼 나는 그대의 반려이긴 한가?"

"당연하지 않습니까, 폐하. 어찌 그런 말씀을 하십니까? 한 번도 폐하가 제 반려가 아닌 적은 없었습니다."

"그림자라도?"

"그림자는 항상 그 본체를 따라다니지 않습니까."

경요의 말에 준은 마음이 풀렸다.

"잉어는 마음에 들었나?"

"예, 정말 맛있게 먹었습니다. 여국 잉어 맛이 최고인 줄 알았는데 단국 잉어 맛도 여국의 것에 못지않았습니다."

준은 기분이 좀 풀렸다. 준은 경요에게 손을 내밀었다. 영문을 모르는 경요는 준의 손과 얼굴을 번갈아 쳐다보았다.

"손을 다오."

"네?"

"폐하라 부르지 않기로 했는데 벌써 잊어버리고 다시 폐하라 부르는군. 그대는 머리가 별로 좋지 않은 듯해. 그러니 어쩌겠나. 잊어버리지 않도록 내가 벌을 내리는 수밖에."

경요는 얼떨결에 손을 내밀었다. 준은 그 손을 꼭 잡았다.

"이리 꼭 잡고 있으면 잊지 않겠지?"

준은 경요 모르게 미소를 지었다.

준은 화경방에 도착해서야 경요의 손을 겨우 놓아줬다.

"공주마마, 오셨습니까?"

화경방의 방정(坊正:방의 우두머리, 총관)이자 대방(大房:상인들의 우두머리) 채수가 경요를 반갑게 맞이했다. 채수는 척사(尺査:상단의 재무회계 담당)로 오랫동안 일하다 단국 여인을 아내로 맞은 후 민예에 정착해 화경방의 방정이 되었다.

"매번 잘도 빠져나오십니다."

경요는 준의 눈치를 보면서 멋쩍게 웃었다.

"그분은 누구십니까?"

채수의 시선이 준을 향했다.

"내 벗입니다."

"공주마마의 벗은 화경족의 벗입니다. 어려운 일이 있으시면 망설이지 말고 이곳 문을 두드리십시오."

채수가 준에게 손을 내밀었다. 준은 얼떨결에 그 손을 맞잡았다.

"아, 며칠 후 서화 행수가 민국에서 비단을 가지고 올 것입니다."

"서화가요?"

경요의 목소리에 유난히 반가움이 가득해 준은 서화가 누군지 궁금해졌다.

"예, 국혼 때 뵙고 못 보셨지요? 아마 그 녀석도 공주님이 많이 보고 싶을 겁니다."

"몸은 상하지 않았답니까?"

"예, 별일 없이 거래가 잘 끝난 모양입니다. 민국에 비단을 사러 보내신 걸 보면 어르신이 그 녀석을 이제 한 사람 몫을 하는 행수로 여기시나 봅니다. 며칠 전에 서신이 왔는데 보여 드릴까요?"

경요가 고개를 끄덕였다.

채수는 내실로 들어가 서화의 서신을 가져오면서 아내에게 차를 부탁했다. 경요는 그리움 가득한 얼굴로 익숙한 서화의 필적을 눈으로 더듬었다. 준은 그런 경요를 보면서 마음 한구석이 착잡했다.

경요는 서신을 접어 채수에게 건네며 말했다.

"비싸게 샀네요. 또 민국에 누에병이 돌았습니까?"

"역시 공주마마시네요. 좀 심각한 것 같습니다. 누에들이 고치는 멀쩡하게 만드는데 막상 실을 만들려고 하면 고치가 녹아버리는 희한한 병이 돌고 있답니다. 아마 몇 년은 그 여파가 계속 갈 것 같습니다. 근데 정말 납폐로 받은 그 비단을 다 파실 생각입니까? 저희야 좋은 물건을 제값에 구입해서 이익이지만 나중에 곤욕을 치르시는 게 아닌지 걱정됩니다."

"괜찮아요."

"장사하는 입장에서 이런 말 하는 건 우습지만 단국은 정말 혼수를 어마어마하게 해 가는군요. 공주님 때도 그렇고 황귀비도 그렇고. 평생 다 쓰지도 못할 비단을 주는 건, 저 같은 장사꾼 입장에선 도무지 이해할 수가 없습니다. 한두 푼 하는 것도 아니고, 다 민국에서 가져오는 수입품 아닙니까. 단국이 부유한 나라이긴 하지만 돈 쓸 줄 모르는 나라인 것은 분명해요. 황실의 혼사라 해도 너무 과해요. 동비께서 세자저하의 빈을 그리 맞이해야 하신다면 심장마비가 올지도 모를 겁니다."

채수가 껄껄 웃었다.

"오라버니를 평생 총각으로 늙게 할지도 모르지요. 자기 재물이든 남의 재물이든 허튼 데 쓰는 것을 죽기보다 싫어하시니까요."

"저는 동비마마 쪽이 좋습니다. 어차피 그 재물은 다 백성들의 주머니에서 나오는 것 아닙니까. 이왕이면 내 재물을 아껴주는 사람이 더 좋죠."

채수는 또 큰 소리로 웃었다. 채수의 아내가 차를 가지고 나왔다.

"그럼 천천히 쉬시다 가세요. 오늘은 칠석이라 저자가 아주 시끌벅적할 겁니다. 이따가 일하는 아이를 시켜 연등을 가져다 드릴 테니, 연등도 거시고 놀이판 구경도 하세요. 황궁까지는 저희 쪽 사람이 모시겠습니다."

채수는 일 때문에 자리를 떴다. 채수 밑에서 잔심부름을 하는 아이가 경요와 준에게 종이로 만든 연등과 붓을 가져왔다.

"겉에다 소원을 쓰시면 돼요."

"소원이라……. 먼저 쓰시지요."

경요는 붓을 준에게 건넸다.

"어?"

준은 붓이 마른 것 같아 먹을 찍으려 했다. 그러나 사기 먹물 통에 담긴 건 그냥 물이었다.

아이가 말했다.

"불을 쬐면 글씨가 나타나는 물이랍니다. 소원은 다른 사람이 알면 이루어지지 않기 때문에 이렇게 안 보이게 써서 장대에 걸어 둡니다. 밤에 촛불을 켜는 이가 하나씩 등을 밝히면 소원을 쓴 글자가 보이는데, 그때 옥황상제에게 그 소원이 전달된다고 하더이다."

"불을 쬐어야 글씨가 보인다?"

경요는 별로 신기한 표정이 아니었다. 남이 봐선 안 되는 중요한 연락을 이 시큼한 냄새가 나는 물로 써서 전달하곤 했기 때문이다.

준은 한참 생각에 잠겼다.

'소원이라……'

바라고 원하는 것, 그런 것이 그에게 있을까? 준은 당황스러웠다.

오직 단을 위해 사는 것. 그것은 사명이었지 소원은 아니었다. 한참을 생각했지만 소원을 적지 못한 준은 경요에게 먼저 소원을 쓰라고 붓을 건넸다. 경요는 시원시원하게 붓을 놀렸다.

"무슨 소원을 썼는지 알려 줄 수 없는가?"

"소원은 말하지 않아야 이루어진다고 하지 않았습니까."

경요는 어서 연등을 걸러 가자고 준을 재촉했다.

두 사람은 화경방 안에 설치된 연등 걸이에 서로의 연등을 걸었다. 연등을 건 경요는 두 손을 모으고 뭐라고 중얼거렸다. 준도 그런 경요를 따라 했다.

"준, 이제 놀이판을 구경하러 갈까요?"

경요의 스스럼없는 물음에 준은 고개를 끄덕였다.

사람이 구름처럼 모인다고 하여 운종가雲從街로 불리는 대로는 칠석 놀이판을 구경하려는 사람들로 발 디딜 틈이 없었다. 인파에 서로를 놓치지 않으려고 준과 경요는 자연스럽게 손을 꼭 잡게 되었다.

칠석날에는 으레 행세하는 집안에서 가문의 세를 과시하기 위해 광대와 예인들을 불러 연희판을 크게 벌이고 구경꾼들에게 술과 음식을 걸게 대접했다. 올해 가장 화려한 연희판을 벌인 곳은 삼황자 섭의 가문이었다. 이황자가 일찍 죽어서 사실상 선황의 차남인 섭은 관례를 하자마자 '전'이라는 성을 선황에게 하사받고 황적에서 빠졌다.

효성황제는 황태자감으로 일황자와 사황자를 생각했다. 섭의 경우 모친 제빈이 일찍 세상을 떠나 궁에서 그를 돌봐 줄 이가 없었다. 그래서 선황은 그를 출궁시켜 외가에서 자라도록 했다.

관례를 치렀을 때 섭은 겨우 열 살이었다. 황적에서 빠져 출궁하는 것이 어떤 의미인지, 그가 무엇을 빼앗겼는지를 몰랐다. 나이 먹을수록 섭은 자신이 무엇이 부족해 황족에서 귀족으로 강등되어야 했는지, 어째서 자기보다 어린 준이 당당히 황태자가 된 건지 이해할 수 없었다. 모친 제빈이 그리 일찍 세상을 떠나지 않았다면 지금 황제가 되어 단의 만백성을 굽어보고 있는 것은 자신일 수도 있었다. 그런 불만을 공공연하게 터뜨리는 섭에겐 역모를 꿈꾸는 한량들이 몰려들었다. 하지만 그는 황제가 될 만한 그릇이 아니었다.

해가 지기도 전에 벌써 불콰하게 취한 섭은 연희판이 제일 잘 보이는 2층 난간에서 따분하다는 얼굴로 연거푸 술만 마시고 있었다. 생기라곤 찾을 수 없는 그의 시선이 연희판을 구경하는 어느 사내에게서 멈췄다. 처음엔 자기 눈을 의심했다. 그러나 분명 그의 동생이 맞았다.

예석황제 준이 미복 차림으로 연희판을 구경하고 있었다. 섭은 주변을 살폈다. 그를 호위하는 무사는 하나도 보이지 않았다. 일행은 낯선 복장을 한 이 하나 뿐인 듯싶었다.

섭의 눈빛에 살기가 번득였다. 맹자가 말한 천시天時와 지리地利가 그의 손에 들어왔다고 착각했다. 취기가 그의 이성을 흐렸다. 섭은 자리에서 일어나 비틀거리며 2층에서 내려왔다. 수족처럼 부리는 사병私兵 하나가 재빨리 섭을 부축했다.

술 냄새를 풍기며 섭은 명을 내렸다.

"할 일이 있다. 어서 사람들을 모아 오너라."

어둠이 내리자 연희판은 더욱 뜨거워졌다. 악사들이 풍악을
울리고 버나잡이가 접시를 돌렸다. 어릿광대의 외설스러운 몸
짓에 여인네들은 얼굴을 붉혔고 사내들은 걸쭉한 웃음을 터뜨
렸다. 땅재주꾼의 재주넘기가 끝나자 여기저기서 박수가 터졌
다. 화려하게 성장한 기녀들도 눈요깃거리였다. 사내들은 저도
모르게 입을 헤벌리고 기녀들을 바라보다 마누라에게 호되게
옆구리를 꼬집혔다.

구경꾼들의 열띤 분위기에 휩쓸려 준은 평소의 냉정을 까맣
게 잊어버렸다.

"소리를 질렀더니 목이 아프네요. 목마르지 않으세요?"

준은 고개를 끄덕였다. 목이 칼칼했다.

"제가 저기 가서 단술을 사 올 테니 연등 구경이라도 하며
기다리세요."

경요가 단술을 파는 노점으로 잽싸게 뛰어가자 준은 거리
양쪽을 밝힌 연등들을 바라보았다. 부귀다남富貴多男, 입신양명
立身揚名, 태평성대太平聖代, 수복壽福……. 준은 줄줄이 이어진
연등에 적힌 소망들을 하나씩 읽어 보았다. 사람들의 소원은
지겨우리만큼 평범했다. 그중 특이한 장식의 연등이 준의 시선
을 끌었다. 다른 연등과 달리 붉은 실로 만든 매듭이 붙어 있었
다. 그리고 소원 대신 사람의 이름이 적혀 있었다.

'이건 뭐지?'

"인연을 이어 주는 연등이오."

준이 하도 연등을 신기하게 보자 지나가는 사람이 툭 던지듯 말했다.

"좋아하는 사람의 이름을 적어 불을 밝히면 인연이 이어진다오."

'좋아하는 사람과 이어진다……. 그런 것이 소원인 사람도 있구나.'

경요가 다가와 토기에 담긴 단술을 내밀었다.

"무얼 보고 계셨어요?"

"아니, 아무것도 아니다."

경요는 단술을 맛있게 마시고 땅바닥에 토기를 던졌다. 토기가 힘없이 깨졌다. 준도 경요처럼 단술을 마시고 땅바닥에 토기를 던졌다.

준은 경요가 무슨 소원을 적었는지 궁금했다. 그래서 몇 번을 망설이다가 경요에게 묻고 말았다.

"무슨 소원을 썼는지 알려 줄 순 없어?"

경요는 난처한 얼굴이었다.

"제 소원이 왜 궁금하신가요?"

"자랑은 아니다만, 그대의 지아비가 단국의 황제다. 들어줄 수 있는 소원이라면 들어주고 싶어."

"하긴 폐하라면 들어주실 수 있는 소원입니다."

경요는 망설이다 말했다.

"제 소원은 그림자 신부가 없어지는 것입니다."

이젠 준이 난처한 얼굴이었다.

"어째서 그런 말을 하는가?"

"그림자 신부를 없애고 제대로 된 황후가 그 자리를 지켜야 한다고 생각합니다. 그것이 순리입니다."

"순리라. 그런 것이 가능하다면 왜 세상의 모든 왕들이 전쟁을 하겠는가."

"시도한 이도 없었지요."

경요는 무심하게 대꾸했다.

"그런 것은 다들 경전 속에만 있어야 할 것이라고 생각하지 않습니까. 변명도 똑같지요. 너무 이상적이어서 불가능하다고요. 그런데 해 보지도 않고 불가능하다는 것을 어찌 알 수 있을까요? 국운이라는 것은 달과 같아 차면 기울고 또한 기운 후에 다시 차기 마련입니다. 단의 국운이 쇠락하는 날이 있을 테고, 그때 우위에 선 여국이 단국에게 똑같은 희생을 요구할 수 있으리라고 생각해 보신 적 없으신지요?"

그의 신하들은 감히 입 밖에도 내지 못할 말을 경요는 거침없이 쏟아 냈다. 준은 자신의 그림자 신부가 어디까지 이야기를 할지 궁금해졌다.

"그럼 환주는? 그림자 신부 없이 환주는 어찌할 생각이지?"

경요는 쓰게 웃었다.

"환주를 단의 땅이 아닌 지호족의 땅, 그림자 신부의 땅이라고 여기는 한 아무 문제도 해결되지 않을 겁니다."

경요는 차분하게 자기 할 말을 다 마쳤다. 준은 머리가 텅 빈 것 같아 아무 대꾸도 하지 못했다. 경요는 그의 대답을 기다리지 않았다. 그것이 준의 마음을 더욱 불편하게 했다.

"한 사람만 희생하면 양국이 평안하다. 그것이 모든 이들의 생각입니다. 지금껏 그래 왔고요. 그럼 그 한 사람은 무엇이란 말입니까? 저는 그런 화친 따윈 원하지 않습니다."

"말이 심하군. 그런 화친 따윈 원하지 않는다니."

준의 얼굴이 황제의 얼굴로 돌아갔다. 경요는 자신이 선을 넘었음을 깨달았다. 하지만 이미 말을 꺼냈으니 할 말은 다 해야겠다고 마음먹었다.

"아까 폐하께서도 말씀하시지 않았습니까. 인人은 인仁이라고요. 사랑하고 불쌍히 여기는 게 인仁이며, 아무리 하찮은 사람이라도 세상 전체와 바꿀 수 없는 가치가 있다 믿고 사람을 대하는 게 인仁이라 배웠습니다. 그림자 신부라 부른다 하여 한 여인이 그림자가 되는 것이 아닙니다. 여인은 살아 있고 무언가를 바라는 인간입니다. 한 사람의 희생을 당연히 여기는데, 더 많은 사람의 희생을 당연하게 여기지 않을 이유가 무엇이겠습니까? 저는 그것이 두렵고 싫습니다. 사람을 아무렇지 않게 없는 존재로 만들고 이익을 위해 이용하는 것 말입니다. 폐하께선 성군이십니다. 그런데 왜 폐하의 은택이 배우인 황후에게는 내리지 않는단 말입니까."

그 말에 준의 심장이 요동쳤다.

경요가 나지막하게 물었다.

"폐하는 제가 그림자로 보이십니까?"

경요는 친영례 때처럼 그를 더없이 맑고 곧은 눈으로 바라보았다. 준은 마음이 괴로워졌다.

경요가 다시 물었다.

"저를 그림자로 만들고 싶으십니까?"

두 사람은 단의 예석황제와 여의 경요공주로 한참 동안 서로를 응시했다. 경요의 심장은 쿵덕거렸다. 준이 불같이 노해도 어쩔 수 없다고 생각했다. 그러나 준은 가볍게 한숨을 쉬며 고개를 돌렸다.

그림자가 아니었다. 이 저자의 어느 누구보다 활기 찬 여인이었다.

"못 들은 것으로 하겠다."

두 사람은 말없이 연희판으로 발걸음을 옮겼다. 가장 큰 함성 소리가 나는 곳을 찾아 걸어갔다. 줄타기 판이었다.

열 척 높이 위의 외줄에서 줄꾼은 부채를 펼치고 교묘하게 균형을 잡았다. 날렵하게 생긴 줄꾼은 외줄 위에서 재주를 부렸다. 삼현육각의 풍악 소리에 맞춰 줄 위에서 팔을 휘두르며 춤을 추었고, 아슬아슬하게 줄 이쪽에서 저쪽으로 겅중겅중 뛰어갔다. 줄이 파도치듯 출렁거렸다. 구경꾼들은 숨도 크게 쉬지 못하고 줄꾼의 몸짓에 시선을 고정했다. 구경꾼 모두 마치 자신들이 줄 위에 있는 양 입안이 바싹바싹 탔다.

줄꾼이 재주를 성공할 때마다 악사들은 신명나는 가락을 토해 냈다. 사람들은 손에 땀을 쥐고 줄꾼의 몸짓에 일희일비했지만 준과 경요의 얼굴은 딱딱하기만 했다. 줄꾼의 재주가 눈에 들어오지 않았다.

줄꾼이 허공을 향해 훌쩍 뛰어올랐다. 열 척 높이의 외줄에서 균형을 잡는 줄꾼처럼 준과 경요의 마음도 그렇게 외줄 위에서 비틀거리고 있었다.

'하룻밤 꿈이라 생각하고 즐겁게 놀면 되었을 것을 왜 그런 말을 했을까? 폐하를 불쾌하게 만들었다. 나는 왜 혀를 가만히 놔두질 못하는 걸까? 바른말이 항상 옳을 수 없다고 그렇게 외조부님께서 가르치셨는데.'

경요는 후회했다. 하고 싶은 말을 참지 못하는 것은 자신의 가장 큰 단점이었다. 그동안 예석황제가 많이 편해져서 자기도 모르게 입이 헐거워졌다. 경요는 풀이 죽었다. 예석황제가 할 말이 없어서 침묵한 것은 아니었을 것이다. 입바른 소리만 줄줄 하는 자신이 얼마나 애송이처럼, 하룻강아지처럼 보였을까? 경요는 자신의 얼굴이 화끈거림을 느꼈다.

화가 많이 나셨을까? 경요는 힐끗 예석황제를 바라보았다. 궁에서처럼 아무 감정도 드러나지 않은 황제의 얼굴이었다. 경요는 나지막하게 한숨을 내쉬었다. 하지만 자신의 말을 취소할 생각은 없었다.

'혹 이 일로 여국에 피해가 가지 않을까?'

경요는 갑자기 겁이 났다. 준과 자신은 이 대로에 있는 사람들처럼 제 한 몸과 가족을 책임지는 이가 아니었다. 그는 단의 황제였고 경요는 여의 공주이자 인질이었다.

준과 경요로 살 수 없어서 슬펐다. 그가 황제가 아니고 자신이 공주가 아니었다면 마음을 더 터놓고 의지할 수 있는 좋은 벗이 되었을 텐데.

그때 아무렇지 않은 듯 준이 경요의 손을 잡았다. 그는 여전히 무뚝뚝한 얼굴이었지만 경요는 예석황제가 아닌 준으로 자신의 손을 잡아 준 것 같았다. 경요는 그가 잡은 손에 깍지를 꼈다. 경요가 손을 맞잡자 준은 움찔 놀랐다. 그의 얼굴에 살짝 미소가 어렸다 사라진 것을 경요는 알지 못했다.

줄타기 판이 끝나자 시각은 이경(밤9시~11시)에서 삼경(밤11시~새벽1시)으로 넘어가고 있었다. 여기저기서 연희판이 끝나 가는 분위기였고 사람들은 집으로 발걸음을 재촉하고 있었다.

경요는 채수에게 호위를 요청하려고 화경방 쪽으로 발걸음을 돌렸다. 자기 혼자라면 상관없었지만 준과 함께라 더 신경이 쓰였다. 문득 경요는 준의 소원이 무엇인지 궁금해졌다. 단사황태후의 바람을 저버리지 않는 성군이 되는 것이겠지. 하지만 그것은 생각보다 힘든 일이 될 거라고 경요는 생각했다. 인력人力으로 감당하지 못할 시련들이 단을 차례차례 덮칠 것이다.

그때 갑자기 준이 경요의 손목을 잡더니 좁은 골목으로 뛰어 들어가 담벼락에 몸을 찰싹 붙였다.

경요는 자신과 준을 쫓는 거친 발걸음 소리를 들었다. 미행하고 있는 것을 들켰음에도 저들은 당황하지 않았다. 토끼를 쫓는 몰이꾼처럼 경요와 준을 잡기 위해 흩어졌다.

'폐하를 노리는 자들인가?'

목숨을 노리는 자객들이 뒤를 쫓고 있는데도 준의 얼굴은 태연했다. 경요는 이런 일이 준에겐 평범한 일이라는 것을 깨달았다. 보이든 보이지 않든 그를 노리는 이가 어디에나 있었다. 경요는 자신이 상상한 것보다 더 무거운 짐을 예석황제 준이 지고 있음을 알았다. 황위를 위해 어떤 더러운 짓도 서슴지 않을 이들은 어디에나 있었다. 단사황태후가 그를 황제로 만들기 위해 손에 피를 묻혔듯 말이다.

'황제의 자리는 보이지 않는 칼날 위를 맨발로 걸어가는 자리구나.'

대로 옆의 미로 같은 골목의 폭은 겨우 사람 둘이 나란히 걸을 정도로 좁았다. 저들이 앞질러 길을 막고 한꺼번에 덤벼든다고 해도 수적인 이득은 거의 없었다. 버티기만 하면 승산이 있었다.

화경방은 고가의 상품들을 지키기 위해 호병護兵을 두었고, 화경족 상인들도 거친 장삿길에 단련되어 웬만한 무인 못지않은 칼솜씨를 지녔다. 경요는 품에서 호신용으로 가지고 다니는 칼을 꺼내 오른손에 쥐었다. 수없이 지나간 위기처럼 이 역시 잘 극복할 수 있을 거라고 스스로를 다잡았다.

준이 낮은 목소리로 말했다.

"내가 저들을 상대할 테니 그대는 어서 화경방으로 몸을 피해라."

"어찌 그럴 수 있겠습니까. 둘이어도 역부족인데 혼자서 다 막으려 하십니까!"

"그대는 여인인데 어찌 사내들을 상대할 수 있겠어!"

"여기서 벗어나려면 혼자 힘으로는 불가능합니다. 서로의 뒤를 지켜 줘야 살아남을 수 있어요."

경요와 준이 있는 골목으로 살기 어린 발짝 소리가 울렸다. 준은 경요의 손을 잡고 달리기 시작했다. 그들을 쫓는 발짝 소리가 더 커졌다.

경요가 헐떡거리며 말했다.

"화경방까지만 간다면 아무 일 없이 끝날 수 있을 겁니다."

준은 고개를 끄덕였다. 얼마나 뛰었을까, 화경방을 지척에 두고 준과 경요는 추격자에게 둘러싸였다. 경요와 준은 서로 등을 맞대고 칼을 뽑았다. 준은 매의 눈으로 추격자 중 한 사람의 칼에 매화가 세 송이 그려져 있는 것을 보았다. 황실의 문장에는 매화 다섯 송이가 그려져 있었다. 가문의 문장으로 매화 세 송이를 허락받은 이는 단국 내에 오직 한 사람뿐이었다. 그의 형인 삼황자 섭이었다.

'네가 저승길을 재촉하는구나. 그렇게 죽는 게 소원이라면 들어주지.'

준은 칼을 단단히 쥐고 적들을 노려보았다. 맞댄 등에서 경요의 따스한 체온이 느껴지자 준은 더욱더 차분해졌다. 자신과 경요의 몸이 한 몸처럼 느껴졌다. 경요는 그를 믿고 있었고 그도 경요가 자신의 등을 지켜 주리라 믿어 의심치 않았다.

공기가 팽팽해졌다. 준은 칼날이 포효하는 환청을 들었다. 어둠 속에서 칼날이 시퍼런 빛을 뿜어냈다. 칼날이 우는 소리를 들은 듯 자객들이 칼을 빼 들고 경요와 준과의 거리를 좁혀 왔다. 준은 그들의 발놀림을 유심히 보았다. 발동작에 절도가 있었다. 제대로 훈련받은 사병이었다.

앞을 막아서는 자객에게 칼을 휘두르며 경요와 준은 한 몸이 되어 움직였다. 저만치 화경방의 깃발이 어둠 속에서 휘날렸다. 경요는 자기도 모르게 안도의 한숨을 내쉬었다. 경요는 품 안에 든 피리를 불었다. 비상시 도움을 요청하는 피리였다. 날카로운 피리 소리가 울려 퍼지자 자객들은 멈칫했다.

얼마 지나지 않아 화경방 쪽에서 사내들의 거칠고 급한 발소리와 칼과 창이 덜그럭거리는 소리가 들려왔다. 발소리만 들어도 자객들 머릿수보다 몇 배 많은 인원임을 짐작할 수 있었다.

칼을 휘두르는 자객들의 손이 급해졌다. 이제 쫓기는 것은 경요와 준이 아니라 그들이었다.

준보다는 경요를 만만하게 느낀 자객들의 칼날이 경요에게 집중되었다. 미처 막아 내지 못한 칼날이 경요의 가슴을 파고들었다. 경요가 쓰러지자 호병과 상인들은 경요에게 달려오려고 했다.

경요는 소리쳤다.

"별거 아니야. 빨리 저들을 잡아!"

그 소리를 들은 호병과 상인들은 다시 일사불란하게 자객들을 뒤쫓았다. 예석황제의 목숨을 노린 자객들은 한 사람도 남김없이 모두 호병들의 억센 손에 붙잡혀 호승줄에 묶이는 신세가 되었다.

준은 쓰러진 경요에게 달려갔다. 경요는 가슴팍에 손을 대고 있었다. 상처에서 피가 방울방울 땅바닥에 떨어졌다.

"폐하, 괜찮습니다. 위에 가죽옷을 덧입고 있어서 칼이 깊이 들어가지 않았어요."

준은 상처에서 경요의 손을 떼게 했다. 검이 심장을 아슬아슬하게 비껴갔다. 천운이었다. 준은 옷을 찢어 피가 흐르는 곳을 눌러 지혈했다. 그렇게 한참을 손으로 눌러 상처 부위를 막았는데도 피가 멈추지 않자 준은 초조해졌다.

"폐하, 전 정말 괜찮습니다. 걸을 수도 있어요."

채수가 하얗게 질려서 달려왔다.

"공주님, 이게 무슨 일입니까! 저들은 누구입니까?"

준이 채수의 말을 막았다.

"치료가 급해. 화경방에 의원은 있나?"

채수가 고개를 끄덕였다. 채수는 큰 소리로 의원을 불러 오라고 소리쳤다. 경요는 출혈 때문에 머리가 어질어질했다.

"그럼 경요를 부탁한다. 잡은 자들을 잘 감시하게."

채수는 명령하듯 말하는 준이 거슬렸지만 급한 건 경요를 치료하는 것이었기에 냉정을 되찾았다. 사람을 시켜 경요를 들것에 눕혀 자신의 집으로 데려가게 했다. 때마침 의원이 의관도 제대로 갖추지 못하고 약통과 침통을 들고 헐레벌떡 뛰어왔다.

　준은 경요가 의원에게 진맥을 받는 것을 보고 말없이 채수의 집에서 나왔다. 채수는 다친 경요에게 온 신경이 쏠려 있어 준이 사라진 것도 알아채지 못했다.

　황궁으로 가기 전 준은 매화 세 송이가 그려진 피 묻은 칼을 챙겼다. 전섭을 옭아맬 결정적인 증거였다. 야무지지 못한 사내였다. 자신을 죽이러 보낸 자객에게 가문의 문장이 그려진 칼을 들려 보내다니. 이런 덜떨어진 놈이 보낸 자객에게 경요가 다쳤다는 생각에 더 화가 났다.

　가만 놔둘 생각은 없었다. 지금까지 너무 봐줬다. 언젠간 사단을 일으킬 거라 생각했지만 이렇게 계획도 없이 덤벼들 줄은 몰랐다.

　준은 화경방에서 말 한 필을 빌렸다. 연희가 끝난 운종가를 달려 황궁 앞에 도착했다. 궁궐 문을 지키는 이가 준을 막아섰다. 준은 말에서 내리지 않고 품에서 꺼낸 통부通符를 보였다. 육중한 궐문이 천천히 열렸다.

　소란을 일으키고 싶지 않았다. 준은 말에서 내려 침전으로 걸어갔다. 침전은 건물뿐만 아니라 앞마당까지 훤히 불이 밝혀져 있었다. 차비를 비롯해 내관과 내인, 금군들이 걱정스러운 얼굴로 웅성거리고 있었다. 준을 제일 먼저 발견한 것은 차비였다. 차비는 급한 걸음으로 준에게 다가왔다.

　"폐하, 어찌 이리 늦으셨습니다. 소인 간이 짜부라지는 줄 알았습니다."

"어마마마는?"

"지석사에 들렀다 환궁하신 후 쉬고 계십니다. 특별히 찾으시진 않았습니다."

"태후전에 오늘 밤 황궁이 시끄러울 것이나 걱정 마시라고 전하라."

이 일은 어머니의 도움 없이 혼자 힘으로 처리할 생각이었다. 누가 단의 황제인지 똑똑히 알릴 필요가 있었다.

차비는 준의 얼굴 표정을 보고 순식간에 온몸이 딱딱하게 굳었다. 준의 표정에는 살기가 어려 있었다. 준은 말고삐를 차비에게 잡게 했다.

"화경방에서 빌려 온 말이다. 내일 새벽에 궐문이 열리면 돌려주거라."

"분부 받잡겠습니다."

차비는 뒤에 따라온 다른 내인에게 말고삐를 넘겼다.

준은 굳은 얼굴로 말했다.

"지금 당장 승지를 불러들이고, 전섭을 잡아들여라."

"무슨 일로 말입니까?"

"황제 시해 미수다."

차비의 얼굴이 하얗게 질렸다.

권력 중앙에 있다 보면 계절이 지나가는 것처럼 역모가 일어나지만 예석황제의 치세 초기는 비교적 조용했다. 예석황제가 흠 없이 정사를 이끌어 갔고, 뒤에 버티고 있는 단사황태후를 모두가 두려워했기 때문이었다. 단사황태후에게 반하는 사람은 쥐도 새도 모르게 사라진다는 것을 모르는 이가 없었다. 그 어둠을 등에 업고 황제는 고요하고 온화하게 일을 처리했다. 그런데 오늘 황제는 자기 힘을 자기 마음대로 휘둘러야겠다고 제대로 결심한 것 같았다. 차비는 처음 겪는 황제의 분노 앞에서 자기도 모르게 다리가 후들거렸다.

"그럼 형조에……."

준이 말을 끊었다.

"호위청 금군을 보내 당장 잡아 오라."

예석황제의 표정이 심상치 않았다.

차비는 미친 듯이 뛰는 심장을 진정시키려 애썼다.

'오늘 밤, 황궁에 피바람이 불겠구나.'

형조 뜰에 불이 지펴졌다. 준은 싸늘한 얼굴로 무릎을 꿇은 죄인을 바라보고 있었다.

사병들을 보내고 섭은 예석황제가 살해되었다는 소식만 기다렸다.

예석황제는 소생이 없었다. 남은 선황의 황자들 중 나이로 보나 외가의 힘으로 보나 자신이 황위를 이어받는 게 당연하다는 여론이 조성될 거라 믿었다. 섭은 황위가 코앞에 있다고 여겼다. 술기운이 모든 이성적인 생각들을 마비시켜 자신이 무슨 짓을 저질렀는지도 깨닫지 못하고 있었다.

호위청 금군들은 고요히 섭의 저택을 포위했다. 몸이 날랜자 몇이 저택에 들어가 술 냄새를 폴폴 피우며 흐리멍덩한 눈으로 앉아 있는 섭을 체포했다. 결국 섭은 날이 새기도 전에 꽁꽁 묶인 채로 차가운 돌바닥에 꿇어앉는 신세가 되었다. 그제야 섭은 술이 깨면서 자신이 얼마나 어리석은 짓을 즉흥적으로 저질렀는지를 알았다. 하지만 끝까지 발뺌할 생각으로 섭은 눈을 들어 준을 보았다.

준은 말없이 매화 세 송이가 그려진 칼을 던졌다. 칼이 바닥에 떨어지는 소리가 섭에게는 '네 죄를 네가 알겠지!' 하는 것처럼 들렸다. 변명의 여지가 없었다.

섭은 준의 서릿발 같은 시선만으로도 겁에 질렸다. 예석황제 준이 처음으로 내보인 날카로운 발톱이었다. 그동안 그는 준이 유순하고 문약한 동생인 줄만 알았다. 그런 고분고분함 때문에 아비의 눈에 들었다 여겼다.

섭은 자신이 두 살 어린 동생을 오판했음을 실감했다. 그 오판의 대가는 그의 목숨이었다. 그는 둔한 사람이었으나 황제가 자신에게 조금의 자비도 베풀지 않을 것임을 알았다. 절차와 준법을 강조하는 예석황제라고는 믿을 수 없을 만큼 모든 것을 무시한 체포였다.

준은 천천히 아래로 내려가 섭 앞에 섰다. 삼황자는 준의 살기와 위엄에 눌려 고개를 들지도 못했다.

준은 섭만 들을 수 있는 작은 목소리로 말했다.

"어리석군. 나만 죽으면 황위가 네 것이 되리라 그리 생각했느냐?"

준은 차갑게 웃었다.

"너는 그저 황제 시해자에 불과할 뿐이지. 아니, 시해조차 제대로 못 한 덜떨어진 놈일 뿐이지. 널 황궁에서 내보낸 건 아바마마가 베풀 수 있는 최대한의 부정父情이었다. 나약하고 치밀하지 못한 네가 황위 싸움에서 절대로 이기지 못할 것을 아셨으니까."

독기 어린 예석황제의 말에 섭은 새파랗게 질렸다. 동생이 그를 그런 눈으로 보고 있음을 꿈에도 몰랐다.

준과 단사황태후는 섭이 역모를 꾸밀 만한 지략이 없음을 알았다. 섭은 파리나 모기처럼 성가시고 시끄러운 인사였다. 희귀비와 일황자 석이 흘린 피를 보고 올라간 황위였기에 더 이상의 피를 보고 싶지 않았다. 그래서 준은 섭을 주시할 뿐 건방진 행동에도 눈을 감았다.

"내가 좋아서 널 살려 둔 줄 아느냐? 한번 역모를 의심하기 시작하면 의심에 사로잡혀 나중엔 역모를 조작해 황위를 노릴 수 있는 모든 자들을 죽이고 말 것이라는 걸 알았기 때문이다. 그래서 네 참람한 행동들을 눈감아 주었다. 이제 네게 줄 인내도 자비도 없구나. 나를 원망하지 마라. 너는 너의 어리석음 때문에 명을 재촉한 것이다. 네놈이 쓸모가 있을 때가 있긴 하구나. 너를 보고 한동안은 그 누구도 감히 역모를 꿈꾸지 않을 테니."

섭은 자신에게 남은 것은 치욕적인 죽음뿐임을 깨달았다.

그는 마지막 발악이라도 하듯 준에게 말했다.

"불여우의 치마폭에 싸인 하룻강아지 주제에."

하지만 그의 도발이 그다지 먹히지 않은 듯 준은 무표정하게 대꾸했다.

"정말 끝까지 구질구질한 놈이구나. 너는 끝까지 내게 치졸하게 굴었으나 그래도 같은 아비를 둔 동기의 정을 보여 명예만은 지킬 수 있도록 하겠다."

섭은 그런 준의 말에 아랑곳하지 않고 침을 뱉었다.

"흥, 손에 피 한 방울 묻히지 않고 성군인 양 고고한 척했던 네놈 가면을 내가 벗겼지. 너는 황제 자리를 지키기 위해 형제를 죽인 다른 폭군들과 하나도 다를 것 없으니까."

준은 웃었다. 준의 웃음에 섭은 심장이 오그라들었다.

"내가 내 손에 피 묻히는 것을 두려워한다고 여겼느냐? 정녕 어리석구나. 언제 묻혀도 묻혀야 할 피다. 죽일 가치도 없는 네 피라는 게 유감일 뿐이다."

못 박듯 준이 말했다.

"너 하나 죽인 것으로 내 치세가 엉망으로 평가될 거라고 생각하다니, 도대체 너는 얼마나 어리석은 인간인 것이냐. 역사가 승자의 기록이라는 것도 모른단 말이냐."

급한 연락을 받은 조정의 대신들이 속속 관복을 차려입고 형조로 달려왔다. 신료들은 한밤중에 불려 나와 거의 아는 게 없었다. 능행에서 돌아오는 길에 미복잠행한 예석황제를 자객이 덮쳤고, 그 자객을 보낸 이가 삼황자 섭이라는 것이 그들이 아는 전부였다. 다들 황제가 어찌할 것인지 숨을 죽이고 있었다.

준이 차가운 얼굴로 말했다. 재판은 물론 변호나 수사도 제안할 수 없는 단호함이 전신에서 흘러나왔다.

"죄인은 황적에서 빠졌으나 선황의 피가 흐르고 있다. 명예를 지켜 자진하도록 하라."

그의 가족과 외가를 건드리지 않겠다는 말이었다.

섭은 외할아버지와 외삼촌들이 안도의 한숨을 내쉬는 소리가 들리는 것 같았다. 그만 죽으면 끝날 문제로 황제는 몰아가고 있었다. 그의 편을 들어줄 이는 없었다. 젊은 관리들 중에서는 그에 대한 경멸과 조소를 대놓고 드러내는 이들도 있었다.

언관들도, 승지들도 침묵했다. 언관들은 그동안 섭의 무도한 행동에 대해 합당한 벌을 내려야 한다고 여러 번 상소를 올린 터였다.

조정을 이끄는 노대신들도 침묵했다. 정치판에서 닳고 닳은 노회한 대신들은 섭이 역모를 성공시킬 인재가 아니라는 것을 누구보다 더 잘 알았다. 죽은 듯이 살았으면 아무 일 없었을 것을 왜 황제를 습격한 것인지 이해할 수 없었다.

보통 때의 황제였으면 노대신들이 목숨만은 살려 주자고 주청을 올리면 못 이기는 척 받아들였을 것이다. 그러나 그 이유는 알 수 없지만 황제는 섭을 죽이겠다고 마음먹은 것 같았다. 그들이 대신의 지위에 있을 수 있는 건 바로 그런 황제의 마음을 읽어 침묵할 때를 알았기 때문이었다.

태평성대에도 불만을 품은 자들은 있기 마련이다. 섭을 죽여 앞으로 일어날 역모를 미연에 막을 수 있다면 새우로 도미를 낚은 격이라 여겼다. 섭은 그들에게서 관심도 동정도 끌어내지 못했다.

신료들은 그동안 단호함이 부족하다 여겼던 황제의 진면목을 깨닫고 두근거리는 심장을 가라앉히려 애썼다. 정말 선황과 닮은 것은 외모뿐이었다. 그들의 새로운 황제는 훨씬 더 강하고 잔인하고 또 무자비했다. 복종하지 않는 자에 대한 그의 칼날은 날카로웠다.

예석황제의 단호함에 그들은 마른침을 삼켰다. 예석황제는 신료들과 황궁 사람들 앞에서 선황의 황자가 죽는 모습을 조리돌림이라도 하듯 보이고 있었다.

신료들은 앞으로 허리를 더 숙이고 몸을 더 낮춰야 함을 깨달았다. 지금 섭에게 내려진 칼이 언제 자신들 앞에 내려질지 모르는 일이었다.

침묵 속에 삼황자 섭에게 칼이 내려졌다. 선황이 소장한 검 중 하나였다. 붉은 가죽집에 들어 있는 칼날이 유난히 희게 빛났다. 다들 숨을 멈춘 채 떨리는 손을 들어 목으로 칼을 가져가는 섭을 보았다.

그는 끝까지 겁쟁이였다. 칼이 목에 살짝 닿아 피가 흐르자 칼을 내동댕이치고 미치광이처럼 소리를 질렀다. 그를 보는 예석황제 이하 사람들의 눈은 더욱 차가워졌다. 명예를 지킬 기회를 줘도 그것을 차 버리는 인간이었다.

이제 섭의 외가붙이들이 몸이 달았다. 섭이 저대로 죽지 않으면 섭의 외가 사람들이 굴비 두름처럼 엮여 고문을 받고 형장의 이슬로 사라져야 끝나는 것이 역모의 정상적인 뒤처리임을 다들 알고 있기 때문이다. 예석황제는 자비를 베푼 것이다. 여기서 섭이 죽어 주어야 그들 가문이 살 수 있었다. 섭은 외가 사람들 눈빛에 어린 초조함을 읽었다. 자기편은 하나도 없었다. 누구나 자기 목숨이 가장 귀한 법이었다.

"모든 것이 명명백백하여 이대로 일을 마무리하는 게 좋겠다고 여겼는데 짐의 생각이 짧았군. 그럼 죄인을 정식으로 형조에 넘겨 국문을 진행하도록 하라."

"아니옵니다."

섭이 피를 흘리며 이마를 땅바닥에 찧었다.

"부디 자비를……."

어차피 죽을 목숨이었다. 그렇다면 스스로 목숨을 끊는 게 나았다. 섭은 국문에서 있을 형신을 감당할 자신이 없었다.

그럼 어서 그 칼로 죽으라고 예석황제는 눈으로 말했다.

망설이며 다시 칼을 고쳐 쥔 섭은 심장을 노려 칼을 힘껏 박았다. 칼을 빼자 피가 솟구쳐 돌바닥을 적셨다. 황제는 미동도 않고 차가운 눈으로 그가 개처럼 헐떡거리며 바닥에 널브러져 죽어 가는 것을 바라보았다. 모든 이들이 숨도 제대로 쉬지 못하고 죽어 가는 삼황자 섭을 바라보고 있었다.

섭의 숨이 끊어진 것을 확인한 후 황제는 아무런 말도 하지 않고 침전으로 갔다. 황제의 모습이 사라진 후에야 신료들은 겨우 허리를 펴고 크게 숨을 내쉬었다. 새 황제가 보인 단호함과 빠른 일처리에 다들 무척 놀랐다. 황자 시절, 황태자 시절의 그를 기억하는 이들은 그 유순한 사람 안에 이런 단호함이 숨어 있을 줄 꿈에도 몰랐다.

섭이 자진했다는 소식은 단사황태후에게도 전해졌다. 태후는 만족스러운 미소를 지었다. 강인한 군주의 모습을 모두에게 각인했으니 이제 누가 감히 황제에게 반기를 들겠는가. 그동안은 감히 예석황제에게 반하는 자들은 모두 자신이 처리했지만 한 번은 이런 모습을 모두에게 보여 줄 필요가 있었다.

예석황제는 날이 밝은 후 경요를 보러 가려 했지만 도무지 잠을 이룰 수 없었다. 마음을 진정시킬 수가 없었다. 쫓기는 듯 초조했다. 자신을 시해하려는 전섭을 죽여 깔끔하게 문제를 해결한 뒤였지만 기분은 조금도 나아지지 않았다. 결국 준은 차비를 깨웠다.

잠시 뒤 준은 미복을 입고 금군 몇을 대동해 화경방으로 갔다. 아까의 소동의 여파로 화경방의 모든 집에 불이 환하게 켜져 있었다. 준은 호위 무사를 화경방 밖에서 기다리게 하고 채수의 집으로 갔다. 마침 채수는 의원을 배웅하기 위해 중정에 나와 있었다.

"경요는 어떤가?"

공주의 이름을 당당히 부르는 준을 맞닥뜨린 채수는 아무리 벗이라고 해도 너무 허물없이 구는 것 같아 기분이 상했다. 게다가 자신에게도 반말이었다. 얌전해 보이는 첫인상과는 영 딴

판이었다.

'아까는 말이 없어 잘 몰랐는데 행세깨나 하는 집의 자제인가? 거만하다 못해 무례하군.'

상인으로 이골이 난 채수는 자신의 감정을 얼굴에 드러내는 실수를 하지 않았다. 사근사근하게 준의 질문에 대답을 했다.

"상처를 치료하시고 고통을 진정시키는 탕제를 드셨습니다. 지금은 주무시고 계신 것 같습니다."

"알았다. 들어가 보겠다."

경요를 보러 가겠다는 준의 태도가 너무 당당해 채수는 말리지도 못했다. 채수는 준의 뒷모습을 보면서 고개를 갸웃거렸다. 도대체 정체가 뭔지 알 수가 없었다. 경요의 벗이라 했다. 공주마마의 벗. 과연 언제 어디서 만나신 걸까? 또 어느 정도 친한 벗인 걸까?

채수는 피식 웃으며 중얼거렸다.

"단의 예석황제라도 되는 듯 뻣뻣하고 오만하군."

자기도 모르게 정답을 맞힌 채수는 화들짝 놀라 발걸음을 멈췄다.

'설마……, 저분은…….'

채수는 입을 쫙 벌렸다. 나이도 얼추 맞았고 무엇보다 그 말투, 복종을 눈곱만큼도 의심하지 않는 그 권위적인 말투가 채수에게 확신을 더하게 했다.

경요는 예전 상단에 있을 때처럼 자유로운 몸이 아니었다. 허울뿐이긴 하나 분명 혼인을 한 몸이었고, 혼인한 몸으로 사내와 가까이 지낼 만큼 조심성이 없는 성격도 아니었다. 그런 경요에게 거침없이 가깝게 다가갈 수 있는 자가 지아비 말고 누가 있겠는가.

경요가 벗이라 했던 저 남자는 단국의 예석황제임이 분명했다. 그제야 채수는 그 괴한들이 경요가 아니라 황제를 덮치려 했던 것임을 깨달았다.

채수는 마른침을 삼키며 경요가 누워 있는 방으로 갔다. 방문은 열려 있었고 사내가 걱정스러운 눈으로 경요를 바라보고 있었다. 채수는 그 눈빛이 마음에 걸렸다. 장사꾼답게 사람의 마음을 읽는 데 능한 채수는 무언가 개운치 않은 기분이었다. 채수는 발걸음을 죽이고 조심스레 물러났다.

경요가 있는 방에서는 지혈을 위해 향로에 마른 쑥을 태우고 있었다. 준은 침상에 누워 있는 경요 옆에 살그머니 앉았다. 경요는 잠을 자고 있었다. 상처가 어떤지 걱정이 된 준은 이불을 젖히고 상처 부위를 보려고 옷의 매듭을 풀었다. 그 서슬에 경요가 잠에서 깼다. 경요는 준이 자신의 옷을 벗기려는 줄 알고 깜짝 놀랐다.

"폐, 폐하!"

"상처를 보려는 것이다."

경요는 준의 손을 밀쳤다.

"괘, 괜찮습니다."

"누워 있어. 안색이 좋지 않아."

준은 경요를 억지로 침상에 눕히고 이불을 덮어 주었다.

"어찌 황궁을 다시 나오셨습니까? 그자들이 다시……."

"이번엔 호위 무사와 함께 왔으니 걱정하지 마라."

그토록 격렬하게 요동쳤던 마음이 경요를 보자 거짓말처럼 가라앉았다. 어쩐지 맥이 탁 풀린 기분이기도 해서 준은 허탈하기까지 했다. 지치고 피곤했다.

준은 자신이 그토록 분노했던 게 전섭이 자신을 시해하려 했기 때문이 아니라는 것을 경요를 보는 순간 깨달았다. 그만을 노렸다면 절차대로 처리했을 것이다. 경요가 다쳤기 때문에 그렇게 분노한 것이었다.

'네가 무엇이길래? 도대체 무엇이길래?'

준은 경요의 머리카락을 조심스럽게 어루만지다 이마로 손을 미끄러뜨렸다.

"뜨겁다."

"열을 내리는 약을 마셨으니 내일 아침에는 괜찮아질 것입니다."

"어의를 데려오라 명해야겠다."

"아닙니다. 화경방의 의원도 의술이 뛰어납니다. 저는 괜찮으니 어서 황궁으로 돌아가세요."

준은 경요가 자신이 신경 쓰여 잠을 이루지 못한다는 것을 깨달았다.

"그대가 잠들면 바로 황궁으로 돌아가겠다. 어서 눈을 감고 잠을 청해 봐. 잠을 자야 상처가 빨리 나으니."

그제야 경요는 잠을 자려고 애를 썼다.

한참 후에야 경요는 잠이 들었지만 준은 갈 생각이 없었다. 칼에 찔린 상처가 쑤시는지 경요는 자면서도 신음 소리를 흘렸다. 어째서인지 자신이 칼에 찔린 것처럼 준은 심장 근처가 아팠다. 해 줄 수 있는 일이라곤 손을 잡아 주는 것과 이마에 수건을 올려 주는 것밖에 없었다.

문밖에서 차비가 환궁을 재촉했지만 그때마다 준은 '조금만 더, 조금만 더.'라는 말로 차비를 기다리게 했다. 아픈 경요를 두고 차마 발걸음이 떨어지지 않았던 것이다. 결국 기다리다 지친 차비는 문설주에 기대 잠이 들었다.

준은 새벽이 되어서야 겨우 경요 곁을 떠나 환궁했다.

10

혜란공주는 단사황태후가 한 말을 잘 이해할 수 없었
다. 은밀히 사람을 보내 급히 의논할 것이 있다 하였다. 황귀비
간택 건이라고 생각했고, 그 예상은 틀리지 않았다. 하지만 그
간택 대상이 혜란공주를 당황하게 했다. 단사황태후는 양딸 주
유를 황귀비로 삼고 싶다고 했다. 가장 먼저 든 생각은 '왜?'였
다. 황귀비의 간택은 단국의 황태후가 내려야 하는 가장 복잡
한 정치적 결정이었다.

　황후가 그림자에 불과한 단국에서 황귀비가 휘두르는 권력
은 막강했다. 어느 가문을 황제의 정치적 동반자로 삼느냐, 그
런 계산속이 황귀비 간택에 크게 작용했다. 예사롭지 않은 단
사황태후였기에 어떤 가문의 여식이 황귀비로 간택이 될지 궁
금했다. 그런데 주유라니? 혜란공주는 단사황태후가 주유에

대해 알고 있는 것도 놀라웠다.

혜란공주는 단사황태후가 겪어야 했던 부침浮沈을 곁에서 지켜보았다. 그랬기에 친딸처럼 키운 주유를 그곳에 보내고 싶지 않았다.

혜란공주가 아무 말도 하지 않고 생각에 잠겨 있자 단사황태후가 침묵을 깼다.

"저어하시는 마음 백분 이해합니다."

"마마……."

"제가 어찌 살았는지 곁에서 지켜보셨으니 금지옥엽 양딸을 황궁으로 보내는 것이 내키지 않으시겠지요."

"어찌 그런 무엄한 마음을 먹겠습니까. 제 양딸 주유는 황귀비가 되기에는 부족한 것이 많습니다."

"지체가 부족하다는 말씀이신가요?"

단사황태후의 단도직입적인 질문에 혜란공주도 솔직히 속마음을 털어놓았다.

"힘이 되어 줄 친정이 없지 않습니까."

"저와 공주님, 그리고 진씨 가문이 힘이 되어 주면 되지 않겠습니까."

황족들은 좋든 싫든 정치와 멀어질 수 없었다. 혜란공주는 단사황태후의 의중을 읽었다. 진씨 가문을 다음 황제의 외가로 삼고 싶다는 뜻이었다. 그 말은 앞으로 예석황제의 치세 동안 진씨 가문에 힘을 실어 주겠다는 뜻이기도 했다.

황제의 처가이자 다음 황제의 외가 자리를 약속받는 것은 양날의 칼과 같았다. 부침이 심한 자리였다. 혜란공주는 외척 자리는 피하고 싶었다.

단사황태후의 친정인 엽씨 가문은 한때 승승장구했지만 거의 멸문에 가까운 화를 입었다. 진씨 가문이 지금껏 큰 부침 없이 가문을 이어 온 것은 황제의 외척이 되는 것을 피해 왔기 때문이었다.

"어째서 주유를 고르신 겁니까?"

"우연히 그 아이가 연빈의 조카임을 알았습니다. 어쩐지 저는 그 아이에게 빚이 있는 듯합니다. 연빈이 제 편을 들지 않았다면 그 집안이 그리 모진 일을 겪지 않았을 테니까요. 그 아이가 평범하게 혼인을 하고 산다면 그리 내버려두겠습니다만, 혼인의 뜻이 없고 출가를 하겠다고 하니 차라리 황궁에 들어오는 것도 나쁘지 않으리라 생각합니다."

"연빈이라. 참으로 오랜만에 듣는 이름이군요."

혜란공주는 회한에 가득 찬 목소리로 말했다.

내심 연신공과 짝지어 주고 싶다 여겼는데 입궁을 해 버렸다. 맑고 곧은 사람이었다. 연빈의 참혹한 죽음을 떠올리며 혜란공주는 주유를 황궁에 들여보내야 하나 갈등했다. 황태후의 말대로 여승이 되는 것보다는 황궁에 들어가는 게 나았다.

단사황태후는 혜란공주를 설득했다.

"첫인상이 맑고 정갈한 아이였습니다. 후궁들을 잘 거느리고 내외명부의 일을 잘 처리하리라 믿습니다. 자균은 외척임을 내세워 황상에게 누가 될 행동을 할 이가 아니지요. 그 아이가 황귀비가 되면 조정에서 자균의 말에도 힘이 실리게 될 겝니다. 주유 그 아이가 황자를 낳는다면 황태자에 봉하고 자균에게 후견인을 맡길 생각입니다."

맏손자 자균 이야기가 나오자 혜란공주는 길게 한숨을 내쉬었다.

"살아 있는지 죽었는지."

단사황태후가 혜란공주에게 기쁜 소식을 전했다.

"자균은 잘 지내고 있습니다. 곧 단국에 도달할 것입니다."

혜란공주의 두 눈이 커졌다.

"본의 아니게 심려를 끼쳐 드렸습니다. 사특한 무리로부터 자균과 진씨 가문을 보호하기 위해서였습니다. 이는 자균을 아끼는 황상의 뜻이었습니다."

단사황태후는 오래전부터 생각해 온 것을 이야기했다.

"저는 주유 그 아이를 황귀비로만 생각하지 않습니다."

혜란공주는 단사황태후의 속내를 파악할 수 없어 잠시 어리둥절했다.

"저는 그 아이를 황후로 만들 생각입니다."

"마마!"

혜란공주는 경악했다. 그림자 신부는 단국과 국세가 거의 비등해진 여국을 제어하는 유일한 고삐였다. 3백 년 전의 치열한 싸움에 대해 모르는 이가 없었다. 그것은 이야기로 만들어져 긴긴 겨울밤 수없이 되풀이되어 읊어졌다. 승자도 패자도 치명상을 입었던 30년간의 전쟁이었다. 겨우 여국을 무릎 꿇게 해 그림자 신부를 인질 삼아 어렵게 이어 온 3백 년간의 평화였다.

"더 이상 그림자 신부에게 황후 자리를 맡겨서는 안 됩니다. 그게 제가 황상을 위해 해야 할 마지막 임무라고 생각합니다. 황후의 자리가 어떤 자리입니까? 황제가 해라면 황후는 달이요, 황제가 용이라면 황후는 봉황이요, 황제가 양이라면 황후는 음이 아니겠습니까. 그런데 3백 년 전부터 단국 황실의 황후 자리는 사실상 비어 있는 것과 마찬가지였습니다. 이것이 무엇을 의미한다고 생각합니까? 황제의 적법한 짝이 3백 년간 없었다는 것과 마찬가지입니다."

"하오나 마마, 3백 년이나 지속된 일입니다. 이를 어찌 하루아침에 바꿀 수 있겠습니까. 어차피 황귀비가 황후의 역할을 다 하고 있는데 굳이 분란을 일으킬 필요가 있을까요?"

"황후와 황귀비 사이에는 절대로 넘을 수 없는 벽이 있습니다. 황후는 반역에 준하는 죄가 아니면 폐할 수 없으나, 황귀비는 황제의 마음대로 폐위할 수 있습니다. 황후 자리가 비면서 후궁은 여인들의 지옥이 돼 버렸습니다. 후궁에 온갖 권모술수가 판을 치게 된 것도 따지고 보면 그것을 제어할 황후가 없기 때문이기도 합니다. 게다가 생살여탈권을 황후가 아닌 황제가 쥐고 있으니 후궁 여인들은 오로지 황제의 심기를 거스르지 않도록 비위만 맞출 뿐이고, 황제는 주색에 빠지게 되는 것입니다. 입안의 혀처럼 비위만 맞추면 권세와 재물이 쏟아지는데 누가 감히 지아비를 위해 옳은 말을 하려 들겠습니까?"

"그럼 지금 유선궁에 계신 황후마마는 어찌하실 생각입니까? 황제가 둘일 수 없듯 황후 역시 둘일 수 없지 않습니까."

단사황태후는 희미한 미소를 지었다.

"유선궁은 마지막 그림자 신부가, 여국에서 온 마지막 황후가 될 것입니다."

혜란공주는 자기도 모르게 헉, 하고 숨을 내쉬고 말았다. 그럼 그림자 신부의 땅은 어떻게 되는 것인가? 설마 여국에게 줄 생각인가? 아니면 지호족에게?

"환주晥州는 어찌하실 작정이신지요."

"그 역시 생각한 바가 있습니다."

단사황태후는 환주를 포기할 생각이 없었다.

"그 아이가 황귀비로 내정된 것은 저와 혜란공주만 아시는 겁니다."

혜란공주는 고개를 끄덕였다.

단사황태후는 곁에 있는 내인에게 눈짓을 했다. 내인은 정교하게 조각된 오동나무 상자를 가져왔다.

"혼약의 증표입니다. 주유가 정식으로 간택이 된 후 전해 주십시오."

혜란공주는 오동나무 상자를 열었다. 섬세하게 세공된 가란화잠(加蘭花簪:난초의 잎과 꽃잎을 조각하여 장식한 비녀)과 청옥가락지와 칠보가락지가 들어 있었다.

"가란화잠은 연빈의 유품입니다. 물건에도 인연이 있는지 몇 년 전에 제 손에 들어왔습니다. 연빈이 어머니에게 물려받아 무척 아꼈던 화잠입니다. 가락지들은 훗날 황귀비를 맞이하면 물려주려고 만든 것입니다."

모두 의미 있는 물건들이었다. 혜란공주는 절대 주유를 가벼이 여기지 않겠다는 단사황태후의 의중을 읽었다.

"황태후마마의 뜻을 받들겠습니다."

단사황태후가 미소 지었다. 드디어 혼약이 성사된 것이다.

저 멀리 단국의 수도 민예로 들어가는 거대한 성문이 보였다. 서화는 곧 경요를 만난다는 생각에 가슴이 설렜다. 하고 싶은 이야기들이 정말 많았다.

마차를 같이 타고 가는 자균이 느긋한 얼굴로 노래를 흥얼거렸다.

"또 채련자입니까? 귀에 딱지가 앉겠습니다."

서화의 불평에도 아랑곳하지 않고 자균은 자기만의 곡조를 붙여서 채련자를 흥얼거렸다.

"……괜스레 물 건너 연밥을 던져 놓고, 남이 보았을까 반나절을 부끄러워했다네."

"사연이 있는 노래입니까?"

자균이 빙긋 웃고 대답하지 않았다. 채련采蓮은 채련採戀이라, 채련자는 여인이 먼저 과감하게 사내에게 마음을 털어놓는 노래였다.

비단의 고장 민국에서부터 동반한 자균은 넉살 좋고 싹싹한 성품의 사내로 여러 언어에 능통해 통역 일을 하면서 단국까지 함께했다. 화경족 상단 소속 상인들이 먼 곳으로 상행을 떠날 때는 함께 길을 떠나는 이들이 많았다. 불경을 구하는 승려, 학문을 배우러 가는 유학생, 작은 상단의 행수나 여행자들도 있었고, 말할 수 없는 임무를 수행하는 간자들이 섞여 있을 때도 있었다.

여로를 함께한 이들은 화경족의 거대한 인맥의 일부가 되었다. 화경족은 길 위에 사람으로 연결된 거대한 그물을 만들어 그것을 자신들의 영토로 삼았다.

이들은 상단 일을 도우면서 여행길 동안 먹을 것과 잠잘 곳을 제공받았으며, 상단의 촘촘한 연락망을 이용해 소식을 전했고, 아플 때는 상단의의 도움을 받았다.

서화가 보기에 자균은 평범한 역관으로는 보이지 않았다. 차림은 초라했지만 언뜻언뜻 드러내는 지식의 깊이가 대단했다. 무슨 사연이 있어 떠도는 것인지는 알 수 없었으나 그는 위보형의 말을 빌리면 '환대할 만한 가치가 있는 자'였다. 위보형만큼 매서운 눈썰미는 없었지만 그 밑에서 혹독하게 훈련을 받은 서화의 감도 썩 쓸 만했다.

민예가 가까워질수록 자균의 심장은 빠르게 뛰었다. 주유를 마음에 품은 건 오래전이었으나 자신의 마음을 밝힌 적은 없었다.

자균이 길을 떠난 것은 사황자 준과 일황자 석이 황태자가 되기 위해 치열하게 경쟁하고 있던 때였다. 총애받는 황귀비의 소생인 사황자와 장자인 일황자는 각각 황태자가 되기 위한 명분이 있었다. 조정은 두 파로 갈라졌다. 그때 준은 자균을 불러 단을 떠날 것을 명했다. 자균은 이해할 수 없었다.

"어찌 저에게 떠나라 명하시는 겁니까? 그것도 하필 주군께서 제일 힘들 때 말입니다. 저라도 곁에서 힘을 보태야지요."

"장수를 쓰러뜨리려면 먼저 말에게 활을 쏘는 법. 저들은 분명 너와 네 가문에 칼날을 겨누겠지."

준은 강인한 눈빛으로 자균을 바라보았다. 맹수의 눈빛이었다.

"시시한 일로 너를 잃고 싶지 않다. 넌 뛰어난 준마이고, 또 큰 그릇이지. 있는 힘껏 멀리 달려가 그 큰 그릇에 단을 위한 지식을 채우고 오라. 너는 나의 공명이며 중달이다."

준은 자균의 손을 힘주어 잡았다.

"나는 황제가 된다. 황제가 되지 못한 나는 태어난 의미가 없어. 이 정도 시련은 혼자 이겨 내야 해. 황태자 책봉을 둘러싼 일은 앞으로 황제가 된 후 겪어야 할 일에 비하면 아무것도 아니야."

"폐하."

준의 눈썹이 움찔 움직였다.

"폐하께서 황위에 오르시는 그날, 제 발걸음은 단을 향할 것입니다."

준은 나지막하나 힘 있는 목소리로 말했다.

"황궁에서 널 기다리겠다."

자균은 민국에서 단의 황제가 예석이라는 존호를 받고 황위에 올랐다는 소식을 전해 들었다. 긴 기다림이었다. 황제 즉위 소식을 듣고 가장 먼저 떠오른 건 주유 그 아이였다. 아무것도 약속하지 못한 건, 자균 스스로도 얼마나 오랫동안 이국을 떠돌아야 할지 알 수 없었기 때문이다.

떠나기 전 자균은 아버지 연신공에게 주유와의 혼인을 청했으나 거부당했다. 명문 진씨 가문 후계자의 정처로는 주유의 지체가 한미하다는 이유에서였다.

"주유 그 아이의 사람됨이야 내 어찌 모르겠느냐. 네가 차남만 되어도 혼사를 허락했을 것이다. 그러나 넌 장남이며 진씨 가문을 이끌어 가야 할 사람이다. 네 처가 될 사람은 단지 연심만으로 선택할 수 없다. 네 아내는 진씨 가문의 안살림을 책임져야 한다. 그런데 네 동생들의 처보다 떨어지는 지체로 명이 제대로 서리라 믿느냐? 이미 마음고생을 많이 한 아이다. 너뿐만 아니라 주유 그 아이를 위해서라도 혼사는 말리고 싶구나."

자균의 아버지 연신공은 내심 황태자의 이복 누이이자 황상의 외동딸인 정안공주와의 혼인을 바라고 있었다. 하지만 자균은 조금도 설득될 기미가 아니었다. 연신공은 한숨을 내쉬며 절충안을 내놓았다. 혜란공주의 반대가 심하겠지만 자균이 주유를 원한다면 이 방법밖에 없었다.

"네 마음이 정 그렇다면 정실부인을 얻은 후 후실로 취하거라."

그것은 주유에 대한 모독이었다. 자균은 주유가 아니면 어떤 여인도 아내로 맞을 생각이 없었다. 주유에게 어떤 약속도

할 수 없는 자신이 답답했다.

그는 빛 좋은 개살구였다. 명문가의 후계자이나 은애하는 여인을 정처로 맞이할 수 없다. 후계자와 누군가의 아들이라는 지위는 그러했다. 그가 손에 쥐고 있는 건 아무것도 없었다. 그 저 미래가 오기만을 기다려야 했다. 어쩌면 오지 않을 수도 있 는 그 미래가 오기만을. 결국 자균은 주유가 건넨 '채련자'를 믿 고 길을 떠났다.

황자께서 황위에 오르면 그도 조정에 출사하게 된다. 한 사람의 사내로 여인을 책임질 수 있게 된 연후에 주유를 처로 맞이하리라. 연신공이 끝까지 못마땅해한다면 동생에게 가문 을 맡기고 자신은 새로운 성을 하사받아 독립하겠다고 마음 먹었다.

단으로 돌아갈 그날이 오면, 4년간 외롭고 힘들게 했던 모든 것을 다 보상하리라. 내 평생 너와 해로하리라. 자균은 낯선 풍 경의 아침을 맞을 때마다 다짐하고 또 다짐했다.

민예의 화경방에 도착한 자균은 그동안 정들었던 화경족 상 인들과 서화에게 작별 인사를 고했다. 자균은 서화에게 사는 곳을 일러 주며 혹시 단에서 도움이 필요하면 찾아오라고 했 다. 서화 역시 도움이 필요하면 언제든 화경방으로 찾아오라고 말했다. 원로에 깊은 정이 든 두 사람은 얼싸안으며 이별을 아 쉬워했다.

역모 사건으로 삼황자 섭이 죽었고, 황귀비 간택이 시작됐고, 종묘에서 대제를 올리는 등 굵직굵직한 일들이 한꺼번에 터졌지만 그런 것과 하등 상관없는 유선궁은 고요하기만 했다. 유선궁 사람들의 관심은 오직 경요의 몸 상태였다.

경요는 화경방에서 이틀을 묵고 유선궁에 돌아왔다. 안규의 정성스러운 병간호를 받은 경요의 회복은 빨랐다.

새로 들어온 오늘 치 식량들을 검수하던 안규는 고개를 갸웃거렸다. 평소보다 훨씬 많았고 품목도 다양했다.

"이게 다 뭐요?"

각 궁에 식량을 배달하는 내관에게 물었다.

"오늘이 망혼일 아닙니까."

음력 7월 보름은 망자들이 자손들을 만나러 오는 망혼일이었다.

"황상께서 특별히 내리신 것입니다. 형요황태후마마의 후손인 유선궁마마가 계시오니 제를 올릴 때 쓰라고 하셨습니다. 종묘에서 대제를 올리시면서 형요황태후마마를 생각하신 듯합니다."

형요황태후의 시신은 여국으로 갔고, 묘 역시 그곳에 썼기때문에 단에서는 따로 제사를 올리지 않았다. 해마다 돌아오는 기일과 망혼일에 안규는 사람들 눈에 띄지 않게 도둑제사를 올렸었다. 이곳에선 시린 기억밖에 없으시니 넋이 되어서도 오지 않으실 거라 생각했지만, 형요황태후에게 받은 따스한 정을 기억하고 있는 안규는 매년 제사를 모시는 게 자기가 할 도리라고 생각했던 것이다.

'올해는 도둑제사를 올리지 않아도 되는구나.'

안규는 예석황제의 마음 씀씀이에 감동했다.

"마마, 마마!"

안규는 드물게 목소리를 높이며 유선궁으로 들어갔다.

"무슨 일인가?"

"황상께서 제수를 내리셨습니다."

"제수?"

"오늘이 망혼일 아닙니까. 아, 여에서는 우란분절이라고 하지요?"

"그렇다네. 백중이라고도 하고."

"단에서는 망혼일에 망자를 위한 제를 올립니다. 여에서는 어찌하옵니까?"

"따로 제를 올리진 않고 불심이 깊은 자들이 절에서 우란분재를 올리지. 단에선 백중을 퍽 크게 쇠는가 보군."

안규는 싱글싱글 웃었다.

"누구 눈치 보지 않고 황태후마마께 제를 올릴 수 있다니 꿈만 같습니다."

경요는 생각에 잠겼다. 무슨 의미인지 알 수 없었다. 호의일까, 변덕일까? 그림자 신부로 예석황제의 마음을 불편하게 한 것이 계속 마음에 걸렸다.

화경방에서 유선궁으로 돌아온 후 예석황제는 한 번도 그녀를 찾지 않았다. 분명 그 때문이라 여겼다. 경요는 풀이 죽었다. 그런데 오늘 갑자기 형요황태후의 제를 위한 제수가 유선궁에 온 것이다.

밖을 바라보았다. 모처럼 해가 좋고 바람이 좋았다. 경요는 복잡한 생각은 나중에 하자 마음먹었다.

"날씨가 좋아. 서적 포쇄나 해야겠어."

"오랜만에 해가 좋습니다. 이제 정말 가을이 오나 봅니다. 저는 의복들을 거풍시켜야겠습니다."

그렇게 말하고 안규는 정은과 민아를 부르기 위해 나갔다.

경요가 단으로 가져온 서책은 서각 하나를 너끈히 채울 만큼 많았다. 위보형이 단으로 가는 경요에게 시간이 많을 테니 서책이나 실컷 읽으라는 뜻에서 혼인 선물로 책을 주겠다고 했다. 경요는 사양하지 않고 어마어마한 분량의 서책 목록을 외조부에게 건넸다. 혼수로 비단이나 보석이 아닌 책을 가져온 신부라.

놀란 안규가 물었다.

"세상에나, 마마, 이걸 다 읽으셨단 말입니까?"

경요는 입이 헤벌어진 안규를 이상하다는 듯 바라보며 말했다.

"다 읽은 책을 뭐하러 가지고 왔겠어. 읽은 책은 머리에 있는데. 이건 다 앞으로 읽을 책들이야."

역시 예사로운 분이 아니었다.

경요는 유선궁 뒤쪽에 있는 청심원에서 서책을 포쇄할 생각이었다. 청심원은 유선궁에 딸린 후원이었지만 가꾸는 사람이 없었다. 사람의 손이 닿지 않아도 어디선가 날아온 씨앗들이 정원을 보금자리로 삼아 꽃을 피우고 열매를 맺었다. 경요는 청심원의 자연스럽고 소박한 모습이 마음에 들었다.

경요와 안규는 서궤를 옮겼고, 정은과 민아는 의복이 담긴 나무 상자와 대나무 장대를 들고 뒤를 따랐다.

경요의 의복은 얼마 되지 않아 금방 널었다. 안규와 두 내인은 포쇄를 도우려고 서궤에 손을 댔지만 경요가 말렸다.

"포쇄는 내가 할 테니 자네들은 그만 가 보게."

"마마, 혼자 하시려면 시간이 많이 걸리실 겁니다."

안규의 말에 경요는 고개를 가로저었다.

"혼자 천천히 하고 싶어. 유선궁으로 가서 천궁과 창포나 준비해 주게."

홀로 있고 싶은 경요의 마음을 안규는 눈치챘다.

"예, 알겠습니다, 마마."

안규와 두 내인이 청심원 밖으로 나가자 경요는 서궤를 열고 책을 꺼내 바람을 쐬기 시작했다. 서책들을 다 꺼낸 후 경요는 나무 그늘에 앉아 책을 읽었다. 책에 빠져 누군가가 곁에 다가오는 것도 느끼지 못했다.

"무슨 책을 그리 재밌게 읽는가?"

경요는 말소리에 고개를 들었다.

"폐하."

경요는 당황해서 책을 덮고 벌떡 일어났다.

"여기까지 어쩐 일이십니까?"

"몸은 괜찮은가 궁금해서 왔지."

"괜찮습니다."

"그래 보이는군."

준이 차비에게 눈짓을 했다. 차비는 나무 그늘 아래 비단 자리를 깔았다. 그리고 차를 마실 다구를 늘어놓고 청심원 밖으로 나갔다.

"차나 한 잔 마시자."

"아, 예."

경요와 준은 나무 그늘 아래 마주 앉았다. 준이 직접 차를 우려 찻잔에 나눠 따랐다. 경요는 공손히 두 손으로 찻잔을 들고 차를 마셨다.

"상처는 어떤가?"

"별 탈 없이 아물고 있는 것 같습니다."

"다행이군."

경요는 시선을 돌려 펄럭이고 있는 자신의 옷가지를 바라보았다. 준은 자신을 똑바로 바라보지 않는 경요가 낯설었다. 경요는 늘 재잘재잘 말이 많은 사람이었는데 지금은 입을 꾹 다물고 있었다.

"왜 이리 짐에게 서먹하게 구는 건가?"

먼 산을 보고 있던 경요는 그제야 준과 눈을 맞추었다.

"예? 아니, 그게……."

"내게 화가 난 것인가?"

경요는 놀라서 눈을 둥그렇게 떴다.

"묻는 말에만 대답하면서 눈도 마주치려 하지 않고. 그대를 벗으로 만나러 왔는데 그대는 짐을 황제로 대하는군."

"화는 폐하께서 나신 것 아닙니까?"

"내가 왜?"

"그날 그림자 신부에 대해 건방진 소리를 한 것 때문에 언짢으셨지요? 제 말이 심하였습니다."

준이 생각에 잠긴 후 입을 열었다.

"심하긴 했지만 그게 그대가 하고 싶은 말이었겠지."

"그렇습니다."

"그렇다면 사죄를 할 이유가 없다."

갑자기 바람이 불어와 경요의 머리카락이 어지럽게 날렸다. 준은 자연스러운 손길로 경요의 머리카락을 귀 뒤로 넘겨주었다.

"이미 그대에게 건방진 말을 해도 된다는 허락을 내렸으니까. 그러니 내게 솔직해 다오. 이 황궁에서 내게 솔직한 사람은 그대밖에 없으니."

준은 망설이다 덧붙였다.

"그러니까 내게 그대는 특별하다."

특별하다는 말에 경요는 기분이 이상해졌다. 애써 별 의미를 두지 않으려고 했다.

"특별한 벗이란 말씀이시죠?"

준은 혼잣말처럼 중얼거렸다.

"벗 이상은 안 되겠지?"

"예?"

"그냥 해 본 말이야."

준은 벌렁 뒤로 누워 눈을 감았다.

"무슨 일이 있으십니까?"

"일은 늘 있지. 황제의 자리라는 건 그런 거니까. 고요해도 또 불안한 것이 이 자리지."

준이 깊게 심호흡을 했다.

"그러니 이렇게 단둘이 있을 때는 그런 골치 아픈 일은 잊고 싶어. 여기는 궐 같지가 않아 좋군. 이 정원에 있는 동안만이라도 그대는 경요로, 나는 준으로 있으면 안 될까? 날씨는 좋고 햇볕은 따뜻하고 바람은 시원하구나. 1년 중 이런 날이 며칠이나 있겠어."

경요는 준 옆에 누웠다. 파란 하늘과 흰 구름의 대비가 선명했다.

"하늘색이 정말 곱습니다."

준은 눈을 떠 하늘을 바라보았다. 하늘을 본 건 정말 오랜만이었다. 준은 다시 눈을 감은 뒤 손을 뻗어 경요의 손을 잡았다. 경요는 놀랐지만 손을 빼지는 않았다.

11

예석황제의 황귀비를 간택하는 일은 빠르게 진행되고
있었다.

주유는 자신의 간택단자가 제출된 걸 알고 놀랐다. 금혼령
이 내려지긴 했으나 형식적인 것이었다. 황태후궁에서 미리 언
질을 받은 가문에서 여식의 간택단자를 예부에 냈다. 그중에서
초간택에 올라갈 처자들이 골라졌다.

주유는 초간택에 올라간 처녀들 중 가장 나이가 많았고, 진
씨 가문에 정식으로 입적된 것도 아니기에 가문도 한미했다.
그런데 왜 자신이 초간택에 올랐을까 내심 불안했다. 주유는
불안한 마음을 억누르고 초간택에 나갔다. 얼른 떨어져 집으로
돌아가고 싶었다.

초간택은 황태후궁에 딸린 여름 별궁인 구호궁에서 치러졌

다. 서른두 명의 처자들이 넷씩 짝을 지어 간택장에 들어갔다 나왔다. 어린 처녀들 중에서는 간택장에서 나오자마자 비틀거리며 주저앉는 이도 있었다. 하얗게 질려 간택장을 나오는 처녀들을 보며 기다리는 이들은 이왕 맞을 매라면 먼저 맞는 게 낫다 생각하며 바싹바싹 마르는 입을 차로 적셨다. 처녀들 중 태연한 사람은 주유뿐이었다.

처녀들은 몰랐지만 간택장에 들어가기 전부터 심사는 시작되고 있었다. 황궁에서 오래 일한 내인들이 매의 눈으로 황귀비 후보들의 행동거지를 살폈다.

"알고 계십니까? 황귀비는 이미 내정되어 있고 지금 뽑는 것은 후궁이라 하더이다."

주유 곁에 있던 처녀가 귀엣말로 속삭였다. 그게 분한지 처녀는 입술을 깨물었다. 주유는 자기도 모르게 안도의 미소를 지었다.

주유의 차례가 되었다. 황태후와 내외명부의 어른들이 있는 간택장으로 들어가기 전 주유는 심호흡을 했다. 간택장으로 들어가 내인의 인도대로 주유와 다른 세 명의 처녀는 황태후와 내외명부 어른들에게 절을 올렸다. 엄숙한 목소리가 들려왔다.

"발을 올려라."

웃전들과 간택에 참여한 처녀들 사이를 가로막은 발이 천천히 올라갔다. 주유는 찬찬히 고개를 들다가 낯익은 얼굴을 발견하고 자기도 모르게 소리를 낼 뻔했다. 지석사에서 만났던 예사롭지 않은 여인이었다. 그분은 가장 높은 자리에 앉아 처녀들을 천천히 보고 있었다. 예석황제의 모후이자 선황의 황귀비 단사황태후였다.

주유는 단사황태후와 눈이 마주쳤다. 아무런 표정 변화가 없었다. 단사황태후는 주유에게서 시선을 거두고 첫 번째로 하문할 처녀에게 시선을 돌렸다. 자신을 기억하지 못하는 것 같았다. 그렇지만 주유의 심장은 이상스레 두근거렸다. 어쩐지 불길하다는 생각에 손이 가늘게 떨렸다.

주유가 단사황태후의 하문에 차분하게 대답하고 있을 때 연신공의 저택에서는 소동이 벌어졌다. 진씨 가문의 장자 자균이 천연덕스러운 얼굴로 대문을 두드린 것이다. 한눈에 그를 알아본 시비들은 예의도 잊고 자균을 얼싸안고 울었다. 죽은 줄 알았던 도련님이었다. 애탔던 마음이 기쁨의 눈물로 흘러내렸다. 곡이라도 하듯 시비들은 '아이고, 아이고, 도련님!' 하고 울부짖었다.

등청하지 않았던 연신공은 신발도 제대로 신지 못하고 뛰어나왔다. 그가 심적으로 가장 의지하는 맏아들이 늠름한 모습으로 돌아와 있었다.

4년의 세월은 두 남자의 몸에 뚜렷한 흔적을 남겼다. 연신공이 허리가 굽고 머리가 센 만큼 자균은 강인하고 날렵해졌다. 자균은 절을 올렸고 연신공은 눈시울을 붉혔다. 며칠 전 혜란공주에게 언질을 받았지만 선뜻 믿기지 않았다.

"할머님께 인사 올리러 다녀오겠습니다."

자균은 여기서 아버지 연신공에게 잡히면 이야기가 길어지리란 생각에 혜란공주에게 인사를 하겠다고 먼저 선수를 쳤다. 주유가 못 견디게 보고 싶었다.

혜란공주가 거하는 취우당 앞마당엔 가을 국화가 향기롭게 피어 있었다. 주유의 야무진 손끝이 가꾼 정원이었다. 화려하게 핀 황국들 사이를 거닐며 자균은 그 향기가 주유의 체취인 양 들이마셨다.

'꽃이 아름다운들 어찌 너에 비하겠느냐.'

자균은 죽어도 입 밖에 낼 수 없는 생각을 하고는 자기도 모르게 얼굴을 붉혔다.

시비에게 소식을 들은 혜란공주가 문 앞에서 그를 기다리고 있었다. 자균은 혜란공주의 뒤를 살폈다. 주유가 보이지 않았다. 취우당 안에도 주유는 없었다.

자균은 혜란공주에게 절을 올렸다. 다탁에 마주 앉은 두 사람 앞에 여종이 공손히 차를 올리고 뒷걸음질 쳐서 나갔다.

몇 번을 망설이다 자균이 아무렇지 않은 듯 물었다.

"주유는 어디 갔습니까?"

혜란공주의 표정이 흐려졌다. 자균은 가슴이 철렁했다.

"주유는 지금 황궁에 있다."

혜란공주는 천천히 입을 열었다.

"주유가 황귀비로 내정되었단다. 지금 간택장에 들어가 있다. 오늘이 초간일이다."

"할머님, 그게 무슨 말씀이십니까?"

"황태후의 뜻이다. 마마께서 주유를 좋게 보셨더구나. 주유는 황귀비로, 너는 나라의 동량으로 황상을 섬길 수 있으니 진씨 가문은 복이 많다. 간택이 끝나면 주유를 정식으로 진씨 가문의 딸로 입적할 예정이다. 지금까지는 오빠 동생으로 허물없이 지냈으나, 내 딸로 입적되면 주유는 이제 너의 고모가 된다. 깍듯이 예를 지켜야 한다."

자균이 주유를 처로 달라고 했던 것은 혜란공주도 알았다.

"예전에 네가 그 아이에게 어떤 마음을 먹었든 다 지우고 비워라. 그 아이는 이제 황제폐하의 배우이시며 단의 국모가 되실 분이다."

혜란공주의 말 중 하나가 가슴에 가시처럼 콕 박혔다. 국모라니? 황귀비가 어찌 국모가 될 수 있는가?

"황후가 계신데 황귀비가 어찌 폐하의 배우이자 국모가 될 수 있습니까?"

"황태후마마가 그리 약조하셨다. 주유를 황후로 만들어 주겠다고."

자균은 억지로 냉정을 되찾았다. 단으로 돌아오는 길에 거친 환주의 심상치 않은 분위기를 떠올렸다.

'황태후마마는 무슨 생각을 하고 계시는 걸까? 이 모든 것을 황상은 알고 계실까?'

혜란공주는 쐐기를 박듯 말했다.

"폐하를 위해 주유를 잊어라."

부탁이 아니라 명령이었다. 자균은 자기도 모르게 왼쪽 팔목에 한 연자蓮子 팔찌를 만졌다. 주유가 적어 준 채련자를 떠올리며 연밥을 한 알 한 알 떼어 내 손수 만든 팔찌였다.

갑작스러운 소식에 자균은 아무 말도 떠오르지 않았다. 여인 중에 가장 소중한 사람은 주유였고, 사내 중에 가장 소중한 이는 예석황제 준이었다. 가장 소중한 이에게 가장 소중한 이를 주어야 한다는 상황이 자균을 미치게 만들었다. 왜 하필 주유일까? 4년 전과 똑같은 무력감이 자균을 덮쳤다. 운명이 그의 연심과 충심을 시험에 들게 하는 것 같았다. 그 어느 쪽도 포기할 수 없는 자균이었으나 선택해야 했다.

자균은 굳은 얼굴로 혜란공주의 처소를 나섰다.

초간택에서 서른두 명 중 열여섯 명이 재간택에 올랐다. 재간택에서 열여섯 명 중 세 명이 수망首望에 올랐다.

삼간택에 오른 세 명의 처녀를 모시는 내인들의 손길은 초간이나 재간 때보다 정성스러웠고 조심스러웠다. 말 역시 한 단계 더 높여져, 이전에는 허우체를 썼던 내인들이 깍듯이 말끝을 높였다. 특히 주유에 대한 대접은 다른 처자들과 달랐다.

주유는 처소도 홀로 선정당을 배정받았고 내인 셋이 시중을 들었다. 선정당은 단사황태후가 예석황제를 출산했던 뜻 깊은 곳이었다.

재간택 때 내인들은 물론 함께 간택장에 나간 처녀들도 단사황태후가 주유를 특별히 생각하고 있음을 느꼈다. 주유를 가까이 오게 해 손을 잡고 아름다운 용모와 차분한 성품, 깊은 덕성을 칭찬했다. 의심할 것 없이 황귀비는 주유의 몫이었다. 그래서인지 내인들뿐만 아니라 다른 처녀들도 주유를 어려워했다.

발 없는 말이 천 리를 간다고 주유가 황귀비에 내정되었다는 소문은 금세 퍼졌다. 조정의 백관과 귀족 가문은 저마다 황태후가 주유를, 진씨 가문을 선택한 이유를 추측하며 어떻게 진씨 가문에 줄을 대야 할지 고심했다.

진씨 가문에 대한 편애는 자균에게 내린 관직으로도 증명되었다. 예석황제는 자균이 황궁으로 인사를 하러 왔을 때 그에게 내각의 책임자인 대학사大學士 자리를 맡겼다. 품계는 낮았으나 황제의 지근거리에서 황명을 받들어, 오호도독부와 육부, 도찰원을 조율하는 요직 중의 요직이었다.

품계가 낮다 해도 과거도 거치지 않은 스물두 살의 자균을 그 자리에 앉힌 것은 파격적인 인사였다. 자균의 귀환으로 궁 안팎이 술렁거렸으나 선정당에 있는 주유에게까지는 전해지지 않았다.

주유는 이 모든 일이 꿈만 같았다. 주유는 서안에 올려 둔 단사황태후가 내린 서책을 뒤적거렸다. 글이 하나도 눈에 들어오지 않았다. 내인이 침방내인을 대동하고 안으로 들어왔다.

"황태후마마께서 예복을 지을 비단을 내리셨습니다."

침방내인이 주유 곁으로 다가왔다.

"아기씨, 잠시 치수를 재기 위해 몸에 손을 대겠습니다."

내인이 팔 길이를 재기 위해 주유의 팔을 들게 했다.

"어머, 이건 뭔가요?"

내인이 주유가 팔에 낀 연자 팔찌를 보고 이맛살을 찌푸렸다.

"이런 지저분한 것을……."

하지만 주유가 똑바로 내인을 바라보자 황급히 말을 얼버무렸다.

"사연이 있는 물건인가 봅니다."

주유는 시선을 돌리고 연자 팔찌를 만지작거렸다. 연蓮은 연戀이며 또한 연緣이라, 자균과 인연이 이어지기를 바라는 마음으로 한시도 몸에서 떼 놓지 않은 팔찌였다.

황귀비 같은 건 되고 싶지 않았다. 주유는 입술을 꼭 깨물었다.

치수를 재고 잠시 쉬고 있는 주유에게 내인이 다가와 속삭였다.

"사가에서 조카분이 입궁하신 김에 잠시 뵙기를 청하셨습니다. 요지연에서 기다리시겠다고 하십니다. 얼른 다녀오시지요."

'조카?'

주유는 사가에서 온 조카가 누군지 알 수 없었다.

내인의 안내로 요지연에 도착했다.

"그럼 편히 말씀 나누십시오. 소인은 밖에서 기다리고 있겠습니다."

주유는 천천히 주랑을 걸어 정자 쪽으로 갔다. 요지연엔 연꽃이 지고 연밥이 까맣게 익어 가고 있었다. 주유는 까만 연밥에 시선을 잠시 두었다가 정자 쪽에서 자신을 기다리는 이를 바라보았다. 정자에는 키가 큰 사내가 서 있었다. 천천히 걸어가던 주유의 발걸음이 급해졌다.

'내가 꿈을 꾸고 있는 걸까? 그리움이 깊어져 환영을 보는 걸까?'

주유의 발소리에 꿈에서나 보았던 그가 몸을 돌렸다. 관복을 입은 자균이었다. 주유는 자기도 모르게 달려가 와락 안으려고 했다. 그런데 그의 표정이 서늘하다 못해 차가웠다.

자균은 싸늘한 얼굴로 한쪽 무릎을 꿇고 정중하게 예를 올렸다.

"고모님께 문안 인사드립니다. 오랜 시간 강녕하셨는지요."

주유는 예의 바른 자균이 낯설다 못해 겁이 났다. 혜란공주의 양딸로 컸으니 촌수상 주유는 자균의 고모가 맞지만 두 사람은 오누이로 지냈다. 자균이 주유에게 '고모님'이라고 부른 적이 있었지만 그건 장난이었다.

"할머님께 그간의 사정을 들었습니다."

여전히 차가운 거리감이 느껴지는 말투였다.

주유는 애써 웃으며 말했다.

"오라버니, 어찌 그리 서먹하게 구시나요?"

"그때는 어려서 남녀 구분이 없었고, 예를 지키지 않아도 될 때였기에 무람없이 굴었으나 지금은 엄연히 남녀유별을 지켜야 하는 나이입니다. 게다가 고모님은 곧 황귀비 자리에 오르실 분이십니다. 폐하의 짝이 되실 분께 함부로 하면 그것 또한 불충일 것입니다."

주유는 자균의 말을 멍한 얼굴로 들었다. 그녀가 알고 있던 자균은 온데간데없이 사라졌다. 너무 놀란 주유는 마음의 동요를 감추기 위해 꼭 맞잡은 자균의 손이 떨리고 있음을 눈치채지 못했다.

주유의 마음에 한 가지 생각이 스쳐 지나갔다.

'오라버니에게 가장 소중한 분은 폐하. 알고 있지 않았느냐.'

그러나 주유는 꼭 한 가지를 확인해야 했다. 자신이 던진 연밥에 대한 자균의 대답을 듣고 싶었다.

"오라버니, 제가 드린 채련자의 시구……."

자균이 갑자기 웃음을 터뜨렸다.

'왜 웃는 거지? 무엇이 우스운 거지?'

"고모님도 참. 그런 것을 걱정하셨습니까?"

'걱정?'

"벌써 4년 전 일 아닙니까. 누구에게도 말하지 않겠습니다. 어렸을 때 친밀히 지내던 오라버니에게 잠시 마음이 흔들렸다는 게 뭐가 그리 부끄러운 일이겠습니까. 누구나 다 겪는 통과의례 같은 것입니다."

주유는 주먹을 꼭 쥐었다. 지금까지 힘겹게 지켜 온 자신의 마음을 흙발로 짓밟혔다. 주유는 자신의 마음을 자균이 그리 하찮은 것으로 받아들일 줄 몰랐다.

"걱정이 되신다면 제가 그 종이는 불태워 버리겠습니다."

주유는 고개를 숙인 채 어지러운 마음을 감추기 위해 팔에 찬 연자 팔찌를 있는 힘껏 잡아당겼다. 줄이 삭았는지 툭, 하는 소리와 함께 팔찌의 줄이 끊어지면서 연자들이 정자 바닥에 떨어져 뒹굴었다. 주유는 그것이 자신과 자균 사이의 연緣이 끊어짐을 보여 주는 것 같아 얼굴이 파랗게 질렸다.

"폐하는 좋은 분이십니다. 그분의 좋은 짝이 되어 주신다면 저는 더 바랄 것이 없습니다."

주유가 고개를 들었다.

"그것이 오라버니가 원하시는 겁니까? 제가 폐하의 좋은 짝이 되는 것이?"

"그렇습니다."

"진실이십니까?"

"그러하옵니다."

"알겠습니다."

주유는 뒤돌아 걸어갔다. 연자가 주유의 발밑에서 서글픈 소리를 내며 부서졌다. 주유의 모습이 사라지자 자균은 허물어지듯 바닥에 주저앉았다. 자균은 떨어진 연자를 부서진 것까지 다 주웠다. 정자 바닥에 자균의 굵은 눈물방울이 비가 오듯 떨어졌다.

중추가 다가오자 경요는 안규와 함께 심심파적으로 향낭을 만들기 시작했다. 안규는 경요의 바늘 끝에서 피어나는 황국의 모습에 탄복했다. 경요는 감탄하는 안규에게 농담조로 말을 던졌다.

"왜 그리 놀라? 칼만 휘두를 줄 알았지 바늘은 쥘 줄 모르는 줄 알았는가 보군."

"마마도 참. 그나저나 수를 참 잘 놓으십니다. 수방내인 솜씨라 해도 믿겠습니다. 여국 왕실에선 공주아기씨에게 수를 가르칩니까?"

단의 황실에선 공주에게 수를 가르치지 않았기에 안규는 수방내인 못지않게 수를 잘 놓는 경요가 신기했다.

"나는 외가에서 자라 화경족인 외조모님한테 배웠어. 여국에선 여아가 네 살만 되면 바로 수를 가르치지. 수를 못 놓으면 시집을 못 가거든. 여국 여인들은 왕실의 공주나 사가의 처녀나 시집갈 때 입는 혼례복의 수를 직접 놓는다네. 한 벌을 만드는 데 10년이 넘게 걸리지. 그러니 일찍 수를 배워야 해."

"그렇다고 해도 솜씨가 좋으십니다. 그럼 마마도……."

안규는 무언가 물으려다 말고 입을 다물었다. '황후마마도 그렇게 수를 놓은 혼례복이 있으신가요?'라고 물으려고 했다. 늙으면 입이 헐거워진다더니. 스스로가 못마땅해 안규는 경요에게 들리지 않게 혀를 찼다.

경요는 대수롭지 않다는 듯 말했다.

"나는 상단 일을 하느라 혼례복에 수를 놓지 못했어. 그래서 이리 그림자 신부로 오게 되었나 보지, 후후후. 언니는 꽃수로 혼례복을 가득 채웠는데 그 옷을 입은 언니는 무척 아름답겠지."

여국 소식을 들은 지도 꽤 오래되었다. 다들 잘 지내고 있는

지 갑자기 경요는 향수를 느꼈다. 그리운 얼굴들이 하나둘씩 떠올랐다.

"말하게."

"예? 마마, 무엇을……."

경요는 아까부터 안규가 뭔가 말하고 싶어 하는 것을 눈치채고 있었다.

"삼간택이 오늘이지?"

경요는 무심히 말하며 수실을 바늘에 꿰었다.

"그 이야기를 하고 싶은 것 아닌가?"

"알고 계셨습니까?"

"알기 싫어도 온 황궁이 그 이야기를 하고 있지 않은가. 듣지 않으려 해도 들려오는 것을 어찌하겠나. 진 대학사의 고모라지?"

"마마."

"응?"

"황귀비가 입궁하시면 많이 달라지실 겁니다."

경요가 바늘을 바늘꽂이에 꽂고 고개를 들었다.

"무엇이 말인가?"

"앞으론 황상께서 이곳에 오시긴 힘드실 겁니다."

"그렇겠지."

경요의 미소가 쓸쓸했다. 안규는 마음이 아팠다. 마음이 오가는 것은 당사자보다 제삼자의 눈에 더 잘 들어오기 마련이었다.

'형요황태후마마가 일찍 돌아가신 건 다행이었을지도 몰라. 황귀비가 황상의 고임을 받고, 회임을 하여 아이를 낳아 키우는 것을 바라보며 그림자로 시들어야 하는 마마의 심정은 어떠하실까? 게다가 유선궁마마는 누구보다 더 황후 자리에 어울리시는 분 아닌가. 이런 분이 황후 자리에 계실 수 있다면 얼마나 좋을까?'

민아가 차를 가지고 들어왔다. 경요는 쟁반에 놓인 떡에 시선을 멈췄다. 포슬포슬한 자줏빛 떡 위에 노란 잣가루가 눈처럼 뿌려져 있었다.

"이건 무엇인가?"

"황상께서 내리신 별식입니다."

"어머, 석탄병惜呑餅이네요."

안규가 말했다.

"석탄병이라니……, 삼키기가 아까울 만큼 맛있다는 뜻인가?"

"별식 중의 별식이랍니다."

경요는 떡을 입에 넣었다. 귤피의 산뜻한 맛, 계피와 생강의 매운맛, 꿀과 대추의 단맛, 잣의 고소한 맛, 감의 떫은맛이 입안에서 선명하게 느껴졌다.

"정말 삼키기 아까울 만큼 맛있구나."

경요는 밖에 있던 정은도 들어오게 해 함께 떡을 나누어 먹으며 차를 마셨다.

'혹 내가 황귀비의 간택 때문에 우울할까 마음을 써 주시는

걸까?'

아닌 게 아니라 경요는 계속 기분이 가라앉아 있었다. 달콤한 떡을 먹으니 기분이 좀 나아지는 것 같았다. 자기도 모르게 경요는 미소를 지었다.

민아가 갑자기 탄성을 질렀다.

"어?"

열어 둔 창문으로 나비가 날아와 경요가 수놓은 황국 위에 사뿐히 내려앉았다.

"마마의 꽃이 진짠 줄 알았나 봅니다. 세상에."

선명한 주홍빛 날개가 눈이 부셨다.

"이 나비를 여기서 볼 줄 몰랐는데."

여국의 시오산에서만 산다고 해서 시오주홍나비라 불리는 것이었다.

'넌 어째서 이곳에 온 거니?'

꼭 주홍 나비가 자신 같았다. 속은 것을 깨달은 나비가 느릿느릿 날갯짓을 하며 창밖으로 날아가 버렸다. 경요는 밖으로 나가 나비를 눈으로 좇았다. 나비는 위로 올라가 유선궁 지붕 위에 내려앉아 잠시 쉬고 있었다.

"사다리가 있느냐?"

"예? 아마 창고에 있을지도……."

확신할 수 없어 민아는 말끝을 흐렸다.

"가져오너라. 어서."

나비가 날아갈까 봐 애태우는 경요의 성화에 민아와 정은이 사다리를 가지러 달려갔다.

　태후궁에서 곧 삼간택이 시작된다는 소식이 예석황제에게
도착했다.
　"가 보시렵니까?"
　차비가 준의 눈치를 보며 물었다.
　황귀비의 간택은 태후의 몫이었으나 삼간택에 올라온 처녀
중 마음에 드는 여인을 후궁으로 낙점하는 일도 드물지 않았
다. 그러나 준은 심드렁한 얼굴이었다.
　"어마마마가 알아서 잘하시겠지. 나는 가지 않겠다."
　삼간택은 주유의 간택을 위한 요식행위에 불과했다.
　"예, 그럼 태후궁에는 그리 전하겠습니다."
　"유선궁에 별식은 가져다주었느냐?"
　"예, 황상께 올리면서 바로 보내드렸습니다."
　"전하는 말은 없었느냐?"
　"성은에 감사드린다고……."
　"알았다. 그만 물러가라."
　차비가 나가자 준은 한숨을 내쉬며 붓을 내려놓았다.
　'황귀비가 간택되었으니 곧 칠일례가 시작되겠지.'
　마음이 답답했다. 예정된 일인데 왜 이렇게 기분이 무거운
건지 알 수 없었다.
　'분명 알고 있겠지? 경요는 무슨 생각을 하고 있을까?'
　황귀비의 간택일인데 준은 경요에 대해서만 생각하고 또 생

각했다. 준은 황귀비가 입궁하면 자신과 경요가 멀어질 것 같아 두려웠다. 경요는 그대로겠지만 나는 변하고 말겠지.

준은 한 번도 자신의 아버지를 좋아했던 적도 존경했던 적도 없었다. 황귀비 시절, 단사황태후는 선황을 위해선 머리카락을 잘라 신이라도 삼아 줄 듯 지극정성으로 대했다. 준은 그 모든 것이 거짓이라는 것을 알았다. 내색한 적은 없지만 준은 어머니의 교태가 끔찍했다. 하지만 그 모든 것이 자신을 위한 것임을 알기에 어머니를 비난할 수 없었다.

선황이 자리를 뜨면 어머니는 무표정한 얼굴로 돌아갔다. 그때는 어마마마가 무서웠는데, 지금은 아바마마가 가엾다는 생각이 들었다.

백화원에 핀 꽃처럼 수많은 후궁에 둘러싸여 있었으나 그는 고독했을 것이다. 자신 역시 아바마마처럼 진실로 사랑해 줄 사람은 아무도 없을 것이다. 진실로 사랑하는 이를 곁에 둘 수 없을 것이다. 진실로 사람을 사랑하는 법을 끝내 배우지 못할 것이다.

나 역시 아버지처럼 누군가의 인생을 망치고 말겠지. 황궁은 그러한 곳이니까. 준은 자신이 누구를 사랑하고 싶은 건지, 누구를 곁에 두고 싶은 건지를 깨닫고 놀랐다.

차비는 문밖에서 안절부절못하며 준의 기색을 살폈다. 마침 예석황제를 뵈러 온 자균이 차비를 의아한 눈으로 보다 말했다.

"폐하께 무슨 일이 있는가? 어찌 이리 안절부절못하는가?"

"그것이, 딱 꼬집어 무어라 말할 수가 없는데……."

차비는 말끝을 흐렸다.

"마음이 불편하신 듯한데, 원인을 찾아내지 못하니 송구스러워 몸 둘 바를 모르겠사옵니다. 모시는 자가 그런 것 하나 제대로 살피지 못하니 저는 무능한 내관이옵니다. 하아, 어서 들어가시지요. 황상께서 기다리고 계십니다."

"알았네."

자균이 들어가자 준은 황제로 돌아왔다.

"환주에서 보내온 것들입니다."

"자네 생각은 어떤가? 환주를 거쳐 왔다고 했지?"

"자치권 문제로 어수선한 분위기였습니다. 자중지란이 따로 없었습니다."

국혼이 있기 전 단사황태후는 환주에 자치권을 내리도록 했다.

"자치권은 차라리 주지 않느니만 못했습니다. 저러다 환주가 산산조각이 날까 걱정입니다."

자균은 황태후가 지호족에게 자치권을 준 이유가 자중지란을 일으키기 위함이 아니었을까 하는 생각은 차마 황제에게 밝히지 못했다.

"황태후마마는 무슨 생각으로 환주의 자치권을 허락하라 하신 걸까요?"

"나도 아직 어마마마의 의중을 알 수가 없군. 골치 아픈 이야긴 이만하지. 오늘은 황귀비가 간택되는 좋은 날 아닌가. 앞으로 황귀비의 처가 역할을 잘 부탁하네."

"폐하, 진씨 가문은 폐하와 단을 위해 최선을 다할 것입니다."

"자균, 자네는 누군가에게 연심을 가져 본 적 있나?"

황제의 느닷없는 질문에 자균은 당황했다.

"이국을 4년 동안 떠돈 자네에게 엉뚱한 것을 물었군."

없다고 단정 짓는 예석황제에게 자균은 저도 모르게 진실을 토해 냈다.

"있습니다."

자균은 담담하게 대답했다.

"그래? 누군가를 좋아한 적이 있다는 거지?"

예석황제는 손가락으로 책상을 톡톡 쳤다.

"그건 어떤 것인가? 사람을 은애하는 것 말일세. 연심이라는 것 말이야."

"단순하면서도 복잡하고, 또한 오묘한 것으로, 세월을 함께 겪으면서 더욱 깊어지는 것이지요."

"어렵군."

"한 사내가 한 여인을 사랑하는 것처럼 자연스러운 것이 또 어디 있겠습니까?"

"나는 한 사내가 아니라 단의 황제니까. 황제의 마음은 오직 단국의 것이니까. 나는 황위에 오르는 순간부터 그리 결심했다네. 그런 의미에서 자네가 부럽군. 자네는 자네가 은애하는 여인과 백년해로하길 바라네."

"황공하옵나이다."

"미안하네."

"네?"

"나는 주유를 한 여인으로 사랑할 수 없네. 내 위치가 그러하다네. 그러나 황귀비로 존중하고 배려하겠네."

"폐하, 거슬리는 말을 올려도 되겠습니까?"

준은 고개를 끄덕였다.

"황제 역시 인간에 불과합니다."

"무슨 말을 하고 싶은 건가?"

"사람이 사람을 좋아하는 건 당연한 일이며 자연스러운 일입니다. 은애하는 여인이 있으면 은애하십시오. 사람을 사랑하지 못하는데 어찌 인仁을 알 수 있겠습니까?"

"인人은 인仁이라는 건가?"

준은 쓰게 웃었다.

"그러나 변질되기 쉬운 것이 남녀의 사랑이지. 부모 자식 간의 사랑도 어찌 보면 이기적인 것 아닌가. 그럼에도 왜 그리 어리석게 인간은 그것에 목을 매는 것일까?"

준은 혼잣말처럼 중얼거렸다.

"말씀하지 않으셨습니까. 인人은 인仁이라고요. 사람을 사랑하지 않고서는 못 사는 게 인간이라 생각합니다."

"사람을 사랑하지 않고서는 못 사는 게 인간이라."

준은 자균의 말을 따라 했다.

"그래서 문제인 거지. 사랑 같은 것을 하지 않았다면 좋았을 텐데."

오늘 예석황제는 어딘가 이상했다.

"혹 은애하는 분이 계십니까?"

자균은 준의 눈빛을 보고 깨달았다. 누군가가 있었다. 자균은 깜짝 놀랐다. 예석황제는 한 번도 그런 내색을 보인 적이 없었다. 누구지? 얼마나 깊은 사이인 거지? 주유를 생각하자 가슴이 철렁 내려앉았다.

"놓아줘야겠지."

예석황제가 물었다.

"어마마마와 아바마마는 인연이셨을까? 인연이었다면 과연 무슨 인연이었을까?"

자균은 아무 대답도 할 수 없었다.

산책을 핑계로 황궁 안을 거닐던 준의 발걸음이 자기도 모르게 유선궁으로 향했다. 차비는 못마땅한 얼굴이었지만 준은 모른 척했다.

오늘은 삼간택이 있는 날. 시앗을 보면 돌부처도 돌아앉는다는데, 그림자 신부라도 경요는 자신의 아내가 아닌가. 경요의 마음이 싱숭생숭할 것 같았다. 아니, 그것은 핑계였고 먼발치에서나마 그녀의 씩씩한 모습을 보고 싶었다.

갑자기 준의 발걸음이 멈췄다. 자기 눈을 믿을 수 없었다.

"지금 유선궁 지붕에 황후가 있는 것이냐, 아니면 내가 헛것을 보고 있는 것이냐?"

준의 말에 차비가 허리를 펴 유선궁 지붕 위로 시선을 돌렸다. 황제가 헛것을 본 게 아니었다. 붉은색 옷을 입은 경요가 날렵한 발걸음으로 지붕 위를 아슬아슬하게 걷고 있었다.

차비가 더듬거리며 말했다.

"소인의 눈에도 유선궁마마께오서 지붕에 있는 것으로 보입니다."

준의 발걸음이 급해졌다. 유선궁 중정에는 안규와 내인 둘이 안쓰러울 만큼 새하얗게 질린 얼굴로 지붕을 바라보고 있었다.

"폐하."

안규와 내인들이 황급히 무릎을 꿇었다.

"아픈 사람이 지금 지붕 위에서 뭘 하고 있는 거냐?"

경요는 이제 지붕에 엎드려 천천히 기어가고 있었다. 경요는 두 손을 천천히 내밀어 나비를 양 손바닥 안에 가두었다. 사로잡힌 나비는 깜짝 놀라 파닥파닥 날갯짓을 하며 경요의 손바닥을 간지럽게 했다.

"아주 잠시만, 아주 잠시만 널 보고 놓아줄게. 나도 너처럼 여국에서 왔단다. 널 보며 아주 잠시만 고향 생각을 하게 조금만 가만히 있어 주지 않으련?"

마치 경요의 말을 알아들은 듯 나비의 날갯짓이 멈췄다. 경요는 살그머니 손바닥을 폈다. 나비는 주홍빛 날개를 움직여 천천히 접었다 폈다를 반복했다. 햇빛 아래 주홍빛 날개가 보석처럼 빛이 났다. 어떤 비단 장인도 이처럼 얇고 섬세하고 아름다운 천을 짤 수 없을 것이다.

'어떻게 이곳에 날아온 걸까? 아니, 날려 온 거겠지. 예상할 수 없는 바람이 너를 이 먼 단국 땅으로 오게 한 거겠지. 나비

야, 시오산의 나비야. 이제 너는 어디로 날아갈 것이냐?'

경요는 천천히 손바닥을 자기 눈높이로 올렸다. 나비의 눈과 경요의 눈이 마주쳤다. 나비도 경요를 보았다고 느꼈던 찰나의 고요가 깨졌다.

"경요! 거기서 뭘 하는 거야! 당장 내려오지 못해!"

아래에서 들려오는 예상치 못했던 큰 소리에 놀란 경요는 허둥대다 지붕에서 미끄러졌다. 날개가 있는 나비는 경요의 손바닥에서 사뿐히 날아올랐지만 경요는 아래로 떨어졌다. 그런데 푹신했다. 땅바닥이 푹신할 리 없는데……. 정신을 차린 경요는 자기가 무엄하게도 예석황제를 제대로 깔고 누웠다는 사실을 깨달았다.

"폐하, 괜찮으세요?"

"으으으, 허리가……."

사실 약간 욱신거릴 뿐이었으나 예석황제는 좀 심하게 엄살을 부렸다. 경요는 당황했고, 예석황제의 신음 소리는 더 커졌다.

"일, 일단 안으로 들어가세요. 안규, 어서 어의를 불러오게."

"예, 알겠습니다."

예석황제가 경요의 침상에 눕혀졌고, 얼마 후 어의가 유선궁으로 달려왔다. 침전에는 어의와 차비만 남고 모두 밖으로 나갔다.

"폐하, 무슨 일이십니까?"

"별일 아니다. 소란 피우지 마라."

예석황제는 태연한 얼굴로 침상에서 몸을 일으켰다.

"저, 허리가 많이 아프시다고 하셨는데……."

어의는 '너무 멀쩡해 보이십니다.'라는 말을 꿀꺽 삼켰다.

"태후궁 쪽에서 꼬치꼬치 캐물으면 내가 아니라 유선궁이 지붕에서 떨어져서 왔다 하라."

준은 어의의 입단속부터 시켰다.

"예, 어명 받잡겠습니다."

"그리고 유선궁에게는 내가 많이 다쳤다고 하거라."

"예?"

어의의 두 눈이 커졌다.

"그래야 다시는 지붕에 올라가지 않을 것 아니냐. 황제를 다치게 해 놓고도 또 지붕에 올라갈 배짱은 설마 없겠지."

차비는 자기도 모르게 웃음을 터뜨렸다. 기발한 방법이었다. 하긴 유선궁마마가 어디 말로 해서 순순히 명을 따를 분인가.

"차비 너는 내가 유선궁에 있다는 것이 새어 나가지 않게 조심하고."

"유선궁에 계신다니요? 별로 크게 다치지 않았다 하셨잖습니까."

"아프다고 하고 금방 털고 일어나면 유선궁이 내 말을 믿겠느냐. 좀 더 끙끙 앓는 모습을 보여 줘야지."

"그럼 가마를……."

"그러면 내가 유선궁에 있다는 걸 황궁 내 모든 사람들이 단박에 다 알게 되지 않겠느냐. 혹 태후궁에서 날 찾으면 적당히 잘 둘러대거라."

또 단사황태후를 속이라는 건가? 가뜩이나 작은 차비의 간은 이제 콩알이 아니라 좁쌀이 된 기분이었다.

어의와 차비가 나가자 경요가 걱정스러운 얼굴로 침전에 들어왔다.

"폐하, 괜찮으신가요?"

준은 애써 냉랭한 목소리로 말했다.

"황후에게 지붕에 올라가지 말라는 말을 해야 할 줄은 꿈에도 몰랐군."

"죄, 죄송합니다."

하지만 경요도 울컥 치밀어 오르는 게 있었다. 밑에서 준이 큰 소리만 내지 않았다면 자신은 무사히 사다리를 타고 내려왔을 것이다.

"하지만 폐하, 폐하께서 그렇게 소리만 안 질렀다면 아무 일도 없었을 겁니다. 월담도 하는데 지붕 정도가 대수겠습니까?"

"아, 그래? 그래서 지금 잘했다고?"

"아뇨, 그게 아니라……."

경요는 뭐라 말을 하려 했지만 준이 앓는 소리를 내며 몸을 뒤척거리자 입을 다물었다. 자기 때문에 다친 건 알지만 경요는 어쩐지 준이 얄미웠다.

"입궁하실 황귀비는 월담도 하지 않으시고 지붕에도 올라가지 않으실 현숙한 분이길 제가 멀리서나마 간절히 기원하지요."

"고맙군. 하나 그런 건 기원하지 않아도 이루어질 것이지. 기원이라는 건 원래 일어나기 힘든 것을 바라는 것 아닌가? 세상에 그대 같은 여인이 둘이 있으리라곤 생각지 않네. 내가 전에도 말했듯 참 처복이 많지."

준의 눈빛이 부드러워졌다.

"도대체 뭐 때문에 지붕에 올라간 건가?"

준의 목소리에서 냉기가 사라졌다.

경요가 좋아하는 낮고 부드러운 목소리였다.

"나비를 잡으러 올라갔습니다."

준은 장난스럽게 웃으며 말했다.

"황후에게 나비를 잡지 말라는 명도 내려야겠군."

"시오주홍나비라고, 제 고국인 여국의 시오산에만 사는 나비랍니다. 그 나비를 단국에서, 그것도 황궁에서 보리라 생각지도 못했습니다."

"여국이 그리운가?"

"고향을 그리워하지 않는 이가 어디 있겠습니까?"

잠시 침묵이 이어졌다. 경요가 입을 열었다.

"오늘이 삼간택 날이지요."

"그렇다고 하더군."

경요의 반응이 너무 담백해 준은 살짝 마음이 불편했다.

"왜 그리 담담한 거지?"

"예?"

"그대는 황후고 황귀비는 어디까지나 후궁이지. 그런데 질투조차 하지 않는 건가?"

"그림자 신부 주제에 무슨 질투를 하겠습니까. 제게 그럴 자격이 있습니까?"

"없다면 짐이 주지. 그대에게 투기를 허락할 테니 마음껏 하라."

경요는 그만 웃고 말았다. 준이 꼭 억지를 부리는 여섯 살짜리 아이 같았다.

"시앗을 보면 돌부처도 돌아앉는다던데 그대는 어떤가? 황귀비가 신경 쓰이는가?"

"네. 신경 안 쓰인다면 거짓말이겠지요."

경요는 여전히 담담하게 말했다. 담담한 건 마음에 들지 않았지만 그래도 신경이 쓰인다는 말에 준은 기분이 좋아졌다. 기분이 좋은 준과 달리 경요의 마음은 착잡했다.

'한 번도 폐하가 제 것인 적이 없었는데 제가 뭔가를 잃어버릴 것이 있을까요?'

황귀비의 간택은 경요의 마음에 적지 않은 동요를 일으켰다. 준과 그녀 사이에 황귀비가 들어서면서 경요는 자신이 준에게 끌리고 있음을 깨달았다. 하지만 끊어 내야 할 마음이었다.

준이 눈을 감고 한참 동안 뜨지 않자 경요는 자리에서 일어났다. 그런데 경요가 일어나자마자 준이 말했다.

"어딜 가는가?"

"폐하께서 주무시는 줄 알았습니다. 편히 주무시라고 자리를 피해 드리려 했습니다."

"짐은 환자다. 아픈 사람을 혼자 두려고 하는가?"

"차비를 들어오라 하겠습니다. 아니면 어의나 의녀를 부를까요?"

"그대는 참 양심이 없다."

"네?"

"짐이 누구 때문에 다쳤는가? 그런데 병구완도 하지 않겠다는 것인가?"

그 말에 경요는 꼼짝도 할 수 없었다. 하아, 차라리 바닥에 떨어져 버릴걸. 왜 하필 폐하 위로 떨어졌단 말인가.

"아, 알겠습니다."

준은 다시 눈을 감았다. 한참 후, 잠이 들었나 싶었는데 갑자기 준이 입을 열었다.

"곁에 있어라."

"네."

경요는 침상 곁을 떠나지 말라는 뜻으로 받아들이고 대답했다.

"약속했다. 곁에 있겠다고."

준의 목소리에 졸음이 섞여 있었다. 준은 입을 작게 벌리고 하품을 했다.

"네, 그리하겠습니다."

준은 만족스러운 미소를 짓고 다시 잠이 들었다.

경요는 향낭에 황국을 수놓기 시작했다. 금세 풍성한 황국이 꽃을 피웠다. 경요는 안규가 말려 둔 천수화를 향낭에 넣고 끈을 조였다.

'드릴 순 없겠지?'

안규는 경요에게 중추절에 달을 보며 강강술래 춤을 추다가 여인이 마음에 드는 남자에게 자신의 향낭을 건네는 민간의 풍습을 이야기해 주었다.

"그런 연유로 마른 꽃잎과 향료 말고도 연자를 넣는답니다. 인연이 이어지길 바라는 마음에서지요."

경요는 안규가 요지연에서 따 온 검은 연자를 향낭에 넣었다. 향낭을 코에 가져갔다. 달콤하면서도 싱그러운 천수화 향이 코끝을 간지럽게 했다. 경요는 향낭을 침상 옆에 두었다. 안규가 천수화의 향이 숙면에 도움을 준다고 말한 것을 기억하고 있었다.

경요는 자고 있는 준의 얼굴을 물끄러미 바라보았다. 자신이 칼에 찔린 밤, 준은 밤새도록 그녀 곁을 지켜 주었다. 새벽에 눈을 떴을 때, 준이 피곤을 이기지 못하고 침상에 엎드려 잠든 모습을 경요는 한참 동안 바라보았다. 밤새도록 열에 시달려 끙끙 앓을 때 차가운 수건을 머리에 얹어 주고 손을 잡아 준이가 바로 예석황제였다.

이상한 기분이었다. 아프면서도 설렜다. 좋으면서도 슬펐다.

'폐하, 오늘은 제가 지켜 드리겠습니다. 편히 주무세요.'

12

언제 잠이 들었는지도 몰랐다. 경요는 침상에 누워 비단 휘장으로 가린 천장을 바라보며 꿈인지 생시인지 확인하기 위해 눈을 여러 번 깜빡거렸다. 꿈은 아니었다. 경요는 어젯밤 기억을 더듬어 보았다.

수를 놓았던 것, 자고 있는 예석황제의 안색을 살폈던 것까진 기억이 났다. 잠이 든 황제의 미간이 찌푸려지는 것을 보고 자기도 모르게 손가락으로 미간의 주름을 펴 버렸다. 신음 소리에 혹시 허리가 아파서 그러는가 싶어 놀라기도 했다. 그랬는데…….

'왜 내가 침상에 누워 있는 거지?'

경요는 자신이 침상에 누워 있다는 것을, 그것도 준의 품에 안겨 있다는 것을 알고는 깜짝 놀랐다. 경요는 황급히 몸을 일으켰다. 그런 경요를 준이 다시 자기 품으로 잡아당겼다. 허리가 아픈 사람이라곤 믿을 수 없을 만큼 강한 힘으로 경요를 꼭 안았다.

"좀 더 자. 아직 밖이 어두워."

준은 잠투정을 하는 아이를 재우는 것처럼 경요를 자기 가슴에 안고 한 손으로 등을 토닥토닥했다. 경요는 준의 품에서 억지로 벗어나 일어나 앉았다. 준은 여전히 눈을 감고 있었다. 경요의 숨소리가 거칠어졌다.

준이 눈을 뜨고는 태연하게 경요를 바라보며 말했다.

"좀 더 자지 않고. 모처럼 달게 잤는데 그대 때문에 깨 버렸군."

얼굴이 삶은 문어처럼 시뻘게진 경요를 모른 척하며 준은 자리에서 일어나 하품을 하고 기지개를 켰다. 모처럼 개운한 기분이었다.

"잘 잤는가?"

붕어처럼 뻐끔거리기만 하다가 경요는 침상 밖으로 나갔다.

"동뢰 때도 한침상에서 자지 않았는가. 새삼스럽게."

준의 말이 맞았다. 새삼스럽게. 그런데 도대체 왜 자신이 준의 곁에서 자고 있는 건지 경요는 아무런 기억도 나지 않았다. 그렇다고 준에게 물을 수도 없었다. 그나마 다행인 건 옷은 제대로 입고 있다는 것.

당황해서 어쩔 줄 모르는 경요를 보고 준이 뭘 걱정하는지 다 안다는 투로 툭 말을 던졌다.

"그대는 지아비를 어찌 보고 그런 망측한 생각을 하는가. 자는 여자 덮치는 그런 고약한 버릇은 없네."

경요는 자기도 모르게 휴, 하고 한숨을 내쉬었다. 준이 아무 일 없었다고 말해 주자 마음이 놓이면서 얼굴색도 원래대로 돌아왔다. 그러나 의문은 여전히 남았다.

"그런데 왜 제가……."

"잠버릇은 여전하더군. 막무가내로 침상으로 들어오는 그대를 허리 아픈 내가 무슨 수로 말리겠나."

"그럼 왜 폐하가 저를……."

어째서 자신을 안고 잤느냐고 묻고 싶었지만 뒷말은 차마 입에서 나오지 않았다. 준은 여전히 태연한 얼굴로 대꾸했다.

"어찌나 버둥대던지, 꼭 안고 누르는 것 말고는 그대의 험한 잠버릇을 피할 방법이 없는 걸 어쩌겠나. 그렇다고 허리 아픈 내가 바닥에서 잘 순 없고."

준은 꼭 경요가 들으라는 듯 '허리 아픈'을 강조해서 말했다. 경요도 지지 않고 '허리 아픈'을 강조하며 물었다.

"허리 아픈 분이 어찌 그리 절 꼭 안을 수 있으십니까?"

경요의 반격에도 준은 아랑곳하지 않았다.

"그러니 얼마나 힘들었겠나? 동뢰 때는 침상 밑으로 떨어졌지, 아마?"

그랬다. 이미 전력이 있는 경요였기에 황제의 말에 아무 대꾸도 하지 못했으나, 황제의 장난에 말려들었다는 생각을 지울 수 없었다. 어제는 움직이지도 못할 만큼 허리가 아프다고 했던 황제가 오늘 아침에는 멀쩡해 보였다.

준이 말을 돌렸다.

"어디서 좋은 냄새가 나는군. 향을 피웠나?"

어제 유선궁에 들어오자 달콤한 향이 그의 기분을 상쾌하게 했다. 한 번도 맡아 본 적 없는 향기였다.

향? 경요는 준이 말하는 향이 무엇인지 깨달았다.

"중추절에 달 향낭을 만들었습니다."

"그대가?"

준은 놀라웠다. 얌전히 앉아 바느질을 하는 경요의 모습이 상상이 되지 않았다.

경요는 자신이 만든 향낭을 준에게 건넸다. 준은 경요가 만든 향낭을 꼼꼼히 뜯어보았다.

"수도 그대가 놓았나?"

"그렇습니다."

또다시 놀랐다. 수방내인이 만들어 올리는 향낭보다 더 섬세했다. 황국이 향낭에 피어난 것 같았다. 준은 향낭을 코에 가져가 향을 맡았다. 한 번도 맡아 보지 못한 그윽한 향이 코끝을 스쳤다.

"향이 아주 달콤하군. 국화는 아닌 것 같은데……."

"천수화 꽃잎을 말린 것입니다. 그 모습이 너무 소박해 눈에 띄지 않아 환영화라고도 불린다고 합니다. 향기는 나지만 꽃을 찾을 수 없다고 해서요."

"하나 가지고 싶은데. 향이 마음이 들어."

"그리하십시오."

준은 경요가 자신에게 향낭을 주는 의미를 알고 주는 걸까 잠시 생각했다.

중추에 여인들이 수를 놓아 만든 향낭을 마음에 드는 사내에게 주는 민간의 풍습을 준은 알고 있었다. 향낭 속에는 말린 꽃잎 말고도 연자를 넣었다. 인연이 이어지길 바라는 소망을 담아 주는 향낭이었다.

'여국 사람인 네가 그 의미를 알 리 없겠지. 환영화幻影花라, 그림자 신부인 너와 참 잘 어울리는 꽃이다.'

준은 기쁜 듯이 향낭을 만지작거렸다.

"곧 날이 밝습니다. 지금 나가셔야 사람들 눈을 피하실 수 있을 거예요. 차비를 들여보내겠습니다."

경요는 준을 뒤에 두고 나왔다. 준의 얼굴을 볼 수 없었다.

경요가 침전 문을 열자 문에 기대앉아 있던 차비가 나동그라졌다. 차비가 잡아먹을 듯한 눈으로 경요를 바라보았다. 경요는 차비에게 '아무 일도 없었다고!'라고 소리치고 싶은 걸 간신히 참고, 어서 들어가 폐하의 시중을 들라 말하고 유선궁을 빠져나왔다.

경요는 자기도 모르게 머리를 부여잡고 아악, 큰 소리를 지르고 말았다. 뭔가 미치도록 부끄러워서 준이 얄미울 지경이었다. 딱 부러지게 말할 수는 없지만 준에게 당한 것 같다는 기분을 지울 수가 없었다.

갑자기 경요는 발걸음을 멈췄다.

'이게 무슨 향이지?'

낯선 향이었다. 그런데 그 향이 자신의 옷에서 풍겼다.

'이 향은……, 사향 냄새다.'

하룻밤 같은 침상에서 몸을 맞대었을 뿐인데 자신의 옷에 그의 향이 배어 있었다. 어쩐지 준이 계속 자신을 안고 있는 것 같아 경요의 두 볼이 붉어졌다. 곁에 없어도 사향 냄새 때문에 준이 경요의 머릿속에 가득 찼다.

갑자기 눈물이 나왔다. 경요는 자신의 눈물을 이해할 수 없었다. 소매로 눈물을 닦으며 경요는 무작정 빠른 걸음으로 걸어갔다. 한참을 걸은 후에야 경요는 눈물이 흐르는 이유를 겨우 깨달았다.

'폐하, 무심히 저를 흔들지 마십시오. 장난으로 저를 흔들지 마십시오. 저는 흔들리고 싶지 않습니다.'

그것은 이미 흔들리고 있음을 인정하는 것이었다.

삼간택이 끝난 다음 날 주유는 단사황태후의 다회에 초대받았다. 단사황태후와 정빈 성씨, 정안공주, 주유는 백화원에서 차를 마시며 여자들끼리 한담을 나눴다.

주유는 백화원에 핀 국화와 다가오는 중추절에 있을 연극 공연에 대해 이야기하는 단사황태후를 바라보면서 저분이 어제 삼간택이 끝난 후 자신에게 비상을 내린 이와 같은 사람임을 믿을 수가 없었다. 저분 어디에 그런 독기가 숨겨져 있을까?

삼간택은 싱겁게 끝났다. 삼간택에 오른 나머지 두 처녀는 시집을 가도 좋다는 황제의 허락을 받고 절차에 따라 출궁했다. 주유는 단사황태후가 내린 비단으로 만든 옷을 입고 하사받은 패물로 몸을 장식했다. 내인들은 주유를 황태후의 처소인 존호궁으로 안내했다.

"정시 책봉은 칠일례七日禮 이후에 있을 예정이나, 지금부터 자신을 단국의 황귀비라 생각하며 행동과 마음 씀에 조금도 흐트러짐이 없어야 한다."

그렇게 말한 후 단사황태후는 주유에게 공부할 책들을 내렸다.

"별궁에 있으면서 이 책의 내용들을 모두 마음에 새기도록 하라. 너는 이제 단을 책임지는 황귀비다. 황궁의 안팎을 챙기며 정사에 대해서도 알 만큼은 알아야 한다. 단국 사람들은 여인에게 글을 가르치면 집안에 화禍가 생긴다고 여기나 나는 그리 생각하지 않는다. 하늘이 여자와 남자를 냈을 때 그 재주를 여인에게 덜 주었겠느냐. 기회가 없었고 스승이 없었을 뿐이다. 너는 부지런히 책을 읽어 황상과 같은 눈높이에서 말상대가 될 수 있도록 지식을 쌓고 식견을 넓혀야 한다. 황태자와 황자들을 위해선 학청을 설치하나 황귀비의 공부에 대해선 전례가 없어 내가 너의 공부를 진 대학사에게 맡기기로 했으니 부지런히 가르침을 청하거라."

자균을 볼 수 있다는 말에 자기도 모르게 몸이 떨렸다. 몸을 장식한 떨잠과 귀고리, 옥패가 희미하게 흔들리며 맑은 소리를 냈다.

"명 받잡겠습니다."

"그리고 황귀비의 가장 중요한 임무는 종묘와 사직을 위해 황자를 낳는 것이다. 건강하고 총명한 황자를 낳으려면 모체의 건강이 가장 중요하다. 항상 섭생에 신경 써야 한다."

"명 받잡겠습니다."

단사황태후는 내인들을 물렸다. 그러고는 품에서 향낭을 꺼내 주유 앞에 놓았다.

"열어 보거라."

명대로 열어 보니 향낭 속에는 도자기 분갑이 들어 있었다. 분갑을 열어 보니 고운 흰색 가루가 나왔다.

"그 안에 들어 있는 건 분이 아니다. 비상이다."

비상이라면 맹독이 아닌가. 이걸 왜 그녀에게 주는 건지 주유는 알 수 없었다.

"나는 귀인으로 입궁해 냉궁으로 내쳐졌고, 냉궁에서 선황의 승은을 받아 비로 봉해져 입궁했다. 그건 냉궁에서 황궁으로 돌아올 때 가져온 것이다. 죽을 만큼 괴로워지면 비상이 담긴 분갑을 어루만지며 생각했지. 죽는 건 언제라도 할 수 있다고. 그러면 이상하게도 마음이 편해지더구나. 언제라도 이 비상을 먹으면 죽을 수 있으니 지금은 버티자고 하면서 매일 하루 더, 하루 더, 그렇게 내 삶을 연장했다."

주유는 단사황태후의 말이 담담해서 도리어 소름이 끼쳤다.

"무서우냐? 며느리에게 비상을 내리는 내가?"

주유는 고개를 숙였다. 뭐라 대답할 수가 없었다.

"버티지 못하겠다는, 이곳에서 살 수 없다는 생각이 들면 언제든 이 비상을 쓰거라. 나처럼 죽는 것보다 못한 삶을 견디라고는 않겠다. 나는 네게 이런 자비밖에 베풀 수 없다."

주유는 고개를 들어 단사황태후를 바라보았다. 놀랍게도 단사황태후는 마치 관음보살처럼 은은한 미소를 짓고 있었다.

"죽음보다 못한 삶이 이어지는 곳, 그곳이 네가 살아갈 황궁이다."

주유는 향낭을 만지작거렸다. 단사황태후는 그녀를 믿고 있었다. 혜란공주도 그녀를 믿고 있었다. 자균도 단과 황제를 위해 그녀가 황귀비 역할을 잘 해내길 바랐다.

'그것이 당신의 바람이라면……. 나에겐 이제 당신의 바람밖에 남지 않았습니다.'

정안공주의 밝은 목소리에 주유는 정신을 차리고 대화에 집중하려고 했다. 단사황태후와 정빈 성씨는 정안공주의 혼사에 대해 이야기하고 있었다. 정빈은 아들인 육황자 원이 혼인하여 궁을 나갈 때 정안공주와 함께 출궁했다.

"이제 황실에 정안 하나만 남았습니다. 어서 정안공주에게도 좋은 짝을 찾아 주어야 할 텐데."

"아이고 마마, 말을 마십시오. 저 망아지를 어찌 하가시킨답니까. 제 몸 꾸밀 줄이나 알지……. 좀 더 끼고 있다가 열여덟이나 되면 그때 다시 생각해 보렵니다."

정안공주가 웃전들의 대화에 끼어들었다.

"황태후마마, 걱정 마세요. 저는 이미 마음에 둔 분이 있으니 짝을 찾을 수고는 하시지 않아도 됩니다."

딸이 없는 단사황태후는 정안공주를 친딸처럼 귀여워했다. 구김 없이 활달한 성품의 정안공주는 황궁 사람들이 모두 두려워하는 단사황태후 앞에서도 조금도 주눅 들지 않고 제 할 말을 다 했다.

"우리 공주가 마음에 둔 자가 누구인가?"

"진 대학사입니다."

주유의 얼굴에서 핏기가 가셨다.

"진 대학사라면……, 진자균 대학사를 말하는 게냐?"

정빈이 묻자 정안공주가 대답했다.

"그러하옵니다. 단에서 가장 멋진 분은 오라버니이신 황제 폐하이시고, 두 번째로 멋진 분은 진 대학사가 아니십니까. 황귀비마마도 그리 생각하지 않으십니까?"

갑작스러운 정안공주의 질문에 주유가 자기도 모르게 대답을 했다.

"그, 그렇습니다."

"황귀비마마께오선 단에서 가장 멋진 분의 짝이 되셨으니 절 진 대학사의 짝이 되게 도와주세요."

악의라곤 하나도 없는, 쾌활하고 순진한 정안공주의 말에 주유의 가슴은 천 갈래 만 갈래로 찢어졌다.

단사황태후와 정빈이 시선을 맞추었다.

정빈이 물었다.

"진 대학사께서는 혹 정혼하신 분이 있으십니까?"

잠시 침묵하던 주유가 답했다.

"제가 알기론 없습니다."

정빈과 정안공주의 얼굴에 화색이 돌았다. 단으로 돌아와 대학사가 된 자균은 모든 귀족 가문이 탐내는 사윗감이었다. 정인공주의 짝으로 그만한 인물을 찾기 힘들었다. 몇 년 전 정빈이 넌지시 의중을 떠본 적도 있었으나, 그때 정안은 겨우 열 살이었고 얼마 후 자균이 홀연히 민예를 떠나 흐지부지된 적이 있었다.

"황귀비마마, 정말 진 대학사께 정혼하신 분이 없으십니까? 따로 마음에 두신 분도 없으시고요?"

갑자기 정안공주의 하가 문제가 급물살을 타는 분위기였다. 주유는 어찌할 바를 몰랐다.

"그렇습니다."

"황태후마마, 저는 진 대학사에게 하가하고 싶습니다. 허락해 주십시오."

정안공주는 얄미울 만큼 당당하게 자균과의 혼사를 청했다. 주유는 거침없이 당당한 정안공주가 부러웠다.

단사황태후는 잠시 생각에 잠겼다. 자균 정도라면 인물로나 가문으로나 정안공주의 짝으로 부족함이 없었다. 진중한 성격이니 다소 철이 없고 천진한 정안공주를 잘 보살펴 주리라 믿을 수 있었다. 그런데 정안공주까지 진씨 가문에 하가한다면? 너무 많은 힘이 진씨 가문에 실리게 된다.

"혜란공주가 하가하셨고 이번에는 황귀비가 입궁하였으니, 정안공주의 혼처는 다른 가문에서 찾는 게 좋을 듯하다."

정안공주가 토라졌다.

"싫습니다. 진 대학사가 다른 여인을 아내로 맞이하는 것은요."

"내가 꼭 공주를 위해 진 대학사보다 더 멋진 신랑을 찾아주마."

"진 대학사보다 더 멋진 분이 어디 있단 말입니까? 황귀비 마마 안 그렇습니까?"

정안공주의 천진한 얼굴이 칼날처럼 주유의 심장을 들쑤셨다. 주유는 미소를 지으며 고개를 끄덕였다. 자기도 모르게 주유는 향낭 속 비상을 꼭 쥐었다. 그러지 않으면 사시나무처럼 떨리는 몸을 들킬 것 같았다.

"전 진 대학사가 아니면 평생 시집가지 않을 겁니다."

정안공주의 천진한 억지에 단사황태후가 미소 지었다.

"공주의 고집을 누가 꺾을꼬. 아직 시간이 많이 있으니 생각해 보자꾸나."

내의원이 들어오려다 정빈과 정안공주, 황귀비 주유를 보고 발걸음을 멈칫했다. 들어가야 할지 말아야 할지 망설이고 있을 때 단사황태후가 손짓했다.

"긴히 물어볼 것이 있어 불렀다."

"하문하시옵소서."

"어제 유선궁에는 무슨 일로 간 것이냐?"

내의원의 궁 출입은 모두 황태후에게 보고되었다.

내의원은 난처했다. 황태후를 속이느냐 황제의 어명을 거역하느냐 잠시 갈등하던 내의원은 예석황제의 뜻을 따르기로 했다.

"아뢰옵기 송구하오나, 유선궁마마께서 조금 다치셨습니다."

"다쳐? 어디를? 어쩌다?"

단사황태후는 무슨 말을 들어도 평정을 잃지 않겠다고 마음먹었다. 월담이나 노루를 잡아서 구워 먹은 일 말고 더 놀랄 일이 무엇이 있으랴. 그런데······.

"지붕에서 떨어지셨습니다. 그래서 허리를 조금 삐셨습니다."

단사황태후의 미간에 깊은 주름이 잡혔다. 뭐? 지붕에서 떨어져? 자기도 모르게 얼굴이 화끈거렸다. 미운 개가 똥 싼다더니 하다 하다 별짓을 다 하는구나.

"하아! 도대체 지붕은 왜!"

단사황태후가 자기도 모르게 소리를 질렀다. 정빈과 정안공주, 주유도 눈을 크게 떴다. 세 사람은 황궁을 떠들썩하게 한 경요에 대한 소문을 거의 듣지 못했다.

"나비를 잡으러 지붕에 올라가셨는데 그만 미끄러져······."

이유는 더 기가 막혔다.

"됐다. 그만해라."

단사황태후가 짜증스러운 목소리로 내의원의 말을 막았다.

"황상은 알고 계시냐?"

"네."

"뭐라 하시더냐?"

"별말씀 없으셨습니다."

내의원이 물러가자 정안공주가 입을 열었다.

"황태후마마, 유선궁에 계신 분은 여국에서 온 황후마마지요? 그런데 어디가 모자라신 분이십니까?"

정빈이 당황해서 소리를 질렀다.

"공주!"

하지만 정안공주는 아랑곳하지 않고 말했다.

"모자라지 않고서야 일국의 황후이며 일국의 공주였던 이가 왜 나비를 잡는다고 지붕에 올라간단 말입니까? 여섯 살짜리 꼬맹이도 하지 않을 짓 아닙니까."

말이 거칠긴 했지만 틀린 말은 아니었다.

단사황태후가 한숨을 길게 쉬었다.

"모자란 건지, 넘치는 건지."

종잡을 수 없는 물건이었다. 자신에게 당돌하게 따박따박 말대꾸를 하는 것을 보면 모자라지 않는 건 분명했다.

정안공주는 유선궁의 그림자 신부에 대해 더 캐묻고 싶었지만 단사황태후의 심기가 많이 불편해 보여 입을 닫았다.

주유는 처음으로 황궁에 황후가 있다는 사실을 깨달았다. 문득 어떤 분일까 궁금해졌다.

'여국에서 온 공주라고 하던데, 어떤 분일까? 정안공주 말대로 어디가 좀 부족한 분이실까? 하긴 제대로 된 공주를 적국의

신부로 보낼 리 없겠지. 안된 분이구나. 정신도 온전치 않은 분이 적국의 황궁에서 살게 되었으니.'

주유는 자기도 모르게 유선궁에 있는 그림자 신부를 동정했다. 그분이나 자신이나 의지와 상관없이 황궁에 끌려와 같은 지아비를 섬겨야 하는 가여운 운명이었다.

연신공의 집에서 가장 고요한 곳은 서재였다. 자균은 피신이라도 하는 심정으로 서재에 틀어박혀 서책과 씨름하는 척했다. 글자가 눈에 들어오지 않았다.

곧 주유의 칠일례였다. 주유는 이제 영영 그의 손에서 멀어져 황제폐하의 여인으로 살게 된다. 각오하고 보냈지만, 매일 주유에게 글을 가르치기 위해 별궁으로 갈 때마다 주유를 데리고 황궁 담을 넘고 싶었다.

주유에게 가문도 폐하도 다 잊고 아무도 모르는 곳으로 도망가 초가삼간을 짓고 검은 머리가 파뿌리가 될 때까지 가시버시로 살자고 애원하고 싶었다. 그러나 단둘이 책을 읽을 때는 눈도 마주치지 못했다. 주유 역시 서책에서 고개를 들지 않고 묵묵히 자균의 강의를 듣기만 했다.

자균은 서가에서 주유에게 전해 줄 책을 뽑다가 얇은 시첩에 시선이 닿았다. 주유가 직접 필사한 도연명의 시첩이었다. 시첩을 보니 주유에 대한 마음이 더 간절해졌다. 자균은 책상에 앉아 붓을 잡고 시첩의 여백에 자신의 괴로운 마음을 시로 옮겼다.

그립고 안타까운 맘, 말도 못 하고
하룻밤 새 시름으로 머리가 세었소.
그 누가 이 서러운 상사相思를 알까.
야위어 가락지가 헐겁구나.

매창 〈규원閨怨〉

자균은 먹이 말라 가는 것을 물끄러미 바라보고 있었다.

"도련님, 부탁하신 물건이 다 되어서 가져왔습니다."

"그래, 고맙다. 무리한 부탁이었을 텐데. 고맙다고 전하고, 세공비는 후히 쳐주도록 해라."

"알겠습니다. 그런데 화경족 상단의 서화라는 자가 도련님 뵙기를 청하옵니다. 아시는 자입니까?"

서화? 반가운 이름이었다.

"어서 서재로 안내하게. 정중히 모셔야 하네. 내 은인이니."

"알겠습니다."

몇 분 후 서화와 자균은 얼굴을 마주했다. 두 사람은 인사를 나누고 자리에 앉았다. 서화는 바로 본론으로 들어갔다.

"이리 갑자기 기별도 없이 찾아온 것은 부탁할 일이 있어서 입니다."

자균은 선선히 대답했다.

"말하시오. 할 수 있는 일이라면 있는 힘껏 도우리다."

"다름이 아니오라, 진 대학사께서 황궁에 연이 닿아 있다 들었습니다. 절 황궁에 데려다 줄 수 있으십니까? 꼭 뵐 분이 있는데 저는 천한 상인인지라 황궁에 들어갈 수가 없습니다."

역시 정보가 빠르고 민첩한 자였다. 이미 자신이 누구인지, 어떤 벼슬을 하고 있는지까지 파악이 끝난 상태였다.

"누구를 뵙기 위해 황궁에 들어가겠다는 겁니까?"

"경요공주님입니다."

"누구? 경요공주님?"

갸웃거리는 자균을 보고 서화가 말했다.

"아, 단국에선 그리 부르지 않지요. 황후마마를 뵙고 싶습니다. 전해 드릴 것이 있거든요."

어떻게 상단의 일개 중간행수가 그림자 신부를 알고 있는 거지? 자균은 호기심이 생겼다. 화경족의 인맥이 대단하다 들었으나 황궁의 그림자 신부에게까지 이어져 있을 줄은 꿈에도 몰랐다.

"황후마마와는……?"

"잘 모르시나 봅니다. 경요공주님은 화경족 상단의 후계자로 크셨습니다. 공주님의 외조부님이 저희 상단의 단주 어르신이거든요."

황후를 굳이 여국의 호칭인 경요공주라 불렀다. 그것도 단국 사람인 자신 앞에서. 자균은 경요공주라는 말에서 서화를 비롯한 화경족 사람들의 고집과 자부심 같은 걸 느꼈다.

'상단 후계자였던 그림자 신부라…….'

얼핏 그런 이야기를 들은 것도 같았다. 단사황태후의 뒷목을 잡게 한 그림자 신부가 들어와 황궁이 한동안 시끄러웠다고. 그런데 상단 후계자로 컸다는 이야긴 듣지 못했다.

그림자 신부 뒤에는 여국뿐만 아니라 화경족의 막강한 재력과 정보력까지 있는 걸까? 그렇다면 결코 쉬운 상대는 아니었다.

자균은 민국에서 민예까지 상단과 동행하면서 상단의 규모가 자신이 예상했던 것보다 훨씬 크며 그 영향력 역시 상상 이상이라는 것을 목격했다. 그런데 지금 유선궁에 있는 그림자 신부가 화경족 상단의 후계자였다고?

믿을 수 없는 소문의 주인공인 그림자 신부가 궁금했지만 황궁 가장 외진 곳에 있는 황후를 만날 구실이 없었다. 이를 구실로 그림자 신부를 만나 보자 마음먹고 자균은 흔쾌히 서화의 부탁을 들어주었다.

유선궁 중정에 앉아 잡초를 뽑고 있던 경요는 인기척에 고개를 들었다. 오랫동안 그리워했던 얼굴이 그녀를 보고 웃고 있었다.

"서화!"

경요는 꿈을 꾸고 있는 것 같았다. 그래서 자기도 모르게 이름을 한 번 더 불렀다.

"서화!"

목이 메어 경요는 뒷말을 잇지 못했다. 서화 역시 사내 주제에 눈물을 글썽거리며 목이 메어 인사도 올리지 못했다. 경요는 서화에게 달려와 흙 묻은 손에도 상관하지 않고 꼭 껴안았다.

자균은 요란하게 상봉하는 서화와 여인을 바라보다 헛기침을 했다. 아는 사이라지만 남녀가 유별한데 외간 남자와 포옹이라니. 못마땅했다. 여인이 포옹을 풀고 자균을 빤히 바라보았다. 자균은 자신을 바라보는 여인의 시선이 너무 노골적이어서 기분이 나빴다. 황후마마가 데리고 온 내인인가? 황궁의 품위가 있지, 예법도 몸에 익히지 못한 자를 가까이에 두다니. 아무리 법도를 모른다고 해도 관복을 입은 자를 보면 당연히 고개를 숙이고 예를 갖추어야 할 것을. 자기도 모르게 자균은 미간을 찌푸렸다.

서화는 경요에게 자균을 소개하려 했지만 경요가 가볍게 서화의 소매를 잡아끌었다.

자균이 말했다.

"나는 대학사 진자균이라 한다. 황후마마는 안에 계시는가?"

'대학사 진자균이라, 요즘 궁인들 입에 많이 오르내리는 자균. 그런데 날 내인으로 착각한 건가?'

"글쎄요."

자신의 관직과 이름을 밝혔으나 여인의 건방진 태도는 여전했다.

"들어가서 서화와 대학사 진자균이 뵙고 싶다 청해라."

경요는 놀리듯 대꾸했다.

"황후마마는 진 대학사를 별로 뵙고 싶지 않으시답니다. 황후마마는 무례한 자를 싫어하시거든요. 멍청하고 눈치 없는 자는 더 싫어하시고요. 겉모습에 홀려 진짜도 알아보지 못하는 안목 없는 자 역시 별로 좋아하지 않으십니다."

자균은 여인의 건방진 대꾸에 화가 머리끝까지 치밀었다. 그런데 그 순간 여인의 눈빛이 바뀌었다. 서리처럼 차가운 위엄이 서린 눈빛이었다. 건방짐이 당당함으로 바뀌었다.

'서, 설마……'

자균의 의심을 확인해 주듯 안규가 중정에 급한 발걸음으로 나와 경요에게 예를 표하고 자균과 서화를 맞이했다.

"진 대학사께서 이곳엔 어쩐 일이십니까? 황후마마, 이런 일은 저희에게 맡기시지 어찌 또 이리 손을 더럽히시며 정원 일을 하고 계셨습니까."

안규의 목소리에 송구스러움이 가득했다.

"내가 좋아서 하는 일이다. 흙냄새를 맡으면 마음이 차분해져서 좋다."

경요의 목소리에서 아까 같은 장난스러움은 찾아볼 수 없었다. 황후가 입는 소례복도, 화려한 장신구 하나 없이도 경요의 언동엔 존귀한 자의 위엄이 흘러넘쳤다.

자균은 자기도 모르게 무릎을 꿇고 황후에게 예를 올렸다.

"신, 대학사 진자균 황후마마께 문안 인사드립니다."

이마에서 진땀이 났다. 예상했던 것보다 더 만만한 상대가 아니었다. 애초에 신분을 숨기고 자신을 도발한 것은 주도권을 잡고 우위에 서기 위한 본능적인 대처였음을 자균은 뒤늦게 깨달았다.

"진 대학사라 하셨지요? 제가 초면에 무례했습니다. 제 무례를 용서하신다면 들어가서 차나 한 잔 하시지요."

경요는 자균의 대답을 듣지 않고 몸을 돌려 안으로 들어갔다.

유선궁 안으로 들어간 자균은 내전 구석구석에 쌓인 책들을 보고 깜짝 놀랐다. 단국의 법률서인 대단률을 비롯해 지리지와 세시기, 농서, 의서, 역서, 병법서, 사서와 경서들이 산더미처럼 쌓여 있었다. 개중에는 자균이 알 수 없는 글자로 쓰인 책들도 꽤 많았고, 황궁 장서각에서도 보지 못한 제목도 있었다.

짧은 대면으로도 경요는 자균에게 깊은 인상을 남겼다. 이러니 황태후가 뒷목을 잡는다는 소문이 도는 것이리라. 많은 이들은 황후의 돌발 행동 때문에 황태후가 당황한다고 여겼지만 자균은 이 그림자 신부가 결코 앞뒤 계산 없이 행동하는 사람이 아니라는 것을 깨달았다. 지략과 국량이 일국을 경영하기에 부족함이 없는 단사황태후조차 쩔쩔매는 상대다. 자신도 순식간에 간파당한 기분이어서 자균은 어쩐지 벌거벗은 느낌이었다.

"아녀자에게 어울리는 책이 아니라고 생각하시는 겁니까?"

"아, 아닙니다."

부정했던 자균은 고쳐 말했다.

"배우고 익힘에 어찌 남녀가 유별하겠습니까. 다만 이런 책까지 읽는 여인은 보지 못해 놀랐을 뿐입니다. 상단의 후계자로 크셨다더니 그 지식의 깊이 역시 대단하시군요."

경요는 희미하게 미소 지었다.

"낯선 곳으로 시집을 와 홀로 보내는 시간이 길다 보니 책이 가장 좋은 벗이더군요."

"그러하십니까? 읽고 싶은데 구하지 못한 책이 있으시면 언제든 청하십시오. 제 가문의 서재에는 대대로 물려져 내려온 귀한 서책이 꽤 있답니다."

"그러고 보니 도연명이 읽고 싶은데 구하질 못했습니다."

"아, 그것이라면 지금 제가 가지고 있습니다."

자균은 주유에게 가져다 줄 책을 싼 보자기를 풀고 도연명의 시첩을 건넸다. 시첩에 자신이 연시戀詩를 쓴 것은 까맣게 잊어버렸다.

"감사히 읽겠습니다. 답례로 이 책을 드리지요."

경요는 다탁에 있는 책 더미에서 한 권을 뽑았다.

"무슨 책인지요?"

"무치나국의 역법서입니다. 일식과 월식을 가장 정확하게 관측할 수 있더군요. 단국의 근본은 농업. 농자에게 가장 중요한 것은 하늘의 때를 놓치지 않는 것이지요. 읽어 보시면 도움이 되시리라 믿습니다. 천체관측 기구들의 제작법도 자세히 기록되어 있습니다."

"감사드립니다."

자균은 온몸에 소름이 끼쳤다. 예석황제는 비밀리에 단국의 역법을 재정비할 계획을 세웠고 자신에게 그것을 맡겼다.

그 사실을 알고 이 책을 준 것일까, 아니면 그저 우연의 일치일까?

"관복을 입으신 걸 보니 일이 있어 입궁하신 것 같은데 제가 시간을 빼앗았군요."

서화와 단둘이 있고 싶으니 이제 나가 달라는 정중한 요청이었고, 그것을 눈치채지 못할 자균이 아니었다.

자균이 나가자 서화가 입을 열었다.

"공주님, 여전히 짓궂으시군요. 황후가 되셨다고 하여 좀 얌전해지셨나 기대했는데 여전하시네요. 진 대학사를 그리 놀리니 재미있으십니까?"

"후후후."

경요는 그저 웃기만 했다. 너무 진지해 보이는 사람이라 골려 주고 싶었다.

"진 대학사와는 어찌 알게 된 것이냐?"

"민국부터 단까지 동행했습니다. 범상치 않은 사람이라 예상은 했지만 단국의 실세인 줄은 꿈에도 몰랐습니다. 알아보니 예석황제의 오른팔이라더군요. 또한 양녀이긴 하지만 진 대학사의 고모가 황귀비로 간택되었다고 합니다."

"그래."

"공주마마가 보시기엔 어떤 사람인 것 같습니까?"

외할아버지 위보형에게 사람 보는 눈은 타고났다고 칭찬받은 경요였다.

"뜻이 굳은 자 같았다. 부러질지언정 휘질 못하며, 뜻을 위해선 목숨을 버릴 수도 있지."

경요의 표정이 다소 굳었다.

"뜻이 굳으면 굳을수록 외면해야 하는 진실도 많은 법이지."

서화는 경요의 말이 알쏭달쏭했다. 하지만 할 말도 물을 말도 많았기에 굳이 자균의 인물평에 대해서 더 묻진 않았다.

"그런데 왜 진 대학사에게 역법서를 주신 겁니까?"

"응? 여기서 몇 달 지내다 보니 책력에 오류가 꽤 보이더구나. 정확한 책력을 만드는 건 중요한 일 아니더냐. 머리가 좋은 이라면 내가 그 책을 준 의중을 알겠지."

서화의 표정이 이상했다.

"왜 그런 얼굴을 하느냐?"

"아니요. 공주님은 단국이 꽤 좋아지셨나 봅니다."

"단국이 좋아져?"

"그렇지 않다면 적국을 이롭게 할 일을 하실 이유가 없지 않습니까."

서화의 지적에 경요는 당황했다. 한 번도 생각해 본 적 없는 것을 서화가 날카롭게 지적하고 있었다. 누구보다 경요에 대해 잘 아는 서화였기에 경요의 변화에도 민감했다. 서화는 경요를 바라보았다. 불과 계절이 두 번밖에 지나지 않았는데 공주님의 분위기는 어딘지 남달랐다. 자신이 알던 공주님과는 조금 달랐다. 어딘지 더 성숙하고 아름다워 보였다.

대화의 주제를 바꾸기 위해 경요는 상단에 대해 질문했다.

"다들 잘 있느냐? 설린은 상단 일엔 좀 적응했느냐?"

막냇동생 설린은 경요를 대신해 상단을 잇기로 되어 있었다.

"설린님은 왕궁에 계십니다."

"뭐? 병주가 아니라?"

"상단원들이 설린님을 받아들이지 않기로 연판을 했습니다."

경요는 깜짝 놀랐다.

"저희는 공주님이 상단으로 돌아오시길 바랍니다."

"무, 무슨 소릴 하는 거야. 난 이미 이곳으로 시집오지 않았느냐."

"그림자 신부시지요. 말이 좋아 황후지 인질인 것 아닙니까. 저희들의 뜻은 하나로 모아졌습니다. 설린님이 부족하다는 뜻이 아닙니다. 공주님과 저희는 생사를 넘나드는 길을 함께한 동료입니다. 저희를 이끌 분은 공주님 외에는 있을 수 없다는 것이 화경족 상단 전체의 뜻입니다. 공주님, 환주가 심상치 않습니다. 다들 공주님의 안위를 걱정하고 있습니다."

환주는 그림자 신부의 땅이었고, 경요가 이름뿐인 황후여야 했던 이유이기도 했다.

"제가 굳이 사람들의 눈에 띄면서까지 입궁을 한 것은 사태가 워낙 급박하기 때문입니다."

경요의 얼굴이 굳었다.

한때 환국이었던 환주는 지호족의 땅이었다. 여국과 단국 사이에 낀 환주는 비옥한 곡창지대였고, 모든 물산이 모이는 곳이었으며, 또한 광물자원도 풍부한 곳이었다. 여국과 단국을 흐르는 두 큰 강이 환주에서 만나 바다로 흘러갔다. 환주를 지배하는 자가 중원의 지배자가 된다는 말이 괜히 나온 것이 아니었다. 그리고 단국이 환주를 가지는 명분이 그림자 신부에게 있었다.

"환주가 어찌 돌아가고 있느냐?"

"여기서 그 이야기를 다 드릴 순 없지만 지금 환주에서 일어나는 소동에 단국 황실이 관여했다는 증거가 있습니다. 정보가 올 때까지 기다려야겠지만 연국의 움직임도 심상치 않습니다."

단국 황실이 관여했다? 단사황태후일까, 예석황제일까? 경요는 생각에 잠겼다.

"연국은 어째서?"

"상단에서 꽤 많은 은자를 빌려 갔습니다."

"담보는?"

"연왕 제선이 보증을 섰습니다."

왕이 보증을 서는 건 흔치 않은 일이었다. 그건 빌려 간 액수가 나라를 걸 만큼 크다는 뜻이기도 했다. 그 정도 액수의 은자가 쓰일 곳은 전쟁밖에 없었다.

조심성 많은 서화는 말을 아꼈다. 경요를 염탐하는 눈과 귀가 어디에 있을지 몰랐다. 경요는 가까운 시일에 화경방으로 가 자세한 이야기를 서화에게 듣기로 약조하였다.

유선궁을 나서면서 서화가 말했다.

"이건 하석공주님이 보내신 선물입니다."

"언니는 하가하셨느냐?"

"내년 봄이 길하다 하여 그때 하가하시기로 하셨습니다."

"그래, 그렇구나."

경요는 서화를 마중하고 돌아와 언니 하석공주가 보낸 선물을 열어 보았다. 나무 상자 속 흰 비단 보자기 안에 곱게 개켜져 있는 것은 하석이 만든 혼례복이었다.

여국 여인에게 혼례복은 자신의 인생을 함께하는 단 한 벌의 옷이라 하여도 과언이 아니었다. 언니는 여인에게 가장 소중한 것을 그녀에게 보낸 것이다. 자신의 혼례를 코앞에 두고 말이다.

'이걸 제게 주시면 언니는 무얼 입고 혼례를 하시려고……. 이미 혼인한 제겐 아무런 의미도 없는 옷인데요.'

경요의 눈에 눈물이 고였다. 언니를 만지듯 경요는 조심스러운 손길로 혼례복을 쓰다듬었다.

칠일례가 시작되기 전 단사황태후는 준을 불렀다. 황귀비를 잘 보듬으라는 의례적인 당부의 말을 예상했던 준은 전혀 뜻밖의 애길 들었다.

"황귀비가 황자를 낳은 후 나는 황궁을 나갈 생각입니다."

준은 당황했다. 어머니가 없는 황궁은 한 번도 생각해 본 적이 없었다.

"오래전부터 생각했던 일입니다. 황귀비가 입궁해 어느 정도 자리 잡으면 지석사에 가서 계를 받고 법화스님처럼 출가할 거예요. 언니 곁에서 여생을 마치고 싶습니다."

아들 예석황제의 얼굴이 너무 안 좋아 보였는지 단사황태후는 일부러 농까지 던졌다.

"왜, 대신들에게 어미를 쫓아냈다는 소릴 들을까 봐 걱정하는 건가요?"

"어마마마!"

"이만큼 부려 먹었으면 됐습니다. 황제와 황귀비 사이에서 태어나는 손자를 빨리 보고 싶어요. 황자든 공주든 상관없으니 얼른 아이를 가지도록 황귀비를 많이 찾아가세요."

예석황제는 어머니 단사황태후의 얼굴을 찬찬히 뜯어보았다. 고운 분과 연지로도 숨기지 못한 피곤이 눈가와 입가에 어려 있었다. 황태후는 그의 동지였으며 또한 외면할 수 없는 원죄였다.

"황귀비를 많이 아껴 주세요. 내가 골라서가 아니라 주유 그 아이는 심지가 굳고 차분하니 황제의 반려로 부족함이 없습니다."

단사황태후는 오랫동안 하려고 마음먹었던 이야기를 꺼냈다.

"황귀비가 황자를 낳으면 바로 황후로 책봉하도록 하세요."

준은 찻잔을 다탁에 소리가 나도록 세게 내려놓고 말았다. 황후로 책봉하라니?

"유선궁이 있는데 황자를 낳았다 하여 황귀비를 황후로 책봉할 수 있겠습니까?"

기분 나쁜 예감에 심장이 두근거렸다.

어머니가 그의 앞길에, 단의 앞길에 방해되는 자를 제거하려 할 때 그의 심장은 이렇게 두근거렸다. 설마 어머니가 경요를 어찌하시려는 걸까?

"환주를 장악하게 되면 그림자 신부는 필요 없는 존재가 됩니다. 3백 년 동안 황후 없이 돌아간 황실의 꼬락서니를 황상도 잘 알지 않습니까. 그림자 신부가 아닌 진정한 기량과 국량을 갖춘 이가 황후 자리에서 내외명부를 다스리고 황상을 보필해야 합니다."

준은 자기도 모르게 말을 더듬었다.

"그, 그럼 유, 유선궁은 어찌 되는 겁니까?"

어마마마, 제발. 준은 자기도 모르게 마음속으로 중얼거렸다. 그런 준의 마음을 모르는 단사황태후는 무심한 어조로 말했다.

"여국으로 돌려보내야겠지요. 그 물건은 좋다고 갈 겁니다."

여국과 화경족을 뒷배로 둔 경요를 함부로 건드릴 순 없었다.

경요가 그의 곁을 떠난다는 생각으로 머릿속이 텅 비어 준은 어머니가 환주를 어찌 장악할 예정인지를 묻지 않았다. 맥이 탁 풀리면서 만사가 다 부질없어 보였다. 놓아주어야 한다고 생각했다. 결국 그는 그녀를 좋아할 수도 잡을 수도 없었다. 존호궁을 나가는 준의 발걸음은 무거웠다.

'잊어야 한다.'

저자에서 자유로웠던 경요를 떠올렸다. 이 황궁은 그녀에게 감옥일 뿐이다. 준은 빈청으로 향했다. 산더미처럼 쌓인 일을 처리하다 보면 잠시 잊을 수 있을 것 같았다.

　황귀비는 후궁이었기에 황후와 차이를 두기 위해 칠일례로 혼례를 대신했다. 황후는 육례六禮와 친영親迎의 예로 맞이하고, 황귀비는 정처가 아니기에 야합野合의 풍습으로 맞이했다.

　남자가 밤에 여인을 찾아가는 것을 탐화探花라 하였는데, 한 여인을 일곱 번 찾아가면 혼인한 사이로 인정받았다. 황제가 별궁에 있는 황귀비를 엿새 동안 밤마다 찾아가 차를 마시는 의식을 다하고 나면, 이레째 밤에는 성대한 혼인 잔치가 벌어졌다.

　황귀비는 자신의 침전인 태화전으로 들어가 황제와 첫 합궁을 치렀다.

　칠일례의 첫날, 해가 지자 예석황제는 예법대로 미복을 차려입고 주유가 있는 선정당으로 향했다. 선정당의 침전을 성긴 발이 나누고 있었다. 발 너머에 황귀비가 될 여인이 앉아 있었다. 예석황제가 좌정하자 여인은 절을 올렸다. 발 너머에서 들려오는 옷자락 소리가 산뜻했다.

　여인은 예법대로 차를 우려 작은 다상에 놓았다. 내인이 발을 살짝 들어 올렸다. 차비가 허리를 굽히고 다상을 예석황제 앞으로 가져와 바쳤다. 예석황제가 먼저 차를 한 모금 마셨다.

　"이름이 뭐라 하는가?"

　"주유라고 하옵니다."

　"진 대학사와 어릴 때부터 오누이처럼 자랐다고 들었다. 친

여동생을 시집보내는 듯 짐에게 널 꼭 아껴 달라고 잔소리를 하더구나."

주유는 별다른 대답을 하지 않고 다소곳이 고개를 숙이고 있었다.

예석황제는 별로 할 말이 없었다. 발 너머의 주유는 감히 어떤 말을 해야 할지 몰랐다.

경요와 있을 때는 애쓰지 않아도 자연스럽게 대화가 이어졌다. 경요와 대화를 나누는 것은 즐거웠다. 예석황제는 무례할 만큼 당당한 그녀가 전혀 거슬리지 않았다.

'넌 나를 황제가 아닌 사람으로 대했구나.'

경요는 그를 두려워한 적이 한 번도 없었다. 첫 만남부터 그랬다. 굴종에 가까운 예의를 차리는 자들 사이에 둘러싸여 있던 준에겐 경요의 그런 태도가 신선했다. 그녀는 항상 그에게 진심이었다.

예의에 어긋난 적은 많지만 도리에 어긋나진 않았다. 강하고 현명했고 기댈 수 있었다.

준은 경요와 나눈 대화들을 하나씩 떠올려 보았다. 자기도 모르게 미소 지어졌다.

문득 준은 경요만 한 황후감을 과연 어디서 찾을 수 있을까 생각하고 쓴웃음을 지었다. 어머니 단사황태후가 바라는 그런 황후감 아닌가. 강하고, 현명하고, 자신과 정사를 동등한 눈높이에서 이야기할 수 있는 식견과 경륜도 갖추었다. 그리고 무엇보다도…….

'내가 은애하는 여인이지. 이 황궁에서 원하는 오직 한 사람의 여인이지.'

하지만 그는 경요에게 줄 것이 아무것도 없었다.

'그대는 나를 어찌 생각하는가?'

경요에게 물어보고 싶었다. 그를 싫어하진 않는 것 같았다. 하지만 사내로는 어찌 생각할까?

차가 차갑게 식을 때까지 준은 계속 경요만 생각했다. 준은 한참 후 차비의 헛기침 소리에 정신을 차리고 단숨에 차를 마셨다. 다탁에 내려놓는 찻잔에서 메마른 소리가 났다.

준이 자리에서 일어나자 주유도 몸을 일으켰다.

"내일 밤 다시 오겠다."

"기다리고 있겠습니다."

아무것도 남지 않은 공허한 만남이었다.

예석황제 준은 평생을 함께할 여인이 발 너머에 있는데도 서럽도록 외로웠다. 저 여인과 나눌 것은 수태를 위한 잠자리밖에 없었다.

준은 천천히 선정당을 나왔다. 그의 뒤로 내인과 내관, 금군들이 긴 그림자처럼 따라붙었다. 준은 가마를 물렸다.

아이가 생기고, 그 아이는 자신처럼 외로워하며 자라겠지. 저 여인 말고 나는 또 다른 여인들을 차례로 안아야 할 테고, 그 여인들은 아이를 낳겠지. 그 아이들은 하나뿐인 황제의 자리에 오르는 것 말고는 아무 의미도 없는 삶을 살겠지. 그리고 나는, 나는 그 누구의 사랑도 받지 못한 채, 진심으로 원하지도 않은 이 황좌를 위해 내 삶을 다 바치겠지. 그게 그의 어머니 단사황태후가 원하는 삶이었다. 아무도 사랑하지 않고 단을 위해 사는 것.

'끔찍하리만큼 다를 게 없구나. 선황이신 아바마마나 나나. 과연 무엇이 다를까? 결국 나는 아무것도 바꾸지 못하겠지. 궁은 그러한 곳이니까.'

이 복잡하고 서글픈 심경을 경요에게 털어놓고 싶었다. 그녀는 과연 무어라 대답해 줄까? 분명 경요는 그의 마음을 편하게 하고 웃게 해 줄 것이다. 하지만 갈 수 없었다. 더 이상 가까이 가면 억지로라도 그녀를 가지게 될 것 같았다. 사무치는 마음을 억누르기 위해 준은 주먹을 꾹 쥐었다. 그러다 갑자기 손바닥을 펴서 유심히 바라보았다.

준은 월하노인이 그에게 묶은 붉은 실이 과연 누구의 손가락에 묶여 있는 건지 궁금했다. 그 붉은 실이 보일까 준은 휘영청 뜬 달을 향해 자신의 손을 들어 보았다. 실은 보이지 않았지만 자신의 마음이 어디에 묶여 있는지는 사무치리만큼 똑똑히 깨달았다. 경요였다.

문득 준은 걸음을 멈추었다. 유선궁 앞이었다. 발걸음이 저도 모르게 이곳으로 자신을 오게 했다. 차비는 준이 유선궁 앞에서 발걸음을 멈추자 어쩔 줄 몰라 했다.

"이런. 딴생각을 하다가 엉뚱한 곳에 왔구나."

차비는 안도의 한숨을 내쉬었다. 방정맞은 생각을 한 자신의 머리를 쥐어박고 싶었다.

준이 피곤한 목소리로 말했다.

"가마를 불러오아라. 침전에 가서 쉬어야겠다."

"예, 폐하."

곧 준을 모실 가마가 도착했다. 준은 흔들리는 가마에 앉아 불이 꺼진 경요의 처소를 힐끗 바라보았다.

목소리가 듣고 싶었다. 아니, 먼발치에서 얼굴만이라도 보고 싶었다. 그 마음에 화답이라도 하듯 유선궁에 갑자기 불이 켜졌다. 그 노란 불빛에 준의 마음은 놀랄 만큼 따스해졌다. 그것이면 오늘 밤 충분히 편한 마음으로 잠들 수 있을 성싶었다.

13

황궁은 칠일례의 마지막 날 준비로 분주했다.

예석황제는 과묵한 분이었다. 첫날 짧은 대화를 나눈 게 전부였다. 두 번째 날부터 어제까지 예석황제는 주유에게 거의 말을 걸지 않고 눈도 잘 마주치지 않았다. 준비된 차를 묵묵히 마시고 돌아갔다.

'내가 마음에 들지 않으신 걸까, 아니면 성품이 그러하신 걸까?'

주유는 왼쪽 팔에 한 연자 팔찌를 만지작거렸다. 부서져 버린 연자 팔찌를 자균이 수리해서 가져다주었다. 칠일례가 있기 전 그녀를 만나러 와서 준 선물이었다.

"마마께서 오랫동안 지니신 물건인 듯하여 허락도 받지 않고 수리를 했습니다."

상자를 여니 자균과 요지연에서 만났을 때 줄이 끊어져 버린 연자 팔찌가 들어 있었다. 부서진 것들은 일일이 금으로 때워져 있었다. 검은 연자에 황금색 물결무늬가 들어가 단정하면서도 우아한 느낌이었다.

"마마, 저는 평생 마마의 뒤에서 마마를 도울 것입니다. 황궁 생활이 힘드시겠지만 잘 견뎌 주십시오. 폐하께서 제게 약속하셨습니다. 마마를 귀히 여기시겠다고요."

주유는 팔찌가 부서질 때 자균과의 연도 부서졌다 여겼다. 그런데 그가 이렇게 그 부서진 팔찌를 금으로 때워 가져오자 그에 대한 마음을 억누르기 힘들었다.

"마마, 목욕 준비가 끝났습니다."

주유는 상자에 연자 팔찌를 소중히 넣어 두었다.

내인들이 목욕을 마친 주유의 몸을 흰 비단으로 구석구석 닦았다. 목덜미와 겨드랑이, 가슴골, 배꼽과 무릎 뒤에 향유가 발라졌고, 긴 머리는 쉽게 풀어지도록 느슨하게 땋아 올렸다. 황귀비의 예복을 다 입자 내인은 사방에 복福 자가 금박으로 새겨진 붉은 비단으로 주유의 얼굴을 가렸다.

앞을 가린 비단 때문에 사방을 분간할 수 없는 주유는 내인들의 손에 이끌려 태화전 문밖에 섰다. 저 멀리서 느릿한 음악 소리와 함께 황제가 탄 연이 태화전으로 가까이 오고 있었다. 황제의 연이 보이기 시작하자 주유는 바닥에 무릎을 꿇었다.

등불을 든 내관들이 황제보다 먼저 도착해 태화전 앞을 환히 밝혔다. 잠시 후 신랑인 예석황제가 태화전 앞에 도착했다.

주유는 자신에게 다가오는 황제의 발걸음 소리를 들었다. 황제의 검은 가죽 신발이 주유의 시선에 들어왔다.

황제는 낮고 차가운 목소리로 말했다.

"시작하지."

예석황제는 동쪽에 섰고 주유는 서쪽에 섰다. 주유가 황제에게 세 번 절을 올렸다.

예석황제가 먼저 큰 상이 차려진 태화전 마루로 올라갔고 주유가 그 뒤를 따랐다. 합환주를 든 내관이 하나로 합쳐진 표주박 두 개에 술을 따른 후 바닥에 술을 조금 버렸다. 내인 두 명이 내관에게 가까이 가 합환주가 담긴 표주박을 쟁반에 조심스럽게 받아 와 황제와 황귀비에게 바쳤다. 합환주를 세 번에 나눠 마신 후 예석황제가 먼저 자리에서 일어나 태화전의 동쪽 방으로 갔고, 그 후 주유가 몸을 일으켜 서쪽 방으로 갔다.

동쪽 방에서 침의로 갈아입으며 준은 가볍게 한숨을 내쉬었다. 준의 한숨에 차비가 민감하게 반응했다.

"폐하, 걱정하실 일 없습니다. 그저 자연스럽게, 자연스럽게 몸이 원하는 대로 움직이시면 됩니다. 음양의 이치라는 건 자연스러운 것이라 합니다."

차비는 말을 마치고 잠시 있다가 다시 덧붙였다.

"물론 저는 평생 가야 알 수 없겠지만 말입니다."

차비의 말에 준은 자기도 모르게 미소 지었다. 그러나 곧 얼굴이 어두워졌다.

'이날이 드디어 왔구나.'

준은 합방을 하러 가는 신랑이라고는 믿을 수 없을 만큼 깊은 한숨을 쉬었다. 합방에 대한 두려움 때문이 아니었다. 제발 그분 때문이 아니길 빌었는데. 예석황제의 마음에 누가 있는지 차비는 깨닫고 말았다.

칠일례 기간 동안 준은 단 한 번도 경요를 찾지 않았다. 늘 차비가 경요의 소식을 전해 주었는데, 칠일례 동안엔 무슨 생각인지 경요에 대한 이야기를 한마디도 꺼내지 않았다.

준이 무심함을 가장해 차비에게 물었다.

"유선궁에는 별일이 없느냐?"

차비는 바로 대답하지 않았다. 준이 의아한 얼굴로 차비를 바라보았다. 차비는 숨을 크게 들이쉬고 마음을 단단히 먹었다.

"폐하, 안 될 일입니다."

준은 차비가 무슨 말을 하는지 금세 이해했다. 준은 시선을 돌렸다.

차비가 쐐기를 박듯 말했다.

"유선궁마마와 황귀비마마 모두 불행해지실 겁니다."

차비는 그 사이에서 더 힘들어지는 이는 예석황제임을 알았다.

"안 되는 것이냐?"

"폐하, 부디……."

차비는 예석황제의 앞에 부복했다.

"……이 늙은이의 충정을 굽어살펴 주시옵소서."

안 되는 것이었다. 예석황제는 합궁을 하기 위해 침전으로 발걸음을 옮겼다. 차비는 불안한 심정으로 그 뒤를 따랐다.

주유는 대례복을 벗고 침의로 갈아입은 뒤 합궁을 위한 태화전의 침전으로 들어갔다. 곧 침의로 갈아입은 예석황제도 침전으로 들어가 동쪽에 놓인 의자에 앉았다. 산자와 송화다식, 밤과 잣, 은행으로 차려진 다탁을 사이에 두고 준과 주유가 마주 앉았다.

용과 봉황이 화려하게 투각된 도자기 향로에서 은은한 향이 피어올랐다. 긴장을 풀고 첫 합궁을 매끄럽게 하기 위한 약한 최음향이었다.

내인이 침상 옆에 있는 밀초를 제외하고 나머지 등을 모두 꺼 버렸다. 침전은 달콤한 향기와 은은한 어둠으로 가득 찼다.

준은 엿새 동안 발 너머로만 보았던 황귀비의 얼굴을 찬찬히 뜯어보았다. 어머니 단사황태후가 낙점한 황귀비였다. 자균에겐 여동생 같은 이였고, 황자 시절부터 그를 지지해 준 혜란공주가 딸처럼 키운 이였다. 자색도 바탕도 모자람이 없는 고운 사람이었다. 하지만 그것뿐이었다. 아무리 애를 써도 황귀비가 그의 맨마음에 닿질 않았다.

황제로 해야 할 일이다. 해치워 버리면 그뿐이다.

정사를 보는 것과 황귀비와 합궁을 치르는 일, 그 두 일이 그에겐 다를 바가 없었다.

마음에 없는 여인과 몸을 나눠야 하는 자신이 짐승 같았다. 종묘와 사직의 이름으로 억지로 교미해야 하는 종마가 된 기분이었다.

경요를 몰랐다면 아무 생각 없이 황귀비를 안았을 것이다. 준은 무언가를 안다는 것이 두려운 것임을 깨달았다. 알고 나면 이전으로 돌아갈 수 없다. 준은 이미 특별한 여인과 함께하는 행복을 맛보았다. 누군가를 믿고 의지하고 같은 눈높이에서 대화를 나누는 즐거움을 알아 버렸다. 아무 말 없이 한공간에만 있어도 온몸이 따스함과 유쾌함으로 가득 차는 그 기분을 느껴 버렸다.

꾀병을 부려 그녀의 침상을 차지했던 밤, 준은 자기 안에 있는 남자로서의 욕망을 분명히 느꼈다. 처음으로 몽정을 했을 때와는 느낌이 전혀 달랐다. 그때는 부끄러웠고 두려웠다. 그러나 경요를 보면서 느낀 욕망은 기묘하게 편안했다. 온몸이 은근하게 달아올랐고, 열기가 식지 않았다. 제 몸이 악기가 되어 느릿한 열락의 음악을 연주하는 것 같았다.

잠을 자다 눈을 뜨면 편히 자고 있는 경요가 그의 품에 있었다. 가만히 얼굴을 만져 보고, 입을 맞추고, 머리카락을 손가락으로 훑었다. 그러다 밀려오는 졸음에 빠져 깊고 달콤한 잠을 잤다.

깊이 잠이 들었어도 경요가 곁에 있다는 것을 분명 느끼고 있었다. 꼭 껴안은 자세가 불편한지 몸을 뒤척일 때마다 준은 경요가 편하게 잘 수 있도록 자세를 바꾸었다.

어떤 향기보다 경요의 살 냄새가 달콤했다. 그녀의 체온이 심장을 저릿하게 했다. 한 사람이 그에게 이렇게나 큰 의미가 될 줄 몰랐다. 자신의 마음을 제어할 수 없다는 것은 두렵기도 했지만 한편으론 짜릿했다.

준은 한 여인 안에 있는 극락을 그날 밤 맛보았다. 그것은 미약 같았다.

경요가 좋았다. 좋다는 말로 다 표현할 수 없을 만큼. 그것이 인연이라는 걸까? 인연이라면 왜 그녀는 그림자 신부로 그 앞에 나타났을까? 왜 하필 그가 황궁에서 가져선 안 되는 유일한 여인으로 나타난 것일까? 이으라는 뜻일까, 아니면 끊어 내라는 뜻일까?

황귀비를 보면서도 준은 경요 생각뿐이었다. 경요는 그가 준 자신으로 있을 수 있는 유일한 사람이었다. 처음부터 경요 그 자체에 끌렸다. 그녀 앞에서 자신은 그냥 사내였다.

준과 눈이 마주치자 주유는 벼락이라도 맞은 듯 움찔 놀라며 눈을 내리깔았다. 주유는 온몸과 마음이 긴장과 두려움으로 얼어붙어 황제에게 술을 따라 권해야 한다는, 몸단장을 시켜 주던 내인이 일러 준 합궁 절차도 까먹어 버렸다.

그녀를 보는 황제의 눈은 차가웠다. 저런 눈빛으로 그녀를 보는 사람이 몸을 만진다는 생각만으로도 주유는 졸도할 것 같았다. 차라리 혀를 깨물어 죽고 싶었다. 내인이 가르쳐 준 남녀의 교합을 떠올렸다. 남자와 여자가 몸을 나누는 것이 망측하게 느껴졌다. 주유는 죽어도 그리할 수 없을 것 같았다. 자균이 아니면 싫었다. 그 외에는 어떤 남자도 그녀의 몸을 만지게 하고 싶지 않았다. 할 수 있을 거라 여겼기에 그녀 앞에 앉아 있는 황제를 보는 순간 주유는 똑똑히 깨달았다.

'난, 절대로 이분에게 안길 수 없다. 억지로 범해지는 것도 싫다.'

생각에 잠겨 있던 주유에게 황제의 목소리가 들려왔다.

"목이 마른데 술 한 잔 따라 주지 않겠나?"

그제야 주유는 자신이 해야 할 일을 기억해 냈다. 술 주전자를 들고 작은 잔에 술을 따랐다. 의지와 상관없이 손이 덜덜 떨려 술이 여기저기 튀었다.

"좀 더 가까이 오라. 불이 어두워 그대가 잘 보이지 않는군."

여전히 차가운 목소리였다. 주유는 주춤거리며 황제 쪽으로 다가가 앉았다.

황제는 술을 단숨에 다 마시고 잔을 채워 주유에게 주었다.

"마시고 나면 마음이 좀 가라앉을 것이다."

주유는 술잔을 두 손으로 들었지만 손이 떨려 술잔을 바닥에 떨어뜨렸다. 쨍그랑 소리와 함께 도자기로 만든 술잔이 부서졌다.

"아……, 이를……."

준은 차분히 주유를 바라보았다. 여인은 오직 두려움만 느끼고 있었다. 황귀비는 그를 전혀 원하지 않았다. 준이 그녀를 조금도 원하지 않는 것처럼 그녀의 마음은 조금도 그에게 열려 있지 않았다.

준은 자기도 모르게 한숨을 내쉬었다. 이것이야말로 짐승의 교접보다 못한 것 아닌가. 적어도 짐승들은 스스로 동할 때만

흘레하지 않는가. 준은 자조했다.

준은 안절부절못하는 주유의 손을 잡았다. 순수한 위로의 손길이었다. 주유의 손은 얼음처럼 찼다.

"술잔은 그만 내버려두거라."

한결 부드러워진 황제의 목소리에 주유는 자기도 모르게 눈물이 차올랐다.

모든 것이 엉망이었다. 예석황제는 아무 말 없이 가만히 주유의 손을 꼭 잡고만 있었다. 황제의 따스한 체온이 주유의 몸으로 옮겨 가자 점차 떨림이 멈췄다. 주유가 어느 정도 안정이 된 기미를 보이자 준은 손을 놓았다.

어디선가 달콤한 향기가 자기 존재를 알리듯 준의 후각을 뒤흔들었다. 향로에서 피어오르는 약한 최음향 속에 환영화 향기가 섞여 있었다.

'향기는 맡을 수 있지만 그 모습은 찾을 수 없는 꽃이라고 했지. 네가 여기 없어도 나는 네 생각뿐이다.'

경요와 떨어져 다른 여인과 합방하려는 순간 더할 나위 없이 그녀가 또렷이 떠올라 준의 마음을 어지럽혔다. 그러나 황귀비와의 합방은 무엇보다 그의 어머니, 그 때문에 어둠이 된 어머니가 가장 원하는 일이었다.

'할 수 있을 줄 알았는데. 경요를 두고 다른 여인을 안을 수 있을 줄 알았는데. 그게 사내의 본능 아닌가. 사랑 없이도 안을 수 있는 것이.'

하지만 아니었다. 엿새 동안 다짐하고 또 다짐했지만 준은 주유의 털끝 하나 건드릴 수 없었다.

준은 고개를 숙이고 있는 주유를 바라보았다. 저 여인을 안고 황자를 생산하는 것, 그것이 모두를 위한 길이고 쉬운 길이다. 그러나 나는 저 여인을 원하지 않는다. 내가 원하는 여인은 경요뿐이다.

내 마음 따윈 중요하지 않다.

확신이 없는 목소리였다.

준은 직접 술을 따라 한 잔 마셨다. 주유는 잔뜩 언 얼굴로 술을 따라 마시는 예석황제를 바라보았다.

나는 어마마마에게 빚이 있고 그 빚을 갚아야 한다. 그것이 내가 태어난 이유니까.

황귀비와 합궁을 한다면 아무런 잡음 없이 살 수 있을 것이다. 황위를 얻기 위해서 피비린내 나는 싸움을 거쳤듯 원하는 것을 얻기 위해선 그에 상응하는 대가를 치러야 했다.

준은 저울의 한쪽에 단을 올렸고 다른 한쪽에 경요를 올렸다. 저울이 준의 마음에 따라 흔들렸다. 경요가 그럴 가치가 있을까? 단의 모든 이와 등을 지고서라도 함께하고 싶은가?

'그럴 가치가 있다. 함께하고 싶다.'

저울이 경요 쪽으로 기울었다. 황제가 된 것은 자신의 뜻이 아니었다. 그러나 경요는 자신의 뜻이었고 의지였다.

만약 그녀가 그였다면 어찌했을까? 준은 생각해 보았다. 그림자 신부를 없애기 위해 자신의 모든 것인 상단 후계자를 포기하고 단에 온 여인이었다. 만약 그녀가 누군가를 원했다면 이렇게 무기력하게 놓아주었을까? 아니, 세상 모두와 싸우더라도 그녀는 놓지 않았을 것이다.

경요가 언젠가 그에게 물었다. 자신이 그림자냐고. 준은 이제야 대답할 수 있었다. 그녀는 그림자가 아니었다. 경요 외의 여인은 필요 없었다. 그녀를 여국에 보낼 수 없었다.

준은 자리에서 일어나 성큼성큼 침전을 나갔다. 침전을 지키던 내인들은 깜짝 놀라 자리에서 일어났다. 태화전 아래에 있던 차비는 준이 얇은 침의 바람으로 밖으로 나오자 황망한 가운데서도 겉옷을 가져오라며 소란을 피웠다.

"폐하, 옷이라도 걸치고 가시옵소서."

준은 옷이 올 때까지 잠시 서 있었다. 얼마 후 준의 어깨에 두꺼운 담비털 외투가 걸쳐졌다.

"폐하?"

차비가 조심스럽게 입을 뗐다. 도대체 태화전 안에서 무슨 일이 있었기에 합궁도 하지 않고 이리 굳은 얼굴로 나오신 걸까? 차비는 준을 뒤쫓아 나온 내인들에게 눈으로 물었다. 내인들은 당황한 얼굴로 고개를 저었다. 아무 일도 없었다는, 무슨 일인지 모른다는 뜻이었다.

이상한 기미는 전혀 없었다. 합궁을 수줍어하는 황귀비와 그녀를 위로하는 황제. 첫 합궁의 익숙한 풍경이었다. 그런데 침묵이 이어지더니 갑자기 황제가 침전 밖으로 나온 것이다.

준이 조용히 말했다.

"금군을 불러오라. 유선궁으로 간다. 오늘 밤은 거기서 묵을 것이다.”

“폐하.”

차비는 자기도 모르게 이를 딱딱 부딪쳤다. 합궁이 깨진 것도 날벼락을 맞은 것 같은데, 지금 황제는 유선궁으로 가겠다고 하고 있었다. 차비뿐만 아니라 황제를 둘러싼 내인들과 내관들의 얼굴도 흙빛으로 변했다.

“유선궁 주변을 엄히 지켜라. 내가 나오기 전까지 설사 반란이 일어나도 아무도 들여보내지 마라.”

“폐하.”

차비는 그 말 말고는 할 말이 없었다. 그렇지만 준은 얼이 빠진 차비를 모른 척했다.

“날이 밝으면 무영에게 입궐을 명하라.”

“폐하, 호위청 별장 사무영은 명령 불복종으로 상관에게 근신을 명받았습니다. 그래서 입궁이 금…….”

준은 차비의 말을 끊었다.

“호위청과 위장소에 특별히 엄히 순찰하라 명하라. 지금 이후 입궁한 자의 명단을 모두 적어 내게 보고하도록 해라.”

준은 가마도 기다리지 않고 성큼성큼 유선궁 쪽으로 걸어갔다. 차비를 비롯한 내인과 내관들도 그 뒤를 따랐다. 준은 결심했다. 더 이상 어머니의 어둠에 빚을 지지 않을 것이다. 나는 나의 힘으로 설 것이다.

경요는 피곤하다 말하고 안규를 침전 밖으로 내보냈다. 불을 끄고 침상에 누워 조용히 눈을 감았다. 자기도 모르게 눈물이 흘러내렸다. 당연한 일이라 여겼는데 왜 이리 가슴이 아픈 걸까?

경요는 소리 내지 않고 계속 울었다. 단념할 수 있을 거라고 생각했던 자신은 바보였다. 처음으로 좋아하게 된 한 남자에 대한 마음을 어찌 상단의 장부처럼 깔끔하게 정리할 수 있을까.

황귀비가 들어오고, 황제와 합궁을 하고, 황자가 태어나면 다 괜찮아질 거라고 생각했다. 그렇지만 조금도 괜찮지 않았다. 그녀 마음속에 있는 연정이 그대로인데 괜찮아질 리가 없었다. 그녀의 가장 소중한 것을 빼앗기는 기분이었다.

가랑비에 조금씩 몸이 젖듯 준에게 벌써 마음의 대부분을 내주고 말았다는 것을 경요는 깨달았다. 그의 곁에 있고 싶었다.

간택되어 들어왔다는 얼굴도 모르는 황귀비에게 자기도 모르게 흉포한 감정이 일어났다. 그 여자가 미웠다. 자신은 할 수 없는 모든 것을 할 수 있는 그 여자가 정말 미웠다. 경요는 마음에서 솟아나는 온갖 감정들을 마음껏 풀어놓았다. 오늘 하루만은 어리석은 여자처럼 굴어 보겠노라 마음먹었다. 그리고 내일은 아무 일 없었다는 듯 또 씩씩하게 굴어야지. 힘들겠지만. 그리 생각하고 경요는 흐르는 눈물을 닦지도 않았다.

오늘만 울고 내일은 다시 본래의 의무에 충실한 그림자 신부가 되리라 생각했다. 그렇게 울다가 잠이 들었다.

안규는 한참 전에 불이 꺼진 경요의 침전 창을 계속 바라보았다. 오늘이 무슨 날인지 경요도 알고 있을 것이다. 평소와 다른 침울한 모습에 신경이 쓰였다.

예민한 안규는 경요와 황제 사이에 남녀 간의 상사相思가 있음을 눈치챘다.

'한쪽의 마음이면 애달프기만 하겠으나, 두 분이 같은 마음이니 어떤 폭풍이 황궁에 불어올지 두렵기만 하구나.'

안규는 자신의 주인을 위해 어찌해야 옳은지를 고민하고 고민했으나 답이 나오지 않았다.

전전반측하던 안규가 겨우 잠을 청하려는데 밖이 소란스러웠다. 놀라 밖으로 나가자 유선궁 일대가 대낮처럼 밝았다. 수십 명이 횃불을 들고 서 있었고, 황제의 연이 오고 있었다.

무슨 변고가 나려나? 안규는 심장이 철렁했다.

오늘은 칠일례의 마지막 날, 황제와 황귀비의 합궁일이 아닌가. 그런데 왜 황제의 행렬이 이곳 유선궁으로 향했는지 알 수 없었다. 안규는 입안이 바싹바싹 말랐다.

연에서 내린 황제가 안규에게 하문했다.

"황후는 자고 있는가?"

"침전에 계시지만 주무시는지는……."

"알았다. 아무도 내전에 들이지 마라."

그 말만 남기고 예석황제는 유선궁의 침전으로 들어갔다. 곧 무장한 금군이 유선궁의 안팎을 에워쌌다.

침전 안은 어두웠다. 준은 침상의 휘장을 조심스럽게 열었다. 경요의 숨 쉬는 소리가 세상에서 가장 아름다운 음악처럼 들렸다. 어둠에 눈이 익숙해지자 경요의 모습이 흐릿하게 보였다.

준은 경요의 얼굴에 손을 가져다 댔다. 눈물로 얼굴이 젖어 있었다. 경요의 눈물이 준의 마음을 뭉클하게 했다. 혼자만의 마음이 아니어서 기뻤다.

'늘 씩씩하고 당당한 너였거늘, 어둠 속에서 울고 있는 날도 있구나.'

준은 경요의 젖은 속눈썹을 손가락으로 만졌다.

경요는 자신을 만지는 손길에 잠에서 깼다. 침상에 누군가 가 앉아 있었다. 처음에는 꿈을 꾸는 거라 생각했다. 여기 있을 수 없는 이가 그녀를 바라보고 있었다. 오늘은 합궁일이라 분명 태화전에 계실 텐데.

"폐……하?"

준의 손이 그녀의 두 뺨을 감쌌다. 다정한 손길이었다. 뺨에 흘러내린 눈물이 손바닥의 온기로 말랐다. 나비의 날개처럼 파 닥이는 준의 맥박이 느껴졌다. 경요의 심장도 준의 맥박에 맞 추어 빠르게 뛰었다. 준과 경요는 그들이 지금 같은 것을 느끼 고 있음을 알았다. 서로를 간절히 원했다.

"왜 울었는가?"

낮고 나직한 목소리로 준이 물었다.

경요가 눈물 젖은 눈으로 그를 바라보며 답했다.

"황귀비를……, 질투했습니다."

사랑스러웠다.

"나를 은애하는가? 내가 그대에게 사내인가?"

경요의 입술이 파르르 떨렸다. 준은 대답을 기다리지 않고

입을 맞추었다. 입술이 맞닿는 순간 경요와 준 모두 움찔 놀라
며 몸을 떨었다. 경요는 도망가려 했지만 준의 강한 팔이 그녀
를 꼭 얽어맸다. 입맞춤이 점점 깊어졌다.

준은 팔을 풀지 않은 채 느릿하게 입술을 뗐다. 그리고 경요
의 이마, 눈썹, 눈, 코, 입까지 천천히 그녀의 모든 것을 몸에
기억시키듯 손으로 만지작거렸다. 경요는 아무 말도 하지 않고
준의 손길에 자신을 맡겼다.

준이 경요를 안고 눈을 감았다. 떨렸다. 자신이 지금 무엇을
하려는지 알았다. 그리되면 결코 돌이킬 수 없다는 것도 잘 알
았다. 돌이키고 싶지 않았다.

경요가 거부한다면 준은 멈출 생각이었다. 그러나 경요는
가만히 그에게 안겨 있었다. 그의 어깨에 놓인 경요의 코에서
따스한 숨이 나와 목덜미를 간지럽혔다.

준이 말했다.

"너는 그림자가 아니다. 너는 내 짝이며 단의 황후다."

경요는 멍한 기분으로 준의 말을 들었다.

준은 그녀를 침상에 눕히고 머리카락과 얼굴에 입을 맞추며
서툰 손길로 침의의 매듭을 풀었다.

경요는 준에게서 시선을 떼지 않았다. 그녀의 귓가에 닿는
그의 뜨거운 숨결이 밀어蜜語처럼 달콤했다. 경요는 아득한 기
분이었다. 열지 말아야 할 상자를 열어 버렸다. 의지로 저항할
수 없었다. 그가 주는 모든 것을 느끼기 위해 자신이 존재하는
기분이었다.

경요는 지금 자신을 안고 있는 이 남자를 원했다. 남자를 원하는 게 무엇인지 몰랐지만 본능이 가르쳐 주었다. 남자를 원한다는 것은 채워지지 않는 갈증에 시달리는 것과 비슷했다. 만족을 모르는 괴물을 제 몸 안에 키우는 것 같았다.

준이 경요에게 긴 입맞춤을 했다. 입술이 부딪쳤다. 새들이 부리를 부비듯 입술을 서로 나누었다. 얼마 후 그것으로 만족할 수 없다는 듯 준의 혀가 경요의 입안으로 들어왔다. 따뜻하고 부드러웠다. 수줍은 듯 준이 입술을 떼고 경요를 한없이 그윽한 눈으로 바라보았다. 달콤하다 못해 온몸이 저릿했다.

어찌 나를 보는 그대의 눈빛에서 향기가 나는 것 같을까?

경요는 팔로 준의 목을 끌어안고 입을 맞추었다. 그가 해 주었듯 자신의 혀를 준의 입안에 넣고 구석구석을 더듬었다. 경요는 생전 처음 느끼는 감각에 몸이 떨렸다. 경요는 자기 몸이 낯설었다. 무언가 알지 못했던 것이 몸과 마음 깊숙한 곳에서 천천히 깨어나고 있었다.

적극적인 경요의 움직임에 준은 살짝 움찔했지만 곧 기쁨이 밀려왔다. 자신만 그녀를 원하는 것이 아니었다. 그녀가 자신을 원하는 것이 미치도록 짜릿했다. 그가 경요의 옷을 벗겼듯 경요의 손길이 그의 옷의 매듭들을 천천히 풀었다. 준의 맨살이 경요의 몸에 닿았을 때 그녀는 작고 도톰한 입술로 긴 한숨을 토해 냈다.

14

해가 뜨기 전부터 지난밤의 사단은 황궁 구석구석까지 전해졌다. 황귀비가 첫날밤에 소박을 맞았고 황제는 보란 듯이 유선궁으로 갔다. 그리고 날이 밝도록 황제는 유선궁에서 나오지 않았고 유선궁 안팎을 금군들이 지키고 있었다.

단사황태후는 침상에서 지난밤에 있었던 일을 들었다. 내인들은 조마조마한 얼굴로 황태후의 입만 주시했다.

"차비를 불러들여라."

얼마 지나지 않아 차비가 잔뜩 겁에 질린 얼굴로 황태후의 발치에 엎드렸다.

"어제 무슨 일이 있었는지 본 대로 고하라."

차비는 더듬더듬 말을 이었다.

"폐하께서 태화전에서 나와 유선궁으로 가셨습니다. 그리고 지금껏⋯⋯."

"태화전에서 왜 나오셨느냐?"

"그건 저도⋯⋯."

"합방은?"

당연히 치러졌을 리 없었으나 혹시나 해서 물었다. 차비는 송구스러워 죽겠다는 얼굴로 고개를 가로저었다.

"태화전마마께오서 너무 놀라셨는지 그저 울기만 하셔서 아무것도 여쭙지 못했습니다. 아무 언질도 없이 갑자기 나오신 듯하옵니다. 천왕보심단과 생지황으로 만든 탕약을 올렸습니다. 그걸 드시고 겨우 침수 드셨다 하옵니다."

"내가 직접 유선궁에 가겠다."

단사황태후가 몸을 일으켰다.

"마마, 아뢰옵기 황송하오나, 폐하께서 아무도 들이지 말라 하셨습니다."

하지만 단사황태후는 뜻을 꺾을 생각이 없어 보였다.

"반란이 일어나도 아무도 들이지 말라 하셨습니다."

단사황태후는 다시 자리에 앉았다. 앞이 캄캄했다. 단사황태후는 자기도 모르게 주먹을 움켜쥐었다.

"어제가 처음이었느냐?"

차비는 몸을 떨었다. 대답을 듣지 않아도 알았지만 차비의 입을 통해 확인해야 했다.

"일전에 유선궁에서 묵으신 적이 있었습니다."

황태후의 얼굴은 더욱더 차분해졌다. 가슴속에서는 화산처럼 분노가 들끓고 있었지만 지금은 화를 낼 때가 아니었다. 화는 나중에 내도 된다.

'예사로운 계집은 아니라 여겼지만 황상을 홀렸단 말인가? 그 얼굴로? 재주가 좋군. 내가 공들인 황귀비의 혼사를 망친 걸로도 모자라 진짜 황후 노릇을 하려는 것이냐? 승은을 받은 그림자 신부라.'

전대미문의 일이었다. 여색에 미친 선황도 유선궁의 그림자 신부는 건드리지 못하고 그저 바라보기만 했다. 그런데 철저하게 여색을 경계하며 키워 온 그녀의 아들이 그림자 신부와 합방을 했다는 것을 믿을 수 없었다. 발등을 찍는 건 언제나 믿는 도끼라더니. 황태후는 탄식했다.

그녀는 자신의 아들을 알았다. 아들이 유선궁과 밤을 보낸 것은 호기심도 하룻밤의 춘정도 아닐 것이다. 각오를 하고 벌인 일일 것이다. 단국 전체와 그녀를 적으로 돌리는 한이 있어도 분명 유선궁을 지킬 것이다. 그의 아들도 남자. 여인 때문에 천륜을 끊을 수 있는 게 사내였다.

'도대체 언제 마음이 그리 깊어진 것일까?'

내심 여자 문제만은 안심해도 된다고 방심했었다.

만약 유선궁 복중에 용종이 생겼다면? 그 아이가 무사히 태어난다면? 그 아이가 황자라면…….

3백 년 만에 처음으로 황후가 낳은 적법한 황태자가 태어나는 것이다.

앞이 캄캄했다. 숨이 막혔다. 한 번도 있으리라 생각지 못한 일들이 그림자 신부가 온 후 계속 일어났다. 그것들 중 이번에 발생한 일이 가장 큰일이었다.

단사황태후는 차가운 목소리로 말했다.

"황상이 나오시면 오시라 전하라."

단사황태후는 바로 말을 바꾸었다.

"아니다. 아무 말도 전하지 말거라. 나가 보거라. 네가 여기에 온 것은 황상께 함구하라."

차비는 고개를 들지도 못하고 뒷걸음질로 나왔다. 명이 한 10년은 짧아진 것 같았다.

차비가 나가자 단사황태후는 내관 상섭을 불렀다.

"고명대신들에게 입궁하라 전하게."

상섭은 황급히 태후궁을 나섰다. 단사황태후는 내인을 불러 손님을 맞을 준비를 하게 했다. 침의를 벗고 의관을 고쳐 입었다.

경요는 해가 뜨기 전에 잠에서 깼다. 그녀 옆에서 정신없이 자고 있는 준을 바라보았다. 구겨진 침상이 어젯밤의 일을 생생하게 떠올리게 했다. 어둠 속에서 스스럼없이 토해 냈던 욕망이 낮의 햇빛 속에서는 그저 부끄럽고 당황스럽기만 했다.

준의 맨살이 부끄러워 경요는 이불을 덮어 주고 서둘러 침상 아래에 떨어져 있는 자신의 침의를 주워 입고 침상에서 나왔다.

경요는 옷을 입고 동쪽 창문을 열고 멍하니 밖을 바라보았다.

지난밤의 일은 꿈같았지만 꿈이 아니었다. 몸에는 어젯밤의 여운이 남아 있었다.

경요는 생각에 잠겼다. 무슨 생각으로 준을 받아들인 걸까? 생각 같은 것은 없었다. 본능에 충실했을 뿐이다. 마치 둑이 무너져 버린 것 같았다.

그녀를 보듬는 그의 손길이 좋았고 부드러운 입맞춤이 좋았다. 모든 것이 다 좋았다. 그녀가 누군지, 준이 누군지 본능이 생각하지 않게 했다.

'그러나 해가 뜨면 난 그림자 신부가 되고 당신은 단의 황제가 되어야 하지. 어제는 슬프고 아팠지만 앞길은 보였다. 그러나 오늘은 두려운데다 앞길마저 보이지 않는구나.'

그는 그녀에게 황후가 돼 달라고 했다. 경요는 마음이 무거웠다. 피차 지고 있는 것들이 무거운 이들. 누군가를 온전히 사랑한다는 것이 사치인 두 사람이었다.

'내가 진짜 황후가 될 수 있을까?'

경요는 조용히 침전에서 나가다 유선궁 밖에서 호위하고 있는 병사들을 보고 깜짝 놀랐다. 이래서야 온 황궁이 황제가 어제 자신의 궁에서 잤다는 사실을 다 알 것 같았다. 황태후궁까지 소식이 전해졌겠지.

새삼 준의 각오가 예사롭지 않음을 깨달았다. 그는 그녀 때문에 온 세상과 싸울 생각이었다. 준은 자신의 마음을 행동으로 밝혔다. 경요는 답을 해야 했다. 머물 것인가 떠날 것인가.

경요는 안규의 방으로 갔다.

"마마!"

한숨도 자지 못한 안규가 벌떡 일어났다. 얼굴에 걱정스런 기색이 역력했다.

"몸은, 몸은 괜찮으십니까? 저, 어디 불편하시진 않으신가요? 어의를 불러야 할까요?"

경요의 얼굴이 자기도 모르게 붉어졌다. 황제와 잠자리를 한 여인은 모두 어의에게 진맥을 받아야 하는 게 황궁의 법도였다. 안규는 그것을 묻고 있었다. 경요는 필요 없다며 고개를 저었다.

"부탁할 것이 있어 왔네."

"말씀하시옵소서."

"내인복을 빌려 주게. 잠시 다녀올 데가 있어. 평소대로 나갔다간 소동이 일어날 것 같아 그러네."

안규는 경요의 말을 이해했다. 안규는 경요에게 내인복을 입혀 주고 머리를 땋아 주었다. 안규는 경요의 목덜미에 있는 어젯밤의 흔적을 보고 얼굴을 붉혔다.

'합궁을 하셨구나.'

두 분이 다정하게 차를 마시는 그 밤의 모습을 볼 때부터 이런 날이 오리라 예상했었다. 안규는 자신의 주인에게 앞으로 닥쳐올 일들이 떠올라 길게 한숨을 토했다. 그 일들을 어찌 헤쳐 나가실꼬. 경요의 현명함과 강인함을 믿으면서도 안규는 궁에 사는 마물을 누구보다 오랫동안 지켜본 자였다. 아름답고 순수한 여인이 야차가 되는 모습을 여러 번 봐 왔다.

"언제 돌아오십니까?"

경요는 대답하지 않았다. 품속에는 준이 준 혼인 납폐가 들어 있었다.

안규가 경요의 대답을 재촉했다.

"분명 폐하께서 일어나시면 하문하실 겁니다."

그래도 경요는 묵묵부답이었다. 안규는 어두운 얼굴로 한숨을 쉬며 경요를 배웅했다.

궐문을 지키는 도총부 위장은 내인복을 입은 경요를 아래위로 훑었다. 일개 내인이 어찌 선전표신을 지니고 있는 걸까? 해가 뜨기도 전에 선황의 고명대신들이 줄줄이 입궁한 것을 떠올리며 궐 안에 사단이 나긴 났구나 생각했다.

위장이 물었다.

"어느 전 사람이냐?"

"대경전이옵니다."

위장은 궐문을 열라는 수신호를 했다.

"새벽부터 어쩐 일이십니까?"

화경방 방정 채수가 놀란 얼굴로 경요를 맞이했다.

"서화는요?"

"지금 사람을 보내겠습니다. 황궁의 누군가가 공주님께 위해를 가하려 했습니까? 그래서 도망쳐 오신 겁니까?"

채수는 새벽같이 내인복을 입고 온 경요를 보고 큰일이 났음을 직감했다.

"큰일은 내가 아니라 환주가 아닙니까?"

"환주 일 때문에 오신 겁니까?"

경요가 고개를 끄덕였다.

채수의 아내가 차를 내올 즈음 서화가 들어왔다. 경요는 감정이 드러나지 않는 목소리로 말했다.

"일단 환주에 대해 이야기해 보십시오."

서화가 한숨을 쉬며 이야기했다.

"단사황태후는 환주의 사람들을 다 죽일 생각인가 봅니다."

"그게 무슨 소리입니까? 환주 사람들을 다 죽여 단이 무슨 이익을 본단 말입니까?"

"환주가 단의 손에 떨어지지요. 기름진 땅입니다. 그곳에 이주해 살려는 가난한 백성들은 얼마든지 있습니다."

경요는 묵묵히 채수의 말을 듣고만 있었다.

"몇 년 전 환주에 자치권이 내린 것은 아시지요?"

경요가 고개를 끄덕였다. 단사황태후가 한 일이라 알고 있었다. 경요는 애초부터 제대로 정착하기 힘든 미봉책이라 여겼다.

"지호족이 자치권 때문에 완전히 분열되었습니다. 지금 환주는 내전 상태입니다. 곧 심각해질 것 같습니다. 지호족을 이끄는 선씨 가문의 뜻이 두 가지로 나뉘었습니다. 자치권에 만족하지 말고 예전의 환국으로 돌아가자고 주장하는 이들과 한정적인 자치권이라도 받아들이자는 이들이 싸우고 있습니다."

긁어 부스럼이었다. 경요는 왜 단사황태후가 뜬금없이 자치권을 내린 건지 이해가 되지 않았다. 단의 지배를 받은 지 벌써

3백 년이었다. 아무리 지호족이 배타적이라 해도 몇백 년 단국에서 이주한 이들과 함께 살면서 피가 섞였다. 그리고 그들은 지금껏 자치권을 위해 싸운 것이 아니건만 투쟁하지도 않은 자치권이 하늘에서 뚝 떨어졌다.

채수가 깜짝 놀랄 말을 했다.

"단사황태후가 비밀리에 선씨 가문에 군자금을 대고 있습니다."

경요는 처음엔 채수의 말이 잘 이해가 되지 않았다. 황태후가 단에 반대하는 이들에게 돈을 대고 있다고?

"어느 쪽에 돈을 대고 있습니까?"

"양쪽 다입니다."

경요는 자기도 모르게 입을 벌렸다.

"서로 죽이라고 재물을 대고 있단 말입니까?"

"예, 그러하옵니다."

경요는 새삼 자신이 싸워야 할 단사황태후가 얼마나 무시무시한 사람인지 깨달았다. 사람의 목숨을 아무렇지 않게 여기는 이만큼 무서운 상대가 있으랴.

한 번도 가 보지 못했으나 자신에게 바쳐진 땅 환주. 그들이 억지로 단국의 지배를 받아들이게 된 이유가 자신이었다.

환주는 원래 지호족의 땅이었다. 지호족이 환국이라는 나라를 세운 후 백여 년간 이어 오다가 환국왕 혜홍의 무남독녀 청연이 여국의 왕과 혼인을 하게 되었다. 그런데 혼인으로 여국과 환국이 합쳐지는 것을 바라지 않았던 단국이 싸움을 시작했다. 30년 동안 지속된 전쟁의 승자는 단국이었지만 잃은 것이 많은 승리였다.

승자인 단은 환국을 요구했으나 지호족의 저항이 거셌다. 그래서 단은 청연에게 선택을 요구했다. 몰살이냐 인질이냐? 청연의 선택은 인질이었다.

청연이 여국 왕과 혼인해서 낳은 딸이 환주의 주인이 되었고, 여국은 그 딸을 단국에 황후로 시집보냈다. 그림자 신부의 시작이었다. 그 후, 청연의 피를 이은 딸들은 환주의 주인이라는 명분으로, 실상은 인질로 단국에 보내졌다. 단의 지배를 받고 있지만 환주는 엄연히 그림자 신부의 땅이었다.

단의 황제는 배우자의 신분으로 환주를 통치했다. 그렇게 해서라도 가져야 할 만큼 환주는 비옥한 땅이었다. 그런데 그 환주에서 지호족들이 세력을 잃는다면? 그 자리를 단국인이 채운다면? 그림자 신부는 더 이상 필요 없게 된다. 환주를 온전히 단국의 영역으로 만든다면 여국의 그림자 신부라는 인질 따윈 없어도 확실한 우위에 서게 된다. 그림자 신부를 굳이 황후 자리에 놓을 이유가 없어진다.

"거참, 귀신같은 계책이군요."

경요의 말에 채수가 냉정하게 대꾸했다.

"생각하지 못해 하지 않는 것이 아니지 않습니까. 하지 말아야 하기 때문에 하지 않는 것이지요. 전쟁에도 지켜야 할 선이 있는 법입니다."

경요는 한숨을 쉬었다.

"연국은 또 무슨 일입니까?"

이번엔 서화가 대답했다.

"아무래도 연국은 어부지리로 환주를 노리는 것 같습니다. 연국 왕 제선을 만나 보았는데 야심이 보통이 아니었습니다. 하긴 어디 붙어 있는지도 모를 변방의 작은 나라를 그만큼 불린 사내이니 보통은 넘겠지요."

환주의 서쪽에 있는 연국에게 중원으로 진출하기 위한 유일한 통로가 환주였다. 결국 노리는 것은 환주가 아니라 단국일 것이라고 경요는 생각했다. 단사황태후는 아직 연국에 대한 것은 알지 못하리라. 그럼 자신이 아직까지는 조금 더 유리했다. 수많은 경우의 수가 경요의 머릿속에 왔다 갔다 했다.

경요는 한숨을 내쉬었다. 문제가 정말 복잡했다.

"이 일에 대해 단은 얼마나 알고 있습니까?"

"아직 잘 모르고 있습니다. 공주님도 아시다시피 단이 연에 눈을 돌릴 여유가 없지 않습니까. 단사황태후가 환주 내전의 심각성을 일부러 황제에게 전달하지 못하게 막는다고 합니다. 조정과 삼사가 황태후의 손에 있으니까요."

이권을 둘러싼 문제는 항상 이렇게 뒤얽힌 실타래처럼 풀기가 어려웠다. 이래서 이익에 홀리면 안 된다. 상인은 이익의 실타래를 풀 사람이어야지 이익의 실타래에 묶여 버려선 안 된다고 위보형은 누누이 경요에게 말했다. 복잡한 매듭 같은 환주를 단사황태후는 칼로 단숨에 베어 버리려 하고 있었다. 그러나 그것은 밧줄이 아니라 환주에 사는 수많은 사람들의 목숨

줄이었다.

항상 쉬운 길을 경계하고 어려운 길을 가라. 그것이 사람을 구할 수 있는 길이라고 경요는 배웠다. 환주를 저대로 내버려 둘 수 없었다.

'남의 손으로 사람을 죽이는 자들이 더 과감한 법이지.'

황태후에게는 환주에서 벌어지는 일들이 장기판의 말을 이리저리 움직이는 것에 불과하리라. 자기도 모르게 경요는 화가 치밀어 올랐다. 어찌 되었든 환주는 단의 지배를 받고 있으니 단은 환주에 사는 사람들의 안위를 책임져야 했다. 설사 단에 저항하는 이들이라 할지라도 치자가 해야 할 의무는 해야 했다. 더 소름 끼치는 것은 단사황태후가 아무런 죄의식이 없으리라는 것이었다. 빛을 위한 어둠. 새삼 경요는 단사황태후가 어둠이라는 사실을 깨달았다.

"아바마마는? 여국에선 어쩌고 있습니까?"

"내전에는 관여할 수 없지요."

채수의 말이 맞았다. 단사황태후의 지략은 소름 끼칠 정도로 빈틈이 없었다. 환주 사람들끼리 싸우는 것에 여국이 관여할 순 없었다. 그저 이 상황을 내버려두면 환주는 단사황태후의 손에 떨어진다.

한 번도 가 본 적이 없는 땅이었지만 그럼에도 그곳은 경요의 책임이었다.

"공주님, 황궁에는 돌아가지 않으시는 편이 좋을 듯합니다. 다음 화살은 분명 공주님께 겨누어져 있을 겁니다. 빠져나오신 김에 몸을 피하시지요."

화살이 아니었다. 아마 단사황태후는 칼을 갈고 있을 것이었다.

"그럴 순 없어요."

그녀가 황궁에서 빠져나온다고 환주의 문제가 해결되는 건 아니었다. 그녀가 싸워야 할 곳은 황궁이었고 또한 환주였다.

서화가 거듭 말했다.

"공주님, 황궁은 안전하지 않습니다."

"해야 할 일이 아직 남았어."

그랬다. 예석황제에게 해야 할 말이 있었다.

경요는 자신이 누구여야 하는지 혼란스러웠다. 자신은 여국의 공주였고, 화경족의 일원이었으며, 허울뿐인 환주의 주인이었고, 인질이었으며, 그림자 신부였다. 예석황제는 그녀를 단의 진짜 황후로 만들어 주겠다고 하였다.

여국의 공주이면서 단국의 황후일 수 없었다. 또한 환주의 주인이면서 여국의 공주이자 단국의 황후일 수도 없었다. 선택을 해야 했지만 어느 선택도 만족스럽지 않았다. 각각의 이익이 치열하게 부딪쳤다.

황궁으로 돌아가는 경요의 발걸음이 무거웠다.

준은 잠에서 깼다. 침상에 경요가 없었다. 휘장을 열어 침전 안을 살펴도 경요가 없었다.

'어디로 간 것일까?'

불안했다. 어쩐지 영영 돌아오지 않을 것 같은 느낌이었다. 어젯밤은 꿈이었나? 내 소망이 만들어 낸 망상이었나? 하지만 아니었다. 이토록 생생한 환상이 있을 리 없었다. 침상엔 어젯밤의 흔적이 남아 있었다.

준은 여기저기 흩어진 옷가지를 찾아서 걸쳤다. 경요가 돌아올 때까지 망부석望婦石처럼 기다릴 생각이었다.

문이 열리는 소리가 들리고 내인복을 입은 경요가 들어왔다. 경요와 눈이 마주친 순간 준은 그녀가 자신을 거절할 것임을 깨달았다.

"폐하."

단정하고 단호한 목소리로 경요가 그를 불렀다.

"듣지 않겠다."

"예?"

"지금 날 거절하려는 것 아닌가."

"폐하."

"기다리겠다. 좀 더 생각을 해 다오. 그리 금방 대답할 만큼 그대에게 난 아무것도 아닌가? 그대에게 난 여전히 그림자인 것인가?"

경요는 차마 대답할 수 없었다. 상처 입은 준의 얼굴을 보는 자신의 가슴이 몇 곱절 더 아팠다.

칠일례의 마지막 밤, 황귀비와의 첫 합궁일에 준이 어떤 각오로 자신을 찾아온 건지 너무나 잘 알았다. 원하는 답을 해 줄 수 없어서 마음이 아팠다. 모든 게 너무 얽혀 있었다.

답이 있기나 한 건지. 경요는 한숨을 쉬었다.

그렇다고 준에게 '그대의 어머니가 환주의 백성들을 깡그리 죽인 다음 나를 죽이려 들 거예요. 아니면 나를 먼저 죽이고 환주의 백성들을 깡그리 죽일 수도 있겠네요.'라고 말할 수는 없었다.

단사황태후는 환주의 지호족을 잔인하게 쓸어버리는 여인이었으나 이 남자에겐 단 한 사람뿐인 어머니였다. 세상 모든 어머니가 자식들에게 특별한 존재지만 황궁에서 서로를 지키며 살아온 단사황태후와 예석황제의 관계는 더욱 특별하리라고 경요는 생각했다.

자신과 단사황태후는 절대 한 황궁에서 살 수 없었다. 준에게 어머니와 자신 중 하나를 선택하라는 말은 할 수 없었다.

'폐하, 전 황태후마마와 거래를 할 겁니다. 환주를 살리기 위해 황태후마마가 절대 거절할 수 없는 것을 내밀어야 해요. 저는 당신이 제게 준 연심마저도 이용할 생각입니다. 당신이 절 좋아하면 좋아할수록, 곁에 두고 싶어 하면 싶어 할수록 황태후마마가 제게 치러야 할 대가는 커지겠지요. 저도 이러고 싶지 않습니다. 하나 당신이라면 이해하겠지요. 한 번도 가 본 적 없는 땅의 사람들을 위해 가장 소중한 것을 포기해야 하는 내 마음을 말입니다. 그것이 누군가를 지켜야 하는 책임을 가진 자들의 삶이니까요.'

준이 경요에게 다가와 아무 말 없이 두 손을 마주 잡았다. 그리고 준은 경요의 손에 입을 맞췄다. 경요의 마음이 찢어졌다. 폐하, 제발 제게 다가오지 마십시오.

준은 경요의 손을 자신의 가슴에 가져가 댔다. 준의 심장 뛰는 소리가 들렸다. 빠르게 뛰는 심장이 준이 그녀에게 얼마나 미쳐 있는지, 그녀를 얼마나 은애하는지를 알려 주었다.

준이 경요의 손을 놓고 머리카락을 쓰다듬었다. 경요는 준의 손길을 피해 한걸음 뒤로 물러섰다. 거기에 아랑곳하지 않고 준은 경요에게 두 걸음 더 가까이 다가와 그녀를 안았다. 경요의 귀에다 입술을 대고 나지막하게 중얼거렸다.

"이렇게 내 품에 있어 다오, 부디."

경요가 그럴 수 없다고 말하려 했지만 대답하기 전에 이미 준은 그녀의 입술을 자신의 입술로 막아 버렸다. 그녀를 침상으로 밀고 가 눕혔다. 휘장이 느릿느릿 쳐졌다.

경요의 옷을 벗기는 준의 손길이 급했다. 모든 것이 얼떨떨했던 어제와는 기분이 달랐다. 느끼게 될 쾌락을 몸이 이미 알고 있기에 젖이 고픈 아기처럼 어서 채워 달라고 숨이 넘어갈 듯 재촉했다.

그녀를 꼭 안고 준이 중얼거렸다.

"그대가 돌아오지 않을 것 같았다."

"약속드리지 않았습니까. 도망가지 않겠다고."

이렇게 경요를 안고 있어도 준은 여전히 불안했다. 품 안에 있는데도 지금 경요의 마음이 어떤지를 알 수 없어 애가 탔다.

예석황제는 일주일째 유선궁에서 나오지 않았다.

모두들 단사황태후의 눈치만 보고 있었으나 그녀는 아무 말도 하지 않았다. 단사황태후가 아무 말도 하지 않는데 밑의 사람들이 감히 입방아를 찧을 순 없었다.

　단사황태후는 유선궁이 이 세상에 없는 듯 입에 올리지도 않았다. 찾아가지도 않았고 기별을 전하지도 않았다.

　고요하다고 하여 아무 일도 일어나지 않는 것은 아니었다. 황제와 황태후는 싸우고 있었다. 황제는 유선궁에서 나오지 않는 것으로 자기 의사를 분명히 했고, 황태후 역시 유선궁의 황제에게 아무 기별을 보내지 않는 것으로 자신의 의사를 분명히 표현했다.

　금기를 깬 황제에게 고명대신은 사직상소로 응수했다. 그것을 시작으로 사직상소가 줄을 이었다. 태학의 유생들이 수업을 거부했고, 황제가 여색에 빠져 국사를 그르친다는 언관들의 상소가 줄을 이었다. 황제는 눈 하나 깜짝하지 않았다.

　안팎의 격렬한 반응에 놀란 자균은 유선궁으로 달려갔다. 하지만 그마저도 예석황제를 만날 수 없었다. 금군이 그를 막아섰다. 충실한 번견처럼 아무도 유선궁 안으로 들여보내질 않았다. 유선궁에서 쫓겨난 자균은 존호궁으로 달려갔다. 이 모든 일의 뒤에는 황태후가 있음이 분명했다. 자균은 태후궁에서도 쫓겨났다.

　소동의 중심에 있는 주유는 묘하게 차분했다. 애초부터 무리였다. 황태후에게 다시 출궁시켜 달라 애원할 생각이었다. 처음 마음먹은 대로 출가하여 여승으로 살자고 마음먹었다. 첫

날밤에 소박맞은 것이 다행이었다. 예석황제가 그녀에게 자비를 베풀어 준 것이다.

주유는 침상에서 일어나 내인을 불렀다.

"소세를 하게 물을 가져다 다오."

죽은 듯 침상에만 누워 있던 주유가 기운을 차린 듯해 내인은 반가운 기색이었다. 주유는 얼굴을 씻고 머리를 빗고 단정하게 옷을 입었다.

"태후궁으로 가자."

단사황태후는 주유가 자신을 찾아오자 놀랐다. 주유는 야위긴 했으나 눈빛은 또렷했다.

"마마, 죄를 청하러 왔습니다. 제가 불민하여 황상을 제대로 모시지 못했습니다. 책임을 다하지 못한 저를 황궁에서 내쳐 주십시오."

역시 강한 아이였다. 그런 일을 당했음에도 저리 차분할 수 있다니. 단사황태후는 자신의 사람 보는 눈이 틀리지 않았음을 확인했다.

"걱정하지 말거라. 합궁일은 다시 잡았다."

"네?"

주유는 깜짝 놀라 눈을 크게 떴다.

황태후는 좋은 소식이라도 알리듯 미소 지으며 이야기했다.

"이레 뒤가 길일이라고 관상감에서 알려 왔다. 황상이 유선궁을 은애한다 하여 달라질 건 없다. 넌 정식으로 간택된 황귀비다. 지난번 합궁은 황상이 변덕을 부리셨지만 이번은 어쩌실 수 없을 것이다. 법도를 중히 여기는 황상이시니 정식으로 간택한 황귀비를 마음에 들지 않는다고 소박 맞추진 못하실 것이다. 만약 그러신다면 내가 조정 신료들을 움직일 것이다."

"마마, 저는 부족하여 그런 소임을 다할 수 없습니다."

"걱정하지 마라. 황제의 총애라는 것은 한철 피는 꽃에 불과하다. 황상이 언제까지 유선궁만을 총애하시리라 생각하느냐? 너의 뒤엔 나와 혜란공주가 있고, 진 대학사도 있다. 절대 그림자 황후에게 밀리지 않게 할 것이다. 나는 진씨 가문에 좀 더 힘을 실어 주기로 했다."

"마마."

"정안공주를 진 대학사에게 하가시키기로 했다."

그 순간 주유는 자신을 지탱하고 있던 마지막 줄이 툭 끊어지는 소리를 들었다. 주유의 안색이 하얗게 질렸으나 단사황태후는 아무것도 느끼지 못했다. 그저 다정한 목소리로 주유를 위로했다.

"그러니 너는 아무 걱정 말고 세 끼를 잘 챙겨 먹고 황상을 맞이할 준비를 하거라."

주유는 단사황태후 뒤에 거대한 거미줄이 있는 것 같은 환상을 보았다. 그 거미줄에 걸린 벌레는 자신이었다. 아무리 벗어나려 발버둥 쳐도 도망칠 수 없었다. 주유는 숨이 막혔다. 이 황궁에서 도망칠 방법은 딱 하나밖에 없었다.

깊은 밤, 침전을 지키고 있는 내인이 꼬박꼬박 졸고 있었다.

주유는 소리 내지 않고 옷을 갈아입었다. 마음이 이상하리 만큼 차분했다. 생을 끝내러 가면서 아무런 동요가 생기지 않았다. 그녀의 마음은 자균이 그녀를 거절했을 때 죽어 버린 것일지도 몰랐다. 생에 아무 미련이 없었다. 그저 쉬고 싶었다.

내인들에게 들키지 않고 태화전을 나온 주유의 발걸음은 요지연 쪽으로 향했다. 모든 것이 선명하게 느껴지면서 동시에 부질없이 느껴졌다. 살아 있는 건지 죽어 있는 건지 주유 스스로도 알 수 없었다. 마치 꿈을 꾸듯, 환영을 쫓아가듯 주유는 요지연의 다리 한가운데에 멈춰 중추에 가까워져 나날이 실해지는 둥근 달을 바라보았다. 하늘에 뜬 백련 같은 달이었다.

슬픔도 기쁨도 모두 증발되고 모든 것을 집어삼킬 것 같은 거대한 어둠이 서서히 주유의 마음을 잠식하고 있었다.

자균의 여인이 될 수 없었다.

황귀비가 될 수 없었다.

마음을 나눌 수 없는 사내와 몸을 섞을 수 없었다.

어떤 여인은, 그러니까 단사황태후는 그렇게 살았다. 죽음보다 혹독한 황궁에서의 삶을 살아갈 이유가 그녀에겐 있었지만 주유에겐 없었다. 이 황궁에는 주유가 원하는 것이 단 하나도 없었다.

남은 길은 죽음뿐이었다.

주유는 머리를 장식한 떨잠과 비녀를 뽑았다. 가락지도 뽑았다. 신발을 벗어 가지런히 놓았다. 소례복을 벗어 차곡차곡 접어 옆에 쌓았다. 홑겹의 흰 속옷 차림으로 주유는 멍하니 요지연에 뜬 둥근 달을 바라보았다. 찬바람이 불어와 피부에 소름이 돋았다. 주유는 팔목에 찬 팔찌를 빼려다 멈칫했다. 다 두고 가려는 순간에도 이것만큼은 몸에서 떼 놓기가 싫었다.

주유는 향낭 속에서 분갑을 꺼내 비상을 입에 털어 넣었다. 지독하게 썼다. 일렁이는 물에 창백한 자신의 얼굴이 비쳤다. 주유는 망설임 없이 호수로 천천히 들어갔다. 물이 차갑다는 느낌도 없었다. 그렇지만 무슨 미련인지 눈물이 흘렀다.

허리에 차던 물이 가슴을 거쳐 목까지 차올랐다. 주유는 걸음을 멈추지 않았다. 호수가 주유의 몸과 눈물을 집어삼켰다.

수면 위의 달이 이지러졌다 다시 나타났다.

15

"혼자 있고 싶다 하지 않았습니까!"

경요는 자신을 졸졸 쫓아다니는 사무영에게 화를 냈다. 무영은 얼굴도 두껍고 넉살이 좋았다. 경요가 화를 내거나 말거나 아랑곳하지 않고 빈틈없이 경요의 일거수일투족을 살폈다. 웃는 얼굴에 침 못 뱉는다고, 무영은 싱글싱글 웃으면서 경요를 그림자처럼 따라다녔다.

예석황제가 자신의 침전으로 돌아가면서 내건 조건이 무영을 유선궁에 두는 것이었다. 대장군 사조원의 서자로 음서로 출사한 호위청 별장 무영은 예석황제가 황자였던 시절 비밀리에 검술을 가르친 스승이기도 했다. 어딘가에 묶이길 싫어하는 인물이었기에 늘 상관과 마찰을 일으켜 출세는 형편없었으나 검술 실력만큼은 단에서 최고였다. 그래서 준은 경요의 호위를 무영에게 맡겼다.

무영은 그림자 신부에 대한 호기심으로 일을 맡았다. 근신 중이었기에 집안에 틀어박혀 있어야 했는데 그것보다는 나았다.

"지금 황후마마는 혼자 계십니다. 사실 저는 여기 있어서는 안 되는 인물이거든요. 그러니까 공식적으로 전 여기 없는 겁니다. 황궁에 계시는 마마님들 곁에 내관 말고 사내는 있어선 안 되는 것이 황궁의 법도입니다. 게다가 저는 칼까지 차고 있지 않습니까."

무영의 능글능글한 말투에 경요는 심드렁하게 물었다.

"그래서 그 칼로 날 지키겠다는 겁니까?"

무영의 얼굴에서 웃음이 사라졌다. 드물게 진지한 얼굴이었다.

"지금 황후마마는 자신이 얼마나 위태로운 처지인지 모르시나 봅니다."

"얼마나 위태로운가요?"

"죽을 수도 있습니다."

"글쎄, 과연 그럴까요?"

"황태후마마는 무서운 분입니다."

"그래서요?"

전혀 말을 들어먹을 분위기가 아니었다. 말을 순순히 듣게 하려면 협박이 필요한 것 같았다.

"쥐도 새도 모르게 황궁에서 사라지실 수 있습니다."

경요는 미소를 지었다. 무영은 경요의 미소에 당황했다. 만난 지 만 하루도 되지 않았는데 경요는 무영을 여러 번 당황하게 만들고 있었다.

"지금 조정이 돌아가는 상황을 알고 이러십니까?"

편전이 텅 비었다. 자균은 사직상소에 깔릴 지경이었다. 단 전체가 예서황제에게 등을 돌리고 있었다. 모두 황제에게 그림자 신부를 버리라 하고 있었으나 황제는 고집스럽게 제 뜻을 꺾지 않았다.

'똑똑한 사람이 허방 짚는다고, 홀려도 참 더럽게 홀리셨구나.'

그림자 신부에게 홀려도 예석황제는 철두철미하게 모든 일을 처리했다. 예석황제는 부친인 사조원에게 국경을 지키던 병력 중 일부를 수도 민예를 향해 배치하라는 명을 비밀리에 내렸다. 내전이나 반란을 염두에 둔 발 빠른 대처였다. 예석황제는 자신이 얼마나 큰 금기를 건드렸는지 알고 있었다. 피를 흘려서라도 그림자 신부를 진짜 황후로 만들겠다는 의지가 느껴졌다.

무영은 예석황제의 무서우리만큼 철저한 구석을 알고 있는 사람이었다. 필요하다면 얼마든지 잔인해질 수 있는 황제였다. 대신들이 지금 들고일어난다 해도 승산은 황제 쪽에 있었다.

그림자 신부를 진짜 황후로 만든다. 단으로서는 자존심이 박살나는 일이었다. 나라를 이토록 시끄럽게 만들었으니 이른바 경국지색 아닌가. 그런데 그림자 신부는 실망스러울 정도로 박색이었다.

황제가 홀딱 빠졌다고 해서 얼마나 미색일까 기대했던 무영은 경요의 초라한 모습에 실망했다. 도대체 이 여인의 어디에 냉정하고 명석한 예석황제를 뒤흔들 구석이 있었던 걸까? 소문처럼 방중술이 뛰어났나? 그래서 황제가 헤어나지 못하는 걸까? 하나 그림자 신부에겐 색기가 없었다. 무영은 자기도 모르게 황제를 동정했다. 엄모시하嚴母侍下에서 크시더니 여자 보는 눈을 제대로 키우시질 못했구나. 아무리 급하시더라도 그렇지, 쯧쯧.

경요의 대답은 무영을 경악시켰다.

"내가 그것까지 알아야 합니까?"

지금 그림자 신부 때문에 단의 조정이 벌컥 뒤집혔는데도 경요는 태연하게 되물었다. 무영이 어이없다는 얼굴로 바라보자 경요는 쐐기를 박듯 말했다.

"그것이 나와 무슨 상관입니까?"

무영은 입을 쩍 벌렸다.

'폐하, 짝사랑이십니까!'

예석황제가 황위를 걸고 그림자 신부를 지키겠다고 했거늘 경요는 그것이 자신과 상관없다고 말하고 있는 것 아닌가. 무영은 겨우 마음을 진정시키고 입을 열었다.

"어찌 상관이 없으십니까. 폐하가 누구를 위해 그리하시는데요."

"그러니까 그게 나와 무슨 상관이냐는 겁니다. 그것은 단의 일이지 않습니까."

열 받은 무영이 저도 모르게 목소리를 높였다.

"마마는 단의 황후가 아니십니까!"

경요가 웃었다.

"왜 웃으시는 겁니까?"

"그림자 신부에게 황후라 칭해 주니 황송해서 몸 둘 바를 몰라 웃었습니다."

경요는 웃음을 멈췄다.

"그대는 검술에 뛰어나겠지요?"

"겸손을 떨진 않겠습니다."

"그럼 몇 명까지 해치울 수 있습니까? 스무 명? 서른 명?"

무영의 얼굴이 일그러졌다.

"나는 지금 단 전체와 싸우고 있습니다. 그런데 고작 검술 밖에 뛰어난 구석이 없는 그대가 날 어떻게 지킬 수 있겠습니까. 내가 그대를 곁에 둔 건 그래야 폐하께서 안심하시기 때문입니다."

한마디로 귀찮다는 뜻이었다.

"자신을 어찌 지키실 것입니까?"

경요는 한심하다는 듯 무영을 바라보다가 손가락으로 자신의 머리를 가리켰다.

"하아."

무영은 실소했다.

"내 몸 정도는 스스로 지킬 수 있습니다. 황태후마마만 무서운 줄 아세요? 나는 더 무서운 사람입니다."

경요의 말에 무영은 또다시 어이가 없어 웃고 말았다. 스물이라고 했던가? 하룻강아지 범 무서운 줄 몰라도 유분수지.

무영의 웃음에도 경요의 얼굴에는 아무 변화가 없었다. 무영이 머쓱해서 웃음을 거두자 경요가 입을 열었다.

"무영 그대는 내 말을 믿지 않는군요. 그럼 보여 줄밖에요. 존호궁으로 갑시다."

존호궁은 단사황태후의 궁이었다. 무영은 자기도 모르게 입을 떡 벌렸다.

"마마, 지금 존호궁으로 가자 하셨습니까?"

경요가 말했다.

"잘 보세요. 내가 날 어떻게 지키는지."

경요는 성큼성큼 유선궁 밖으로 나갔다. 무영은 당황해서 경요의 뒤를 따라갔다. 사람들은 황궁을 태연하게 걷고 있는 경요를 보고 자기도 모르게 고개를 숙였다. 황제가 유선궁에 이레나 머무른 후 오늘에서야 겨우 편전에 납시었다는 소식은 모두가 다 알고 있었다.

'도대체 무엇을 하시려는 건가?'

무영은 경요의 의중을 읽을 수가 없었다. 예석황제는 무슨 일이 있어도 경요를 보호하라고 명했다. 입 밖에 내진 않았지만 그것이 황태후로부터 보호하라는 뜻임을 무영은 잘 알았다. 그런데 지금 그림자 신부가 제 발로 존호궁으로 가겠다고 하니 미칠 노릇이었다.

무영이 다급하게 물었다.

"마마, 존호궁에는 왜 가시는 겁니까?"

경요는 대답하지 않았다.

"마마!"

무영이 목소리를 높이자 경요가 겨우 대꾸를 해 줬다.

"거참, 없다는 사람이 시끄럽군요."

법도에는 어긋났지만 무영은 경요의 앞을 막아섰다. 두 사람의 시선이 교차했다. 경요와 시선이 부딪친 무영은 움찔했다. 눈빛이 예사롭지 않았다. 무영은 자신의 팔에 소름이 돋는 걸 느꼈다.

"마마, 황상께서 왜 절 마마 곁에 두신 건지 모르시겠습니까?"

"잘 알고 있습니다."

"그런데 왜 존호궁에 가시는 겁니까!"

"그대는 무인이니 잘 알 것 아닙니까. 적보다 세력이 약할 때는 허를 찌르는 기습이 최고의 전술이라는 것을 말입니다."

그 말을 끝으로 존호궁에 도착할 때까지 경요는 한마디도 하지 않았다.

태후궁 앞을 지키던 내관은 경요의 모습을 보고 자신의 눈을 의심했다. 그러거나 말거나 경요는 위엄에 찬 목소리로 말했다.

"고해 주게."

내관은 허리를 굽히고 빠른 발걸음으로 존호궁 내전으로 들어갔다. 일단 기습에는 성공한 게 분명했다.

단사황태후는 눈빛만으로도 목을 벨 수 있다는 듯 경요를 사납게 바라보았다. 하나 그런 살기 어린 시선에도 경요는 태연자약했다. 경요는 제대로 된 예도 올리지 않고 그저 가볍게 무릎을 굽혔을 뿐이었다. 단사황태후의 얇은 입술에 차가운 미소가 걸렸다 사라졌다.

"물러가라."

단사황태후의 말에 내인들과 내관들이 자리를 피했으나 무영은 꼼짝도 하지 않았다. 단사황태후의 시선이 무영에게 향했다. 무영은 자신을 노려보는 단사황태후의 날카로운 눈빛에 자기도 모르게 움찔했다.

경요가 말했다.

"제 곁에서 한시도 떨어지지 말라는 황상의 명을 받은 자입니다."

그 말에 단사황태후는 무영에게서 시선을 거두고 경요를 바라보았다. 두 사람의 시선이 맞부딪쳤다. 육식동물이 영역 싸움을 하기 전 서로의 역량을 가늠하는 것 같았다. 그 팽팽한 기 싸움에서 경요는 단사황태후에게 한 치도 밀리지 않았다.

무영은 두 사람의 시선이 마주치는 것을 보는 자신이 왜 이리 떨리는 건지 알 수가 없었다. 그러면서도 경요가 단사황태후와 어떻게 부딪칠지 궁금하기도 했다. 무영은 자기도 모르게 경요에게 홀린 듯한 기분이었다. 도대체 이 소녀 같은 황후 어디에 저런 위엄이 있었던 걸까? 무영은 여인에게 목석같았던 예석황제가 왜 경요에게 끌렸는지 이해할 것 같았다.

결국 침묵을 먼저 깬 건 단사황태후였다.

"예의가 없는 건 여전하구나. 웃전을 보러 왔으면 먼저 제대로 예를 갖추고 온 이유를 고해야 할 것 아니냐."

경요의 얼굴에 차가운 미소가 걸렸다. 예를 갖출 생각 따윈 눈곱만큼도 없었다.

"제가 가장 외진 유선궁에 있으나 거기까지 소문이 파다하더군요. 황태후마마가 저를 가만두지 않을 거라는 소문 말입니다."

무심한 말투였으나 가시와 뼈가 느껴졌다. 하지 않아서 그렇지 경요는 독설에 있어 단사황태후만큼 재능이 있었다. 화를 돋우기 위해 경요는 일부러 나직한 목소리로 말을 이어 갔다.

"황태후마마, 모든 황궁 사람들이 알듯 황상께서 제 곁에 이레나 계셨습니다. 제 뱃속에 단의 정당한 후계자가 생겼을 수도 있다는 것이지요. 그 말씀을 드리러 왔습니다. 황실에 아이가 태어나는 것은 크나큰 경사가 아닙니까. 황실의 가장 웃어른이신 황태후마마가 제일 먼저 아셔야 하시지 않습니까."

무영은 말없이 경요가 단사황태후를 다루는 것을 지켜보았다. 분위기는 경요 쪽으로 유리하게 흐르고 있었다. 태연한 척 애쓰고 있지만 단사황태후의 얼굴에 미처 감추지 못한 패색이 드러났다. 싸움을 시작하기도 전에 이미 밀리고 있었다.

용종 이야기를 꺼내 칼자루를 쥔 경요는 천진한 미소를 지으며 쾌활하게 말했다.

"마마도 잘 아시겠지만 소첩은 장사꾼으로 자라 모든 것에 가치를 매기는 고약한 버릇이 있답니다. 무엄한 일이오나, 소첩의 뱃속에 용종이 있다면 그것의 가치는 얼마일까요?"

경요는 고개를 갸웃거리며 속삭이듯 물었다.

"황태후마마는 그것에 얼마를 지불하시렵니까?"

단사황태후는 한마디도 하지 못했다. 경요는 한 걸음 더 나아갔다.

"그리고 또 단국 황후 자리의 가치는 얼마일까요?"

단사황태후의 이마에 핏줄이 솟았다. 폭발하듯 소리를 지르려 했지만 경요가 먼저 입을 열었다.

"아, 용종에 대한 건 아직 황상은 모르십니다. 호사다마라고, 좋은 일일수록 늦게 아는 것이 좋을 것 같아서요. 그러니절 건들지 마십시오. 환주도 건들지 마십시오. 절 여국으로 돌려보내고 싶으시다면 말입니다."

단사황태후는 자기도 모르게 주먹을 꼭 쥐었다.

"네가 무얼 믿고 이리 방자하게……."

경요가 희미하게 웃었다.

"황궁의 여인이신 황태후마마께서 그걸 몰라서 제게 물으시는 겁니까?"

황제의 총애와 뱃속의 용종. 황궁 여인이 휘두르는 권력의 뿌리였다.

"환주에서 하시는 장난은 당장 그만두시지요. 그러지 않으면 저도 제가 어찌할지 잘 모르겠습니다."

"뭐라?"

"이참에 단국 황후 노릇을 제대로 해 볼까요? 저도 마마처럼 제가 낳은 아이를 황제로 만들고 싶어지면 어쩌지요? 황태후마마께서 저를 잘 모르시는 것 같아서 이참에 분명히 말하겠습니다. 저는 단국에 제 발로 왔고 또한 제 발로 돌아갈 것입니다. 제가 원할 때 말입니다. 저와 환주에 손댈 생각은 하지 마십시오. 절 건드리신다면 폐하가 가만있지 않으실 테고, 환주를 건드리신다면 단국이 또다시 지겨운 전쟁의 소용돌이에 빠지도록 도와 드리지요."

"전쟁? 무슨 수로?"

경요가 무표정한 얼굴로 말했다.

"글쎄요. 환주를 노리는 게 어디 단국뿐이겠습니까? 환주를 가장 비싼 값에 살 사람을 찾아보지요. 여기서 멈추지 않으시면 말도 안 되는 계략으로 지호족끼리 싸우게 한 대가는 꼭 치르게 할 겁니다. 마마, 한 나라가 무너지는 것의 시작은 아주 작은 개미구멍 때문이랍니다. 마마가 환주에 개미구멍을 뚫으신 것처럼 저도 단국에 구멍을 뚫어 드리지요."

"네가 무슨 재주로?"

단사황태후는 애써 비웃었다.

"못 할 것 같습니까?"

협박이 아니었다. 경요의 강한 눈빛에서 단사황태후는 그것이 진실임을 깨달았다. 멈추지 않으면 무슨 일이 있어도 대가를 치르게 할 것이라는 선전포고였다.

"저는 마마가 무엇을 가장 두려워하는지, 또 무엇을 가장 바라는지 압니다."

그 말을 끝으로 경요는 자리에서 일어나 뒤돌아 나왔다. 경요의 무례한 태도에 태후궁의 내인들뿐만 아니라 무영까지 깜짝 놀라 파랗게 질렸다. 단사황태후는 한마디도 맞받아치지 못했다.

태후궁을 나와 유선궁 중정에 도착하자 무영이 물었다.

"마마, 그게 사실입니까?"

"뭐가 말인가요?"

경요가 태연하게 되물었다.

"용종 말씀입니다. 사실이라면 황상께 알려야 하지 않을까요?"

경요가 피식 웃었다.

"그대는 여체에 대해 아는 게 없군요. 아무리 뛰어난 의원이라도 아이가 생긴 지 열흘은 되어야 태맥을 잡을 수 있습니다. 용종이 그렇게 쉽게 생긴다면 황궁 여인들이 왜 그리 임신하고자 애를 태우겠습니까. 여인이 아이를 가질 수 있는 기간은 한 달 중 얼마 되지 않습니다. 합궁을 한다고 아이가 생기는 게 아닙니다. 가능성이 높아질 뿐이지요. 그리고 용종이 생겼다고 해도, 그 용종이 황자일 거란 확신이 어디 있습니까?"

무영은 멍했다. 그럼 뱃속의 용종은 아직은 모른다는 것 아닌가.

"그럼 어찌 용종 운운하는 말씀을 태후께 올리신 겁니까?"

"내가 생겼다고 했습니까? 생겼을지도 모른다고 했지요. 나는 가능성을 말했을 뿐이나 이 문제에 신경을 곤두세우고 계신 황태후마마는 분명 용종이 내 뱃속에 생긴 것을 가정하고 모든 문제를 해결하려 들겠지요. 두려움은 냉정을 잃게 하고 실체를 제대로 보지 못하게 하니까요."

머리가 기가 막히게 돌아갔다. 무영은 이 여인이 왜 예석황제의 눈에 들었는지 깨달았다. 예석황제는 여인의 미색에 끌릴 시시한 사내가 아니었다. 예석황제는 자신과 같은 눈높이에서 이야기를 나누고 함께 싸워 줄 여인을 반려로 선택한 것이다.

무영은 경요를 존경하게 되었다. 만약 그가 병사가 되어 싸운다면 경요 밑에서 싸우고 싶었다. 무영은 자기도 모르게 공손한 어조로 경요에게 물었다.

"마마, 존호궁에 가신 이유를 이젠 말씀해 주시지요. 저는 마마를 지키고 싶습니다. 그러려면 마마의 의중을 알아야 합니다."

경요가 대답했다.

"시간을 벌기 위해섭니다."

"무슨 시간 말씀입니까?"

"생각할 시간. 이곳에 머물지 돌아갈지를 결정해야 합니다. 황상께서 내 대답을 기다리고 계시니까요."

"돌아간다면 여국으로 가시는 겁니까?"

"아마도. 아니면 상단으로 돌아갈 수도 있겠지요."

무영은 자기도 모르게 경요더러 진짜 황후가 되어 달라 말하고 싶었다. 이런 분이 황후라면, 이런 분이 황상을 그림자처럼 보필한다면 좋겠다는 상상만으로도 흥분이 되었다.

경요가 나가고도 한참 동안 단사황태후는 분노를 가라앉히지 못했다. 화가 날수록 차분하고 더 화사하게 미소 지었던 그녀는 온데간데없었다. 용종을 가진 황후를 함부로 할 순 없는 일. 이렇게 무참하게 진 건 정말 오랜만이었다.

환주에 대해서 얼마나 알고 있는 거지? 저 맹랑한 것이 지금 환주를 두고 주변 나라를 들쑤셔서 전쟁을 일으킨다고 하는 건가? 단사황태후는 기가 막혔다. 경요가 훨씬 더 높은 곳에서 환주를 보고 있음을 깨달았다. 생각의 규모가 달랐다. 황제에게 매달려 원하는 것을 얻어 내는 여느 여자들과는 차원이 달랐다. 처음으로 단사황태후는 경요가 진심으로 두려워졌다.

환주에 대한 정보는 어떻게 안 거지? 정말 전쟁이라도 일으킬 생각인가? 그림자 신부 뒤에는 여국만 있는 게 아니었다. 화경족의 부와 인맥이 있었다. 단사황태후는 더 경계했어야 한다고 생각했으나 후회한다고 달라질 것은 없었다. 단사황태후는 생각에 잠겼다.

'후생가외後生可畏라 했던가? 아직 이 세상에 아무 책임도 없는 이가 가장 매섭고 무서운 법이지. 저 아이는 이 황궁에서 원하는 것이 없다. 용종도 황제의 총애도 저 아이에겐 깃털처럼 하찮은 것이리라. 그러니 두려운 것이 없겠지. 그러니 저리도 당차게 내게 대들 수 있는 거겠지. 그러나 너도 변할 것이다. 인간은 휘거나 부러질 수밖에 없고, 스스로를 지키기 위해 독

을 품고 살 수밖에 없다.'

최대의 난적이었다. 회유할 수도 죽일 수도 없었다. 과연 황귀비가 경요를 상대할 수 있을까? 불가능에 가까웠다.

단사황태후는 내인을 불러 일렀다.

"관상감에 황귀비의 다음 합궁일을 정하게 하고, 정빈에게 입궁하라 전하라."

단사황태후는 꼭 황귀비가 회임하게 하고, 용종을 가진 황후와 싸울 수 있도록 진씨 가문에 좀 더 힘을 실어 주어야겠다고 결심했다. 하지만 단사황태후는 경요가 한 마지막 말, 그녀가 두려워하는 것과 바라는 것이 무엇인지 안다는 그 말이 마음에 걸렸다.

도대체 그것이 무엇이란 말인가? 정말 그 아이가 그것을 알까? 나도 차마 직면하지 못한 그것을?

단사황태후의 미간에 더욱더 깊은 주름이 생겼다.

준은 한밤중에 차비만 데리고 몰래 유선궁을 찾았다. 차를 마시겠다는 핑계였다. 차를 마시고도 준은 일어날 생각을 하지 않았다. 오늘부터는 자신의 침전에서 자겠다고 약속했으나 경요 곁을 떠날 수가 없었다.

경요는 매정하게 말했다.

"오늘 이곳에서 주무신다면 지금 대답을 하겠습니다."

준은 멈칫했다. 경요의 대답은 여전히 거절임을 직감적으로 느끼고 있었다. 어서 수락 쪽으로 마음이 기울기를 애타게 기다리며 준은 자리에서 일어났다.

"정말 너무하는군."

유선궁을 떠나는 준의 발걸음이 느렸다. 아쉬움이 뚝뚝 떨어졌다. 천천히 멀어지는 준을 보고 있던 경요는 곁에 다가가 손을 잡았다.

"잠시 저와 단둘이 산책을 하시렵니까?"

두 사람은 말없이 서로의 그림자를 바라보면서 요지연으로 걸어갔다.

"경요 그대는 짐이 미덥지 않은가?"

"어찌 그런 말씀을 하시는 겁니까?"

"내가 그대를 황후로 만들어 준다는 말이 미덥지 않은가 말이야."

경요는 걸음을 멈추고 준을 바라보며 말했다.

"폐하, 황후 자리는 폐하가 만들어 주실 수 있는 자리가 아닙니다. 모든 사람들이 그 자리에 제가 합당하다 여겨야 진짜 황후가 될 수 있는 것입니다. 저는 이미 황후입니다. 사람들이 인정하지 않기에 그림자 신부라 불리는 거지요."

준은 한숨을 쉬었다. 경요의 말이 맞았다. 갑자기 경요의 시선이 호수로 향했다.

'이게 무슨 소리지?'

경요와 준은 다리 한가운데에서 멈췄다. 어디선가 첨벙거리는 소리가 들렸다. 잉어가 내는 소리일까? 아니, 그것보다는 더 큰 것, 그러니까…….

준과 경요의 발에 무언가가 걸렸다. 단정히 개어 놓은 옷과 여인의 장신구, 신발이 있었다. 한밤중 인적이 드문 호수에서 이것들이 의미하는 바는 한 가지였다. 경요는 초조한 눈으로 호수 위를 살폈다. 저 멀리 물결이 일고 있었다. 아무리 강하게 죽기로 마음먹는다고 해도 마지막 순간 인간은 살기 위해 발버둥 친다. 경요의 귀에는 철벅거리는 물소리가 살려 달라는 비명 소리처럼 들렸다.

준은 당황해서 어쩔 줄 모르는데 경요가 호수로 뛰어 들어갔다. 준은 경요가 헤엄쳐 가는 곳을 바라보았다. 사람이 물에 떠 있었다. 경요는 여인을 끌어안고 돌아왔다.

준은 깜짝 놀랐다. 그 여인은 황귀비였다.

준의 얼굴색이 변하자 경요가 물었다.

"아시는 여인입니까?"

"황귀비다."

주유의 얼굴은 창백했다. 얼음이 되어 버린 듯 몸이 차디찼다. 경요는 주유의 코에 얼굴을 가져갔다.

"숨을 쉬지 않습니다."

"어의를 불러야겠네."

경요가 제지했다. 주유는 숨이 끊어져 있었다. 어의를 불러 봤자 죽었다는 소리밖에 듣지 못할 게 뻔했다. 예전에 배를 타고 바닷길을 건너가던 중 선장이 물에 빠져 이미 숨이 끊어진 사람을 구하는 것을 본 적이 있었다. 경요는 손가락으로 주유의 코를 잡고는 입으로 숨을 불어넣었다. 그러고는 다시 심장이 있는 곳을 힘차게 눌렀다. 경요의 이마에서 땀이 뚝뚝 떨어졌다.

'늦은 걸까?'

그런데 주유의 가슴이 움직였다. 멎었던 심장이 다시 뛰었다. 주유는 온몸을 뒤틀며 기침을 했는데, 콜록대면서 물은 토해 냈고 공기는 삼켰다. 경요는 주유를 일으켜 등을 두드려 주었다. 주유는 물을 잔뜩 토해 내고 기력이 다했는지 축 늘어졌다. 주유가 다시 숨을 쉬는 것을 보자 경요는 몸에서 힘이 풀렸다.

경요가 예석황제를 보고 말했다.

"이제 괜찮을 겁니다. 폐하, 죄송하지만 이 여인을 안고 유선궁까지 가 주시겠습니까?"

"태화전으로 보내야지 어찌 유선궁에 데려가려 하는가."

"이 꼴로 보냈다간 큰 소동이 일어날 것입니다. 유선궁에서 간호하다 정신을 차린 뒤에 태화전으로 보내는 게 좋지 않겠습니까."

경요와 준이 물에 빠진 생쥐 꼴로 궁으로 돌아오자 안규는 깜짝 놀랐다. 경요는 정은에게 생강탕을 끓이라 명했다. 또한 민아를 요지연으로 보내 주유가 벗어 두었던 옷과 신발을 아무에게도 들키지 말고 가져오라 명했다.

안규는 주유의 젖은 옷을 벗기고 경요의 침의로 갈아입혔다. 경요와 준은 주유의 창백한 얼굴을 보았다.

"어찌 된 일일까?"

준이 경요에게 물었다. 그러나 경요는 더 아는 것이 없었다. 경요는 황귀비로 간택된 주유를 처음 보았다. 준은 태화전에 있는 자신의 황귀비에 대해선 까맣게 잊고 있었다. 두 사람은 묵묵히 규칙적으로 숨을 쉬고 있는 주유를 바라보았다. 창호지 같던 얼굴이 발그레해진 것을 보니 체온이 돌아온 것 같았다.

"난 여인을 불행하게 만드는 게 정말 싫다. 하지만 벌써 저 여인을 불행하게 만들었구나."

준은 경요를 자기 품으로 끌어당겼다. 경요는 순순히 준에게 안겼다.

"몸이 차다. 이곳에 침상은 하나뿐이니 황귀비는 안규에게 맡겨 두고 내 침전으로 가자."

일주일 동안 그녀와 한침상에서 잤다. 이젠 그녀 없이 잠을 이룰 수 없을 것 같았다. 하나 경요의 대답은 야속했다.

"저는 이곳에 있겠습니다."

혹 황귀비의 일로 경요의 마음이 자신에게서 멀어지는 것을 선택했을까 봐 준은 두려웠다.

경요의 마음은 착 가라앉았다. 황궁의 가장 더러운 단면을 목격한 것 같았다.

이 여인은 도대체 왜 죽음을 선택한 것일까? 불과 며칠 전까지 그녀를 미워했던 경요는 생과 사의 경계에서 겨우 생 쪽으로 넘어온 주유에 대해 복잡한 심경이었다. 자신이 진짜 황후가 된다면 이 여인을 품어야 했다. 그런 게 황후의 자리였다.

일주일간의 달콤한 밀월 동안 잊고 있었던 현실이 가장 잔인한 모습으로 경요 앞에 나타났다. 한 남자의 사랑을 나눠 가져야 하는 황궁의 여인들. 선택받지 못한 자의 비참한 운명이었다.

저 여인은 폐하를 어찌 생각하고 있을까? 나만큼 간절히 원하고 있을까? 경요는 그 질문을 던지기 무서웠다. 만약 그러하다고 하면, 사랑받지 못할 바엔 차라리 죽는 게 낫다고 말한다면 어찌할까? 저 여인을 질투해야 할까? 경요의 마음은 어지러웠다.

"폐하, 이 일은 일단 저에게 맡겨 주시지 않겠습니까?"

"그리하겠다."

준은 경요가 잘 처리할 것이라 믿었다.

그녀를 두고 가는 게 못내 아쉬운 준은 경요를 안고 이마에 입을 맞추었다.

"보고 싶을 것이다."

경요가 준의 허리를 껴안으며 중얼거렸다.

"저도 보고 싶을 것입니다."

준은 눈을 크게 떴다. 경요의 솔직한 말에 기분이 좋았다. 준은 더욱 세게 경요를 껴안느라 그녀의 얼굴에 슬픔이 어려 있다는 것을 깨닫지 못했다. 경요의 마음은 여전히 이별 쪽으로 기울어져 있었다.

준이 나가고 안규도 자리를 비웠다. 경요는 주유의 소지품을 살펴보았다. 특별할 것 없었다. 그러나 분갑이 경요의 시선을 끌었다. 죽으러 가면서 왜 분갑을 챙겼을까? 뭔가 의미가 있는 걸까? 경요는 분갑을 요리조리 꼼꼼하게 살폈다. 황귀비 쯤 되는 사람이 지닐 만한 물건이 아니었다. 글귀 같은 게 쓰여 있지도 않았다.

경요는 분갑을 열었다. 바닥에 내용물이 아주 조금 남아 있을 뿐 거의 비어 있었다. 경요는 남아 있는 가루를 손가락 으로 찍어서 혀끝에 살짝 대어 보았다. 지독하게 썼다. 분이 아니었다.

'설마, 비상인가?'

비상으로 오해할 만큼 썼다. 하지만 비상을 먹었다면 저 여 인은 살아 있지 못했을 것이다. 혀가 아릴 정도로 쓰기만 했지 몸이 찌릿하거나 마비되는 느낌은 없었다. 경요는 기억을 더듬 었다. 비상만큼 쓰디쓴 약재가 뭐였더라?

'용담龍膽이다.'

용담 뿌리를 말려 가루로 만든 약재가 이리도 썼었다.

경요는 금으로 정성스럽게 세공한 연자 팔찌에 시선을 돌렸 다. 자세히 들여다보니 깨진 것을 금으로 때워 수리한 것이었 다. 옥이 깨졌을 때 금으로 수선한다는 이야기는 들었지만 연 자가 깨졌다고 금으로 수리하는 것은 들어 본 적이 없었다. 모 든 것을 다 버려두고 호수에 뛰어든 황귀비가 유일하게 몸에 지닌 것이었다. 뭔가 얽힌 사연이 있을 듯싶었다.

경요는 연자 팔찌를 만지작거리며 생각에 잠겼다. 이 비슷 한 것을 본 기억이 났다. 연자 팔찌는 흔한 것이었으나 그것을 하고 있는 사람에게 어울리지 않는 물건이어서 기억에 남았다.

진자균 대학사가 연자 팔찌를 하고 있었다. 비단 관복 소매 속에서 살짝 드러났던 검은 연자 팔찌. 남자가 팔찌를 하고 있는 것도 독특했는데, 연밥으로 소박하게 만든 팔찌라 더 기억에 남았다. 그런데 똑같은 연밥으로 만든 팔찌를 주유가 가지고 있다. 경요는 우연의 일치를 믿지 않았다.

경요는 자리에서 일어나 진 대학사가 빌려 준 도연명의 시첩을 펼쳤다. 시첩의 여백에 다른 필적으로 연시戀詩가 쓰여 있었다. 이루지 못할 사랑을 한탄하는 시였다. 도연명 시첩을 뒤적거리다가 그 시를 우연히 본 경요는 자균의 부주의함에 눈살을 찌푸리는 대신 저리도 뻣뻣한 사내에게 이렇게 애달픈 연심이 있다는 게 오히려 신기해서 여러 번 시를 읽어 보았다.

성품으로 보아 무언가를 숨기는 게 익숙한 이가 아닌 것 같은데, 이리도 연심을 숨긴다는 것은 분명 사랑해선 안 될 사람을 품었다는 뜻이리라. 지나치게 반듯해 보여 사리와 도리에 어긋나는 것은 절대로 하지 않은 자균이 연심 때문에 방황하는 것이 인간적으로 보이기까지 했다. 자신이 그 연시를 본 것을 알면 자균이 당황할 것 같아 도연명 시첩을 어찌 돌려줘야 할지 경요는 고민했었다.

그 시에서 애타게 그리워한 대상이 누군지 경요는 알아채고 말았다.

'그렇다면 저 황귀비의 마음속에 있는 자는 자균일 테고, 자균의 마음속에 있는 자는 분명 황귀비일 테지. 간택 때문에 엇갈린 인연이었나? 마음에 정인을 두고 입궁한 것일까?'

주유를 동정하는 마음이 생겼다. 자신이었다면 절대로 목숨을 버리진 않았을 것이다. 차라리 도망쳤을 것이다. 그러나 이런 어리석은 짓을 할 만큼 이 여인은 절망에 빠져 있었을 것이다. 경요는 어쩐지 자신이 이 여인의 운명에 책임이 있는 듯한 기분이 들었다.

주유는 한기를 느꼈다. 온몸이 덜덜 떨리면서 이가 부딪쳤다. 눈을 떴다. 낯선 천장이 주유의 시선에 들어왔다. 죽으면 육신이 없어 아무것도 느끼지 못한다던데 왜 이리 추운 걸까? 주유는 몸을 일으키려다 단정한 눈빛의 여인과 눈이 마주쳤다.

경요는 주유를 보더니 자리에서 일어나 생강탕을 가지고 돌아왔다.

"들게. 생강탕이네. 먹고 나면 몸의 떨림이 금방 멈출 것이네."

그 말 그대로였다. 생강탕을 마시고 몇 분이 흐르자 몸의 떨림이 멈추고 몸의 중심이 따스해졌다. 갑자기 눈물이 쏟아졌다.

경요는 주유의 눈물이 잘 이해가 되지 않아 물었다.

"살아난 게 기뻐서 우는 건가, 슬퍼서 우는 건가?"

"모르겠습니다."

갑자기 주유는 자신이 비상을 먹었다는 것을 기억해 냈다. 그런데 오한이 드는 것 말고는 몸이 너무 멀쩡했다.

"그런데 왜 제가 살아 있는 거죠? 저는 비상을 먹었는데……."

조금만 먹어도 피를 토하고 곧 죽는다는 비상을 먹었는데 왜 자신이 살아 있는지 주유는 이해할 수 없었다.

"비상? 황궁에 있는 여인이 어찌 그런 위험한 물건을 지니고 있는 건가?"

"황태후마마가……."

자기도 모르게 곧이곧대로 대답하고 주유는 아차 싶어 입을 다물었다. 누구인지도 모르는 사람에게 그런 이야기를 할 수 없었다.

황태후마마가 떠오르자 주유는 절망이 밀려왔다. 황제와 합궁할 수 없어 목숨을 끊었는데 이렇게 살아났으니 어찌하여야 할까? 주유는 또다시 눈물을 쏟았다. 마치 둑이 무너지듯 감정을 제어할 수 없었다. 울어선 안 된다고 머리는 말하고 있지만 감정은 그것을 무시했다. 그동안 꾹꾹 참아 온 감정들이 한꺼번에 폭발하고 있었다.

"황귀비, 그대는 황궁에서 버티기 어려울 만큼 순진하군."

경요는 주유를 찬찬히 뜯어보았다. 어딘지 자균 대학사와 닮은 구석이 느껴졌다. 외모가 아니라 성품이 닮았다. 휠 줄 모르는 곧은 사람이리라. 세상의 소란에 귀를 막고 차분하게 자신의 길을 가는 사람이겠지. 함부로 마음을 주지도 않으며 마음을 주었으면 죽음으로 그것을 지키는 사람이겠지. 연약해 보이나 그 심지는 단단하겠지. 황궁에서 살기엔 너무 맑고 곧은 사람이다. 단사황태후가 직접 고른 황귀비라 하였는데 어찌 이런 여인을 황귀비로 골랐을까? 단사황태후는 이런 여인이 되고 싶었던 걸까? 아니면 원래는 이런 여인이었을까?

주유는 황귀비라는 소리에 불에 덴 듯 놀랐다.

자신이 황귀비인 줄 아는 이 여인은 누굴까? 이곳은 어디지? 주유가 있는 태화전과는 비교할 수 없을 만큼 초라한 전각이었다. 그런데 자신이 황귀비인 줄 알면서 말을 여전히 낮추고 있었다. 황태후와 황제 말고 그녀에게 말을 낮출 수 있는 자는 황궁에 없었다. 아니, 있었다. 그림자 신부. 유선궁에 있는 황후. 이상한 소문의 주인공. 설마 이 기묘한 옷을 입고 있는 여인이…….

주유는 떨리는 목소리로 물었다.

"황후마마십니까?"

경요가 대답했다.

"뭐, 다들 나를 그렇게 부르더군. 그런데 황태후마마가 진짜 비상을 그대에게 주었다고 믿었다니, 자네는 정말 순진하군. 그대는 황제를 지근에서 모시는 이가 아닌가. 그런 이에게 황제를 해칠 수 있는 비상을 줄 리가 없지 않나."

"그럼 제가 먹은 것은?"

"용담 가루네. 지독하게 쓰지만 몸에 좋은 거라네. 위장을 튼튼히 하는 약이지."

주유는 몸이 떨렸다. 어째서 비상이라고 나를 속인 거지? 경요는 주유의 궁금증을 풀어 주듯 말했다.

"뭐, 여러 가지 의도가 있었겠지. 그대가 진짜로 죽길 바라질 않았거나, 만약 그대가 나쁜 마음을 먹어 그 비상을 황상께 썼다면 그대의 변심을 눈치채는 도구로 사용할 수 있을 테고, 그대가 그 약을 써서 자살을 기도했다면 그걸 약점으로 잡아 그대와 그대 뒤에 있는 친정 가문을 조종했겠지. 비빈의 자살은 중죄가 아닌가. 그 죄가 가족에게 연좌될 정도로. 이들 중 어느 것이 황태후마마의 진심인지는 그분만이 아시겠지. 이 모든 것이 다 해당될 수도 있을 테고. 모든 것이 다 그분에게 유리한 것이니."

경요는 차분하게 말했다. 주유는 경요의 차분한 말이 너무나도 잔인하게 들렸다. 진심이라곤 하나도 없는 추악한 공간이었다. 숨이 막히는 것 같았다. 1분 1초도 이곳에는 더 있고 싶지 않았다. 습관적으로 왼쪽 팔목을 만졌다. 연자 팔찌가 없었다.

주유는 당황해서 경요에게 물었다.

"팔찌……, 팔찌를 못 보셨습니까?"

"물에 빠진 사람 구해 줬더니 보따리를 내놓으라는 격이군."

경요는 주유에게 연자 팔찌를 주었다. 팔찌를 찾는 주유를 보니 다시 자진을 하진 않을 것 같아 경요는 살짝 마음이 놓였다.

경요는 단도직입적으로 물었다.

"그대가 연모하는 이가 진자균 대학사인가?"

주유의 얼굴이 새하얗게 질렸다.

"혼자만의 마음이었습니다. 오라버니는 제가 황제폐하의 좋은 짝이 되길 진심으로 바라신다 하였습니다. 제게 남은 건 그분의 소망을 들어 드리는 것밖에 없었습니다. 그래서 입궁하였으나 저는 황제폐하의 여인이 될 수 없었습니다."

"그래서 자진을 한 건가?"

주유는 대답하지 않았다. 경요가 한숨을 쉬며 말했다.

"그대는 정말 어리석군. 어떤 사람을 사랑한다 하여 그 사람의 소망이 내 소망이 될 순 없는 것을. 한 번뿐인 그대의 삶일세. 자신이 바라는 대로 살아도 턱없이 짧은 인생이야. 어찌 그대의 소망이 아닌 타인의 소망대로 살려고 하는가? 또한 죽음이 무슨 해결책이 될 수 있단 말인가? 그렇게 안달하지 않아도 어차피 죽을 목숨이네. 그러니 적어도 조금이라도 살 길을 찾아야 하지 않겠나."

주유는 충격을 받았으나 경요만큼은 아니었다. 경요는 스스로 뱉은 말에 번개라도 맞은 듯 움찔 놀랐다. 그 말은 그녀 자신에게도 해당되는 말이었다.

여국의 공주, 환주의 주인, 단국의 황후, 화경족 상단의 후계자. 어느 것도 자신이 선택한 것이 아니었다. 자신 역시 타인이 바라는 대로 살려고 하지 않았던가. 그래서 어떻게 살아야 할지 그토록 고민했던 것이다. 그 어느 것도 자신이 원한 것이 아니기 때문에. 준에게는 원하는 삶을 살라고 잘난 척 충고해놓고 자신은 그렇게 살지 못했다. 뒤늦은 깨달음이었다.

'그럼 나는 무엇을 원하는가? 나의 바람은 무엇인가?'

답은 떠올랐으나 여전히 결심은 서지 않았다.

경요는 주유에게 물었다.

"그대의 바람은 무엇인가? 내가 도와줄 수 있다면 도와주겠네."

"저는……, 잘 모르겠습니다. 저의 오랜 바람은 자균 오라버니 곁에 있는 것이었습니다. 그것이 깨어지고 나니 무엇을 원해야 할지 모르겠습니다."

"그래, 그게 가장 어려운 일이지 자신이 무엇을 원하는지를 아는 것 말이야."

문득 경요는 준이 그녀에게 했던 말이 생각났다. 나답게 살다 보면 길이 보일 거라고.

"여전히 진 대학사를 원하는가? 그의 곁에 있고 싶은가? 원한다면 방법을 생각해 보겠네."

"잘 모르겠습니다."

정말 주유는 혼란스럽고 지쳐 보였다. 경요는 질문을 조금 바꿔 물었다.

"지금 그대가 가장 하고 싶은 건 그럼 뭔가?"

주유는 잠시 생각하다 말했다.

"이 지긋지긋한 곳을 일단 떠나고 싶습니다. 마마, 마마가 말씀하셨듯 저는 이곳에서 살 수 있는 사람이 아닙니다. 저를 가엾게 여겨 주십시오. 제발 저를 이곳에서 내보내 주십시오. 황태후마마는 무슨 일이 있어도 황제폐하와 저를 합궁시킬 생각이십니다. 그러나 저는 마음을 섞을 수 없는 이와 절대로 몸을 섞을 수 없습니다. 차라리 죽는 것이 낫습니다."

"살려낸 사람 앞에서 또 죽겠다는 말을 하다니 너무하는군."

"제 솔직한 마음입니다."

"일단 태화전으로 가게."

"마마, 그렇게는 할 수 없습니다!"

주유는 비명을 질렀다.

경요는 주유의 손을 꼭 잡고 눈을 바라보며 말했다.

"일단 지금 돌아가야 자네가 한밤중에 없어진 것에 대해서 수습이 될 거야. 합궁일 전까지 무슨 일이 있어도 그대를 황궁에서 나가게 해 주겠네. 그러니 그대도 내게 약속 한 가지를 해 주게. 무슨 일이 있어도 삶을 포기하지 않겠다고. 그대 스스로를 소중히 여기게. 그대의 삶을 살게."

주유는 고개를 끄덕였다. 만난 지 얼마 되지 않았지만 경요의 말은 믿음직했다. 황궁에 온 이후로 의지가 되는 누군가를 만난 건 처음이었다. 단사황태후가 자신에게 베푼 자비는 죽음이었다. 그러나 경요는 자신에게 살라고, 스스로를 소중히 여기라고 말해 주었다. 주유는 자기도 모르게 이런 분이 단의 진짜 황후 자리에 있어야 한다고 생각했다.

"폐하도 그대가 자진한 걸 알고 많이 놀라셨다네. 폐하께서도 자네가 불행한 걸 바라지 않으시네. 그러니 걱정 말고 태화전으로 가게. 나와 폐하가 그대를 돕겠네."

주유는 그 말에 더 안심이 되었다.

"마마, 전 죽고 싶지 않습니다."

숨이 끊어지는 순간 죽고 싶지 않다는 것을 깨달았다. 그리도 끔찍이 여겼던 삶이었는데도. 무無가 자신을 감싸는 순간,

차라리 고통받더라도 살고 싶었다. 무보다는 고통이 나았다.

"마마께서 하신 말씀이 맞습니다. 죽음은 아무 해결도 되지 못합니다. 마마, 제가 어찌 살고 싶은지, 또 무엇이 하고 싶은지는 모르겠지만 스스로를 중히 여기겠습니다."

"그럼 다행이고 안심이네."

경요는 처음으로 미소를 지었다.

"마마, 저는 연심 때문에 죽는다고, 오직 한 사람에게만 허락할 수밖에 없는 마음 때문에 죽는다고 여겼으나 그게 아니었습니다."

"그럼 무엇 때문에 자진을 한 것인가?"

"나약함과 무지 때문이었습니다."

경요와 이야기하면서 주유는 그것을 깨달았다.

경요는 안규에게 주유를 태화전까지 바래다주게 했다. 경요는 생각에 잠겼다가 유선궁의 중정으로 나갔다. 무영이 소리 없이 경요 뒤로 다가왔다.

"따라오지 마세요."

"마마."

경요는 뒤를 돌아보았다. 무영의 의지가 돌처럼 굳었다.

"그럼 조건을 걸겠습니다."

"말씀하시옵소서."

"황제폐하를 위해 나를 보호하지 마세요."

당돌한 말이었다. 무영은 숨을 들이쉬었다.

머리 회전이 빠른 무영이었다. 경요가 충성을 요구한다는 것을 깨달았다. 그 말은 경요가 자신을 어느 정도 믿기 시작했다는 뜻이었다. 무영은 결단이 빠른 이였다. 경요는 평생에 한 번 만날까 말까 한 대단한 사람이었다. 무영의 가슴이 기분 좋게 두근거렸다.

"나는 나에게 충실하지 않는 이에게 목숨을 맡기지 않습니다."

무영은 타협안을 내놓았다.

"마마와 함께 있을 때는 마마께 충성을 바치겠습니다."

그제야 경요는 동행을 허락했다.

16

연국 왕 제선은 화경방의 근거지인 병주에 도착했다. 서
화가 그의 얼굴을 알아보고 맞으러 나왔다. 제선은 호위 무사
둘과 책사 명희만을 데리고 가벼운 사냥을 나온 차림으로 병주
를 찾았다.

상단에서는 여전히 유정 아씨라 불리는 여국의 왕비 동비가
멀리서 날카로운 눈으로 제선과 그의 책사 명희를 훑어보고 있
었다. 또한 제선과 명희도 속을 꿰뚫어 보는 시선으로 이곳저
곳을 예리하게 파헤치고 있었다. 얼굴을 마주하기도 전에 거래
는 시작되었다.

서화는 제선과 명희를 다실로 안내한 후 동비에게 갔다. 동
비가 왕궁을 떠나 병주에 온 건 한 달 전이었다. 가급적 왕궁을
떠나려 하지 않았지만 이런저런 일이 한꺼번에 터져 동비가 직

접 보고 해결할 수밖에 없었다.

위보형의 건강이 갑자기 악화되어 적어도 몇 달간은 휴양을 해야 했는데 상단원들은 설린을 거부했다. 동비는 그러리라 예상했기에 크게 놀라진 않았다. 막내아들 설린은 이제 열다섯 살. 막내라 그런지 지나치게 철이 든 위의 세 아이에 비해 생각이 어렸다. 상단 일과는 전혀 어울리지 않는 아이였다. 거기에는 동비와 여국 왕 진수의 책임이 컸다.

맏자식 태원은 세자이기에 어려운 자식이었고, 하석은 그림자 신부로 보내야 하기에 정을 떼야 하는 자식이었고, 경요는 걸음을 떼자마자 상단에서 자라 정을 줄 겨를이 없었다. 그래서 그들에게 주지 못한 사랑을 막내아들 설린에게 몰아서 주다 보니 응석받이가 되어 버린 것이다.

자식을 넷이나 낳았는데 품에서 제대로 사랑하며 키울 수 있는 것은 오직 설린 하나였다. 왕가 여인의 삶이란 그렇게 팍팍했다.

설린은 상단을 이어받는 것을 원하지 않았다. 그러나 경요의 크나큰 희생 앞에 울며 겨자 먹기로 상단 일을 받아들였다. 경요는 상단을 포기하고 누나 하석을 위해 단에 그림자 신부로 갔는데, 자신은 사내이면서 단지 상단 일이 마음에 들지 않는다는 이유로 거절할 수 없었다. 그러나 그런 한심한 마음가짐으로 화경족 상인들의 마음을 얻을 수 없었다. 그들은 긍지와 신뢰를 무엇보다 중요시했다. 실력과 헌신 외에 그들의 마음을 얻을 수 있는 것은 없었다.

경요가 상단으로 돌아오기 요원해 절충안으로 유정 아씨가 상단에 돌아오게 되었다. 시집간 지 25년 만에 다시 상단으로 돌아와 아버지의 오래된 책상 앞에 앉은 동비는 감회가 남달랐다. 이 책상이 그녀의 것이 되리라 믿었었다. 또한 시집을 간 후에는 이 책상이 경요의 것이 되리라 생각했다. 그런데 앞일이라는 것은 어찌 이리도 인간의 예상을 비웃는 건지.

상단의 앞일을 생각하면 마음이 무거웠다. 큰 병은 아니나 앞으로 아버지의 상태는 점점 더 안 좋아질 것이고, 의원이 할 수 있는 것은 그 쇠퇴 속도를 늦추는 것뿐이다. 한동안은 어머니 인정이 서화의 도움을 받아 상단 일을 맡아 할 수 있으나 그것 역시 길어야 10년 정도일 것이다.

아버지는 지쳐 있었다. 후계자를 키우는 것은 자기 혼과 기운을 나눠 주는 것이다. 아버지는 그녀와 경요에게 이미 모든 것을 다 나누어 준 상태였다. 또 다른 후계자를 키울 수 있을까? 동비는 고개를 가로저었다.

'내가 돌아와야 하는가? 아니, 나는 이미 늙었어. 이미 마흔이 넘은 굳은 머리로 상단에 활기와 젊음을 어찌 불어넣을 수 있겠는가. 이 상단은 경요의 것이다. 이들이 원하는 우두머리는 경요야. 하긴 경요 말고 누굴 그 자리에 올릴 수 있을까? 서화가 노련하다고는 해도 경요와는 그릇의 크기 자체가 다르지 않은가. 결국 그 아이를 데려올 수밖에 없다.'

아버지의 상단을 위해서는 경요라 아니라 하석을 보내야 했다. 그러나 화경족 유정 아씨가 아닌 여국의 왕비 동비로는 경요가 가는 게 나았다. 그리고 여와 단, 환주, 연이 복잡하게 뒤얽힌 지금, 결과론적인 이야기였지만 경요가 그림자 신부로 간 것은 잘한 일이었다. 하석이었다면 이런 복잡한 상황에서 냉정한 정치적 판단을 내리지 못했을 것이다. 그러나 그녀를 닮은 경요라면 믿을 수 있었다.

하석은 아름답고 현명한 아이였지만, 그저 한 사내의 사랑을 받고 한 가정을 이끌어 갈 정도의 그릇으로 태어난 아이였다. 그건 하석의 복이었다. 부침 없이 사랑받는 여인의 삶을 살 팔자. 동비나 경요에겐 그런 삶이 지루했겠지만 대부분의 여인이 원하는 이상적인 삶이었다. 사내든 여인이든 타고난 재주가 많을수록 세상 풍파에 시달리고 부침 역시 남들의 배 이상 겪어야 했다. 재주에 치러야 할 대가였다.

"유정 아씨, 연국 왕 제선이 다실에서 기다리고 있습니다."

동비가 피식 웃었다.

"아씨라니 낯간지럽다. 쉰 가까운 부인네에게 아씨라니."

"어쩌겠습니까. 저희에게는 여전히 아씨인걸요."

여전히 화경족에게 여국 왕 진수는 그들의 아가씨를 훔쳐 간 도둑이었다.

"장가를 가더니 넉살만 늘었구나."

서화가 쑥스럽게 웃었다.

얼굴에서 웃음을 지우고 동비가 말했다.

"제선이라면 예의 그 일인가?"

"네. 어찌하실 생각입니까?"

"아버지의 뜻을 따라야지."

"단주 어르신의 뜻이라면?"

"네가 뭘 걱정하는지 안다. 그러나 여기 있는 동안 나는 여국의 동비가 아니라 화경족 유정 아씨로 일할 것이다. 설사 이 거래로 여국이 손해를 본다 해도 아버지의 뜻을 따를 생각이니 걱정 말거라."

서화는 그제야 얼굴을 풀었다. 유정 아씨가 어떤 분인가. 경요의 모친이며 위보형의 딸이다. 다들 일국의 왕비로 아깝다며 울면서 시집보냈던 그들의 유정 아씨였다.

제선은 다실을 돌아보았다. 소박한 분위기가 마음을 편안하게 했다. 연국은 초원에 흩어져 살던 부족들이 혼인으로 인척 관계를 맺으며 세운 느슨한 나라였다. 그것을 제선의 할아버지인 혁요가 통일해 연국을 세워 아버지 기숙에게 상속했다.

제선의 야망은 단을 쳐 중원을 차지하고 연을 황제국으로 만드는 것이었다. 스물여덟. 그의 피는 뜨거웠고 머리는 냉철했다. 그의 군대는 좀 더 많은 무공을 원하고 있었다. 제선은 그들을 먹이고 입힐 재물을 빌리기 위해 이곳에 왔다.

벽에 걸린 족자를 읽었다. 힘 있는 서체로 질실강건質實康健 네 자가 큼직하게 쓰여 있었다.

위보형을 만나는 건 처음인 제선이 명희에게 물었다.

"위보형은 어떤 자인가?"

"글쎄요. 여러 번 만나도 그 속내를 알 수 없는 이지요. 모호

한 대답만 늘어놓다가, 이쪽에서 허점을 보이면 단박에 파고드
는 능구렁이 할아범이라고 할까요? 아아, 정말 상대하기 싫습
니다. 이쪽 수를 다 읽히는 기분이라 아주 뒷맛이 써요. 실컷
이야기를 늘어놓는 것은 이쪽인데 결정은 매번 저쪽 마음대로
되니까요."

제선이 피식 웃었다.

"인맥도 만만치 않지요. 하나 있는 딸을 여국에 시집보내 왕
비로 만들었으니까요."

"호오, 미인으로 소문난 여국의 동비가 화경족 여인이었나?
그리고 보니 화경족 여인들은 참 아름답군. 다들 미색을 타고
나는 모양이야."

그때 다실 문이 열리고 서화와 동비가 들어왔다. 위보형을
예상했던 제선과 명희는 아름다운 중년 여인이 들어오자 허를
찔린 기분이었다.

서화가 먼저 기다리게 한 것에 대한 사과를 했다.

"오래 기다리시게 해서 죄송합니다. 단주 어르신의 건강이
좋지 않아 거래는 따님이신 유정 아씨께서 하실 것입니다."

예상하지 못한 일이 벌어지자 제선은 당황했다.

동비가 물었다.

"여인과는 거래를 하지 못하시는 분입니까?"

제선은 곧바로 부인했다.

"아닙니다. 그리고 어찌 마마가 평범한 여인 취급을 받으실
수 있겠습니까. 일국의 왕비이신데요."

"어디까지나 이곳에는 화경족을 대표하여, 아버지를 대신해 나온 자리이니 여국의 왕비라는 지위는 잊으시는 게 좋을 것 같습니다."

"알겠습니다."

"그럼 담보를 제시하시지요."

동비는 바로 본론으로 들어갔다. 제선 역시 바로 본론을 이야기했다.

"환주를 드리지요. 환주의 모든 이권을 화경족에게 드리겠습니다."

이번에는 동비와 서화가 놀랄 차례였다.

무영과 경요는 어둠 속을 말없이 걸어갔다. 무영은 황후의 월담을 직접 눈으로 볼지도 모른다는 기대감에 흥분했으나 경요는 태연하게 궁문을 통해 밖으로 나갔다. 황제와 황궁의 호위를 맡은 호위청과 도총부 사람들에게 그림자 신부의 월담은 가장 인기 있는 술안주였다. 그때 집에서 근신 중이던 무영은 아까운 볼거리를 놓쳤다고 바닥을 쳤었다.

화경방에는 뜻밖의 손님이 경요를 기다리고 있었다.

"어마마마!"

경요의 어머니인 동비가 화경방에 와 있었다. 슬하에서 크지 않아 미운 정 고운 정이 골고루 들진 않았지만 그래도 어머니는 어머니였다. 낯선 땅에서 어머니를 보는 것만으로도 경요는 어쩐지 지금까지 어깨를 누르고 있는 짐들이 내려지는 기분이었다. 마음이 편안했다. 동비가 왕궁에서 입는 소례복이 아닌 화경족의 옷을 입고 있어 더욱 친근하게 느껴졌다.

긴 여행으로 얼굴엔 지친 기색이 역력했으나 눈만은 생기 있게 반짝거렸다. 경요는 자기 눈과 똑같이 생긴 어머니의 눈을 보았다. 어머니의 얼굴에서는 언니 하석과 외할머니의 얼굴을 찾을 수 있어서 어쩐지 언니와 외할머니도 만난 기분이었다. 마음이 푸근해졌다.

동비는 다정하게 경요의 얼굴이 어루만지며 말했다.

"걱정이 많았다. 혹 네게 무슨 일이 있을까 지금도 네 아바마마는 뜬눈으로 밤을 지새우는 날이 많단다."

"저는 잘 지내고 있습니다."

채수와 서화, 무영은 모녀가 차분히 대화를 나눌 수 있게 자리를 피해 줬다.

"어쩐 일이십니까?"

아무 기별도 없이 어머니가 나타나자 기쁘기도 했지만 다른 한편으론 걱정되기도 했다. 여국 궁의 안살림을 책임지는 동비가 자리를 비웠다는 건 그만큼 문제가 심각하다는 뜻이었다.

"이런저런 일이 많구나. 상단원들이 설린을 받아들일 수 없다고 했다는 소식은 들었느냐?"

경요는 고개를 끄덕였다.

"나 역시 무리라 생각했는데 역시 거부당했구나. 아버님이 편찮으셔서 상단 일을 맡을 자가 없어 내가 지금 임시로 맡고 있는 중이다."

"할아버님이 편찮으신가요? 어디가요?"

"연세가 있지 않느냐. 특별히 어디가 안 좋은 게 아니라 갑자기 기력이 쇠해지셔서 쉬고 계신다."

위보형은 일흔을 넘긴 나이였지만 워낙 정력적이고 총기 역시 남달라 경요는 모든 인간에게 공평하게 찾아오는 노화가 외할아버지는 비껴간다고 생각했었다. 외할아버지의 노쇠에 경요는 마음이 아팠고 앞으로의 상단 일도 걱정이었다.

"그리고 모린이 혼인을 했단다."

"예? 누구하고요?"

"서화다."

경요는 입을 딱 벌렸다. 서화와 모린? 그 둘이 언제? 남녀 관계에 둔한 모린이 서화에게 보내는 눈빛의 의미를 알지 못했다.

동비는 한숨을 쉬면서 이야기했다.

"얼마 전 수진대군의 허락도 받지 않고 제멋대로 서화와 혼인을 했다. 너는 이전부터 그 둘 사이를 알고 있었느냐?"

"아뇨, 몰랐습니다."

경요는 충격으로 얼떨떨했다.

"하긴 서화 녀석도 부끄러워서 말을 못 했겠지. 모린 그 아이를 태어날 때부터 봐 왔는데 참 모르는 게 한 길 사람 속이구나. 나도 여자지만 여자란 정말 요물이야. 얌전한 고양이가 부뚜막에 먼저 올라간다고, 어찌 대군 집 여식이 당돌하게 야합野合을 한 건지. 노발대발하던 수진대군도 시간이 지나니 노기가 한풀 꺾였단다. 모린이 아이를 가졌는데 어찌하겠느냐."

그 순간 경요는 모린이 부러웠다. 아무 생각 없이 좋아하는 사람을 따라 무작정 모든 것을 버리고 떠날 수 있는 그 용기가 대단해 보였다. 모린의 어디에 그런 용기가 있었던 걸까?

유난히 고운 얼굴 덕에 열서너 살 즈음부터 혼담이 끊이지 않아 수진대군의 자랑이었던 모린이었다. 그런 모린이 가슴에 둔 이가 서화였단 말인가? 그제야 경요는 그녀가 궁에 있을 때 모린이 자주 찾아온 이유를, 그녀가 국혼 때문에 단으로 떠날 때 모린이 꼭 따라가겠다고 떼를 쓴 이유를 알았다. 모린은 깜찍하게도 서화를 보기 위해 자신을 이용했던 것이다. 그러나 기분이 나쁘진 않았다.

"정말 자식 혼사만큼은 마음대로 되지 않는구나. 내심 모린 그 아이를 세자의 짝으로 생각해서 수진대군과 의논 중이었는데. 이리 파투가 나 버렸으니 네 오라버니 혼사는 또 늦어지겠구나."

"모린의 어떤 점이 마음에 드셨습니까?"

"세자는 진중하고 앞뒤가 꽉 막힌 구석이 있지 않느냐. 모린은 재치 있는 데다 밝고 명랑한 성품이니 서로를 잘 보완해 주리라 생각했다. 보고 있는 것만으로도 기분이 좋아지는 화사한 아이가 아니더냐. 너도 없고 하석도 곧 하가할 것이니 모린이 그 빈자리를 좀 채워 줬으면 했다. 욕심이었지."

동비는 자기도 모르게 약한 모습을 보였다. 늘 태산 같던 동비가 한 인간으로, 여인으로 경요에게 다가왔다.

동비는 하석공주와 설린의 근황도 짤막하게 전해 주었다.

그리워했던 이들이 경요가 없는 시간을 어찌 보내고 있는지를 들으면서 경요는 자신이 그곳에서 멀리 떨어져 있음을 깨달았다. 그 간극은 단지 거리와 시간의 문제가 아니었다. 그곳의 사람들이 기억하는 경요는 서서히 희미해지고 있었다. 그리움과 낯섦을 동시에 느꼈다. 무언가 돌이킬 수 없는 변화가 자신 안에서 일어났다는 것을 서서히 깨달았다.

경요는 얼마 전에 본 시오주홍나비가 떠올랐다. 그 나비처럼 자신은 이곳에 오고 말았다. 낯설어지는 고향, 낯설어지는 가족. 경요는 그리움이 채워지면서도 또한 외로움을 느꼈다. 준이 보고 싶었다. 준이 그녀 곁에 있을 땐 외롭지 않았다. 준이 그녀의 모든 마음의 구멍들을 채워 주었다. 외할아버지, 외할머니, 아버지, 어머니, 오라버니와 언니, 남동생의 빈자리를 오직 준 한 사람으로 채웠음을 깨닫고 경요는 놀랐다.

동비는 본론을 꺼냈다.

"가장 중요한 건 네 일이다. 환주 이야기는 들었느냐?"

경요는 고개를 끄덕였다.

"환주에서 곧 전쟁이 일어날 것이다. 네 아바마마가 널 단국에서 구해 오라고 야단이시다. 이미 서화 편에 이야기를 전했으나 네가 서화 말에 움직일 아이가 아니지 않느냐. 그래서 내가 단국에 비밀리에 온 것이야. 네가 마음을 먹으면 석채가 널 데리러 올 것이다."

"환주에서 전쟁이요? 연국입니까?"

동비는 고개를 끄덕이며 이야기를 이어 갔다.

"눈치챘겠지만 연국 왕 제선이 환주를 노리고 있더구나."

"아바마마는 환주를 포기하실 생각입니까?"

연국이 환주를 치면 여국은 경요의 모국 자격으로 환주에 간섭할 명분이 생긴다. 하나 여국 왕 진수는 그리할 생각이 없었다. 차라리 환주 따윈 연국에 줘 버리고, 딸을 구할 생각이었다. 지긋지긋한 그림자 신부도 그걸로 끝나길 바랐다.

"단국은 그리되면 환주를 버릴 것이다."

경요는 놀라서 눈을 크게 떴다.

동비는 여전히 차분하게 이야기를 이어 갔다.

"환주는 이미 내분으로 붕괴 상태다. 연국으로부터 스스로를 방어할 수 없다. 그럼 단국이 연국과 전쟁을 해서라도 환주를 구하려고 할까? 난 아니라고 생각한다."

"어째서요? 환주는 단국에 꼭 필요한 지역입니다."

"단국이 마지막으로 전쟁을 한 게 언제인지 아느냐?"

3백 년 전이었다.

"평화는 좋은 것이지만 한 나라의 국력을 좀먹는 계기가 되기도 한단다. 평화 시에 누가 군인이 되려 하겠으며, 누가 국경에 나가서 나라를 지키고자 하겠느냐? 여국과 달리 단은 평화에 길들여져 있다. 이미 단은 문무의 균형을 잃은 지 오래란다. 군사들은 또 어떠냐? 태평성대에 어떤 군주가 힘들여 군인을 키울 것이며 장수를 키우겠느냐? 아무리 앞을 내다보는 군주라도 태평성대에 군인을 키우긴 힘들다. 왜냐면 칼날이라는 것은 언제나 자기 자신 쪽으로 겨눠질 수 있기 때문이다.

평화에 길들여진 단은 환주를 구하기 위해 싸우느니 차라리 환주를 내주고 평화를 유지하는 쪽을 택할 것이야. 태평성대가 군주에게 전시나 난세보다 더 어려운 것은 태평성대가 바로 낙조의 시작을 알리기 때문이지. 어느 왕조도 태평성대 이후에 찾아오는 내부의 부패를 피할 수 없었다. 게다가 환주는 지호족의 땅이라 생각하니 더 쉽게 버릴 수 있을 테지. 도마뱀이 꼬리를 자르는 것처럼 말이다. 단국의 누가 환주를 위해 피를 흘리려 하겠느냐.”

동비의 말이 맞았다. 무인이 최고로 원하는 자리가 호위청 대장이라고 준이 말하지 않았던가. 지금 단의 둔수(屯戍:국방 경비)는 어떠한가? 만약 어느 나라 하나가 작정하고 쳐들어온다면 단은 얼마나 버틸 수 있을까? 부정적인 대답이 경요의 머릿속에 떠올랐다.

“그래서 저더러 도망가라는 것인가요? 환주를 버리고 말입니까?”

“단을 버리라는 뜻이다.”

경요의 놀람에도 동비의 얼굴 표정에는 변화가 없었다. 그녀는 딸을 여국으로 데려가기 위해 단단히 마음먹었다.

“어마마마!”

“단사황태후가 환주에 한 일을 들었다. 정말 경악을 금치 못하겠더구나. 어찌 치자의 권력을 나눠 쓰는 어미가 그런 짓을 할 수 있단 말이냐. 그 덕에 환주는 연국에 대항할 힘을 잃었으니 자업자득이다.”

지극히 냉정하면서도 명철한 분석이었다.

"환주는 시작일 뿐이다. 성자필쇠盛者必衰라 했다. 단이 중원을 지배한 지 4백 년. 국운이 기울 때가 되었다. 역사를 돌이켜 보면 알 수 있지 않느냐. 강성한 나라들이 어떻게 스러져 갔는지. 운이라는 것은 변덕스러워 전혀 예상치 못한 이에게 패권을 쥐어 주기도 한단다. 연국 왕 제선은 환주만으로 만족할 인사가 아니다."

"만나 보셨습니까?"

"그래."

"그가 보증을 섰다는 이야기를 서화에게 들었습니다."

"그가 이번에 담보를 새롭게 걸었다."

"무엇입니까?"

동비가 천천히 말했다.

"환주다."

환주를 걸었다?

아직 점령하지도 않은 환주를 담보로 걸었다는 건 그자의 목표는 환주가 아니라는 뜻이다. 그렇다면 연국이 몸집을 불리면서 필연적으로 맞닿게 되는 단국이 그들의 목표일 것이다. 경요의 머리에 네 글자가 떠올랐다. 순망치한脣亡齒寒. 환주는 입술이다. 환주가 넘어가면 단도 위험하다.

경요가 다급하게 물었다.

"그래서 받아들이셨습니까?"

"설마. 너는 상단의 일원이었으면서 그런 것을 내가 받아들이리라 생각하느냐?"

"예?"

"확실하게 손에 쥘 수 없는 것을 왜 담보로 받아들이겠느냐."

역시 한때 상단 후계자로 있었던 동비다웠다. 경요는 자기도 모르게 웃음을 터뜨렸다. 연국 왕 제선이 당황했을 모습이 눈에 선했다. 거래에 있어서 동비는 그 아름다운 얼굴이 전혀 아름답게 보이지 않을 만큼 상대를 괴롭혔다. 차돌처럼 단단한 여인이었다.

하긴 아직 손에 들어오지도 않은 환주로 어마마마의 마음이 움직일 리 없지.

"그러나 어디까지나 그것은 지금까지의 이야기이다. 앞으로 이 이야기가 어떻게 발전될지는 아무도 모른다. 그렇기에 너를 여국으로 데려갈 생각이다."

"싫습니다."

"여국 궁에 들어오기 싫다면 병주의 외할아버지 댁에 가거라. 다들 널 기다리고 있다. 예전처럼 살면 된다. 상단을 이끌면서 말이야. 오히려 그 편이 나을 것이다. 단국에서 네가 무엇을 할 수 있겠느냐?"

예전처럼?

경요는 멍한 기분이었다. 예전에 자신이 어떻게 살았는지 잘 기억나지 않았다. 그 시간들이 너무나 아득했다. 지금 경요에게 선명한 시간은 준을 만난 이후의 시간들이었다.

"어마마마, 전 예전처럼 살 수 없습니다."

경요의 단호한 말에 동비는 놀랐다.

목숨을 위협받는 이 지경에도 경요가 단을 떠나지 않는 이유가 무엇일까?

동비는 찬찬히 딸의 얼굴을 살폈다. 그래도 어미라고 딸의 속마음이 읽혔다.

동비는 자기도 모르게 한숨을 내쉬고 말았다. 딸의 얼굴에 떠오른 표정이 낯익었다. 바로 몇십 년 전 그녀가 저런 얼굴을 했었다. 화경족 대신 여국을 선택했을 때, 모든 것을 다 버리고 여국 궁에서 왕비로 살겠다고 마음먹었을 때 저런 얼굴이었다.

"단국 황제를 사랑하게 되었느냐?"

그것 말고는 없었다. 그것 말고는 경요를 이 단국에 머물게 할 것이 없었다.

"그렇게 되었습니다."

동비는 가장 중요한 것을 경요에게 물었다.

"황제는 너를 어찌 생각하느냐?"

"같은 마음입니다."

경요의 가치를 알아본 사내라면 사람 보는 안목이 뛰어난 자였다. 자기 가치를 알아주는 이를 만나는 것은 어려운 일이다. 몇십 년 전, 그녀의 지아비도 아름다운 외모 뒤에 숨은 그녀의 뛰어난 지혜를 알아봐 주었다.

"널 데려가는 일이 쉽진 않을 거라 생각했는데, 아예 불가능한 일이 되어 버리고 말았구나."

"어마마마."

"난 널 안다. 넌 날 닮았지. 단국의 황후로 살겠다고 마음을 굳혔느냐?"

"저도 제 마음을 몰랐으나 어마마마와 이야기하는 동안 알게 되었습니다. 어마마마께서 환주에 대해 이야기하실 때, 저는 저도 모르게 단국의 황후로 그 이야기를 듣고 있었습니다. 그리할 수 없다고 수없이 마음을 다잡았으나, 저도 모르게 그것을 제 일로 받아들인 것 같습니다."

동비는 눈을 감았다. 운명이라는 게 그런 것이지. 전혀 예상하지 못한 순간 그 얼굴을 보이며 홀리는 게지. 하지만 네 편이라곤 하나도 없는 이 황궁에서 어찌 널 두고 내 발길이 떨어지랴.

"힘든 길일 것이다. 넌 널 적으로 생각하는 이들에게 인정받아야 한다."

"알고 있습니다. 하지만 어마마마, 사람의 운명이라는 것은 참으로 얄궂기 그지없습니다. 쉽고 편한 길을 알면서도 힘든 길을 갈 수밖에 없게 하니까요. 이미 폐하께서 어려운 길을 가겠노라 마음을 정하셨습니다. 그래서 저도 한번 해 보렵니다. 설사 여국과 틀어지고 화경족과 등을 질 수밖에 없다 해도 단국의 황후로 살겠습니다. 그것이 제 선택이고 제 바람입니다. 아바마마께는 그리 전해 주십시오."

경요는 난생처음 어머니 동비와 한침상에서 잤다. 동비는 잠을 이루지 못했고 경요 역시 마찬가지였다. 모녀는 아무 말도 하지 않고 답답한 마음을 뒤척임으로 표현했다. 그러다가 동비가 말했다.

"경요야."

"네, 어마마마."

"너와 내가 모녀로 이리 있을 수 있는 건 오늘 밤이 마지막 이다."

"알고 있습니다."

"넌 단의 황후로 살기로 마음먹었고, 나는 숨이 끊어지는 순 간까지 여국의 왕비일 것이다. 책임을 가진 자의 삶은 그러하 다. 너와 내가 책임져야 하는 사람들의 안위와 행복을 위하는 일에 비하면 모녀 관계는 하찮은 것이다."

동비는 애써 눈물을 참고 차분하게 말하고는 몸을 돌려 경 요를 품에 껴안았다. 모르는 사이에 자기보다 키가 큰 딸. 이렇 게 안아 보는 것도 처음이었다. 걷기만 하면 친정에 보내야 했 기에 잘 안아 주지도 않았다. 어미의 손을 타면 그곳에 가서 얼 마나 슬프게 울까 걱정됐기 때문이었다.

"부디 잘살거라."

할 말은 바다와 같이 많았지만 할 수 있는 말은 그것밖에 없 었다.

"잘살겠습니다."

"단의 백성들을 진심으로 아끼고 그들의 사랑을 받는 황후 가 되어라."

"노력하겠습니다."

오늘 밤에서야 딸을 진짜로 시집보내는, 딸을 여의는 기분이 들었다.

"어마마마, 딸로서 마지막 부탁 하나 드려도 되겠습니까?"

"뭐든 들어주마. 이야기하거라."

경요에게는 해 준 것이 별로 없었고, 이 아이가 뭔가를 해 달라고 한 적도 없었다. 아장아장 걸을 때 아버지에게 보냈건만, 장성한 후에 궁으로 돌아온 아이는 이미 어미보다 키가 컸다. 선뜻 안아 주기가 어쩐지 어색했다. 제 몸 아파 가며 새끼를 낳아도 정은 역시 키우면서 들었다. 그래서 더 경요에게 미안했다. 그런 아이가 뭔가를 해 달라고 하자 동비는 가슴이 뭉클했다. 경요를 위해 뭔가를 해 주는 것이 오히려 그녀 자신을 위한 선물처럼 느껴졌다.

"한 여인의 목숨이 달린 문제입니다. 그 여인을 저라 여기시고 보살펴 주세요."

자균은 두 번째 합궁일 전날 주유를 찾아갔다. 무엇을 위해 찾아갔는지도 몰랐다. 마음속에 억눌러 둔 미련이 단말마의 고통을 토해 내듯 그의 몸을 태화전으로 이끌었다. 태화전에서 주유는 차분히 서책을 넘기고 있었다.

첫 합궁이 깨졌다는 소식을 듣고 하늘이 무너지는 와중에도 어쩌면 이게 기회일지도 모른다고 생각한 자균이었다. 뭔가 문제가 있어 주유가 황궁에서 내쳐진다면 그는 모든 것을 다 버리고 주유와 함께할 생각이었다. 하나 헛된 미련이었다. 두 번째 합궁일이 정해졌고, 그에게는 뜬금없이 정안공주와의 혼담이 들어왔다.

두 번째 합궁을 눈앞에 두고 있는 주유의 얼굴은 편안했다. 주유는 반갑게 자균을 맞이했다.

"어쩐 일이십니까? 어머니는 별일 없으시지요?"

혜란공주의 건강에 대해 이야기를 나누고 있는 동안 내인이 차를 내왔다.

"오라버니, 찻잔 뚜껑을 여시지요."

"마마, 오라버니라니요."

자균이 정색을 했다.

"이처럼 허물없이 구는 것은 오늘이 마지막일 것입니다. 그러니 눈감아 주시지요. 20년을 오라버니라고 생각한 분을 하루아침에 조카라 칭할 순 없는 것 아닙니까. 예전처럼 허물없이 대해 주세요."

주유의 분위기가 예전과 달랐다. 묘하게 밝았고 묘하게 초연했다. 자균이 아는 주유가 아니었다. 불안한 마음을 애써 누르며 자균은 그리하시라고 떨리는 목소리로 대답했다.

"어서 찻잔 뚜껑을 여세요."

주유의 목소리는 가볍고 쾌활했다.

괜한 걱정을 했나?

자균은 놀란 가슴을 쓸어내리며 뚜껑을 열었다. 찻잔 안에는 아름다운 꽃이 피어 있었다.

"꽃차입니다. 어느 분께 선물 받았는데, 귀한 것이라 딱 두

개밖에 얻지 못했답니다. 그래서 이 차는 꼭 오라버니와 함께 마셔야겠다고 마음먹었습니다."

'이것이 제가 드릴 수 있는 가장 아름다운 것입니다, 오라버니.'

옅은 녹색 물속에서 활짝 핀 꽃잎들이 부드럽게 흔들리고 있었다.

주유는 애써 태연한 목소리로 이야기했다.

"정안공주와의 혼담을 들었습니다. 황궁 안에 있어서 혼사를 보지 못하겠지만 미리 축하드립니다."

자균이 냉정하게 말했다.

"축하받을 일은 없을 겁니다."

"예?"

"전 은애하지 않는 여인과 평생을 함께할 생각이 없습니다. 설사 폐하의 명이라도 그리할 순 없습니다. 그 여인과 함께할 수 없다면 홀로 살 생각입니다."

주유의 얼굴에 희미한 미소가 어렸다 사라졌다.

"오라버니의 사랑을 받게 될 그분은 정말 행복하겠습니다. 폐하의 명을 거스르면서까지 지키실 사랑이니까요."

'어느 분일지 정말 부럽습니다. 과연 어떤 여인이 오라버니의 마음을 사로잡을까요? 하나 저는 아니겠지요.'

주유는 차를 다 마시고 뚜껑을 덮었다.

"오라버니, 저를 지금 이 모습 그대로 기억해 주시겠습니까?"

자균의 얼굴색이 변하자 주유가 급히 변명했다.

"이제 황귀비가 되어 황궁 사람이 되면 예전처럼 친근히 대할 수 없을 것입니다. 그러나 전 언제나 오라버니 마음속의 제 모습이, 오라버니가 '주유야.'라고 불러 주시던 그때 모습이었으면 좋겠습니다. 황귀비 주유가 아니라 오라버니가 품에 안고 우는 것을 달래던 그 주유로 남고 싶습니다. 제 욕심이 과한가요?"

"네? 마마, 무슨 그런 말씀을……."

"그리 낯선 이를 대하는 것처럼 말하지 마십시오. 제가 부탁드리지 않았습니까. 딱 지금 이 순간만 예전처럼 대해 달라고요. 예전처럼 '주유야.'라고 불러 주세요. 소원입니다."

소원이라는 말에 마음이 흔들렸는지 자균이 찻잔에 시선을 고정한 채 말했다.

"주유야."

정말 기쁜 듯 주유가 활짝 미소 지으며 대답했다.

"네, 오라버니."

갑자기 주유가 자균의 손을 잡았다. 자균은 놀라서 그 손을 뺄 생각은 하지도 못하고 계속 손이 잡혀 있었다.

"저는 오라버니를 제 마음에 품은 것을 결코, 결코 후회하지 않습니다. 제가 오라버니에게 준 채련자의 진심을 의심하지 마세요. 그것은 한때의 춘정도, 일시적인 흔들림도 아니었습니다. 제 마음을 받지 않은 건 오라버니의 자유지만 그 마음을 가벼이 여기진 말아 주세요. 오라버니, 제가 부탁 하나 드려도 될까요? 꼭 들어주세요."

'알고 있다, 주유야.'

자균은 눈물을 참으려고 안간힘을 썼다. 그러나 떨리는 목소리만은 숨길 수 없었다.

"무엇이냐, 주유야?"

주유는 빙긋 웃었다. 그 미소가 너무나 슬퍼 보여 자균은 창자가 끊어지는 것 같았다. 주유가 슬픈 건지 자신이 슬픈 건지 알 수가 없었다.

"가끔 절 생각해 주시겠습니까? 아주 가끔."

자균이 대답하지 않자 주유가 다시 재촉하듯 말했다.

"제 마지막 소원입니다."

'다시 뵐 날이 있을까요? 오라버니, 부디 강녕하세요. 오라버니를 사랑하지만 오라버니의 소망이 제 소망이 될 순 없었습니다. 그 소망을 이뤄 드릴 순 없었어요.'

모든 것을 깨끗이 털어놓은 주유는 실컷 울고 난 뒤의 후련함을 느꼈다. 주유는 맑은 눈빛으로 자균을 응시했다. 그의 모든 것을 다 담아 가고 싶었다. 보고 있는 것만으로도 가슴이 뻐근해질 만큼 그가 좋았다.

'오라버니, 부디 행복하시길. 오라버니가 절 봐 주시지 않는 것이 괴로웠던 적이 있었습니다. 오라버니의 여자가 될 수 없어 절망했던 적도 있었습니다. 그런데 지금은 이상하리만큼 마음이 담담합니다. 오라버니 곁에 없어도, 오라버니의 여인이 되지 못해도 괜찮습니다. 오라버니에 대한 마음은 제 것이니까요. 오라버니를 사랑하는 제 마음을 소중히 여기려고 합니다. 저는 오라버니를 사랑해서 정말 행복했으니까요. 그러니까 오라버니를 사랑하는 제 마음은 절대 멈추지 않을 겁니다. 오라버니, 저의 사랑은, 돌려주길 바란 그런 마음이 아니었습니다.'

자균은 고개를 끄덕였다. 가끔 주유를 생각할 수 없었다. 생각하지 않으려 해도 주유가 미치도록 그를 괴롭혔다.

자균은 자리에서 일어나 태화전을 나갔다. 주유는 그를 잡지 않았다. 주유는 자균이 등을 보이자 참았던 눈물을 쏟고 말았다. 주유는 팔찌를 만지작거리다 팔에서 풀었다.

자균은 주유가 마지막 인사를 하고 있음을 깨닫지 못했다. 하지 못한 말이 독이 되어 그의 오장육부를 썩게 하는 것 같았다. 자균은 태화전을 나와 금빛으로 화려한 지붕 장식을 바라보며 중얼거렸다. 이젠 마음속으로밖에 부를 수 없는 이름을, 부를 때마다 가슴이 아플 그 이름을.

밤이 깊어지자 주유는 다음 날이 합궁일이니 달을 보며 혼자 몸과 마음을 깨끗이 하는 기도를 올리겠다는 말을 남기고 홀로 요지연으로 향했다. 한밤에 요지연으로 가는 것은 두 번째였다. 첫 번째는 목숨을 끊으러 갔고 이번은 황귀비 주유를 죽이러 가는 길이었다. 두 번 다 죽으러 가는 것임을 깨닫고 주유는 조금 이상한 기분에 휩싸였다.

주유는 호수를 바라보면서 경요를 기다렸다. 한참 후 경요가 서화와 함께 도착했다. 서화는 끙, 앓는 소리를 내며 흰 천으로 싼 시신을 내려놓았다.

경요가 서화에게 물었다.

"무영은?"

"밖에서 망을 보고 있습니다. 빨리 해치워야 합니다. 마마, 시간이 별로 없습니다."

주유를 대신할 시신은 몹쓸 병에 걸려 혼인도 못 하고 스물에 요절한 가여운 여인이었다. 경요와 주유는 시신의 넋을 위해 기도를 올리고 향을 살랐다.

"우선 옷을 갈아입혀야겠네."

주유는 경요가 미리 준 내인복을 안에 받쳐 입고 있었다. 시신에 자신의 옷을 입히기 위해 주유는 황귀비의 소례복을 벗어 내려놓았다. 경요는 서화에게 잠시 떨어져 있으라고 명하고 시신에 주유의 옷을 입혔다.

"연자 팔찌를 주게."

경요는 시신의 왼쪽 팔목에 팔찌를 채우고는 서화에게 눈짓을 했다. 서화는 조심스럽게 발에 돌을 묶은 시신을 요지연에 넣었다. 시신은 천천히 가라앉았다. 시신이 발견되어야 하기에 주유의 신발을 벗어 두었다.

"들키지 않을까?"

"시신이 금세 부패하도록 조치를 해 두었습니다. 건진 후에는 대강의 키와 얼굴 윤곽 정도밖에 파악할 수 없을 겁니다. 게다가 황궁의 여인이 불미스럽게 죽은 일. 검시조차 하지 않고 쉬쉬하다가 화장해서 흔적을 없앨 테니 들키지 않을 겁니다."

경요가 주유를 바라보며 물었다.

"아직은 되돌릴 수 있네. 여전히 황궁에서 나가길 원하는가?"

"그렇습니다. 황귀비 주유는 지금 이곳에서 죽었습니다."

주유의 얼굴에서 단단한 의지가 느껴졌다. 잠시 뒤, 주유는 경요에게 무릎을 꿇고 하직 인사를 했다.

"마마, 부디 강녕하십시오. 그리고 단을 위해 좋은 황후가 되어 주십시오. 저는 그저 멀리서 마마의 만수무강만을 빌겠습니다."

경요는 주유의 손을 잡아 일으켰다.

"그대도 건강하길. 내 어머니가 그대를 딸처럼 보살펴 줄 것이네."

바람이 퍽 찼다. 경요는 자신이 두르고 있던 너울로 주유의 얼굴을 가려 주었다. 궁을 빠져나가면서 황귀비의 얼굴을 아는 자와 마주칠까 봐 걱정이 되었다. 경요는 품에서 두 가지를 꺼냈다. 하나는 예석황제가 그녀에게 준 선전표신이었다.

"이건 단의 어디든 자유롭게 통행할 수 있는 패라네. 여행길에 유용하게 쓰도록 하게. 폐하께서 내게 주신 것이나 나는 이제 이것이 필요 없네."

경요는 이번엔 주유가 직접 필사한 도연명의 시첩을 건넸다.

"우연히 내 손에 들어온 시첩이네. 여행길이 지루할 때 읽어 보게."

시첩은 주유에게 무척 낯익었다. 몇 년 전에 자신이 직접 써서 만든 도연명의 시첩이었다. 이것을 어떻게 황후마마가 가지고 계신 거지? 묻고 싶었지만 서화가 어서 떠나야 한다고 재촉했다.

경요는 멀어져 가는 주유와 서화의 뒷모습을 바라보았다.

'부디 길 잃은 그대의 인연이 제자리를 찾길.'

경요는 서화와 주유가 요지연을 떠난 뒤에도 한참 동안 계속 다리 위에 서 있었다. 망을 보러 갔던 무영이 경요에게 다가왔다.

"마음이 착잡하십니까?"

"멀쩡한 여인을 죽은 걸로 만들지 않았습니까. 이 황궁은 참 무서운 곳이군요."

"황귀비라면, 자균의 고모라는 그분이지요?"

"아는 사람인가요?"

"아니요. 뵌 적은 없습니다."

생각해 보니 무영은 황귀비의 얼굴뿐만 아니라 이름도 몰랐다. 경요가 발걸음을 뗐다.

"마마, 이제 어디로 가실 겁니까?"

무영의 물음에 경요가 답했다.

"유선궁으로 갑시다."

경요는 엿새째 유선궁에 돌아오지 않았다. 예석황제 준은 매일 밤 텅 빈 유선궁에서 경요를 새벽까지 기다렸다. 안규는 경요를 기다리는 황제를 보는 것이 너무 민망했다. 준은 아무 표정 없이 묵묵히 어둠을 응시하다가 새벽빛이 동쪽 창을 발그레하게 밝히면 경요의 침상에서 몸을 일으켜 새벽이슬을 떨어뜨리며 자신의 침전으로 돌아갔다.

'이게 그대의 대답인가?'

하지만 경요를 믿었다. 그녀는 도망치지 않겠다고 말했다. 그가 아는 경요는 거절을 하더라도 그의 얼굴을 보고 분명히 말할 사람이었다. 그가 아는 경요는.

화로에서 숯이 벌겋게 타오르고 있었지만 침전 안이 춥게 느껴졌다. 준은 이곳이 포근하고 따스했던 건 경요가 있었기 때문이라는 사실을 깨달았다.

'오늘도 오지 않을 건가?'

무영으로부터 경요가 화경방에 있다는 소식을 들었다. 그러나 경요로부터의 전언은 없었다. 그저 무영이 매일 무사히 잘 있다는 소식을 짧게 보내올 뿐이었다.

다음 순간 마치 꿈속에서 들리듯 유선궁 침전 문이 열리는 소리가 났다. 경요였다.

텅 빈 표정으로 자신을 응시하는 준을 보고 경요는 놀랐다. 준 역시 오랜 기다림 끝에 갑작스럽게 나타난 경요가 낯설었다.

"폐하? 어찌 이곳에 계시는 겁니까?"

"그대를 기다렸다."

오지 않을 거라는 생각이 점점 더 커지고 있을 즈음이었다. 할 수 있는 일이라곤 기다리는 것밖에 없었다. 시간은 한없이 느리게 흘렀다.

경요는 준의 눈을 바라보았다. 이 남자가 미치도록 좋았다. 예석황제가 아닌 준이. 경요는 이 남자에게 그녀의 운명을 걸기로 결심했다. 그녀의 소망은 그의 곁에 있는 것이었다.

"대답을 지금 해도 되겠습니까?"

준은 고개를 끄덕였다.

"폐하, 전 단의 황후가 되고 싶지 않았습니다."

'거절인가?'

"제게 단의 황후가 아닌 단 하나뿐인 여자가 되어 달라 청해 주십시오. 그리해 주시면 저 역시 그대를 위해 있는 힘껏 노력하는 황후가 되겠습니다. 왜냐하면 제게 단은 오직 그대의 나라이기에 의미가 있기 때문입니다."

준은 아무 말 없이 경요를 바라보고만 있었다. 이제 불안한 것은 준이 아닌 경요였다. 그녀는 여러 여인을 거느려야 하는 황제에게 오직 그녀만을 봐 달라고 말했다. 아무리 준이라도 그것은 힘든 요구일지 몰랐다.

"제 부탁을 들어주기 힘드십니까? 그렇다면……."

경요는 자신이 떠나겠다고 말하려고 했다. 그녀는 절대로 은애하는 사내를 다른 여인과 나눠 가질 수 없었다. 전부를 가져야 했다. 자신의 어디에 이런 광폭한 소유욕과 막무가내의 고집이 있는지 경요는 몰랐다.

하지만 경요는 그 말을 할 수 없었다. 준이 그녀를 꼭 안고 입을 맞췄기 때문이다.

"그대가 그 말을 하기 전부터 내겐 오직 그대뿐이었다. 그리고 앞으로도 그럴 것이다. 그대 같은 여인이 하늘 아래 또 있을 리 없으니까."

17

경요는 오직 그녀만을 은애하겠다는 준의 대답을 듣고
자기도 모르게 눈물을 흘렸다.

왜 눈물이 나는 걸까?

이상했다. 그토록 바라던 대답인데도 기쁘면서도 알 수 없
는 서글픔이 밀려왔다.

왜 이런 기분을 느끼는 걸까?

기이했다. 경요는 낯선 사람을 보듯 준을 응시했다. 두 사람
은 돌이킬 수 없는 약속을 했다. 평생토록 이성異性은 오직 단
한 사람뿐이라는 약속. 그러나 경요는 그것이 선뜻 믿기지 않
았다.

정말 저 사람이 내 것일까? 나는 저 사람의 것일까? 우리 둘
의 결합에 이제 그 누구도 끼어들 수 없는 것일까? 죽음만이

우리를 갈라놓을 수 있는 것일까?

말은 나약했고 인간은 더 나약했다. 영원히 지속되는 것은 아무것도 없다. 이토록 간절한 마음이 과연 언제까지일까?

물기 없는 모래처럼 부서지고 흩어져 버리는 말. 저 허망한 말에 나는 내 인생을 건다. 준이 그녀에게 한 맹세의 말이 훗날 정말 모래처럼 흩어져 버리더라도 경요는 오늘 그가 자신을 보는 눈빛을, 이 벅찬 가슴을 잊지 않으리라 그리 생각했다.

단 한순간의 진실과 진심에 평생을 건다. 장사꾼 경요는 이만큼 수지가 맞지 않는 장사를 해 본 적이 없었다. 사람을 믿는 것이 허망한 것임을 영민한 경요는 잘 알고 있었다. 변덕스러운 봄바람 같은 사람의 마음에 과연 무엇을 걸 수 있을까? 경요는 그런 변덕스런 마음에 인생을 거는 인간이 한없이 어리석으면서도 또한 사랑스럽고 위대하다고 생각했다.

상처받아도, 배신당해도 당신이면 괜찮다는 마음으로 경요는 준의 진정한 반려가 되겠다고 결심했다. 글자 하나가 경요의 마음속에 떠올랐다. 자신이 받은 봉호인 려麗. 봉호에서 이 사내의 반쪽이 될 운명이 정해져 있었다. 이제 경요는 그 없이 온전할 수 없었다.

준은 말없이 그녀의 뺨을 만지며 혀로 눈물을 핥았다. 따뜻하고 부드러운 혓바닥이 뺨을 간지럽혔다. 한없이 다정하고 부드러운 몸짓으로 준은 경요에게 파고들었다.

경요는 준이 이전처럼 침상에 그녀를 눕히고 몸을 섞으리라 생각했다. 하지만 준은 그녀의 눈물을 핥은 후 호수처럼 깊고 깊은 눈으로 그녀를 고요히 응시했다. 그리고 그녀가 좋아하는 낮고 부드러운 목소리로 말했다.

"울지 마오. 혼인날 신부가 울면 딸을 낳는다 하네."

"딸은 싫으십니까?"

준은 미소 지었다.

"딸이 싫겠는가. 그대가 우는 게 싫어서 그러지."

"오늘이 어찌 혼인날입니까?"

"그대와 내가 처음으로 한마음이 되어 같은 곳을 바라보기 시작한 날이다. 우리가 서로의 진정한 반려로 살기 시작한 날이니, 어찌 오늘 말고 다른 날을 혼인날이라 칭할 수 있겠는가. 그림자로 만났으나, 이제 그대는 내가 되었고 나는 그대가 되었다."

준은 경요의 이마에 긴 입맞춤을 했다. 경요는 그의 품에서 은은한 환영화의 냄새를 맡았다.

그녀가 준 향낭을 이제껏 지니고 있었던 걸까?

준은 그녀에게 잠시 기다리라 말하고 유선궁 밖으로 나갔다. 한참 뒤, 안규가 싱글싱글 웃으며 유선궁의 내전으로 들어와 경요에게 말했다.

"마마, 폐하께서 환월각幻月閣에서 기다리십니다."

"환월각?"

처음 듣는 전각 이름이었다.

안규가 부끄러운 듯 얼굴을 붉히며 말했다.

"아주 오래전에 황제와 황후의 동뢰 때 쓰던 전각이옵니다.

지금은 별궁으로 쓰고 있지요. 폐하께서 오늘 그곳으로 황후마마를 모시라고 하명하셨습니다."

안규는 예석황제의 마음 씀씀이가 고마웠다. 환월각에서 밤을 보낸다는 건 경요를 그림자 신부가 아닌 진짜 황후로 대하겠다는 황상의 마음을 표현한 것이었다.

'3백 년 만에 환월각이 황제폐하와 황후마마를 맞이하게 되는구나.'

자신이 시집을 가는 것처럼 안규는 마음이 설렜다. 안규는 경요의 얼굴을 물끄러미 바라보았다. 수줍은 듯 살짝 얼굴을 붉힌 경요가 참 고왔다. 두 사람은 정말 잘 어울리는 한 쌍이었다.

한밤중, 황제의 명령에 황궁은 발칵 뒤집혔다. 고요함 속에서 내인과 내관들의 소리 죽인 바쁜 발소리가 여기저기에서 울렸다. 오랫동안 방치됐던 환월각에 불이 지펴졌고 환기를 위해 문과 창문들이 활짝 열렸다. 가구들을 덮은 흰 천들도 벗겨졌다.

청소가 끝난 후 내인들은 족자와 도자기로 방을 꾸몄고, 백화원에서 가져온 꽃을 장식했다. 향로에는 달콤한 향이 피워졌고, 밀초가 제 몸을 태워 방을 밝게 비추었다. 소주방의 내인들은 다과상과 주안상을 한밤중에 차려 내야 했다.

예석황제는 한 치의 소홀함도 허락하지 않겠노라고 하명했다.

예석황제는 이미 환월각 동쪽 침전에 도착해 있었다. 여인에 비해 남자는 별로 준비할 것이 없었다.

경요는 환월각 서쪽 침전에서 옷을 벗고 따뜻한 물에 몸을 담갔다. 안규는 정성스러운 손길로 경요의 몸 구석구석을 닦아 주고 머리에는 향유를 발라 빗어 내렸다.

준과의 첫 밤도 아닌데 경요는 긴장되었다. 오늘이 그와 보내는 첫 밤 같았다. 그의 손길이 닿기도 전에 몸이 더워졌다. 경요는 제어할 수 없는 몸의 열기가 당황스러웠다.

흰 비단으로 만든 속옷을 입은 경요는 옷걸이에 걸린 옷을 보고 놀랐다. 언니 하석이 보낸 혼례복이었다.

"오늘 같은 날 입어야 하는 옷인 것 같아 가져왔습니다."

옷에 수놓은 꽃에서 향기가 나는 것 같았다. 경요는 손바닥으로 혼례복을 어루만졌다. 자신은 평생 혼례복과는 인연이 없으리라 여겼는데. 이런 옷은 하석이나 모린 같은 고운 여인들을 위한 것일 뿐, 고운 것과는 거리가 먼 그녀에게 어울릴 리 없다고 늘 생각했다. 그런 경요의 걱정을 읽은 안규가 다정한 목소리로 말했다.

"이런 말씀 무엄하오나, 마마께오선 이곳에 처음 왔을 때보다 퍽 아름다워지셨습니다. 그때는 선머슴이라 해도 믿었겠지만, 지금은 누가 보아도 여인이라 생각하실 겁니다."

안규는 경요에게 여국의 혼례복을 입혔다. 붉은색과 청색, 검은색이 조화를 이룬 아름다운 혼례복은 경요에게 썩 잘 어울렸다. 안규는 혼례복을 입은 경요의 모습에 괜히 가슴이 뿌듯했다. 안규는 옷의 매듭을 고쳐 주면서 마음속으로 중얼거렸다.

'마마, 홀로 아파하신 그 밤은 깨끗이 잊으시고 오늘 가장 고운 잠을 주무세요.'

경요는 거울 보기가 겁이 났다. 이상할 것 같았다. 그러나 거울 속에 있는 그녀는 행복감으로 얼굴이 반짝반짝 빛이 났다. 거울 속의 자기 모습에 넋을 잃은 건 처음이었다.

"여인에게 가장 좋은 화장품이 무엇인지 아십니까?"

안규의 말에 경요는 고개를 가로저었다.

"분도, 연지도, 향수도 아니라 지아비의 사랑이라 하더이다. 저는 그게 무엇인지 모르지만 마마를 보면 그 말이 틀린 말은 아닌 것 같습니다."

안규는 경요의 손을 잡고 황제가 기다리는 침전으로 인도했다. 그리고 침전 문을 열기 전에 경요에게만 들리게 작은 목소리로 말했다.

"마마, 폐하께서 이레 동안 마마 곁에 계셨던 것을 기억하시지요?"

경요는 고개를 끄덕였다.

"혹시 복중에 용종이 생겼을 수도 있습니다. 저, 지나치면 용종에 무리가 갈 수 있으니, 그러니 오늘 밤은……."

안규는 노골적으로 말할 수가 없어 말끝을 흐렸다. 경요는 무의식적으로 자신의 아랫배에 손을 가져갔다. 아직 달거리가 돌아오지 않았으니 알 수 없었다.

설마 그리 쉽게 용종이 생길까? 용종이 생겼다면 어떤 문제는 더 쉽게 풀 수 있고, 또한 다른 문제는 더 어려워지겠지.

경요는 용종 생각을 머리에서 지웠다. 오늘은 오직 황제가 아닌 자신의 남편, 반려 준만을 생각하리라 마음먹었다. 그를 느끼고, 그로 그녀 자신을 가득 채울 생각이었다. 골치 아픈 일들은 날이 밝으면 경요가 오라고 하지 않아도 밀려올 것이다. 그러니 이 밤은 온전히 그녀 자신만을 위해 보내리라.

저 문 너머에 그녀의 반려가 기다리고 있었다. 준의 말대로 오늘이 진짜 혼례를 올리는 날 같았다. 경요의 발걸음이 자기도 모르게 빨라졌다. 어서 빨리 신랑을 보고 싶었다.

방 안은 어두웠다. 어둠에 익숙해지자 경요의 눈은 침전 안을 떠도는 기묘한 빛에 홀렸다. 경요는 일렁이는 빛 사이로 천천히 걸어갔다.

준은 화려한 혼례복을 입고 자신에게 다가오는 경요의 모습에 가슴이 두근거렸다. 저 특별한 여인이 바로 그의 여인이었다. 문득 화경족의 혼례복을 입고 당당하게 자신을 똑바로 응시하던 소녀가 떠올랐다. 이미 그때 그는 경요에게 반했었다. 결코 그림자가 될 수 없는, 어둠에 빚지지 않은 태양 같은 소녀였다. 그리고 그녀는 여전히 눈부셨다.

촛불 두 개만 켜 놓은 방이었으나 일렁거리는 빛이 방 안을 밝히고 있었다.

"이곳의 이름이 왜 환월각인지 알겠느냐?"

경요는 조용히 고개를 저었다. 준은 일렁이는 빛을 가리켰다.

"환월각을 둘러싼 연못에 비친 달빛이 반사되어 생긴 빛이다. 일렁이는 달빛이 비추는 곳이라 하여 환월이라 이름 지었다더군. 달빛을 좋아하는 황후를 위해 지은 전각인데 대대로 황후들의 첫 꽃잠을 이곳에서 치렀다네. 내 그대를 친영과 육례로 다시 맞이할 순 없는 노릇이나, 동뢰만은 다시 이곳에서 치르고 싶었다."

"아름다운 곳입니다."

"앞으로 그대의 별궁으로 쓰게 할 생각이야. 대대로 이곳의 주인은 황후였으니."

준은 하나의 표주박을 둘로 나눈 잔에 술을 따랐다. 두 사람의 합환주였다. 준은 술을 머금고 경요에게 입을 맞추었다. 경요는 순순히 준이 주는 술을 삼켰다.

경요에게서 입술을 뗀 준은 경요를 뚫어져라 바라보았다. 그 눈빛이 너무 강렬해서 경요는 자기도 모르게 얼굴이 붉어졌다.

"참 아름답구나."

"달빛의 장난입니다."

"아니다."

"벌써 술에 취하셨습니까?"

"단술을 마신 그 동뢰 때도 내 눈엔 그대가 아름다웠지. 그대를 처음 보는 순간 하늘의 태양이 내 앞에 굴러 떨어지는 것 같았어. 내 인생에서 그대는 가장 눈부시고 아름다운 사람이야."

준은 부끄러운 고백을 했다.

"사실 그날 그대에게 몰래 입맞춤도 했어."

"네?"

경요는 꿈에도 몰랐다.

"그때는 내가 무슨 마음으로 그대에게 입맞춤을 했는지 몰랐지. 그런데 이제 알겠군. 나는 처음부터 그대에게 끌렸어. 그대는 내게 무심했지만."

준은 짓궂은 미소를 지었다. 처음부터 그녀는 상쾌한 바람처럼 그의 마음을 흔들었다.

"억울하십니까?"

"아니, 이렇게 그대가 내 것이 되었는데 무엇이 억울하겠나."

준은 경요를 끌어당겨 자신의 무릎에 앉혔다. 머리카락을 손으로 훑어 내렸다. 윤기 나는 까만 머리카락에서 달콤한 향이 피어올랐다. 준은 머리카락에 얼굴을 묻고 숨을 들이쉬었다. 경요는 목덜미에 준의 숨결이 닿자 심장이 빠르게 뛰었다. 경요는 자신처럼 빠르게 뛰고 있는 준의 심장을 찾아 손바닥으로 가슴을 더듬었다. 기분이 좋았다.

준은 경요의 혼례복을 한 겹씩 벗겼다. 사라락 소리를 내며 혼례복이 바닥에 떨어졌다. 얇은 비단 속옷에 경요의 살굿빛 살색이 비쳤다.

"내 옷은 그대가 벗겨 다오."

경요는 부끄러운 듯 준의 가슴에 얼굴을 묻고 그의 옷을 벗겼다. 매듭이 하나씩 풀릴수록 그의 뜨거운 체온과 단단한 근육이 경요의 손바닥에 느껴졌다.

준은 얇은 천 위에 손을 대고 경요의 몸을 만졌다. 얇고 매끄러운 비단은 그의 손길에 부드럽게 감겨 경요의 체온을 전했다.

준은 경요의 부드러운 곡선을 느끼며 그녀의 입술 안으로 자신의 혀를 집어넣었다. 경요는 망설이지 않고 그의 혀에 자신의 혀를 감았다. 준이 경요의 입안 구석구석을 부드럽게 맛본 후 경요 역시 준의 입안에 자신의 혀를 집어넣었다. 밤새도록 입맞춤을 해도 싫증이 나지 않을 것 같았다.

준은 세상에서 가장 달콤하고 부드러우리라 생각되는 경요의 입술에서 자신의 입술을 뗐다. 그리고 이번엔 그의 타액으로 촉촉하게 젖은 그녀의 입술을 손가락으로 어루더듬었다. 준의 손가락이 얼굴을 더듬다 뺨을 타고 귀로 올라갔다. 경요의 귀가 뜨거웠다.

입맞춤으로 두 사람의 몸이 뜨거워졌다. 그녀가 몸에 바른 향유가 유혹하는 듯한 향을 풍기며 준과 경요를 흥분시켰다. 향유가 풍기는 향에 서로의 체향이 섞이자 더욱 아찔한 기분이 들었다. 경요는 아득한 느낌에서 헤어나지 못하고 있었다. 벌써 여러 번 몸을 섞었지만 매번 느낌이 달랐고 매번 숨이 막힐 듯 아찔했다. 경요는 자기도 모르게 그에게 더 많은 쾌락을 달라고 조르고 있었다. 그가 주는 모든 것이 달콤했다. 아픔까지도 달콤했다.

흥분한 경요가 나지막이 신음 소리를 냈다. 준은 그 신음 소

리를 빨아들이듯 경요의 혀를 빨아들였다. 경요의 신음 소리가
준의 입안에서 소리 없이 부서졌다.

준은 서두르지 않았다. 자기 품 안에서 서서히 쾌감에 젖어
가는 경요의 모습이 너무나도 아름다웠다. 그 모습을 오랫동안
보고 싶었다.

준은 그녀의 목넘미를 혀로 핥으며 귀를 입안에 넣었다. 작
고 부드러운 귀를 이로 살짝 물자 경요는 몸을 움찔거리며 숨
을 크게 들이쉬고 준에게 더욱 가까이 다가왔다.

준은 경요를 침상에 눕혔다. 속옷의 매듭을 당기자 눈이 녹
듯 옷자락이 갈라지며 가슴이 드러났다. 준은 두 손으로 가슴
을 주무르면서 그녀의 유실을 입안에 머금었다.

"아, 앗."

경요는 외마디 비명을 지르다 자신의 새된 목소리가 너무
부끄러워 입을 다물었지만 곧 다시 교성이 잇달아 터져 나왔
다. 자신의 손길에 흐느끼듯 반응하는 경요가 많이 사랑스러워
서 준은 장난치듯 두 가슴을 번갈아 입에 넣었고, 거칠게 가슴
을 움켜쥐었다.

어미 새가 아기 새에게 부지런히 먹이를 가져다주듯 준은
경요에게 희열을 주고 싶었다. 그녀가 감당할 수 없는 열락으
로 울먹거리며 자신에게 매달리게, 억제할 수 없는 달콤한 교
성을 토해 내게 하고 싶었다.

준은 걸리적거리는 경요의 옷을 모두 다 벗겼다. 그리고 그
역시도 몸을 가린 얇은 침의를 다 벗어 침상 밑으로 거칠게 내

던졌다. 얇은 휘장 너머로 호수에서 반사된 달빛 무리가 어른거렸다. 달빛에 닿은 경요의 알몸은 신성하리만큼 고왔다. 준은 기묘하게 반짝이고 있는 경요의 눈을 바라보면서 손가락을 그녀의 입안에 넣었다. 경요는 그의 손가락을 정성껏 핥았다. 준은 손가락으로 경요의 혀와 입안의 여린 살점과 날카롭고 단단한 이를 훑었다.

그녀와 떨어져 있는 동안 그가 그녀에게 새겨 놓은 검붉은 꽃잎들이 희미해졌다. 거칠게 그녀를 가졌을 때 생긴 것들이었다. 준은 피 냄새에 미친 짐승처럼 경요의 몸을 탐했다. 입술이 닿은 곳마다 점점이 검붉은 꽃잎들이 떠올랐다. 여인의 속살에만 피는 은밀한 꽃이었다. 여체를 탐하는 사내의 거친 호흡이 피울 수 있는, 오직 준만이 피울 수 있는 꽃이었다.

경요의 속살은 명주처럼 부드러웠다. 그의 손 외에는 그 누구의 손길도 닿지 않은 청결한 향기가 준의 이성을 날아가게 했다. 거친 준의 몸짓에 경요는 흔희欣喜와 고통을 동시에 느끼며 신음했다.

준은 흐릿하게 남아 있는 화인花印을 경요의 타액으로 번들거리는 손가락으로 더듬더듬 만졌다. 그녀가 그의 것이라는 표시. 준은 한없이 황홀했다.

한마디 말도 없었지만 경요가 어떻게 생각하는지 모든 것을 느낄 수 있었다. 나직한 신음 소리, 흐느낌, 살짝 벌린 입술 사이에서 새어 나오는 거친 숨소리, 떨리는 몸, 찡그린 얼굴. 경요가 느끼는 모든 것이 준에게 고스란히 전달되었고, 준이 느끼는 감정 역시 경요에게 흘러갔다. 거친 호흡이 섞이고, 타액이 섞이고, 체액이 섞였다. 서서히 그들은 하나로 합쳐졌다. 경요가 열락으로 신음할 때 준도 똑같은 쾌미를 느끼며 몸을 떨었다. 그녀와 그의 경계가 흐릿해졌다.

준은 흐릿한 흔적만 남은 화인 위에 다시 입술을 대고 거칠게 빨아들었다. 경요기 으읏, 소리를 내며 몸을 뒤틀었다. 어깨에서 가슴, 배 쪽으로 천천히 내려가면서 준은 그녀의 고운 살결을 들이마셨다. 경요의 몸에 그의 흔적이 가득했다.

경요의 체향에 그의 체향이 섞였다. 준은 그녀의 살갗에서 자신의 냄새가 나자 지극한 만족을 느꼈다. 그는 황제도 아니었고 인간도 아니었다. 경요를 안고 있는 순간, 그는 본능의 만족밖에 생각하지 않는 수컷이었다.

"눈을 떠, 경요. 날 봐 줘."

준은 경요가 자신을 보길 바랐다. 그녀가 느끼는 모든 것이 누구에게서 오는지를 보길 바랐다. 그리고 경요의 검은 눈동자에 비친 자신의 모습을 보고 싶었다.

"준."

경요는 신음을 토해 내듯 그의 이름을 불렀다. 그를 보기 위해 힘겹게 눈을 떴다.

경요의 눈동자에 흐트러진 그의 모습이 비쳤다. 경요 역시 그만큼 흐트러져 있었다. 그 모습은 무척이나 관능적이었다. 눈을 깜빡이고 눈썹을 찡그린다거나, 희락으로 입술을 깨물고 마른 입술을 혀로 적시는 작은 움직임에도 준은 거부할 수 없는 관능을 느꼈다.

경요는 숨을 고르려 했으나 그리할 수 없었다. 경요의 가슴
과 배가 거칠게 오르내렸다. 준도 마찬가지였다. 이성이 몸을
제어할 수 없었다. 오직 서로의 몸을 탐하는 본능이 두 사람의
몸을 제멋대로 움직였다.

경요는 준의 눈에 비친 자신을 바라보았다. 열기와 쾌감에
젖어 흐트러진 자신의 모습이 낯설면서도 또한 그 모습에 후
끈 달아올랐다. 그의 눈동자엔 그녀가, 그녀 눈동자엔 그가 있
었다. 그가 그녀가 된 것 같고, 그녀는 그가 된 것 같았다. 아직
몸이 합쳐지지 않았는데도 벌써 몸을 합친 듯 부드러운 찌릿함
이 머리에서 발끝까지 흘러내렸다.

준의 손이 아래로 내려가 그녀의 중심부를 건드렸다. 경요
는 저릿한 느낌에 다시 눈을 감아 버렸다. 준은 경요를 꼭 껴
안고 그녀의 중심부를 어루만졌다. 경요는 자기도 모르게 준의
어깨를 깨물면서 파도처럼 몸에 밀어닥치는 고통스러울 만큼
짜릿한 쾌감을 견뎌 냈다.

준은 흐느끼는 그녀를 부드럽게 안아 주면서도 아래를 자극
하는 손길을 늦추지 않았다. 경요는 자신의 몸이 산산이 부서
지는 것 같았다. 단말마의 비명 같은 숨을 토해 내고 축 늘어졌
다. 준 역시 경요 위에 몸을 겹치고 그녀의 심장 소리를 들으며
달아오른 그녀의 열기를 느꼈다.

경요의 손이 준의 얼굴을 어루만졌다. 땀으로 젖어 뺨에 달
라붙은 머리카락을 부드러운 손길로 떼서 귀 뒤로 넘겨 주었

다. 경요는 손바닥으로 준의 두 뺨을 감쌌다. 준은 어쩐지 경요에게 보호받는 기분이 들었다. 그녀가 자신을 지켜 주는 기분이었다.

경요는 몸을 일으켜 준을 안았다. 그녀는 자신의 가슴에 준의 얼굴을 묻게 했다. 말랑하고 부드러운 가슴으로 준의 얼굴을 감쌌다. 뭐라 말할 수 없는 향기가 경요의 젖무덤에서 피어올랐다. 준은 숨을 깊이 들이쉬었다.

경요는 천천히 숨을 고르며 준의 머리카락을 손가락으로 쓰다듬어 빗어 내렸다. 준은 뼛속까지 찌릿하면서도 편안한 기분이었다. 경요와 몸을 나눌 때는 항상 그랬다. 절대로 양립할 수 없는 것들이 동시에 느껴졌다. 부드러움과 거침, 뜨거움과 차가움, 미칠 듯한 긴장감과 한없는 편안함. 그녀가 그를 감쌀 때 준은 이 세상이 모조리 다 사라져 버리는 것 같았다. 오직 경요만이 그곳에 있었다.

경요는 한없이 사랑스럽다는 눈빛으로 준을 어루만졌다. 그녀가 자신의 맨살을 만져 주는 게 좋았다. 경요는 준의 위로 올라가 천천히 그의 남성을 삼켰다. 준은 하늘에서 내려온 동아줄을 잡듯 그녀를 꼭 안고 가슴에 얼굴을 묻었다. 준의 입에서 뜨거운 신음 소리가 터져 나왔다. 경요 역시 뜨거운 숨을 토해 내며 그에게 매달렸다.

그들이 맞닿은 모든 곳이 불타듯 뜨거웠다. 인간이 맛볼 수 있는 최고의 쾌락을 맛보는 순간, 왜 죽음이 떠오르는 건지 준은 알 수 없었다. 그녀와 거의 동시에 절정에 오르면서 준은 차라리 이대로 죽어 버리고 싶었다. 이대로 떨어지지 말고 차라리 죽어 버렸으면 좋겠다고, 이 쾌락 속에서 연기처럼 사라지면 좋겠다고 생각했다.

경요와 준은 채워지지 않는 갈증을 채우기 위한 헛된 몸짓을 계속 이어 갔다. 경요는 준을, 준은 경요를 더, 더 원했다. 온몸을 포개고, 입술을 포개고, 가장 깊숙한 곳까지 남김없이 나누고 있었지만 여전히 부족했다.

경요가 먼저 허물어졌다. 땀에 젖은 몸을 준에게 포갰다. 준은 늘어진 경요를 조심스럽게 침상에 눕혔다. 준은 경요의 얼굴을 좀 더 자세히 보고 싶어 자신의 무릎을 베게 했다. 경요는 볕을 쬐는 고양이처럼 유연하게 몸을 웅크렸다. 피부에 살짝 소름이 돋은 듯하여 이불을 끌어와 덮어 주었다. 경요의 호흡은 여전히 거칠었다.

눈을 감고 여전히 열락悅樂에 젖어 있는 경요의 머리를 쓰다듬으며 준 역시 여운을 맛보고 있었다. 좀 전까지 나누었던 쾌감이 따스하게 몸을 데우고 있었다. 여전히 온몸이 심장이 돼 버린 듯 두근거렸다.

정사情事가 끝난 후에도 이어지는 은은한 쾌감은 당과糖菓처럼 달콤했다. 정사 후에 늘어진 여체가 풍기는 교태가 장미의 향기 같았다.

정사 전의 여체가 만월이라면 열락에 지친 여인의 몸은 그믐달처럼 은근히 사내의 마음을 흔들었다. 좀 전의 열정이 환영처럼 느껴질 만큼 경요의 몸은 부서질 듯 연약했다. 이 몸이 그의 거친 욕망을 오롯이 받아 냈다는 것이 믿기지 않았다. 경요의 몸은 열기가 적당히 남은 화로 속 재 같은 온기를 뿜어내며 마음을 따스하게 데웠다.

여체를 꽃이라 하더니 정녕 그러했다. 준은 그가 피워 낸 꽃을 보듯 경요를 바라보았다. 그리고 그의 가장 소중한 꽃을 조심스레 어루만졌다.

경요는 자신을 어루만지는 준의 손을 잡아서 입술로 가져가 입을 맞추었다. 몸을 나눈 열기로 경요의 입술은 바싹 말라 있었다. 느낄 때마다 힘껏 깨문 입술에는 살짝 피까지 맺혀 있었다. 준은 혀로 경요의 입술을 적셔 주었다. 경요의 입술이 준의 타액으로 촉촉하게 젖어 반짝였다.

경요가 나른한 미소를 지었다. 준의 혀가 자기도 모르게 경요의 입안으로 파고들었다. 경요는 거부하지 않았다. 몸을 일으켜 준을 안았다.

밤은 길었다.

18

자균은 노복의 다급한 목소리에 잠이 깼다.

"도련님, 궁에서 급히 입궁하시랍니다."

잠을 이루지 못해 계속 침상에서 전전반측이었는데 어느새 잠이 들었다. 뒷맛이 좋지 않은 잠이었다. 잠시 졸았지만 몸은 더 무겁고 머리는 깨어질 듯 아팠다. 무슨 꿈을 꾼 것도 같은데 내용이 떠오르지 않았다. 그저 무서운 느낌만이 남았다. 자균은 빡빡한 눈을 손으로 비볐다.

자균은 침상에서 일어나 창을 열었다. 아직 해가 뜨려면 한참 더 있어야 할 시각. 궁문과 성문은 굳게 잠겨 있을 터였다.

한밤에 오는 소식은 불길하다. 궁 안에 무슨 일이 벌어진 게 분명했다. 예석황제에게 무슨 일이 생긴 것 같아서 자균은 마음이 서늘했다.

자균은 재촉하는 소리에 대충 옷을 입고 침상을 나왔다. 궁에서 온 이가 침실 밖에서 그를 기다리고 있었다. 내관의 표정이 심각했다.

"어느 전의 부르심인가?"

"태후전입니다."

태후전?

"무슨 일인가?"

"가서 직접 들으십시오."

그 말을 끝으로 내관은 입을 굳게 닫았다.

태후전에 자균이 들어서자 내인들이 모두 자리를 비웠다. 자균은 단사황태후 앞으로 가까이 갔다. 단사황태후는 굳은 얼굴로 믿을 수 없는 말을 뱉었다.

"황귀비가 없어졌다."

몇 초간 자균은 황태후의 말을 이해할 수 없었다.

"마마, 무슨 말씀이십니까?"

단사황태후는 한 줌의 자비도 찾을 수 없는 냉정한 눈으로 자균을 바라보았다.

"날이 밝아야 알겠지만 그 아이가 아무래도 자진한 것 같다."

자진? 한기가 밀려왔다. 어제 오후 자신을 보고 해사하게 웃던 주유의 얼굴이 떠올랐다. 그 아이가 뭐라고 했었지?

예전처럼 불러 주세요. '주유야.'라고요.

저는 오라버니를 제 마음에 품은 것을 결코, 결코 후회하지 않습니다.

가끔 절 생각해 주시겠습니까?

무표정한 얼굴 아래로 마음이 소리 없이 무너지고 있었다.

'유언이었느냐?'

아니었다. 그것은 이곳에선 더 이상 살 수 없다는 주유의 비명이었다.

마음 한구석에 계속 걸렸던 불길함과 섬뜩함.

기묘하게 밝았던 주유.

그것은 모든 것을 포기한 이후 찾아오는 짧은 안도였었다.

"요지연에 간다고 홀로 태화전을 나섰는데 돌아오지 않았다는구나."

찾아보겠다는 의지는 눈곱만큼도 없는 말투였다.

단사황태후는 메마른 목소리로 주유에 대해 이야기했다. 요지연으로 내인들이 찾으러 갔는데 주유의 신발만 나란히 놓여 있었다고.

자균은 아무 생각도 떠오르지 않았고 아무것도 느껴지지 않았다. 너무 거대한 슬픔 앞에 이성과 감성은 자균을 보호하기 위해 제 기능을 멈췄다. 지금 황태후 앞에서 놀란 얼굴로 앉아 있는 자균은 그가 아니었다.

단사황태후는 주유가 왜 자진했는지 궁금해하지 않았다. 지금 그녀에게 중요한 건 자신이 뽑은 황귀비가 황궁에서 자진을 했다는 것이었다. 이 문제를 깔끔하게 수습하는 것 외에 그녀의 머리에 들어 있는 건 아무것도 없었다. 주유가 단사황태후에게 특별하긴 했으나 어디까지나 그것은 그녀의 의도대로 움직여 줄 때의 일이었다.

주유가 자진한 것 같다는 보고를 존호궁 내관 상섭에게 듣는 순간 단사황태후는 주유에 대한 모든 인간적인 감정을 베어냈다. 동정 같은 건 아무 쓸모도 없었다. 이 사건을 어떻게 자신에게 유리하게 이용해야 할지에 골몰했다. 가장 걸리는 것은 혜란공주와 진씨 가문의 반응이었다. 혜란공주와 진씨 가문의 힘은 아들 예석황제에게 여전히 필요했다. 모순된 것 같지만 그녀의 아들이 유선궁에 집착하기 때문에 더욱더 뒤를 받쳐 줄 혜란공주와 자균의 힘이 필요했다.

고작 계집애 하나 죽는 것으로 변할 것은 없었다. 주유를 대신할 사람은 얼마든지 있었다. 차라리 주유가 양녀여서 잘되었다고 생각했다.

단사황태후는 이 일을 덮어야겠다고 마음먹었다.

진씨 가문은 단사황태후에게 빚을 하나 지는 것으로, 그녀는 훗날 그 빚에 원금과 이자를 갚게 할 생각이었다. 예상대로 되진 않았지만 적어도 손해는 아니었다.

자균이 겨우 입을 열었다.

"폐하는 아십니까?"

단사황태후는 고개를 저었다. 자균은 몸을 일으켰다.

"폐하께 알리러 가야겠습니다. 죄를 청해야겠습니다. 비빈의 자살은 중죄. 어찌 죄 받기를 두려워하겠습니까."

단사황태후가 태연한 표정으로 말했다.

"주유 그 아이는 자진한 게 아니네."

"네?"

좀 전에 주유가 자진한 것 같다고 말한 이는 단사황태후였다. 말뜻이 이해되지 않아 자균은 혼란스러운 눈빛으로 단사황태후를 바라보았다. 주유가 죽었다는 충격에 그는 무엇인가를 생각하고 분석하고 또 결론을 내리는 일이 버거웠다.

단사황태후는 자균의 어리둥절한 얼굴을 무시하고 말했다.

"그 아이는 전염병에 걸려 갑작스럽게 세상을 떠난 것이네. 갑작스럽게 발병했고, 황상이 계신 지엄한 궁에서 죽을 수 없기에 이 밤에 자네 집으로 간 것이네. 오늘 해가 뜨는 것을 보지 못하고 죽고 말았네. 무슨 말인지 알겠나?"

한동안 침묵이 존호궁을 점령했다.

단사황태후는 지금 주유의 자진을 덮자 말하고 있었다. 주유 일로 혜란공주와 진씨 가문이 덤터기를 쓸 필요는 없다는 뜻이었다. 단사황태후와 자균만 침묵을 지키면 그만이었다. 그러나 예석황제를 속일 순 없었다.

"신하 된 자로 어찌 임금을 기망하겠습니까."

거절이었다. 그녀는 자균을 설득하기 위해 오히려 황제를 구실로 삼았다.

"내가 지금 너와 진씨 가문을 위해 이러는 줄 아느냐? 황상을 위해서다. 너도 첫 합궁일에 유선궁에 가신 황상에 대해 알고 있겠지. 지금 주유가 자진했다는 소문이 퍼지면 누가 가장 타격을 받겠느냐? 이국의 계집한테 미쳐 적법하게 간택한 황귀비를 소박 맞춘 폐하에 대한 불만이 여기저기서 터질 것이다. 그중엔 분명 이 일을 황제를 흔드는 데 이용할 자도 있다. 좋은 구실이 아니냐. 나는 내 아들의 치세에 어떤 오점도 남기고 싶지 않다. 그러니까 주유는 절대로 자진한 게 아니다. 마땅히 그래야 하지 않겠느냐."

이 여인에게 주유는 사람이 아니었다. 그저 장기의 말, 그것도 졸卒에 불과했다. 자균은 황태후가 주유를 무참히 짓밟은 것에 대해 분노가 치밀어 올랐다. 자균은 몸의 떨림을 주체할 수 없었다. 그러나 그는 황태후의 공범이었다.

황태후가 다시 입을 열었다.

"주유 그 아이를 위해서도 병으로 죽는 것이 낫다. 너도 세상 사람들이 추문을 좋아하는 것을 잘 알지 않느냐."

"그 무슨 말씀이시옵니까?"

"죽은 자는 말을 할 수 없다. 합궁이 깨지고 이런저런 소문이 돌고 있다. 주유 그 아이가 처녀가 아니라고, 그래서 혼기 꽉 찬 처녀가 시집도 가지 않고 출가하겠다고 한 게 아니냐는 말들을 하고 있다."

"마마, 그 무슨!"

자균은 분노했다.

단사황태후는 태연한 얼굴로 차마 입에 담기조차 민망한 이야기를 계속 쏟아 냈다.

"개중에는 애를 뱄다는 말까지 돌고 있다고 하더구나."

기가 막혔다. 죽어서도 이리 짓밟히는 주유가 너무나 가여워서 심장이 가루가 되어 부서지는 기분이었다. 애초에 이 참혹한 곳에 주유를 있게 하는 것이 아니었다. 황태후 앞이 아니었다면 주저앉아 가슴을 두드리며 통곡했으리라.

"남 말 하는 걸 좋아하는 사람들이 무슨 말을 못 하겠느냐. 합방을 코앞에 두고 자진했다 하면 다들 혹시 했던 것을 역시라고 받아들일 것이다. 진씨 가문과 너에 대한 시기심이 그런 소문을 더 부채질하겠지."

참담했다. 자균은 공기가 부족한 듯한 기분에 숨을 쉴 수가 없었다.

"그러니 주유는 병에 걸려 죽은 것이다. 그렇지 않느냐?"

단사황태후는 자신의 승리를 예감했다.

자균은 입을 열었다. 지금은 진씨 가문의 후계자로, 단의 대학사로 말해야 했다. 초인적인 의지가 그를 점령하려는 슬픔과 절망을 아슬아슬하게 막고 있었다. 자신의 목소리가 낯설게 들렸다. 아무런 감정이 없는, 버스럭거리는 모래 같은 목소리로 자균은 대답했다.

"그렇습니다, 황태후마마. 황귀비마마는 갑작스럽게 열병에 걸려 미처 폐하께 하직 인사도 못 드리고 저와 함께 출궁하신 겁니다. 병이 깊어 의원이 채 도착하기도 전에 숨이 끊어지신 겁니다."

단사황태후가 말을 이었다.

"아무리 존귀한 황귀비라고 하나 전염성이 강한 열병을 앓아 죽은 이의 시신을 묻을 수 없어 화장을 한 것이네."

"그렇습니다."

자균은 이를 악물었다.

"정말 가여운 일이지. 합궁도 하지 못하고 그리 죽다니. 그러나 어찌하겠나. 그 아이의 다고난 명이 그리 짧은 것을. 그럼어서 황귀비를 데리고 사가로 가게. 가마는 준비해 두었네."

자균은 입을 한일자로 굳게 닫았다.

타고난 명이 짧아?

자균은 눈을 질끈 감았다. 혀를 깨물고 죽어 버리고 싶었다.

"합궁을 하지 않았고 정식 책봉도 받지 못했으나 그 아이는 황귀비로 죽은 걸세. 황귀비에 걸맞게 합당한 장례를 치를 것이야. 정식 봉호 역시 내릴 것이다. 나뿐만 아니라 황상도 그리 생각하고 계실 게다."

황귀비로 죽은 주유. 황귀비로 죽은 주유?

주유는 황귀비가 되길 원하지 않았다. 그러나 그는 주유에게 폐하의 좋은 짝이 되라고, 그것이 그의 바람이라고 말했다. 결국 벼랑 끝으로 주유를 내몬 건 그였다.

주유를 가장 잘 아는 건 그였다. 주유가 과연 황궁에서 황귀비로 살 수 있었을까? 절대 그럴 수 없었다. 주유가 원한 것은 그였다. 주유는 몇 번이나 그에게 솔직하게 감정을 표현했다. 4년 전에도, 돌아온 후에도, 죽기 바로 전까지도. 주유는 한결같이 자신의 감정을 솔직하고 담백하게 드러냈다.

깊이 은애하고 있습니다, 오라버니. 주유는 말로, 눈으로, 상기된 표정으로, 떨리는 손끝으로 그리 말했다. 외면했던 건 그였다. 주유가 내민 손을 번번이 쳐 낸 것은 다른 사람이 아닌 바로 그였다.

'주유는 내가 죽였다.'

눈물도 나오지 않았다. 어떻게 황태후가 준비한 가마를 탔는지도 기억나지 않았다.

흔들리는 가마 속에서 자균은 주유를 불렀다.

"주유야."

이젠 불러도 대답하지 않을 고운 이였다. '주유야.' 하고 부르면 그 아이는 세상에서 가장 소중한 선물이라도 받은 것처럼 눈을 반짝이며 '네, 오라버니.' 하고 대답하곤 했다. 그 모습이 너무 귀엽고 사랑스러워 자균은 자주 '주유야.'라고 아무 일 없이 부르곤 했었다.

네 이름을 불러 주는 게 소원이라고 했느냐? 실컷 불러 주마 주유야, 주유야, 주유야. 가끔 널 생각해 달라 했느냐? 나는 항상 널 생각한다. 널 생각하는 건 내게 숨을 쉬는 것과 똑같은 일이다. 주유야, 주유야. 내가 널 부르는데 왜 대답하지 않느냐, 주유야.

숨이 막혔다. 자균은 미친 듯이 가슴을 쳤다. 이리도 슬픈데 하늘은 무너지지 않았다. 심장이 부서지지도 않았다. 숨이 멎지도 않았다. 주유의 목숨은 한번 활짝 피어 보지도 못하고 사그라졌는데 자신은 이렇게 살아 있었다. 그리고 또 살아야 했다. 온몸의 피가 다 빠져나간 것 같았다.

자균은 해 뜨기 직전, 가장 깊고 고요한 어둠을 응시하며 자신 역시 이미 죽었음을 깨달았다. 그의 마음은 물기가 사라진 고목枯木이었다. 새싹도, 꽃도, 열매도 없으리라. 바싹 마른 채 죽는 그날까지 바람에 흔들리며 스산한 소리만 낼 것임을 그는 알았다. 온몸을 짓누르는 이 한기도 죽어서야 벗어날 수 있으리라.

그는 피가 날 만큼 혀를 깨물었다. 자꾸만 쏟아지려는 비명과 눈물을 멈춰야 했다. 그는 울어서도 슬퍼해서도 안 되었다. 그는 주유를 위해 아무것도 한 것이 없었다. 슬픔은 그의 몫이 아니었다. 그의 몫은 끝없는 고통뿐이었다.

어찌 포장하든 그는 예석황제 준을 속이는 데 가담했다. 그는 이제 주군 앞에서도 떳떳할 수 없었다. 그는 결국 주유에게도, 예석황제에게도 충실하지 못했다. 그저 어리석고 또 어리석었다.

날이 밝자 지난밤 황제가 유선궁의 그림자 신부와 환월각에서 밤을 보냈다는 소식과 황귀비가 열병에 걸려 피접을 나갔다는 소식이 날개가 달린 듯 내인들의 입에 오르내렸다.

단사황태후의 엄명으로 주유의 자진은 태화전의 내인과 존호궁의 내인, 내관들만 알고 있었다. 그들은 침묵을 지켰으나 주유가 열병에 걸려 피접을 나갔다는 것을 믿는 이는 아무도 없었다. 저마다 그림자 신부가 환월각에서 머문 것과 황귀비의 피접을 어떻게든 연관시키려고 머리를 짜냈다.

　안규는 환월각의 침전으로 발소리를 죽이고 들어갔다. 휘장 너머에서 경요는 여전히 자고 있었고 준은 깨 있었다. 준은 침상에 앉아서 경요가 자는 모습을 가만히 바라보고 있었다. 그 눈빛이 진지함과 은애로 가득 차 있어 지켜보는 안규의 심장이 다 두근거렸다.

　침전 안은 나른하고 달콤한 분위기에 젖어 있었다. 지난밤의 여운이 그대로 남아 있었다. 안규는 황제의 벗은 몸이 민망해서 시선을 어디다 두어야 할지 몰랐다.

　안규의 인기척에 준은 손가락을 입술에 가져다 댔다. 안규는 더욱 소리를 죽이고 침상으로 다가가 작은 목소리로 말했다.

　"폐하, 말씀하신 물건을 차비가 가져왔습니다."

　"알았다. 침상 옆에 두거라."

　"저……, 밤사이 태화전에서 큰일이 있었다 하더이다."

　"큰일?"

　"황귀비마마께서 돌림병에 걸려 급히 사가로 피접을 나가셨다 합니다."

　"그래? 어의를 보내라 하라."

　담담한 반응이었다. 경요를 보던 그 애절한 시선과는 달리 조금의 연민도 느껴지지 않았다. 총애받지 못하는 비빈의 운명을 보는 것 같아 안규는 가슴이 철렁했다. 지금은 자신의 상전이 저리 총애를 받고 있지만 한밤중에 쫓겨나듯 피접을 나간 황귀비의 운명이 돌고 도는 바퀴가 돼 경요의 운명이 될지도 모른다. 그렇게 되지 않기 위해선 하루빨리 용종을 잉태해야 한다.

안규는 경요의 달거리 날을 손꼽아 보았다. 며칠 남지 않았다. 제발 그날 피를 쏟지 않기를 안규는 간절히 바랐다. 오직 그 용종만이 경요를 지켜 줄 것이라고 안규는 생각했다.

안규는 절을 올리고 뒷걸음으로 물러났다.

준은 안규가 가져온 상자를 열었다. 상자 속에서 나온 것은 금으로 만든 팔찌였다. 경요에게 뭔가 주고 싶어 만들게 한 것인데, 이렇게 뜻 깊은 순간에 줄 수 있어 다행이었다. 준은 경요의 왼쪽 팔에 팔찌를 끼워 주었다. 그 서슬에 경요는 잠에서 깼다.

경요는 여전히 자신의 벗은 몸도, 준의 벗은 몸도 부끄러웠다. 준은 경요의 벗은 몸을 빤히 바라보았다. 그의 시선이 어젯밤의 증거를 더듬는다는 것을 깨달은 경요는 얼굴이 발갛게 달아올랐다. 자신의 몸뿐만 아니라 준의 몸에도 지난밤의 흔적이 남아 있었다. 경요는 발치에 구겨져 있는 이불을 끌어당겼다.

"물에 반사되는 달빛만 아름다운 줄 알았더니 햇빛도 곱구나."

침전에 부드럽게 빛나는 둥그런 광환光環이 어른거렸다. 바람이 부는지 광환이 흔들렸다.

환월각은 전각 바로 옆에 연못이 있어 물에 비친 달빛이 전각 안으로 들어와 환월이라는 고운 이름이 붙었다. 어젯밤 연못에서 반사된 관능적이리만큼 요염한 달빛 아래에서 그들은 사랑을 나누었다.

해가 뜨고 나니 밤의 관능은 증발해 버렸다. 준은 경요의 몸을 일으켰다. 몸을 덮고 있던 얇은 비단 이불이 소리 없이 아래로 흘러내렸다. 경요는 자신의 드러난 가슴이 부끄러워 이불로 몸을 가렸다. 무언가 짤랑거리는 맑은 소리가 났다. 경요는 그제야 자신의 왼쪽 팔에 채워진 팔찌를 보았다. 가느다란 금으로 된 팔찌에 무엇인가가 달랑달랑 매달려 있었다. 경요는 팔을 들어 햇빛에 비추어 보았다. 주홍색 산호로 만든 나비 세 마리가 달려 있었다.

"시오주홍나비입니까?"

경요는 놀라서 눈을 둥그렇게 떴다.

"책에서 찾아서 그대로 만들라고 하긴 했는데, 닮았는가?"

경요는 고개를 끄덕였다. 사실 별로 닮진 않았지만 준이 사소한 것까지 기억하고 있다는 게 고마웠고 행복했다. 경요는 햇빛에 반짝이는 산호 나비를 계속 바라보았다. 햇빛 아래에서 산호 나비들이 부드럽게 반짝였다.

"황귀비가 사가로 피접 나갔다고 하는군."

"그렇게 되었군요."

준은 어제 경요에게 주유가 무사히 황궁을 빠져나갔다는 이야기를 들은 터였다.

"어마마마가 움직이신 게지. 참 빠르기도 하시지."

무심한 어조였으나 쓸쓸함이 느껴졌다.

"준, 드릴 말씀이 있어요."

"응?"

"선전표신을 주었습니다. 저보다 황귀비에게 더 필요할 것 같아서요."

준은 경요를 끌어당겨 자신의 무릎을 베게 했다. 그러고는 그녀의 머리카락을 쓰다듬으며 말했다.

"황귀비에게 아무것도 해 준 게 없는데 그 패를 유용하게 쓴 다면 나 역시 기쁠 것이다. 부디 그 사람이 행복했으면 좋겠다. 나 때문에 죽음까지 선택한 여인이니."

경요는 자균과 주유 사이의 정사(情絲:남녀 사이의 오랜 사랑)와 상사(相思)에 대해 이야기하지 않았다. 준이 자신 때문에 극단적인 선택을 한 것이라 오해하는 게 마음에 걸리긴 했지만, 그 두 사람의 일은 둘의 인연의 힘에 맡기는 수밖에 없다고 경요는 생각했다.

주유는 동비와 함께 화경족 상단의 근거지인 병주로 갈 예정이었다. 병주에는 모린도 있었다. 화사하고 쾌활한 모린은 분명 주유의 좋은 벗이 되어 줄 것이다.

주유 앞에 어떤 운명이 펼쳐져 있을까?

경요는 궁금하기도 했고 걱정되기도 했다. 새삼 자신도 여인이지만 여자로 태어난 게 불공평하게 느껴졌다.

"걱정 마십시오. 제 어머니께서 잘 돌봐 주실 겁니다."

"분명 어마마마는 이대로 주유 그 사람을 묻으려 하겠지. 산 사람을 장례 지내려 하니 기분이 묘하구나."

"주유가 떠나면서 제게 그리 말했습니다. 황귀비 주유는 죽었다고요."

"이곳이 어지간히 끔찍했나 보구나."

준은 망설이다 물었다.

"그대도 이곳이 끔찍한가? 있고 싶지 않을 만큼?"

경요는 잠시 생각에 잠겼다가 곱게 미소를 지었다.

"그대의 곁인데 어찌 끔찍하겠습니까. 그리고 전 끔찍하다고 불평하기보다는 끔찍함을 없애는 방법을 생각해 볼 것 같습니다. 아무것도 하지 않고 불평하는 건 체질에 맞지 않아서요."

"하긴 그림자 신부를 없애겠다고 온 그대니까."

황궁은 이 씩씩한 여인에 의해 변할 것이다. 준은 경요의 손을 굳게 잡았다.

"나는 그대를 지키겠다. 설사 어마마마와 싸우는 한이 있어도."

경요는 다시 미소 지으며 준이 잡지 않은 손을 준의 손 위에 포갰다.

"준, 절 지켜 주지 마세요. 그저 지켜봐 주세요."

"그게 무슨 말인가. 지켜보라니?"

"그 말 그대로입니다."

"나더러 지어미도 지키지 못하는 무능한 지아비가 되라는 것이냐?"

준의 목소리가 높아졌다.

"준, 절 지키는 건 쉬운 일입니다. 아무것도 하지 않게 하면 되니까요. 그렇지만 전 그런 황후로 살기 위해 그대 곁에 있는 것이 아닙니다. 제가 이 황궁에서, 단에서 진짜 황후로 인정받을 때까지 지켜봐 주세요. 황태후마마 앞에서도, 조정의 신료들 앞에서도 절 감싸지 마시고, 저 때문에 싸우지도 마세요."

"그럼 도대체 난 그대를 위해 무엇을 할 수 있는가? 그저 손을 놓고 그대가 어머니에게, 황궁 사람들에게, 조정의 신료들에게 짓밟히는 꼴을 볼 수는 없어."

"준, 그럼 절 언제까지 지키시렵니까?"

경요의 말에 준은 말문이 막혔다.

언제까지라니? 내 목숨이 붙어 있는 한 그대를 지키는 거지.

"지켜보는 것은 지키는 것보다 더 힘든 일입니다. 또한 지켜보는 것은 상대를 믿는다는 것이지요. 절 믿으십니까? 제가 단의 훌륭한 황후가, 당신의 좋은 짝이 될 것을 믿으십니까?"

"믿는다."

"그렇다면 제 힘으로 일어서는 것을 지켜봐 주세요. 아이가 걷는 것을 배우다 보면 몇 번은 호되게 넘어져 무릎이 깨지는 일이 있습니다. 그것이 무서워 계속 업고 다니거나 안고 다닌다면 그 아이는 영원히 제 발로 걷지 못할 것입니다. 저 역시 제 힘으로 서고 싶습니다. 그래야 제가 당신의 진정한 반려가 될 수 있으니까요. 저는 당신의 사랑만 받는 여인으로 남고 싶지 않습니다. 당신이 지고 있는 짐과 고민들을 함께 나눠 지고 싶어요. 그것이 바로 황후의 자리니까요. 그리해 주십시오."

준은 한참을 망설이다 대답했다.

"그리하겠다."

경요는 또 곱게 미소 지었다. 준은 경요를 끌어 당겨 껴안 았다.

"그대를 지켜 줄 수도 없는 내가 싫구나."

"아니에요, 준. 제게 가장 필요한 것을 주시는 겁니다."

준의 마음은 무거웠다. 그의 품에 있는 경요는 여리고 작았 다. 손바닥에 막 깃털이 돋은 아기 새를 올려놓은 기분이었다. 그 새는 자꾸 날아가려고 한다.

준은 새를 자신만의 새장에 가둬 두고 싶다는 충동을 지울 수가 없었다. 그는 마음속으로 중얼거렸다.

부디 그대가 아프지 않기를. 그대가 이 황궁의 어둠에 물들 지 않기를.

황귀비의 급서로 황궁 분위기는 가라앉아 있었다. 죽었지만 황귀비에 대한 정식 책봉이 이루어졌고 봉호 역시 내려졌다. 시신 없는 장례도 성대히 치렀다. 그 모든 과정은 자균의 손을 거쳐 이루어졌다. 자균은 무표정한 얼굴로 일을 지시했고, 처 리된 일을 보고받았다.

예석황제는 특별히 자균에게 휴가를 허락했으나 그는 등청 해서 묵묵히 해야 할 일을 처리했다. 처리해야 할 일들이 산처 럼 쌓여 있었다. 예석황제가 처리해야 할 것들은 일차적으로 그를 거쳐야 했기 때문에 그가 일을 쉬면 예석황제도 일을 쉬 어야 했다. 그런 불충을 저지를 수는 없었다.

하지만 마음 한구석에 원망이 있었다. '첫 합궁일에 유선궁에 가지 않았다면, 어쩌면 주유는……' 하는 생각이 머리에서 떠나지 않았다. 그러나 그건 황귀비로 살아야 하는 주유가 견뎠어야 했던 아주 작은 일이었을 뿐이다.

황궁에서 황제의 마음에 들지 않아 내쳐진 여인이 어디 한둘이었나? 주유가 그의 피 섞이지 않은 고모이긴 하나 특별 대접을 받을 이유는 없었다.

그는 홀로 있는 시간이 무엇보다 두려웠다. 외줄 위에서 아슬아슬 걷고 있었다. 조금 깊게 자기감정을 돌이켜보는 순간 그는 무너져 버릴 것이었다. 그는 무너질 수 없었다. 주유를 잃었지만 폐하까지 잃을 순 없었다. 자균은 이를 악물었다. 아무것도 느끼지 않으려고 그는 감정을 죽여 버렸다.

서글서글하게 잘 웃고 누구에게나 쉽게 곁을 주는 자균은 사라졌다. 그의 밑에서 일하는 학사들과 사인들은 자균에게서 뿜어져 나오는 냉기에 몸을 떨었다. 말수가 줄었으며, 활기가 사라졌고, 웃음이 없어졌다. 다들 황귀비의 급서 때문이라고 생각했다.

그에 대한 단사황태후와 예석황제의 신뢰와 총애가 여전하며, 정안공주와의 혼삿말도 오가는데 무슨 문제가 있겠느냐고 다들 마음 편하게 생각했다. 그는 여전히 단의 조정에서 가장 주목받는 젊은 관리였으며, 앞으로의 출세와 가문의 영화가 보장된 이였다. 그는 전혀 바라지 않았지만 말이다.

하급관리들이 모두 퇴청한 후에도 자균은 한참 동안 고칙방誥勅房에서 장계들을 기계적으로 읽으며 정리하고 있었다.

대신들이 사직상소를 올리고 궐에 들어오지 않아 일거리가 산더미처럼 쌓여 있었다.

황태후궁의 내관 상섭이 그를 찾아왔다.

주위를 확인한 상섭은 낮은 목소리로 말했다.

"요지연에서 시신을 건졌습니다."

자균은 읽고 있던 장계에서 고개를 들었다.

"보러 가겠다."

상섭이 그를 만류했다.

"물에 오랫동안 가라앉아 있었기에 시신이 부패하여 형체를 알아보기 힘듭니다. 굳이 보실 것까지야. 저희 쪽에서 수습한 유골을 화장하여 장사 지내겠습니다. 지석사에 모실 것이니 이후에 찾아가시지요."

궐 생활 20년, 상섭은 황궁에서 여러 시신들을 목격했다. 물에 빠진 시신이 원래 끔찍하긴 했지만, 이번 시신은 자기도 모르게 뒷걸음질을 칠 만큼 참혹했다.

상섭은 주유의 죽음에 아무런 의문을 떠올리지 않았다. 이유를 묻지 않는 것, 의문을 파헤치지 않는 것, 감히 주인의 생각을 헤아리려 하지 않는 것, 그것이 단사황태후가 그를 신뢰하는 이유였다.

자균은 자리에서 일어났다. 얼마나 참혹하든 그것을 봐야 했다. 그건 그가 받아야 할 벌이었다. 자균이 뜻을 굽히지 않자 상섭은 자균을 황궁 구석에 있는 쓰지 않는 전각으로 데려갔다. 주유의 시신은 전각 안에 수습되어 있었다.

"잠시 혼자 있고 싶네."

상섭은 내관들을 데리고 밖으로 나갔다.

자균은 주유의 시신을 덮은 거적을 내리려 했으나 용기가 나지 않았다. 저 밑에 있는 이가 주유임을 인정하고 싶지 않았다. 그런데 무엇인가가 자균의 시선을 사로잡았다. 거적 밖으로 삐죽이 튀어나온 팔에 걸려 있는 연자 팔찌였다. 그가 금으로 때워 수리한 주유의 연자 팔찌였다.

자균은 주저앉았다. 짐승처럼 울부짖을 것 같아서 자균은 주먹으로 입을 틀어막았다. 울지 않기 위해 주먹으로 있는 힘껏 바닥을 내리쳤다. 살이 찢어지고 피가 흘렀으나 조금도 아프지 않았다. 자균은 주유의 시신 위로 쓰러졌다. 비명도 울음도 아닌 가느다란 신음 소리가 그의 입에서 새어 나왔다. 그리고 잠시 후 그 신음 소리는 말소리로 바뀌었다. '주유야.'라는.

자균은 피가 뚝뚝 흘러내리는 손바닥에 연자 팔찌를 꼭 쥐었다. 시간이 멈춘 것 같았다. 자신이 어디에 있는지도 알 수 없었다. 피를 흘리며 자균은 어디론가 걷고 있었다. 무영이 잡지 않았다면 그는 하염없이 걷고 있었을 것이다.

무영은 그의 꼬락서니를 귀신이라도 본 듯한 얼굴로 한참 보더니 입을 열었다.

"한참을 찾았네. 태화전으로 가지. 황후마마가 부르시네."

주유의 장례가 끝난 후 유선궁에 있는 그림자 신부가 태화전의 새 주인이 되었다. 원래 태화전은 황후의 정침이었다.

황후의 소례복을 입고 있는 경요의 모습이 낯설었다. 태화전에는 주유의 흔적이 조금도 남아 있지 않았다. 경요는 자균이 예를 표하려 하자 손을 들어 제지했다.

"일단 손부터 어떻게 하지요."

그리고 안규를 불러 자균의 손을 치료하게 했다. 경요는 그의 팔목에 채워진 두 개의 연자 팔찌를 말없이 바라보았다.

'시신이 발견되었구나.'

경요는 자기 앞에 앉은 남자의 심경을 감히 상상할 수 없었다.

자균은 엉망이 된 손에 대해 아무것도 묻지 않는 경요가 고마우면서도 기이했다. 자신의 꼴이 참혹하다는 것을 깨달을 만큼 자균은 제정신으로 돌아왔다.

다탁 위에 차가 올랐다. 자균은 찻잔 뚜껑을 열고 흠칫 놀랐다. 찻잔 속에 꽃이 피어 있었다. 주유가 자신에게 마지막으로 대접했던 그 꽃차였다. 자균은 비명을 토해 내지 않기 위해 혀를 깨물었다.

경요는 차를 한 모금 마시고 입을 열었다.

"하문할 게 있어 불렀습니다."

경요의 말에 자균은 대학사로 돌아갔다.

"하시옵소서."

"환주에서 심각한 유혈 사태가 일어났다는 소식을 들었습니다."

자균은 놀라서 경요를 똑바로 바라보았다.

오늘 오후에 들어온 극비 사항을 어찌 알고 있는 걸까? 혹, 궁에 간자를 심어 두었나?

경요는 자균이 무엇을 의심하는지 곧바로 알아챘다.

"제가 어디 출신인지 진 대학사는 잊으셨나 봅니다."

화경족 상단의 어마어마한 정보력을 자균에게 일깨워 준 경요는 차분하게 하문했다.

"대학사는 환주 문제를 어찌 생각하십니까?"

태화전을 차지한 것으로도 모자라 이제 단의 정사에도 관여하시겠다?

내전의 여인이 정사에 참여하는 것을 혐오하는 자균이었다. 자균은 굳게 입을 다문 채 경요를 강렬한 눈빛으로 쏘아보았다. 하지만 경요는 자균의 험한 눈빛에도 조금도 움츠러들지 않았다.

경요는 자균이 그녀에 대한 사감私感을 드러내지 않고 오로지 대학사로서 이야기하는 것에 깊은 인상을 받은 터였다. 그렇지만 경요는 자균이 어차피 그녀에게 좋지 않은 감정이 있으리라 생각했기에 쉽게 실토하리라고 예상치는 않았다. 순순히 이야기를 할 것 같지 않아 경요는 자균을 흔들 자기 패를 한 장 뒤집어 보였다.

"환주에 황태후마마의 재물이 흘러 들어간 것을 아시는지요?"

설마 했던 일이었다. 환주의 내전에 황태후마마가 개입되었다는 의심을 지울 수 없었다. 그런데 재물을 대시다니.

머리 회전이 빠른 자균은 자신이 그동안 찾고 있던 마지막 조각을 찾은 느낌이었다. 경요의 말에 그동안 이상하기만 했던, 안개에 싸인 듯 모호하기만 했던 환주 사태의 실체가 드러났다. 자균은 자치권을 환주에 내릴 때 이미 단사황태후의 계획이 완성되어 있었음을 깨달았다.

"환주에선 지금 선씨 가문의 당주 단수와 선先 당주의 막내아들인 희정이 반목하고 있고, 그 반목이 환주의 백성들까지 물들이고 있지요. 그대로 내버려둔다면 저들은 회생이 불가능한 수준까지 싸우게 될 겁니다. 그럼 환주의 지호족이 사라지게 되겠지요. 여기까진 괜찮은 방식일 수도 있겠네요. 또 다른 나라가 환주를 노린다는 것을 몰랐을 때는요."

"또 다른 나라라니요?"

자균은 애써 모르는 척했다. 그러거나 말거나 경요는 이야기를 이어 갔다.

"연국이 환주가 무너지길 기다리고 있습니다."

"도대체 어디서 무슨 말을 듣고 이런 허황한 이야기를 하시는 겁니까!"

자균의 당황하는 모습에 경요는 자신이 정곡을 찔렀음을 알았다.

"나는 단의 황후로 묻습니다. 진 대학사는 환주를 버려야 한다고 생각합니까?"

"아닙니다. 순망치한입니다. 환주가 없어지면 단이 위험해집니다."

"저와 생각이 같군요. 저 역시 그리 생각합니다. 조정의 중론은 어떨 것 같습니까?"

자균은 망설이다 솔직히 대답했다.

"버리자는 쪽으로 기울지 않을까 예상합니다."

예상대로였다. 경요가 말했다.

"연국 왕 제선이 환주만을 노린다고 생각하지 않습니다."

자균은 불길한 마음을 억누르며 애써 태연하게 물었다.

"근거가 무엇입니까?"

경요는 자신의 마지막 패를 펼쳐 보였다.

"그가 화경족 상단에 환주를 걸고 은자를 빌리려 했습니다. 알고 계신지 모르지만 그자가 환주를 주목하고 있습니다. 병력의 상당 부분을 환주 가까운 국경으로 이동시켜 두었습니다. 그자는 감이 떨어지기만을 기다리고 있습니다. 과연 그자가 환주만으로 만족하겠습니까?"

자균의 얼굴에서 핏기가 사라졌다. 그렇다면 제선 그자의 목표는 중원이다!

일단 자균은 부정하려고 했다. 경요는 그의 말을 기다리지 않고 서화로부터 받은 서찰을 자균에게 건넸다. 자균은 서찰을 읽고 다시 접어 경요에게 건넸다.

'화경족의 정보력이 이 정도란 말인가?'

자균은 이제 경요가 이 사태를 어찌할 것인가 궁금해졌다. 자신을 부른 것이 단지 정보를 주기 위해서만은 아니라는 것을 깨닫게 된 것이다.

경요가 담담한 목소리로 말했다.

"저는 환주에 갈 생각입니다."

자균은 멍해졌다. 황후가 황궁을 떠나 환주로 간다? 전대미문의 일이었다. 하나 지금 자기 앞에 앉아 있는 황후는 모든 전례를 깬 자가 아니던가.

"그때 저와 동행해 주시지요."

"마마가 왜 환주에 가시려는 겁니까?"

"땅의 주인이 그곳을 가는데 이유가 필요합니까?"

"황후가 황궁을 비우고 어딜 가신다는 겁니까?"

"제가 그대에게 단의 황후입니까?"

경요의 말에 자균은 말문이 막혔다.

"진 대학사는 국방의 기본이 뭐라고 생각하십니까?"

뜬금없는 질문에 자균은 또다시 말문이 막혔다.

"내 진 대학사 앞에서 문자를 쓰려니 여간 부끄럽지 않습니다만, 공자께서 그리 말씀하셨지요. 백성에게 전술을 가르치지 않는 것은 백성을 버리는 것이라고요. 하지만 환주의 문제는 전술이 아닙니다. 지금까지 환주는 단에서 버려진 땅이었습니다. 단은 3백 년 동안 환주를 버려두었지요. 연이 쳐들어온다면 그들이 단을 위해 창칼을 들고 그 땅을 지키리라 생각하십니까? 그러니 제가 가야 합니다. 단이 환주를 버리지 않았음을, 환주의 주인인 제가 환주를 버리지 않았음을 그들에게 보여 줘야 합니다."

"마마가 간다 하여 그들이 마마를 반갑게 맞이할 이유가 어디 있겠습니까. 그곳은 단이라면 이를 가는 자들 천지입니다.
마마의 목숨이 위험합니다."

"여기도 그렇게 안전하진 않지요."

경요는 짐짓 농담을 했다. 무영이 듣고 있다가 자기도 모르
게 쿡 웃고 말았다. 저번에 황태후를 완전히 농락하던 경요가
생각나서였다.

"환주와 단 사이의 구원舊怨이 퍽 깊다는 것은 압니다. 하지
만 말입니다, 그게 그렇게 중요한 문제일까요? 대다수 백성들
에겐 환주가 단의 땅이든 아니든 크게 상관없는 문제입니다.
그들에게 중요한 건 매일매일 먹고사는 문제, 즉 생업의 문제
지요. 그것을 가능하게 해 준다면 설령 원수 나라인 단이라 해
도 크게 상관없을 겁니다. 지호족들이 선씨 가문에 동조하는
것은 나라가 당연히 해 주어야 하는 보호를 받지 못해서입니
다. 그러니 이제라도 환주를 바로잡아야겠지요."

자균은 자기도 모르게 몸을 떨었다.

이 황후는 도대체 어디까지 보고 있는 것일까? 이런 생각은
배워서 할 수 있는 게 아니거늘.

경요는 냉정하게 물었다.

"지금 단의 조정에 환주에 가려는 이가 있습니까?"

그 물음에 자균은 대답할 수 없었다. 기꺼이 가려 할 자가
없음을 알았다.

"냉정하게 판단을 내려 주세요. 제가 환주에 가는 게 단의
이익이라 생각하지 않으십니까? 저보다 더 환주 문제를 잘 해

결할 수 있는 자가 있다면 제가 물러서겠습니다."

자균이 대답을 못 하는 사이 무영이 끼어들었다.

"어떤 자가 황후마마 같을 수 있겠습니까. 신 무영도 황후마마를 따라 환주로 가겠습니다."

경요는 자균을 바라보았다.

"진 대학사의 대답을 듣고 싶습니다."

"마마의 뜻에 따르겠습니다."

그것이 단을 위한 최선의 길이었다. 자균의 답을 듣고 경요는 만족스럽게 미소 지었다.

'사지로 가시면서 어찌 미소를 지으시는 겁니까?'

경요의 미소를 보며 자균은 입 밖까지 나왔던 말을 삼켰다.

상단 후계자로 자라 화경족이 뒤에 버티고 있다고는 하나 고작 스무 살의 어린 여자에게 자신은 무엇을 기대하고 있는 걸까? 그렇지만 경요가 해낼 것 같다는 근거 없는 확신이 있었다. 그것은 직감 같은 거였다.

한편으로 자균은 기분이 묘했다. 주유의 자리를 빼앗은 여인이니 미워해야 마땅하거늘, 경요에게 아무런 원망의 마음이 생기지 않았다. 태화전을 나서며 자균은 생각했다.

'어찌 마마를 원망하겠는가. 주유는 황상도, 황후마마도, 황태후마마도 아닌 내가 죽인 것이다. 내가 죽였다.'

빈청에서 사직상소와 환주에서 올라온 장계를 읽다 지친 준은 태화전으로 향했다.

환주에서 기어이 유혈 사태가 벌어졌다. 게다가 연국의 움직임도 심상치 않았다. 준은 어딘가에서 효시가 울리는 듯했다.

'태평성대가 너무 길었다. 무너지는 둑을 막기 위해 동분서주하다 내 치세가 끝날 수도 있다. 곧 기나긴 전쟁이 다가오겠지.'

경요는 태화전을 나와 막 어디론가 가려던 중이었다. 준은 소례복 차림인 경요가 낯설었다. 그녀에겐 지난번에 입었던 화경족의 옷이 더 잘 어울렸다.

황국처럼 노란 비단으로 지은 황후의 소례복이 그녀에게는 너무 무거워 보였다. 새삼 황궁이, 황후의 자리가 경요에게 구속이고 족쇄임을 깨달은 준은 조금 우울해졌다.

"어딜 가는 길인가?"

"존호궁에 가던 길이었습니다."

"거긴 왜? 네가 문안 올리지 않는다고 뭐라 하실 분이 아니다. 그냥 돌아가 나와 차나 한 잔 하자. 골치 아픈 일들이 많았어. 네 곁에서 잠시 쉬고 싶다."

준이 손을 잡아끌었지만 경요는 부드럽게 그 손을 놓고 말했다.

"약속하시지 않았습니까. 지켜 주는 대신 지켜봐 주시기로."

준은 한숨을 쉬었다. 어머니가 어떤 사람인지 준은 너무 잘 알고 있었다.

"무슨 일 때문에 가는 건가? 그건 말해 줄 수 있겠지?"

"준, 세상에는 황제도 절대 해결할 수 없는 문제가 여럿 있는데 그중 하나가 시어미와 며느리 사이를 좋게 하는 거랍니다. 왜냐면 그 누구의 편도 들 수 없고, 그렇다고 중립도 아무 의미가 없기 때문이지요."

경요는 싱글싱글 웃으면서 덧붙였다.

"그리고 여자들 싸움에는 끼어드는 게 아닙니다."

그 말을 남기고 경요는 존호궁으로 갔다.

준은 경요의 뒷모습이 보이지 않을 때까지 서 있었다.

'그저 내 품에서 내가 주는 사랑만 받고, 내가 보여 주는 고운 세상만 보아 주면 좋으련만. 너는 그런 사랑 안에 갇혀 지낼 수 없는 여인이지. 지켜 주고 싶지만 네가 원하는 것이 지켜보는 것이니 나는 지켜볼 것이다.'

경요는 내전으로 들어가려는 무영을 저지했다.

"오늘은 황태후마마와 단둘이 이야기할 생각이니 밖에서 기다리세요."

"하지만 마마."

경요는 아랑곳하지 않고 말했다.

"그리고 이곳에서 무엇을 보았든 폐하께는 함구하세요."

"마마."

"약속했습니다. 나와 있을 땐 내게 충성하겠다고."

어쩔 수 없이 무영은 경요의 말에 동의했다.

경요는 내전으로 들어가 단사황태후에게 처음으로 제대로 된 인사를 올렸다.

"황태후마마께 문안 올리옵니다. 평안하시고 흥복을 누리소서."

단사황태후는 절을 올린 경요를 아니꼽다는 듯 바라보다가 마지못해 말했다.

"일어나 앉으라."

경요는 일어나 의자에 앉았다.

"드릴 말씀이 있으니 내인들을 물려 주십시오."

단사황태후의 눈짓에 내인들이 소리 없이 물러났다. 경요는 한 가지를 더 부탁했다.

"어의를 불러 주십시오. 입이 무거운 자로."

단사황태후의 미간에 깊은 주름이 잡혔다.

올 게 왔구나!

단사황태후는 내인을 부르는 줄을 당겼다. 상섭이 소리 없이 내전에 들어와 무릎을 꿇었다.

단사황태후는 낮은 목소리로 명을 내렸다.

"어의를 불러오라. 그 누구의 눈에도 띄어선 안 된다."

상섭은 고개를 끄덕이고 존호궁을 나갔다.

19

태후전의 내관 상섭이 내의원에 들어갔을 때 홍원표는
막 퇴청을 하려던 참이었다. 지난밤 숙직을 마치고 부인병에
관해 새로 들어온 의서를 읽느라 미적거리다가 상섭에게 딱 걸
린 원표는 훗날 그날 일진에 대해 곰곰이 생각해 보았다. 괘를
볼 줄 모르긴 해도, 마가 낀 날이었을 것이다.

그는 출세에 욕심이 없었다. 매달 나오는 녹봉이 넉넉하진
않았지만 삶을 꾸리는 데 부족함이 없었고, 쉽게 접할 수 없는
의서를 읽을 수 있기에 내의원에 들어왔을 뿐이다.

홍원표는 의술 외의 일에는 큰 관심이 없는 사내였다. 때문
에 황궁의 높은 분들의 진맥에는 거의 얼굴을 비추질 않았다.
그런데 하필 그날따라 몇몇 의원들이 일찍 퇴청을 했고, 남은
의원들은 때 이른 가을 추위로 고뿔에 걸려 멀쩡한 것이 그뿐

이라 어쩔 수 없이 태후전에 갈 수밖에 없었다.

처음엔 단사황태후가 미령한가 생각했다. 보고라면 내의원의 수장인 임형호를 찾았을 것이다. 일개 의원인 자신을 찾은 건 진맥을 위해서라고 생각했다.

내의원은 황궁의 여인들과 밀접한 관계일 수밖에 없었다. 황제도 모르는 비빈들의 달거리 주기와 지병들을 내의원들은 모두 알고 있었다. 그렇기에 내의원은 은밀한 소문들이 가장 먼저 도착하는 곳이었다.

태후전에 들어가자 낯선 여인이 태후와 함께 앉아 있었다. 여인은 황후의 소례복을 입고 있었다. 원표는 보지 않으려 했지만 자기도 모르게 황후를 보고 있었다.

이 사람이 그 소문도 무성한 유선궁, 아니지, 이젠 태화전을 차지한 그림자 신부로구나.

그림자 신부를 구경하는 데 넋이 팔려 있던 원표는 자신이 비밀리에 존호궁에 불려 온 이유를 그제야 깨달았다. 자신이 진맥해야 할 이는 황태후가 아니라 황후였던 것이다.

내전에는 단사황태후와 여후 말고는 아무도 없었다.

원표는 마른침을 삼켰다. 단사황태후와 여후 사이에 흐르고 있는 손대면 베일 것 같은 날카로운 공기에 자기도 모르게 몸이 움츠러졌다.

원표는 떨리는 손으로 경요의 팔목에 얇은 흰 비단을 올렸다. 소매를 걷고 손가락 세 개를 살며시 올려 경요의 몸이 전하는 미세한 진동에 온몸의 감각을 집중했다. 약지에서 느껴지는 맥이 심상치 않았다.

척맥尺脈이 이리 뛰는 건?

원표는 당황해서 손을 뗐다. 태맥을 잡는 건 실수하기 쉬
웠다.

"다, 다시 짚어 보겠습니다."

틀리지 않았다. 태맥이었다. 황후는 회임 중이었다.

"태맥이 짚입니다. 황후마마는 회임 중이십니다. 가, 감축드
리옵니다."

내전의 분위기는 감축이라는 말이 전혀 어울리지 않게 싸늘
했다. 비빈의 회임은 황실의 가장 큰 경사였으나 이 황궁에서
절대 회임하지 않아야 하는 단 한 명의 여인이 용종을 가졌다.
그리고 하필이면 그 진맥을 자신이 하고 말았다. 원표는 하늘
을 원망했다. 무사안일無事安逸이 좌우명인 사내에겐 감당하기
힘든 일이었다.

"어느 정도 되었는가?"

단사황태후의 질문에 원표는 겨우 정신을 차리고 입을 열
었다.

"이제 막 한 달을 채우신 듯합니다. 달거리가 없으셨지요?"

원표의 질문에 경요가 말없이 고개를 끄덕였다. 원표가 의
원의 소임을 다하려고 경요에게 입덧과 미열이 있는지를 물어
보려 했지만 단사황태후가 말을 잘랐다.

"그만 물러가게."

단사황태후는 수고했다는 말도 하지 않았다. 용종과 황후의

건강 상태에 대해서도 묻지 않았다. 모체의 보기와 보혈을 위한 탕제를 올리라는 말도 하지 않았다. 회임 중인 비빈에게 일러 주어야 할 사항에 대해서도 고하지 못하게 했다. 단사황태후가 황귀비 시절에 다른 비빈들에게 했던 일들을 소문으로 들은 원표는 이 용종이 과연 태어날 수나 있을까 궁금했다. 등골이 오싹했다.

원표가 물러나려고 하자 그때까지 침묵하고 있던 경요가 입을 열었다.

"그대의 이름은 뭔가?"

원표는 꼭 저승사자가 그의 이름을 묻는 듯 섬뜩함을 느꼈다.

아아, 그저 의서를 읽기 위해 내의원에 들어온 것인데, 어찌 이런 시련이 닥치는 건지.

하늘이 원망스러웠다.

"홍원표라 하옵니다."

"내 기억해 두지. 홍원표라."

원표는 굵은 땀을 뚝뚝 떨어뜨리며 몸 둘 바를 몰라 하다가 내전을 나갔다.

단사황태후는 묵묵히 손에 든 염주를 습관적으로 굴렸다.

"기쁘십니까?"

경요의 말에 단사황태후는 화들짝 놀랐다. 그 순간 단사황태후는 왜 이 계집애가 싫은지 그 이유를 하나 더 추가했다. 가끔씩 이 아이의 말이 가슴에 푹 박힐 때가 있었다. 그녀를 꿰뚫어 보는 말과 눈빛. 이 아이와 대면하면 의중을 간파당하는 것 같아 불쾌했다. 더 싫은 것은 그 눈빛에 언뜻 스치는 동정과 연민이었다.

가장 깊숙한 곳에 숨기고 사는 그녀의 비밀, 금실로 수놓은 옷으로 가리고 사는 그녀의 가련하고 초라한 본모습을 저 아이는 고요한 눈빛으로 꿰뚫어 보았다. 저 계집애는 알고 있었다. 처음 본 순간 그녀가 행복하지 않다는 것을, 텅 빈 껍데기에 불과하다는 것을 간파했다.

어둠이 되어 계략을 짜고, 음모를 꾸미고, 손에 피를 묻히는 인생은 원하지 않았다. 한 남자의 사랑을 원했다. 비록 나눠 받을 수밖에 없는 사랑이었으나 그의 곁에 있고 싶었다. 그런데 그 남자가 그녀에게 어찌했던가? 마음이 먼저 차갑게 닫히더니 그다음엔 살이 닿는 것도 진저리나게 싫었다.

거부할수록 그는 그녀를 원했다. 아무 대가 없이 가질 수 있을 때 그녀를 망가진 장난감처럼 버렸으면서, 그녀가 그를 외면하자 지독하게 집착했다. 언제 더 절망했던가? 그녀에 대한 그의 사랑이 아름다운 것에 대한 본능적인 끌림에 불과했다는 것을 알았을 때? 한때 사랑했던 남자가 거부하는 그녀를 억지로 품에 안아 죽어도 지울 수 없는 상처를 주었을 때? 뱃속에 용종이 생겨 자진도 할 수 없었을 때? 아이를 살리기 위해 황궁으로 돌아와 그 남자에게 교태를 부렸을 때?

자기 눈에 어린 살기가 보기 싫어 거울 보기를 피했다. 그 모든 악행이 아들을 위해서였노라고 변명했다. 단을 지키겠다는 명분은 훌륭했으나 그 명분이 그녀 마음에 고이는 악의를 정당화하진 못했다. 아들을, 단을 위해서였을까? 자신을 짓밟은 세상에 대한, 운명에 대한 복수이기도 했다.

내의원이 태맥을 확인하고 경요의 회임을 고하는 순간, 단사황태후는 이상한 기쁨에 휩싸였다. 절대 생기지 않아야 하는 아이인데, 준의 분신이 생겼다는 말에 본능적인 기쁨이 차올랐다. 자신의 피가 다음 세대로 이어진다는 기묘한 충족감을 느꼈다. 말라붙은 자신의 유방에 젖이 차오르는 느낌이었다. 아무런 죄책감 없이 사랑해 줄 수 있는 대상이 생기는 것이 기뻤다.

준은, 그 아이는 어쩌면 알고 있었을지도 모른다. 그렇기에 그리도 어미의 눈 밖에 나는 것을 두려워했을 것이다.

그 아이를 원하지 않았다. 그 사내의 씨앗 따윈 자궁에서 키우고 싶지 않았다. 그날 밤을 남녀의 교합이라 부를 수 있을까? 그것은 폭력이었다. 그녀의 몸은 조금도 열리지 않았고, 생살을 찢는 것보다 더한 고통은 수치스러움이었다. 그는 그것을 사랑이라 했다. 그러나 그것은 자신의 마음대로 되지 않는 것에 대한 지극히 유치한 분노의 표출이었을 뿐이다. 그는 그녀를 처절하게 짓밟았다.

준에 대한 사랑과 헌신에는 가책이 섞여 있었다. 어미들은 노력하지 않아도 자식에 대한 사랑이 배고픈 아이의 울음소리에 도는 젖처럼 흘러나온다 했지만 자신은 그럴 수 없었다. 노력 없이 그 아이를 사랑할 수 없었다. 그래도 그 아이는 용케 엇나가지 않고 훌륭히 자라 주었다. 아들은 그녀를 순수하게 사랑했다. 아무 조건 없이, 그 아이가 조건 없이 주는 사랑에 단사황태후는 구원받는 기분이었다. 그러나 사랑을 돌려줄 순 없었다. 그래서 그 아이를 황제로 만들었다.

아들의 아이에게는 사랑을 아낌없이 쏟겠다고 마음먹었다. 준을 사랑하는 데는 노력이 필요했지만, 언젠가 태어날 아들의 아이에게는 자연스럽게 사랑하는 마음이 솟아오를 수 있으리라 믿었다. 그리고 그것은 사실이었다. 꼴도 보기 싫은 경요가 잉태했음에도 용종에 대한 사랑이 피어올랐다. 그런데 그 마음을 이 계집애가 간파했다. 용종의 가치를 매겨 보라던 맹랑한 계집애.

"환주 일은 네 말대로 했다."

"알고 있습니다."

의문이 단사황태후의 눈썹을 치켜 올렸다.

"장사꾼이 돈이 어디로 흐르는지도 모르면 장사 그만둬야지요. 상단을 통해 소식은 전해 들었습니다."

단사황태후는 차갑게 말했다.

"네 말대로 환주에 간섭하는 일은 그만두었다. 그러니 너도 아이를 낳고 여국으로 돌아가라. 그게 모두를 위해 좋은 일이다. 아이는 내가 잘 키우겠다. 황후가 낳은 아이이니 아들이면 황태자로 책봉할 것이다."

경요는 쓰게 웃으며 대꾸했다.

"하긴 요지연에 빠져 죽은 황귀비도 열병으로 죽은 것으로 만든 마마시니 저를 여국에 보내시는 것은 일도 아니겠지요.

폐위는 시키지 못하실 테니 단국 황궁에서 죽은 이로 만드시겠 군요. 그럼 저에게도 시호를 내려 주실 겁니까? 시신 없는 무덤도 만들고, 제사도 거창하게 매년 올려 주시겠군요. 황태자의 모후이니."

"이국, 그것도 인질로 온 황후의 피가 흐르는 황태자를 누가 받아들일 수 있겠느냐. 내 도움 없이 그 아이를 황궁에서 지킬 수 있으리라 믿느냐?"

"어찌 지키실 겁니까? 음모를 짜내 등 뒤에서 칼로 찌르고, 역모를 조작해서 제 뱃속의 아이를 지키실 겁니까? 환주에서 했듯이 말입니다."

"못 할 것도 없지."

수없이 한 일을 한 번 더 반복한다고 해서 무엇이 달라질까?

이 사람은 참으로 사랑하는 이에게 맹목적이었다. 단지 준의 핏줄이라는 이유로 그럴 수 있다는 걸까? 아직 뱃속의 용종이 실감나지 않는 경요는 그 무조건적이고 본능적인 애착이 신기했다. 그녀도 아이가 태어나면 이리 변할까? 준보다 더 사랑하게 될까?

경요는 아이를 지키겠다는 단사황태후의 단호한 모습을 보면서 아이를 낳는 일의 무게에 대해 생각했다.

이 세상에 생명을 내놓는다는 것은 엄청난 일이지만 또한 슬픈 일이기도 했다. 힘을 다해 이 아이를 키워도 세상 모든 고통에서 보호할 순 없으리라. 언젠가 이 아이는 경요의 손을 놓고 제 발로 어디론가 걸어갈 것이다. 모든 생은 죽음으로 끝이

나고, 모든 사랑은 이별로 끝이 난다. 남녀 간의 사랑도 부모 자식 간의 사랑도.

그럼에도 아이가 생겼다는 말을 듣는 순간, 경요는 주체할 수 없는 기쁨과 희망을 느꼈다. 어리석은 것이 인간이었다. 아이를 낳는 것, 언젠가 죽을 생명, 무無로 돌아갈 생명을 낳는 것이 어찌 이리도 기쁜 걸까? 어찌 이런 희망을 느끼는 걸까? 경요는 헤아릴 수 없는 삶의 깊이를 느꼈다.

경요는 자기도 모르게 한껏 만족한 얼굴로 아랫배에 손을 댔다. 천수관음처럼 미소 짓는 그녀의 얼굴을 단사황태후가 애절하리만큼 부러운 얼굴로 보았다.

단사황태후는 평생 느껴 보지 못한 감정이었다. 새삼 그 사내에 대한 분노가 들끓었다. 그자는 여인으로의 자신을 짓밟았고, 어미로의 자신도 짓밟았다.

경요가 입을 열었다.

"어찌 태어나지도 않은 용종은 그리 지키시려는 분이 다른 이의 목숨은 하루살이보다 못하게 여기시는 겁니까? 이 뱃속의 용종과 황귀비의 목숨 값이 어찌 다르겠습니까."

"어찌 용종과 일개 여인의 목숨을 비교하는 것이냐?"

"용종의 목숨이 황귀비의 그것보다 귀할 이유가 무엇입니까?"

"어찌 그런 말도 안 되는 소릴 하는 게냐!"

"아이를 가져 보니 더욱 그런 생각이 듭니다. 사람이라면 모두 한 여인의 몸을 빌려 열 달의 애타는 기다림 끝에 태어나는데, 용종이 더 귀할 이유가 무에 있을까요? 주유 그 여인도 분명 건강하고 행복하게 살길 바라는 어미의 바람 속에서 태어난 사람이었습니다."

"이미 죽은 사람 이야길 해서 무엇하느냐. 그만두어라."

"마마, 황귀비는 살아 있습니다."

단사황태후는 크게 놀랐다. 시신이 요지연에서 발견되었다는 보고를 들었던 터였다.

"제가 황궁에서 내보냈습니다."

잠시 침묵을 지키던 경요는 입을 열었다.

"마마께서 비상을 내리셨더군요."

경요는 피식 웃으며 다시 말을 이었다.

"그 순진한 여인은 그것이 진짜 비상인 줄 알았나 봅니다. 그걸 먹고 요지연에 뛰어들었는데 우연히 저와 황상의 눈에 띄어 목숨을 건졌지요."

경요는 단사황태후의 눈을 똑바로 바라보며 물었다.

"황귀비가 죽었든 살아 있든 마마는 아무렇지 않으실 겁니다. 그렇지요? 마마에게는 황상을 빼놓고는 모든 사람이 그저 장기판의 말에 불과할 테니까요. 환주 사람들이 내전으로 다 죽는다 하여도 마마는 아무렇지도 않을 것입니다. 그들은 마마에게 지푸라기로 만든 허수아비만도 못할 테니까요."

단사황태후의 표정에는 아무 변화가 없었다. 경요의 눈에 분노가 어렸다. 자기 인생을 황폐하게 놔두는 사람을 보면 경요는 화가 났다.

"마마, 마마가 누군가에게 짓밟혔다고 해서, 그로 인해 죽을 만큼 고통스러웠다고 해서 마마에게 누군가를 짓밟을 권리가 있는 건 아닙니다. 어찌 사람의 목숨을 그리 가벼이 여기십니까. 황귀비도 환주 사람들도 모두 마마와 같이 누군가의 가족이며 매일매일 열심히 살고, 이루고픈 소망 한 가지쯤은 가지고 있는 이들입니다. 그들이 인간임을 어찌 잊고 계십니까!"

경요의 목소리에 슬픔이 어렸다.

"마마는 자신의 삶도 그다지 소중하지 않으시지요? 마마의 삶이 먼지 같기에 다른 사람의 삶도 그러하다 여기십니까? 세상에 소중한 것은 하나도 없으시지요? 마마는 인생이 거짓과 증오와 고통뿐이라 생각하시지요? 정당한 방법으로는 원하는 것을 얻지 못한다고 여기시지요?"

불행한 사람은 타인의 고통과 불행에 둔감하다. 경요는 첫눈에 단사황태후가 불행하다는 것을 알았다. 그녀의 내면은 텅 비어 있었다. 아무것도 없었다.

단사황태후는 경요의 눈을 보았다.

"살아 보지 않은 이의 말에 무슨 설득력이 있겠느냐. 오만은 젊음의 특권이지. 살아 보거라. 나이 든 이가 젊은이에게 해 줄 수 있는 최고의 악담이 바로 그것이더라. 살아 보라는 것. 짓밟히고 더럽혀지고 빼앗긴 후에도 그렇게 입바른 소리를 할 수 있을 것 같으냐? 세상일이 그리 만만한 줄 아느냐? 그리 순진한 생각으로 버텨 낼 수 있을 거라 믿느냐? 참으로 어리석구나."

그녀는 경요를 비웃었다. 그러나 경요의 눈빛은 조금도 흔들리지 않았다.

경요는 나지막한 목소리로 말했다.

"마마야말로 인생을 우습게보시는 것 같습니다."

인생? 단사황태후는 스무 살 먹은 계집애에게 인생 운운하는 소리를 듣자 기가 찼다.

"예, 전 어립니다. 아직 제 발로 서 본 적도 없습니다. 여국왕이신 아버지가 절 보호했고, 화경족 상단의 우두머리이신 외할아버지가 절 보호했고, 단국 황궁에서는 황상이 절 보호했지요. 마마께서 볼 때 세상모르는 계집애가 배가 불러서 흰소리를 한다고 여기실 수도 있습니다. 하나 저는 마마가 하신 말씀이 제대로 살지 못한 어른의 변명같이 느껴집니다. 살아 보라는 말이 어찌 악담이 될 수 있단 말입니까! 자식을 낳은 어미가 되어 어찌 그런 말을 악담이라 여기신답니까! 전 어미의 심정을 모르지만 이 뱃속 아이가 행복하길 원합니다. 살아 있어서, 태어나서 좋았다 그리 여겨 주길 바랍니다."

정말 이 계집애가 싫다.

감히 네가 나를 가르치려 드느냐?

단사황태후도 그리 생각했다. 모든 것이 아름답게만 보였을 때, 세상이 행복으로만 가득 차 있음을 의심하지 않았을 때 그리 생각했었다.

단사황태후는 탁한 목소리로 말했다.

"하긴 젊은 때 진실을 받아들인다는 건 어려운 일이지. 삶은 원래 인간을 배신하는 법이다. 열심히 살면 살수록, 버둥거리면 버둥거릴수록 더 비참해지는 게 삶이지."

"삶이 마마를 배신한 것이 아닙니다. 마마가 삶을 배반하신 겁니다."

"뭐? 내가 삶을 배반해?"

어이가 없었다. 내가 어찌 살았는지도 모르면서 뚫린 입이라고 아무 소리나 내뱉는구나. 이 아이는 무심한 얼굴로 그녀의 가장 깊숙한 상처를 뒤흔들었다.

네가 절망을 아느냐? 지옥을 아느냐? 제 자식을 마음껏 사랑해 줄 수 없는 어미의 마음을 아느냐? 안아 달라고 달려오는 아이의 얼굴에서 자신을 겁간한 그 짐승보다 못한 사내의 얼굴을 발견하고 두려움과 치욕 때문에 새끼를 품에서 밀쳐 버리는 고통을 네가 아느냐?

"마마께서 거짓으로 인생을 사시고는 인생더러 진실을 내놓으라 하시는 겁니까? 마마께서 삶을 사랑하지 않고서 삶에게 사랑을 내놓으라 하시는 겁니까? 마마께서 자신의 삶과 타인의 삶을 짓밟아 버려 놓고 그 삶에서 아름다운 꽃이 피길 바라시는 겁니까? 그거야 말로 도둑놈 심보지요."

단사황태후는 숨이 막히는 기분이었다. 경요의 말 한마디 한마디가 도끼로 자신을 후려치는 것 같았다. 황태후라는 지위도 이 아이에겐 아무것도 아니었다.

"제가 믿게 해 드리겠습니다. 제가 보여 드리지요."

"뭘 말이냐?"

"마마께서 믿지 못하시겠다면 제가 제 삶으로 보여 드릴 것입니다. 짓밟혀도, 배신당해도, 고통이 전부인 것처럼 보인다 해도, 삶을 믿는다면 그 삶이 언젠가 보답을 한다는 것을요. 정당한 방법으로도 목적을 이룰 수 있음을 보여 드리겠습니다. 이 세상에 거짓과 증오뿐만 아니라 희망도 있다는 것을 보여 드리겠습니다."

선전포고라도 하듯 경요는 진지한 눈빛으로 말하고 있었다. 단사황태후는 당황했다. 이런 이야기가 오갈 줄은 꿈에도 상상하지 못했다. 지금 이 아이는, 그녀의 인생을 구원해 주겠다고 말하고 있는 것이다. 그것도 자신을 증오하는 사람을 말이다.

"왜 그렇게 하려는 것이냐?"

단사황태후의 말에 경요는 너무나 당연하다는 듯이 말했다.

"마마가 제 사랑하는 사람의 어머니이시고 태어날 아이의 할머니이시니까요."

"하하하."

단사황태후는 웃고 말았다. 공허한 웃음이었다.

너란 아이는 정녕 바보란 말이냐? 때 묻지 않은 순진한 아이란 말이냐? 얼마 전 나를 찾아와 협박했던 그 독기는 다 어디로 간 거냐. 나도 구원하지 못한 내 삶을, 이미 오래전에 텅 비어 버린 내 안을 무엇으로 채울 수 있겠느냐. 네가 날 구원하겠다고?

하나 당당하게 무모한 소신을 밝히는 경요가 눈부셔 단사황태후는 자기도 모르게 눈을 감았다.

"저는 환주에 갈 것입니다."

단사황태후는 감았던 눈을 크게 떴다.

"환주? 회임한 몸으로 환주는 왜?"

단사황태후는 처음엔 자신이 말을 잘못 들은 줄 알았다.

"마마께서 절 도와주셔야겠습니다."

복중에 용종이 처음 생긴 후 몇 달 동안은 안정을 취해야 한다. 아직 용종은 어미의 자궁에 채 자리를 잡지 못했을 것이다. 환주까지는 먼 길이다. 그 길에 용종이 잘못될 수도 있다. 그런데 환주로 가겠다고? 단사황태후는 도무지 경요를 이해할 수 없었다.

"회임 초기에 조심하는 건 상식이다. 꼼짝하지 않고 태교에만 힘써야 하는 어미가 어찌 그런 생각을 하느냐. 포기하거라."

"저는 황궁에서 곱게 큰 공주가 아닙니다. 화경족 여인들은 임신한 몸으로 말을 타고 원행을 다녀도 끄떡없이 건강한 아이를 낳습니다. 저 역시 그럴 겁니다. 제 몸 상태에 대해선 크게 걱정하지 않으셔도 됩니다."

단사황태후는 자기도 모르게 언성을 높였다.

"그 무슨 말도 안 되는 소리를 지껄이느냐! 회임한 여인은 열 달 동안 계란 위를 걷는 것처럼 조심하고 또 조심해야 한다."

경요는 여전히 담담한 목소리로 말했다.

"곧 환주에서 전쟁이 벌어질 것입니다. 연국 왕 제선이 환주가 내전으로 무너지기만을 기다리고 있습니다. 그야말로 손도 대지 않고 코를 풀 심사이지요. 환주가 넘어가면 단 역시 위험합니다. 환주에서 연을 막아야 합니다."

"네가 가서 무엇을 할 수 있겠느냐?"

"저도 잘 모르겠습니다. 하지만 가야 한다고 생각합니다. 지금 환주를 구하기 위해 그곳에 가려는 사람은 저밖에 없을 테니까요. 진정한 땅의 주인이라면 그 땅과 운명을 같이해야 하지 않겠습니까."

솔직한 심정이었다. 비책이 있어 환주로 가려는 게 아니었다. 가서 그 땅의 사람들을 만나 보자는, 그 땅의 사람들이 무엇을 원하는지 제일 낮은 곳으로 내려가 들어 보자는 심정으로 결정한 일이었다.

"단지 그 이유로 환주에 가겠다고?"

회임만 잘 이용하면 충분히 단의 황후가 될 수 있을 것이다. 조정 신료들의 반대가 아무리 심하다 해도 준이 이 아이에게 미쳐 있는 동안에는 무사할 수 있다. 그런데 왜 환주로 가려는 것일까? 단사황태후는 이해가 되지 않았다. 단사황태후는 경요가 싫은 이유를 하나 더 추가했다. 이 물건이 하는 짓은 항상 이해가 되지 않는다.

"전 정당한 방법으로 환주를 단의 땅으로 만들 것입니다. 그들에게 단의 백성이 누리는 당연한 보호를 받게 하고, 그들이 스스로를 위해 싸우도록 할 것입니다. 마마, 전 단의 황후이며 그 의무를 절대 피하지 않을 것입니다. 용종보다 더 중요한 것은 환주에 사는 백성들입니다."

단사황태후는 마음을 진정시키려고 애썼다.

"그래, 네가 보통의 계집들과 다르다는 건 인정하마. 세상 물도 먹었을 테고, 책도 좀 읽었을 테고, 여기저기 가 봤을 테니 식견이라는 것도 있겠지. 하나 참으로 어리석구나. 환주를 단의 땅으로 돌려놓겠다고? 게다가 네 말대로라면 곧 환주는 전쟁으로 쑥대밭이 될 텐데, 그 땅을 단으로 돌려놓겠다고?"

"할 것입니다. 그리하면 절 인정하시겠습니까?"

"뭘? 황후로 인정하란 말이냐?"

"전 황후 자리는 조금도 욕심나지 않습니다. 그 자리가 뭐가 좋다고 욕심내겠습니까. 마마는 그 자리가 욕심나셨습니까?"

단사황태후는 입을 꾹 다물었다. 이 자리를 욕심낸 적은 없었다. 아들을 황제로 만들기 위해 어쩔 수 없이 올라야 했던 자리였다.

"그럼 뭘 인정하란 말이냐?"

"제가 준의 반려임을 인정해 주십시오."

경요는 이제 자신도 부르지 않는 아들의 이름을 거침없이 부르고 있었다.

"회임한 것은 준에게 알리지 않을 겁니다. 저와 황태후마마만이 알고 있는 걸로, 그리하지요."

단사황태후가 삐딱하게 물었다.

"왜?"

어째서 그런 강력한 무기를 손에 넣었으면서 사용하지 않으려는 거지?

"회임한 걸 알면 절 절대로 이 황궁에서 떠나게 하지 않으실 테니까요."

자식과 지어미를 보호하는 건 사내의 당연한 본능이었다.

"그런데 왜 내게 말하는 거냐?"

"다시 돌아왔을 때 이 아이가 누구의 씨인지 증언해 주실 분이 필요하니까요."

"내가 부정한다면?"

"그럴 리 없습니다."

경요는 여유 있게 말했다.

"저는 싫으셔도 제 뱃속의 용종은 거부하실 수 없을 테니까요."

단사황태후는 작게 한숨을 내쉬었다. 정말 이기기도 뜻을 꺾기도 힘든 아이였다. 회임한 몸으로 환주까지 간 것을 알게 된다면 아들은 아마 걱정으로 미쳐 버릴지도 모른다. 단사황태후는 경요를 말려야 하는 자신의 처지가 우습기까지 했다.

"왜 내 인정이 필요한 것이냐? 차라리 회임 사실을 알리고 내가 환주에 한 일 때문에 벌어질 사태에 대해 황상께 고한 후 이 궁에서 날 쫓아내면 네 세상일 텐데."

경요도 작게 한숨을 내쉬었다.

"저도 황태후마마를 안 보고 살면 좋겠습니다. 저하고 황태후마마는 며느리와 시어머니 사이 운운 이전에 상성相性이 안 맞는 것 같으니까요."

누가 할 소릴.

단사황태후는 못마땅하다는 듯 마음속으로 중얼거렸다.

"마마가 단의 황태후가 아니라 준의 어머니이시기 때문입니다."

"너는 그림자 신부다. 내가 널 인정할 줄 아느냐?"

"제가 그림자 신부에, 적국의 인질이라는 것을 뛰어넘을 만큼 준의 반려 역할을 잘 해낸다면, 준에게 필요한 존재라면 절 인정하시겠지요. 황태후마마를 황궁에서 쫓아낸다고 환주 문제가 해결되는 건 아니지 않습니까. 쓸데없는 공명심에 환주로 가는 것이 아닙니다. 제가 가야만 하는 상황이라고 여기기에 가는 것입니다. 그들은 제 책임이니까요."

단사황태후는 잠시 말문이 막혀 경요를 멍하니 바라보았다. 그러다가 겨우 정신을 차리고 말을 뱉어 냈다.

"미련한 것. 힘든 길을 굳이 갈 이유가 어디 있다고."

"힘든 길이라 가는 것이 아닙니다. 옳은 길이라 가는 겁니다."

경요는 자리에서 일어났다. 황태후에게 정중하게 예를 올리고 내전에서 물러나려 했다. 그런데 문을 열려고 하는 순간 단사황태후가 주저하는 목소리로 물었다.

"황상을 많이 은애하느냐?"

의외의 질문에 경요가 뒤돌아섰다. 그리고 조용히 고개를 끄덕였다.

"그래, 황상도 널 은애하지. 그런데 그게 얼마나 갈 것 같으냐?"

빈정거리는 말투가 아니었다. 단사황태후는 차분히 그녀

에게 묻고 있었다. 무어라 답해야 할지 경요는 잠시 생각에 잠겼다.

"마마께서는 언제 죽을지 아십니까?"

우문엔 우문. 알 수 없다는 뜻이었다.

"모든 것이 헛될 뿐이다. 바람을 붙잡는 일이다. 네가 아무리 똑똑하다고 해도 결국 어리석은 이들이 빠지는 함정에 너도 빠지게 될 것이다. 그것이 삶이니까. 산다는 건 비극이니 차라리 태어나지 않는 자가 복이 많다."

경요에게 하는 말인지 스스로에게 하는 말인지 단사황태후 자신도 몰랐다. 경요 역시 그 말이 누구를 향한 것인지 알 수 없었다. 고백인가? 아니면 악담인가?

경요는 잔잔한 눈빛으로 단사황태후를 보며 말했다.

"이 아이에게도 그리 말씀하시겠습니까? 태어나지 않는 게 더 낫다고 말입니다."

단사황태후는 입을 다물었다. 이 계집애에게 형편없이 밀리고 있었다. 아무리 해도 이길 수가 없었다. 무언가가 마음속에서 무너지는 기분이 들었다. 스스로를 지켜 온 날카로운 가시와 견고한 담이 허깨비처럼 사라지려 하고 있었다.

단사황태후는 남은 기운을 그러모아 경요에게 물었다.

"황상의 총애를 빼앗기지 않으려고 그러는 것이냐?"

경요는 세상의 중심이 황궁이며 황궁의 여인은 오직 황제만을 보고 산다고 믿는 그녀가 가여웠다. 사람은 각기 제 삶을 살아갈 뿐이라는 것을 그녀에게 어찌 설명해야 할지 막막했다.

경요는 담담히 사실을 짧게 말했다.

"전 저를 위해 환주로 가는 것입니다."

경요의 말은 한 번도 자신을 위해 살아 본 적 없는 여인의 마음에 큰 파문을 일으켰다.

경요와 단사황태후의 시선이 부딪쳤다. 두 사람의 시선이 교차할 때 온기라고 부를 수 있는 것이 아주 약간 흘렀다.

"네가 전에 그랬지. 넌 내가 가장 바라는 게 무엇인지, 또 가장 두려워하는 게 무엇인지 안다고."

"그렇습니다."

"그게 무엇이냐? 내가 바라는 것과 내가 두려워하는 것."

단사황태후는 경요의 입을 뚫어져라 바라보았다.

"마마께서 가장 바라시는 것은 준이 빛이 되는 것입니다. 또 마마께서 가장 두려워하시는 것은……."

경요는 잠시 말을 끊고 연민에 찬 눈으로 단사황태후를 바라보았다. 망설이던 경요는 입을 열었다.

"그것은 스스로 선택한 어둠에서 영원히 헤어 나오지 못할지도 모른다는 생각이지요. 지금껏 해 온 모든 일이 가치가 없을지도 모른다는 의문. 아들을 황제로 만들었고, 단을 바로 세웠고, 황태후의 자리에 올랐으나 마마의 인생에는 아무 의미도 없을지 모른다는 것 아닙니까."

경요의 말에 단사황태후는 자기도 모르게 눈을 내리깔고 손에 쥔 염주를 세차게 굴렸다.

잠시 뒤 경요가 나가고 조용히 문이 닫혔다.

단사황태후의 입가에 비틀린 웃음이 걸렸다. 가소로웠다. 저 하룻강아지가 뭐라고 지껄였더라? 그런데 바람에 흔들리는 갈대처럼 세차게 흔들리는 이 마음은 뭐란 말인가.

왜 하필 저 계집애인가. 결코 이루어질 수 없는 바람인 줄 알면서도 누군가가 이 지옥 같은 상황에서 그녀를 꺼내 주길 바랐다. 그런데 우습게도 자신이 황궁에서 몰아내려고 했던 그림자 신부가 그녀를 구원해 주겠다고 말하고 있다. 피가 섞인 아들도, 몸을 섞은 지아비도 몰랐던 그녀의 두려움을 그림자 신부 경요가 알고 있었다. 단사황태후는 황궁에 들어온 후 처음으로 자신의 진심을 여과 없이 이야기했다는 것을 깨달았다. 그래서 경요가 더 싫어졌다. 정말 싫은 계집애였다.

경요가 존호궁의 계단을 내려가자 무영이 달려왔다.

"괜찮으십니까?"

"괜찮습니다."

"별일 없으셨습니까?"

"별일 없었습니다."

"그래, 이기셨습니까?"

무영이 부러 장난스럽게 물었다.

경요는 미소 지으며 대답했다.

"내가 어디 질 사람입니까?"

"참 대단하십니다. 이번엔 또 무슨 말로 황태후마마를 꼼짝 못하게 하셨습니까? 그리고 이겼다는 분이 왜 그리 얼굴이 어두우신 겁니까?"

경요는 그 이유를 대답하지 않았다. 준의 마음을 아프게 할 게 뻔해서 슬펐다. 하지만 이 결단은 자신이 예석황제를 사랑하는 방식이었다. 경요는 무의식적으로 배에 손을 댔다.

'폐하, 제가 어리석다는 것 압니다. 하지만 다른 방법은 도무지 모르겠습니다. 제가 저 자신으로 폐하 곁에 있을 방법을요. 단의 황후로 모두 앞에 설 수 있는 방법을요.'

경요는 다시 기운을 차리고 태화전으로 향했다. 무영이 그 뒤를 따랐다. 태화전에는 분명 준이 그녀를 기다리고 있을 것이다. 얼마 남지 않은 달콤한 시간을 즐겨야 했다.

그날 밤, 존호궁의 내관 상섭이 사람들의 눈을 피해 태화전에 왔다. 마침 예석황제는 다시 빈청으로 간 후였다. 경요에게 예를 올린 상섭이 나직하게 주인의 말을 전했다.

"황태후마마께서 허락한다고 전하라 하셨습니다. 그리 얘기하면 아실 거라고."

"알았네. 그만 물러가게."

안규는 상섭이 물러나자 의아한 눈으로 경요를 바라보았다.

"마마, 무슨 일이십니까? 황태후마마께서 허락하신다니요."

경요가 빙긋 웃으며 물었다.

"자네, 여행은 좋아하나?"

20

모처럼 예석황제가 편전에 나왔고, 사직상소를 냈던 대
신들도 편전에 나와 고개를 조아리고 있었다.

환주 지사 유세형으로부터 다급한 장계가 올라왔다. 환주에
서 끝내 유혈 사태가 벌어졌고, 행정이 완전히 마비되었다는
보고였다. 엎친 데 덮친 격으로 연국이 환주와 맞닿은 국경에
병사들을 배치했다는 간자들의 첩보가 단의 황궁에 도착했다.

단의 조정은 말 그대로 발등에 불이 떨어졌다. 그림자 신부
운운할 계제가 아니었다.

예석황제는 편전에 엎드린 신하들을 바라보았다. 자신이 가
겠다고 나서는 이가 없었다. 다들 어떻게 하면 이 쓴잔을 피할
수 있을까 머리만 굴리고 있었다. 환주로 가는 건 죽으러 가는
거나 마찬가지였다.

그의 신하들은 나약했다. 평화로울 때는 그럭저럭 쓸 만했을지 몰라도 위기 시에는 아무 쓸모가 없었다.

'세한연후지송백지후조歲寒然後知松柏之後彫라 했던가.'

예석황제는 쓰게 웃었다. 스스로 잘 해내고 있다 여겼거늘, 무지의 소치였다. 참으로 그의 곁엔 사람이 없었다.

그 앞에 있는 신료들은 단의 번영이 맺은 열매를 대대손손 누려 온 이들이었다. 그런데도 아무도 나서려고 하지 않았다. 그들을 먹여 살리는 백성의 일이건만 환주의 일은 해 봤자 득보다 실이 더 많은 일이라 여기고 있었다. 환주가 무너져도 몇 년, 아니, 몇십 년은 더 버틸 수 있을 거라 믿고 있는 그들의 나태에 예석황제는 기가 질렸다.

준은 신하들에게 그대들의 녹이 어디서 떨어지는 줄 아느냐고 고함을 지르고 싶었지만 참았다. 황위에 오른 지 겨우 1년 남짓이었다. 지금은 참아야 할 때였다.

'누구를 보내야 하는가.'

사태는 보고보다 열 곱절 심각했다. 게다가 곧 겨울이었다. 환주는 올해 몇십 년 만의 큰 흉년으로 식량조차 자급하지 못했다. 누구도 가려하지 않았지만 예석황제 또한 그들 중 환주에 믿고 보낼 이를 찾을 수 없었다.

그때 편전 입구가 들썩였다. 예석황제는 자신의 눈을 의심했다. 경요가 들어오고 있었다. 예석황제는 그녀와 처음 만난 날로 돌아간 듯한 기분이었다. 황후의 대례복 대신 화경족의 혼례 의상을 입고 태양처럼 나타났던 경요. 당당하고 거침없는 발걸음으로 그의 앞으로 다가오는 경요는 그때처럼 붉은색 옷을 입고 있었다. 황후의 소례복을 입었을 때보다 훨씬 더 경요다워서 예석황제는 심각한 와중에도 속으로 미소 지었다.

편전이 술렁였다. 태연한 이는 경요와 예석황제, 자균뿐이었다.

경요는 황제에게 질을 올렸다. 준은 경요가 무슨 일로 편전에 온 건지 궁금했다.

"폐하, 소첩을 환주로 보내 주십시오."

이제 편전에서 태연한 이는 경요뿐이었다. 자균은 저도 모르게 눈을 질끈 감았다. 예석황제는 억지로 평정을 지키고 있었다.

"환주로 보내 달라니, 황후는 무슨 뜻으로 그런 말을 하는가?"

"제 땅이 황상의 성심을 어지럽히고 있습니다. 그 땅의 주인이 수습하는 게 당연한 일입니다."

준은 경요를 뚫어져라 바라보았다. 경요가 사내였다면, 그의 신하였다면 분명 환주로 보냈을 것이다. 경요의 명철한 판단력과 재빠른 행동력을 믿었다. 그의 편전에 있는 신하들보다 무엇 하나 빠지는 것이 없었다. 아니, 그의 편전에서 유일하게 그의 눈높이에서 세상을 바라보는 자였다. 하지만 경요는 그의 하나뿐인 비였다. 세상 어떤 사내가 은애하는 여인을 사지로 보낸단 말인가. 준은 기가 막혔다.

"황후의 뜻은 가상하나, 황후가 맡은 가장 큰 임무는 황궁에서 내명부를 다스리는 것 아닌가. 그 뜻은 충분히 전해졌으니 이만 물러가거라."

그러나 경요는 물러날 뜻이 없었다. 경요의 단단한 눈빛과 마주친 순간 준은 그녀가 지켜 주지 말고 지켜봐 달라고 말한 뜻을 뼈저리게 깨달았다. 그녀는 지금 단에게 선전포고를 하고 있었다. 자균이 타오르는 불에 기름을 붙였다.

"신 역시 그렇게 생각하옵니다."

예석황제는 경요가 환주로 가겠다고 말할 때보다 더 놀랐다. 자균에게 배신당한 기분이었다. 자균과 경요 둘 사이에 자신은 모르는 어떤 교감이 있음이 분명했다.

자균이 예석황제 앞에 엎드려서 말했다.

"환주 백성들의 마음을 어루만질 수 있는 분이 단에서 황후마마 빼고 또 누가 있단 말입니까."

자균은 환주에서 단이 환영받지 못하는 존재임을 교묘하게 알렸다. 찾아간들 누가 반긴단 말인가. 하지만 황후는 달랐다. 경요는 명목상이나마 환주의 주인이었다. 그들이 죽도록 좋아하는 그 명분이 경요에게는 있었다.

신료들은 시선을 교환했다. 다들 그림자 신부와 환주 문제를 동시에 처리할 절호의 방법이라 여겼다.

고명대신 중 하나인 마오준이 앞으로 나왔다.

"신 역시 그렇게 생각합니다. 현재 가장 시급한 것은 환주의 민심을 가라앉히는 것입니다. 조정의 어느 누가 간들 그 땅의 주인인 황후마마에 비하겠습니까. 분명 환주의 신민들은 3백

년 동안이나 보지 못했던 그들의 주인을 가장 위급한 순간에 보내 주신 황상의 은혜에 크게 위로받을 것입니다."

마오준의 말은 곧 단사황태후의 의중이었다. 곧 개구리들이 일제히 울어 대는 것처럼 신료들이 앞 다투어 황후의 희생에 충심으로 망극해하는 언사들을 토해 냈다. 경요와 자균, 예석 황제는 그 쏘락서니를 쓰게 웃으며 보고 있었다.

경요는 눈빛으로 말했다.

'준, 보내 주십시오.'

'경요, 그럴 순 없다.'

'그림자가 아닌 진짜 황후가 되고 싶습니다.'

'내가 그대를 진짜 황후라고 하는데 누가 감히 그대를 그림자 취급하겠는가.'

'황후로서 단을 위해 일하게 해 주십시오.'

그가 질 수밖에 없었다. 그가 믿고 환주로 보낼 이가 경요 말고는 없었다.

준은 경요가 미칠 듯이 걱정되었다. 경요의 강인함과 현명함은 믿지만 어떠한 돌발 상황이 있을지 몰랐다. 황궁에서는 그가 지킬 수 있지만 환주에서는 아니었다.

깊은 바다 같은 침묵이 편전을 가득 채웠다. 다들 숨소리조차 크게 내지 못했다. 준은 편전에 경요와 단둘이 있는 것 같았다.

저 여인을 내가 어찌 꺾을 수 있겠는가.

황제는 드디어 결단을 내렸다.

"황후의 뜻이 그러하고, 또 조정 신료들의 뜻이 그러하니 내가 따르겠다."

드디어 허락이 떨어졌다. 팽팽했던 공기가 느슨해졌다.

예석황제의 시선이 엎드려 있는 자균에게 향했다.

"진자균은 환주에 동행해 황후를 보필할 것을 명한다."

"신 대학사 진자균, 환주에서 목숨을 걸고 황후마마를 보필하겠습니다."

예석황제가 말했다.

"황후의 환주행을 허한다."

편전의 신하들이 입을 모아 외쳤다.

"황후께서 큰 결단을 내리셨으니 단의 복이요, 황상의 복입니다."

예석황제는 굳은 얼굴로 편전을 나왔다. 경요는 예석황제의 모습이 사라지자 길게 심호흡을 했다. 그러고는 자균을 바라보았다. 자균은 굳은 얼굴로 고개를 끄덕였다.

답답한 마음에 준은 오랜만에 존호궁을 찾았다. 어째서 경요를 환주로 보내는 것에 찬성했는지 어머니의 의중이 듣고 싶었다. 기세 좋게 존호궁을 찾았으나 단사황태후는 침상에 누워 있었다. 심한 몸살이었다.

병색이 완연한 얼굴을 본 예석황제는 무언가 따져 물을 기분이 싹 사라졌다. 그런데 단사황태후가 먼저 경요의 이야기를 꺼냈다.

"유선궁이 환주로 간다지요?"

"어제 이곳에 와서 그 이야기를 했던 겁니까?"

단사황태후는 물끄러미 준을 바라보다가 고개를 끄덕거렸다.

"어찌 허락하신 겁니까?"

"황후가 나라를 위해 일하겠다는데 무슨 명분으로 말립니까."

준은 아무 대답도 할 수 없었다.

"게다가 그곳은 황후의 땅이니, 그곳에서 생긴 일들은 황후의 책임입니다."

어색한 침묵이 흘렀다.

단사황태후가 예석황제를 나직한 목소리로 불렀다.

"황상."

"네, 어마마마."

"황상은 태어나서 좋았습니까?"

"네?"

뜻밖의 질문에 준은 당황했다.

"이 세상에 원해서 태어난 사람은 없지 않습니까. 황상은 태어나서 좋았습니까?"

단사황태후는 망설이다 질문을 덧붙였다.

"내가 어미여서 좋았습니까?"

준은 망설이지 않고 바로 대답했다.

"네, 태어나서 좋았습니다. 그리고 어마마마가 제 어마마마여서 좋았습니다."

"왜 좋았습니까?"

대답 대신 예석황제 준은 단사황태후의 손을 잡았다.

"손이 뜨겁습니다, 어마마마. 열을 내리는 탕제는 드셨습니까?"

"대답해 주세요."

"소자 당황스럽습니다. 자식이 어미를 좋아하는 데 어찌 이유가 있겠습니까."

"그렇지요. 이유가 없지요."

단사황태후는 눈을 감았다.

그때 내의원에서 보낸 탕제를 상섭이 들고 왔다. 준은 황태후를 일으켜 탕제를 마시게 했다. 황태후가 그릇을 비우자 옆에 놓인 당과를 입에 넣어 주려 했다.

"내가 무슨 애라고."

그러면서도 단사황태후는 순순히 당과를 입에 넣었다. 모자 간에 아무 대화도 없이 조용히 서로를 응시하는 건 정말 오래간만이었다.

단사황태후가 물었다.

"유선궁, 아니, 황후를 은애하십니까?"

준은 멈칫했다. 오늘 그의 어머니는 너무 낯설었다. 그녀를 지탱하던 독기가 반쯤 사라진 것 같았다. 준은 다정한 목소리로 대답했다. 그녀만 떠올리면 자기도 모르게 미소가 어렸다.

"은애합니다."

조금의 의심도 없는 짧고 확신에 찬 대답에 단사황태후는 한숨을 내쉬었다. 왜 하필 그림자 신부란 말입니까.

"그 아이 때문에 황상이 많이 힘들어져도 은애를 멈추지 않으실 겁니까? 그 아이가 황상 때문에 힘들어져도 은애를 멈추지 않으실 겁니까?"

"부부의 연이 원래 그런 것 아닙니까."

"부부의 연이라. 황궁에서 과연 그런 것이 가능할까요?"

"제가 보여 드리겠습니다."

단사황태후는 갑자기 웃음을 터뜨렸다. 준은 어머니가 웃는 이유를 몰라 어리둥절했다. 분명 진지한 이야기 중이었다. 그런데 왜 웃으시는 거지? 준은 정말 오랜만에 어머니가 진심으로 웃는 것을 보니 기분이 묘했다. 경요와 부부로 잘사는 모습을 보여 주겠다는 게 왜 우스운 걸까? 웃음을 그친 단사황태후가 말했다.

"어찌 보여 주겠다는 겁니까?"

"전 아바마마와 다르니까요. 전 평생 황후만을 은애할 것입니다."

"닮았습니다."

"네?"

"그 망아지 황후와 황상이 참 닮았습니다."

준이 뭐라 말하기도 전에 단사황태후가 다시 입을 열었다.

"그만 나가 보세요. 쉬고 싶습니다."

준이 막 존호궁을 나서려는데 상섭이 준을 쫓아와서 황태후의 말을 전했다.

"폐하, 마마께오서 황후마마가 떠나실 때 꼭 내의원을 동행시키라 말씀하셨습니다."

"의원?"

"환주까지는 먼 길이고, 그곳에서 얼마나 머무를지 모르니 혹시 모를 사태를 대비해서 의원을 데리고 가는 것이 좋겠다고 하셨습니다."

"알았네."

준의 발걸음은 자연스레 존호궁 옆에 있는 태화전으로 향했다. 그러나 태화전의 주인은 부재중이었다. 그는 안규가 가져온 차를 마시면서 텅 빈 태화전의 내전을 둘러보았다. 그녀가 이곳에 한동안 없을 거라는 사실에 준은 익숙해져야 했다.

한참을 기다리던 준은 안규에게 경요가 어디 있는지를 물었다. 유선궁에 있다는 대답이 돌아왔다. 유선궁? 기다리기가 지루해진 준은 자리에서 일어나 유선궁으로 갔다.

경요는 텅 빈 유선궁 중정에 서서 나무에 열린 열매를 보고 있었다. 순간 경요가 나무에 올라가 열매를 딸지도 모른다는 생각이 준의 머릿속을 스쳐 지나갔다. 지붕에도 올라간 여인이었다. 나무 정도는 일도 아닐 것이다. 준의 발걸음이 급해졌다. 경요는 '나무에 올라가지 말라고는 하지 않으셨잖아요.'라고 말하고도 남을 사람이었다.

허겁지겁 달려오는 준을 경요는 이상하다는 눈으로 바라보았다. 준은 일단 경요의 손부터 꼭 잡았다.

"준, 왜 그러세요?"

"올라갈까 봐."

"네? 어딜 올라가요?"

그림자 신부 1　　**473**

"나무에."

"그래서 달려오신 겁니까?"

경요가 웃음을 터뜨렸다.

"그냥 신기해서 보고 있었습니다."

준은 경요가 보는 것을 바라보았다. 생전 처음 보는 싱그러운 노란색 열매가 달려 있었다.

"따 줄까?"

"아니요. 아직 덜 익었습니다. 열매 열리는 것을 보지 못할 줄 알았는데, 이렇게 보고 환주로 가게 되어 다행입니다."

"무슨 나무인가?"

"유자나무랍니다. 제가 유선궁에 처음 온 날, 이 유자나무에 꽃이 피어 있었지요. 그런데 벌써 시간이 흘러 열매를 맺었네요."

경요는 유자나무를 손바닥으로 만졌다.

"아십니까? 염린공주님이 이 유자나무를 심었다는 것을."

준이 고개를 저었다.

"단에선 자랄 수 없을 줄 알았는데 이처럼 꿋꿋하게 몇십 년을 이곳에서 버텼습니다. 저도 그리 버틸 수 있을까요?"

"어마마마가 무언가 아픈 소리를 한 건 아니겠지?"

단사황태후와 만난 후 계속 기운이 없어 보였던 경요였다.

"아픈 소리는 제가 했습니다."

경요는 눈을 내리깔았다. 그날 너무 흥분했었다. 혼자 힘으로 아무것도 해낸 적 없으면서 입바른 소리만 줄줄 늘어놓았다. 자신의 치기가 부끄러웠다.

"환주에 가서 제가 잘할 수 있을까요?"

경요는 준을 바라보았다.

'당신은 이런 기분을 매분 매초 느끼는 건가요?'

준은 자신에게 두려움을 토해 내는 경요를 바라보았다. 처음이었다.

편전에서 당당하게 환주로 가겠노라 말하던 경요는 온데간데없었다. 그가 그녀 앞에서만 약해질 수 있듯, 그녀 역시 그 앞에서만 약해질 수 있었다.

"가지 말라고 붙잡으면 가지 않을 텐가?"

경요는 고개를 저었다. 경요는 응석을 받아 달라는 게 아니었다. 준은 경요를 품에 안고 등을 쓸어 주면서 그녀가 가장 듣고 싶어 하는 말을 해 주었다.

"그대를 믿는다."

이상한 일이었다. 준이 그녀를 믿는다고 말해 주는 순간, 수없이 흔들리던 마음이 호수처럼 고요히 가라앉았다.

"그대에게 전권을 준 건 그만큼 신뢰해서다. 그대가 나의 황후이기 때문이 아니다. 환주를 부탁한다."

경요가 말했다.

"준, 제게 선물 하나 주시지 않을래요?"

"뭐든 말해 봐."

"제가 잘못해서 아주 아주 화나는 일이 있어도 한 번은 없던 일로 해 주세요."

준은 이상하다는 듯 갸우뚱거리며 고개를 끄덕였다.

경요는 마음속으로 속삭였다.

'준, 제 뱃속에 우리 아이가 있어요. 알리지 못해 미안해요. 하지만 약속할게요. 꼭 이 아이와 함께 무사히 이곳으로 돌아올게요.'

갑자기 이상해졌다. 이곳이 집처럼 느껴지다니. 이곳은 그녀의 집이었다. 준과, 그녀와, 앞으로 태어날 아이의 집. 경요는 새삼 생각했다. 자신은 단의 여후라는 것을.

경요가 환주로 떠나는 날은 비가 내렸다. 경요는 태화전을 나섰다. 민아와 정은이 경요에게 절을 올렸다.

"태화전을 부탁한다."

"예, 마마. 부디 강녕……, 훌쩍, 다녀오세요."

정은이 눈물을 흘리는 민아의 옆구리를 세차게 쳤다. 그러는 정은 역시 눈물이 그렁그렁했다.

"가끔 유선궁에 있는 유자나무를 보러 가 다오."

"예, 마마. 그리하겠습니다."

우산을 썼지만 바람이 불어 그다지 도움이 되진 않았다. 경요는 하직 인사를 드리기 위해 존호궁으로 향했다.

단사황태후는 내전이 아닌 존호궁 중정에 서 있었다. 한참 전부터 경요를 기다렸는지 옷자락이 흠뻑 젖어 있었다. 경요가 예를 표하기 위해 무릎을 굽히려 하자 단사황태후가 제지했다.

"갈 길 바쁜 사람 번거롭게 하고 싶지 않다."

"마마, 부디 강녕하십시오. 황상을 부탁드립니다."

단사황태후는 고개를 까딱했다.

경요는 마차에 올랐다. 예석황제는 배웅하지 않겠다고 어젯밤 말했다. 마차가 천천히 황궁을 빠져나갔다. 경요는 슬프면서도 이상하게 가슴이 설렜다. 자균과 안규는 황궁을 떠나면서도 눈물 한 방울 흘리지 않는 경요를 다소 신기해하며 바라보았다.

환주로 떠나는 경요의 일행 중에는 부모상을 치르고 왔다 해도 믿을 만큼 슬퍼 보이는 홍원표가 있었다. 원표는 황태후의 명으로 특별히 환주로 가게 되었다. 원표는 출발하기 전 존호궁으로 불려 가 황태후의 밀명을 받았다. 무사 안일만을 추구하던 자신이 왜 이런 엄청난 일에 휘말리게 되었는지 한숨밖에 나오지 않았다.

차비는 요지연에 있는 준에게 황후 일행이 황궁을 빠져나갔다는 소식을 전했다. 준은 묵묵히 그 말을 들었다. 빗방울이 거세어졌지만 준은 꿈쩍도 하지 않았다. 비가 그 대신 울어 주고 있었다. 연못에 떨어지는 빗방울들은 그의 눈물이었다.

준은 가장 사랑하는 이와 가장 믿는 이를 함께 환주로 보내 마음이 허전하면서도 또 안심이 되었다. 자균은 분명 경요를 든든하게 지켜 줄 것이다.

준은 경요의 마차를 되돌리라는 명을 내리지 않기 위해 입술을 깨물었다. 지켜봐 달라고 했다. 그러니 지켜봐 줄 생각이었다. 경요의 싸움에 그가 끼어들 순 없었다.

'그림자 신부로 떠났으나 돌아올 때 그대는 단의 황후가 되어 있을 것이다. 그리 믿는다.'

준은 천천히 빈청으로 향하다 발걸음을 멈췄다.

빈청에는 자균이 없고, 태화전에는 경요가 없다.

준은 황궁이 텅 빈 것만 같았다. 하지만 빈 것은 황궁이 아니라 그의 마음이었다. 한 번도 느껴 보지 못했던 고독이 그를 감쌌다. 바람에 흩날린 빗방울들이 몸을 적시고 있었지만 그는 추운 줄도 몰랐다.

준은 차비의 재촉에 정신을 차리고 빈청으로 발걸음을 옮겼다.

연국 왕 제선은 초원을 달리고 있었다. 힘껏 휘파람을 불자 어딘가를 맴돌고 있던 그의 매가 날쌔게 날아와 어깨에 사뿐히 내려앉았다.

어스름한 새벽 초원을 달리는 건 오랜 습관이었다. 그는 무인 기질을 타고난 사내답게 편전에서 정무를 논하는 것이 답답했다. 해가 뜨기 전 한바탕 말을 달리고 나면 그제야 몸이 제대로 움직이는 기분이었다.

그는 애마에서 내려 자신의 정침으로 걸어갔다. 책사 명희가 다가왔다.

"단에 있는 간자로부터 희한한 소식이 와서 일찍 입궁했습니다."

"무언가?"

제선은 내관이 가져온 수건으로 땀을 닦으며 물었다.

"단이 미쳤나 봅니다. 환주에 황후를 보냈다고 합니다. 민심을 진정시킨다면서요."

얼굴을 닦던 제선의 손이 멈췄다.

"황후라면……, 그림자 신부를 환주로 보냈다는 거냐?"

"환주가 그림자 신부의 땅이니 이치에 아주 안 닿는 말은 아니지요."

제선이 콧방귀를 뀌었다.

"여인 하나로 여국과 3백 년 동안 화친을 맺더니, 이젠 그 여인을 환주로 보내서 전쟁을 막으려는 거냐? 단의 사내들은 참으로 못났구나. 도대체 예석황제는 생각이 있는 것이냐?"

명희도 동의했다.

"여국의 공주를 환주로 보내는 속셈이 뭘까요? 아무리 환주의 주인이라 해도 그림자 신부가 무엇을 할 수 있단 말입니까."

제선 역시 고개를 갸웃거렸다.

"그림자 신부가 아니라 예석황제가 와도 우리가 환주를 집어삼키는 것은 막지 못한다."

명희는 고개를 끄덕이다가 생각났다는 듯 한마디 덧붙였다.

"그림자 신부 말입니다. 전에 병주에서 보신 동비의 둘째 딸이라 하더이다."

"동비의 딸? 아, 그렇겠군. 어머니를 닮았다면 아주 미인이겠군."

병주에서 잠시 만났던 동비는 그의 어머니뻘임에도 불구하고 눈을 뗄 수 없을 만큼 기품 있고 아름다웠다. 그 어머니의 딸이라면 그림자 신부도 퍽 고울 것이다. 그러고 보니 여국의 첫째 공주 하석도 미색으로 소문이 자자했다.

"그래서 말씀드리는데, 그 그림자 신부를 비로 취하시면 어떨까요?"

"뭐?"

제선은 눈을 둥그렇게 떴다. 아직 그에겐 비빈이 없었다.

"환주를 차지할 명분이 생기지 않습니까. 생각해 보십시오. 여국도 우리 쪽으로 끌어들일 수 있고, 게다가 미인이라니 더 이상 무얼 바라겠습니까."

명희는 그 말을 마치고 물러갔다. 내관이 다가와 땀에 젖은 사냥복을 벗겼다. 따스한 물에 몸을 담근 제선은 생각에 잠겼다.

그림자 신부를 비로?

나쁠 건 없었다.

『그림자 신부』 2권에서 계속

480